MIRA®

Der Preis dieses Bandes versteht sich einschließlich der gesetzlichen Mehrwertsteuer.

Umwelthinweis:
Dieses Buch wurde auf chlor- und säurefreiem Papier gedruckt.

Loretta Chase

Eine sündhaft raffinierte Verführerin

Roman

Aus dem Amerikanischen von
Alexandra Kranefeld

MIRA®

MIRA® TASCHENBUCH
Band 25690
1. Auflage: September 2013

MIRA® TASCHENBÜCHER
erscheinen in der Harlequin Enterprises GmbH,
Valentinskamp 24, 20354 Hamburg
Geschäftsführer: Thomas Beckmann

Titel der nordamerikanischen Originalausgabe:
Last Night's Scandal

erschienen bei: Avon Books, New York
Deutsche Taschenbucherstausgabe

This edition published by arrangement with Loretta Chekani

Dieses Werk wurde vermittelt durch die Literarische Agentur
Thomas Schlück GmbH, 30827 Garbsen.

Konzeption/Reihengestaltung: fredebold&partner gmbh, Köln
Umschlaggestaltung: pecher und soiron, Köln
Redaktion: Bettina Lahrs
Titelabbildung: Harlequin Enterprises S.A., Schweiz
Autorenfoto: © by Loretta Chekani
Satz, Druck und Bindearbeiten: GGP Media GmbH, Pößneck
Printed in Germany
Dieses Buch wurde auf FSC®-zertifiziertem Papier gedruckt.
ISBN 978-3-86278-753-1

www.mira-taschenbuch.de

PROLOG

London, 5. Oktober 1822

Mylord,

Sie müssen diesen Brief SOFORT nach der Lektüre vernichten. Sollte er in Falsche Hände geraten, werde ich abermals AUFS LAND verbannt, auf eines der Domizile meiner Carsington-Stiefonkel, wo man mich ganz gewiss in ISOLATION halten wird. Hin und Wieder finde ich das Landleben erträglich, aber EINGESPERRT zu werden und jeglichen gesellschaftlichen Umgang verboten zu bekommen (aus Furcht, ich könne Verderbliche Bekanntschaften schließen oder Unschuldige auf Abwege führen), ist unerträglich und dürfte mich zu VERZWEIFLUNGSTATEN bewegen.

Ich stehe stetig unter Beobachtung. Die einzige Möglichkeit, Ihnen einen richtigen, Unbereinigten und Unzensierten Brief zu schicken, ist, dieses Schreiben an einem Geheimen Ort zu verfassen und es von Gewissen Personen – die namenlos bleiben müssen, da dieses Unterfangen höchst gefahrvoll ist – den Diplomatischen Depeschen beigeben zu lassen.

Nur um Sie daran zu erinnern, dass es GENAU EIN JAHR her ist, dass wir zu unserer Höchst Interessanten Reise nach Bristol aufgebrochen sind, würde ich dieses Gefährliche Unterfangen natürlich niemals auf mich nehmen. Auch würde ich meine Freiheit niemals dafür aufs Spiel setzen, Ihnen die Üblichen Belanglosigkeiten mitzuteilen, die einem Jungen Gentleman mitzuteilen einer Jungen Dame erlaubt ist – selbst wenn der Junge Gentleman praktisch ihr Bruder sein könnte oder jetzt zumindest so etwas wie ein Cousin. Nein, ich sehe mich zu derlei Heimlichkeit genötigt, weil es meine PFLICHT ist, Ihnen mitzuteilen, dass Weitere Veränderungen in Ihrem Leben anstehen. Wir Kinder *sollen zwar von Derlei Dingen keine Kenntnis haben, aber ich habe eben Augen im Kopf, und Tatsache ist, dass Ihre Mama WIEDER guter Hoffnung ist.*

Ja, ich weiß, es ist schockierend – zumal in ihrem Alter und weil es kaum ein Jahr her ist, dass Ihr Erster Bruder geboren wurde. Der Kleine David wird Ihnen übrigens immer ähnlicher, zumindest äußerlich. Am Anfang sind Babys ja richtige kleine Chamäleons, aber mittlerweile scheint sein Aussehen sich verfestigt zu haben. Sein Haar ist fast so blond wie Ihres, und seine Augen haben sich zu einem ebenso ungewöhnlichen Grauton wie die Ihren durchgerungen. Aber ich schweife ab.

Die plötzliche FRUCHTBARKEIT Ihrer Mutter – nach dreizehn fruchtlosen Jahren – war mir schon immer ein Rätsel. Aber Urgroßmama Hargate meint, dass die Ausgedehnten Aufenthalte Ihrer Eltern in ihrem Schottischen Liebesnest, wie sie es nennt, alles erklären. Urgroßmama meint, Haggis und Whiskey wirkten WUNDER. Zumindest hätte diese Kombination immer eine wundersame Wirkung auf Urgroßpapa gehabt. ~~Ich weiß genau, was sie mit ‚wundersam' meint, weil ich ihre Geheime Sammlung mit Kupferstich.~~

Hier muss ich enden, wenn ich dieses Schreiben noch sicher auf den Weg bringen will. Dieses Unterfangen bedarf nämlich, dass ich mich Unbemerkt aus dem Haus eines Gewissen Verwandten entferne und eine Droschke ausfindig mache. Glücklicherweise habe ich Verbündete. Wenn man mich erwischt, droht mir ARREST AUF DEM LANDE – doch wie Sie wissen, hatte mein eigenes Glück und Wohlergehen für mich schon immer Keinerlei Belang, wenn es gilt, eine Noble Tat zu vollbringen.

Ihre Olivia Wingate-Carsington

Theben, Ägypten
10. November 1822

Liebe Olivia,

Ich habe deinen Brief vor einigen Tagen erhalten und hätte dir eher geantwortet, würden nicht meine Studien und meine Arbeit all meine Zeit beanspruchen. Heute jedoch ist Onkel Rupert losgezogen, um ein paar gerissene Franzosen von unserer Ausgrabungsstätte zu vertreiben – zum dritten Mal schon. Diese faulen Hunde warten, bis unsere Arbeiter die Drecksarbeit gemacht haben – wochenlanges Sandschaufeln –, dann zaubern sie ein gefälschtes Schreiben irgendeines Kashef hervor und wollen die alleinigen Grabungsrechte beanspruchen.

Ich kann mittlerweile fast genauso gut zuschlagen wie Onkel Rupert und wäre gern mitgegangen, bloß hat mich Tante Daphne an der Reling unserer Dahabije (so heißen die Schiffe hier auf dem Nil) angebunden und mir aufgetragen, meiner Familie zu schreiben. Aber wenn ich meinen Eltern schreibe, erinnere ich sie nur an meine Existenz und werde den irrationalen Wunsch in ihnen wecken, mich bei sich zu Hause haben zu wollen, wo ich mir so lange ihre theatralischen Ausbrüche mit ansehen muss, bis sie wieder vergessen haben, was sie eigentlich von mir wollten, und mich in ein weiteres schreckliches Internat stecken.

Da du als Lord Rathbournes Stieftochter nun praktisch zur Familie gehörst, dürfte logischerweise nichts dagegen einzuwenden sein, dass ich stattdessen dir schreibe. Von deinen Neuigkeiten bin ich hin- und hergerissen. Einerseits betrübt es mich sehr, dass ein weiteres unschuldiges Kind dem elterlichen Sturmwind ausgesetzt wird. Andererseits freue ich mich auf sehr eigennützige Weise darüber, endlich Geschwister zu haben, und freue mich, dass David so gut wächst und gedeiht.

Ich wüsste nicht, warum man dich dafür bestrafen sollte, dass du mich von der Schwangerschaft meiner Mutter in Kenntnis gesetzt hast, doch habe ich auch nie den Sinn der zahlreichen Einschränkungen verstanden, die man Frauen auferlegt. Hier in Ägypten sind Frauen übrigens noch schlimmer dran, falls dir das ein Trost ist. Auf jeden Fall hoffe ich, dass du nicht in Verbannung geschickt wirst, nur weil du mich über die Umstände meiner Mutter aufgeklärt hast. Dein Temperament verträgt sich nicht mit Regeln, geschweige denn mit Gefangenschaft. Wovon ich mich während des von dir erwähnten Abenteuers überzeugen konnte.

Natürlich erinnere ich mich noch lebhaft an den Tag, an dem ich plötzlich und unerwartet – zwei Worte, die ich stets mit dir verbinden werde – London in deiner Gesellschaft verlassen habe.

Jeder Augenblick unserer Reise nach Bristol hat sich meinem Gedächtnis so tief eingegraben wie die griechischen und ägyptischen Inschriften in den Rosettastein – und dürfte von ebensolcher Dauer sein. Wenn jemand in ein paar Jahrhunderten meinen Leichnam ausgräbt und mein Gehirn seziert, wird er es dort in unverkennbaren Lettern stehen sehen: Olivia. Plötzlich. Unerwartet.

Du weißt, dass ich Gefühle meinen Eltern überlasse. Mein Denken soll von Tatsachen geleitet sein. Tatsache ist, dass mein Leben sich nach unserer Reise auf bemerkenswerte Weise verändert hat. Wäre ich nicht mit dir nach Bristol gefahren, hätte man mich auf eine schreckliche Schule in Schottland geschickt, in der ein so spartanisches Regiment herrscht, dass selbst die Spartaner vor Schreck erblasst wären. Ich hätte mich mit derselben Engstirnigkeit herumärgern müssen, wie sie an anderen Schulen herrscht, nur unter sadistisch verschärften Bedingungen wie der unverständlichen schottischen Mundart und dem grässlichen Wetter. Und Dudelsäcken.

Zum Dank lege ich dir ein kleines Andenken bei. Laut Tante Daphne transkribiert man die Hieroglyphe für Skarabäuskäfer als „kheper“ – wobei das „kh“ wie das „ch“ im deutschen „ach“ gesprochen wird. Jede Hieroglyphe hat meist mehrere Bedeutungen und Verwendungen. Der Skarabäus steht für die Wiedergeburt. Meine Reise nach Ägypten sehe ich als eine Art Wiedergeburt.

Es ist noch viel aufregender, als ich zu hoffen gewagt hätte. Im Laufe der Jahrhunderte hat der Wüstensand ganze Welten unter sich begraben, die wir erst ansatzweise zu entdecken begonnen haben. Auch die Menschen faszinieren mich, und meine Tage sind geistig und körperlich so anregend, wie sie es zu Hause niemals waren. Ich weiß noch nicht, wann wir nach England zurückkehren. Aber nicht zu bald, hoffe ich.

Hier muss ich enden. Onkel Rupert ist eben zurückgekommen – unversehrt, wie wir mit Freuden feststellen –, und ich will mir unbedingt anhören, was er von seiner Begegnung mit den gallischen Gaunern zu berichten hat.

Dein Lisle

P.S.: Ich wünschte, du würdest mich nicht immer Mylord nennen. Wenngleich mir nicht entgeht, dass du es mit einem gewissen spöttischen Unterton verwendest, scheint mir doch, dass du etwas zu ausgiebig vor mir am Knicksen bist, oder vielmehr – in Anbetracht deiner Verwirrung hinsichtlich dessen, was sich für ein Mädchen schickt und was nicht – am Verbeugen.

L.

PPS: Was für ~~Kupferstich~~?

* * *

Vier Jahre später
London, 12. Februar 1826

Mein lieber L,

Glückwünsche zu deinem ACHTZEHNTEN GEBURTSTAG!

Ich muss mich eilen, denn ich soll wieder ins Exil geschickt werden, diesmal zu Onkel Darius nach Cheshire. Das soll mir eine Lehre sein, eine Kleine PETZE wie Sophy Hubble nie wieder mit in eine Spielhölle zu nehmen.

Wie sehr ich wünschte, dein letzter Besuch zu Hause wäre länger gewesen! Dann hätten wir diesen Bedeutsamen Tag GEMEINSAM begehen können. Aber in Ägypten geht es dir natürlich viel besser, ich weiß.

Und wärest du länger geblieben, hätte es zudem sein können, dass man dir die Rückkehr nach Ägypten gar ganz VERWEHRT hätte.

Bald nach deiner Abreise kam es mit deinen Eltern nämlich zu einer KRISE. Wie du weißt, habe ich Erwachsene stets vor der Wahrheit zu schützen versucht. Weshalb ich Lord und Lady Atherton auch zu verstehen gab, dass die Pest in Ägypten keineswegs die GRAUENVOLLE & TODBRINGENDE SEUCHE ist, wie sie bei uns im Mittelalter grassierte, sondern lediglich eine kleine Unpässlichkeit, die den Reisenden häufig, doch harmlos ereilt. Aber schon wenige Wochen nach deiner Abreise hat irgend so ein Wichtigtuer ihnen die Wahrheit erzählt! Sie wurden natürlich ganz furchtbar HYSTERISCH, gingen sogar so weit zu fordern, dass dein Schiff zurückbeordert werde! Ich habe Ihnen gesagt, dass es dich umbringen würde, müsstest du zurückkommen, aber sie meinten, ich solle nicht so theatralisch sein und alles übertreiben. Ich! Ist das denn zu fassen? ~~Das haben die gerade~~ Aber ich muss enden. Der Junge wartet.

Keine Zeit, dir alles ausführlich zu erzählen. Nur so viel, dass Stiefpapa die Sache geregelt hat und du Bis auf Weiteres in Sicherheit bist.

Lebewohl, mein Freund. Ich frage mich, ob ich dich jemals wiedersehen werde und … Ach, verflixt. Muss los.

Deine Olivia Carsington

PS: Ja, ich habe mich von dem „Wingate" getrennt, und wenn du wüsstest, was mein Onkel väterlicherseits über Mama gesagt hat, würde dich das auch nicht wundern. Wäre Papa noch am Leben, würde er sie allesamt verstoßen, denn du weißt … Ach, zum Teufel mit diesem Jungen! Er will nicht länger warten.

O.

In einem Dorf zehn Meilen von Edinburgh
Mai 1826

Seit zwei Jahren nun war Gorewood Castle schon unbewohnt.

Der alte Mr Dalmay hatte, von zunehmend schwächlicher Konstitution, das zugige Gemäuer schon vor Jahren verlassen, um eine behaglichere Bleibe neueren Datums in Edinburgh zu beziehen. Sein Verwalter hatte indes noch keinen neuen Pächter finden können, und der Hausmeister, der vergangenes Frühjahr einen Unfall gehabt hatte, war noch nicht an die Arbeit zurückgekehrt. Weshalb die dringend notwendigen Reparaturen, die seit gefühlten Ewigkeiten andauerten, etwas ins Stocken geraten waren.

Weshalb wiederum Jock und Roy Rankin an diesem Frühlingsabend die Burg ganz für sich allein hatten.

Wie üblich waren sie auf Beutezug. Nachdem sie schmerzlich hatten erfahren müssen, dass die gewaltigen Mauersteine der Turmzinnen den Fall aus dreißig Meter Höhe nicht unbeschadet überstanden, hatten sie sich auf die unteren Geschosse verlegt, wo schadhafte Bausubstanz reichlich leichte Beute bot. Die Außentreppe sah schon recht lückenhaft aus. Aber es war noch genügend Material da, welches ihnen gut vergolten würde.

Während sie einen weiteren Treppenquader sorgfältig von Mörtel und verwittertem Gestein freilegten, fiel der Schein ihrer Laterne auf einen kreisrunden Gegenstand, der weder nach Mörtel noch nach verwittertem Gestein aussah.

Jock hob ihn auf und stierte ihn an. „Da, schau mal“, sagte er.

Eigentlich sagte er etwas ganz anderes, denn er und Roy sprachen die schottische Version des Englischen, die dem durchschnittlichen Engländer in etwa so verständlich ist wie Sanskrit oder Albanisch.

Hätten sie verständliches Englisch gesprochen, hätte Folgendes so geklungen: „Was hast du da?“

„Keine Ahnung. ’nen Messingknopf?“

„Gib mal her.“

Nachdem er den gröbsten Dreck abgekratzt hatte, meinte Roy: „Ist vielleicht ’ne Art Medaille.“ Er starrte auf den seltsamen Fund.

„Echt? ’ne alte Medaille?“, frohlockte Jock. „Könnte gutes Geld bringen.“

„Vielleicht.“ Roy rubbelte kräftig und starrte angestrengt. Mühsam begann er zu buchstabieren: „R … E … X. Dann irgendein komisches Zeichen. Dann C … A … R … O … L … V … S.“

Jock, dessen Lesekenntnis sich auf das Erkennen eines Schenkenschildes beschränkte, fragte: „Und, was soll das sein?“

Roy sah ihn an. „’ne alte Münze“, sagte er. „Geld.“

Mit frischer Kraft gruben sie weiter.

1. KAPITEL

London, 3. Oktober 1831

Peregrine Dalmay, Earl of Lisle, sah zwischen seinen Eltern hin und her. „Schottland? Ganz gewiss nicht."

Der Marquess und die Marchioness of Atherton wechselten Blicke. Lisle versuchte gar nicht erst sie zu ergründen. Seine Eltern lebten in ihrer eigenen Welt.

„Aber wir haben *fest* mit dir gerechnet", sagte seine Mutter. „All unsere Hoffnungen ruhen auf dir."

„Warum?", erwiderte er. „In meinem letzten Brief habe ich klar und deutlich geschrieben, dass ich nur kurz in London bleiben würde, ehe ich nach Ägypten zurückkehre."

Natürlich hatten sie bis jetzt damit gewartet – kurz bevor man nach Hargate House aufbrechen wollte –, um ihm von der Krise auf einem der schottischen Besitztümer der Dalmays zu berichten.

Der Earl und die Countess of Hargate gaben einen Ball anlässlich des fünfundneunzigsten Geburtstags von Eugenia, Dowager Countess of Hargate und Matriarchin der Familie Carsington. Lisle war extra deswegen aus Ägypten gekommen – und das nicht nur, weil es seine letzte Gelegenheit sein mochte, die durchtriebene alte Dame noch einmal lebend zu sehen.

Obwohl er mit seinen fast vierundzwanzig Jahren nun erwachsen war und nicht länger unter der Obhut Rupert und Daphne Carsingtons stand, betrachtete Lisle die Carsingtons noch immer als seine Familie. Genau genommen waren sie vielleicht seine einzige Familie. Seine wahre Familie. Nicht im Traum fiele es ihm deshalb ein, die Feierlichkeiten zu versäumen.

Er freute sich schon darauf, sie alle wiederzusehen, insbesondere Olivia. Seit fünf Jahren, seit seinem letzten Besuch zu Hause, hatte er sie nicht mehr zu Gesicht bekommen. Und bei seiner Ankunft in London vor zwei Wochen war sie in Derbyshire gewesen. Erst gestern war sie zurückgekehrt.

Anfang September hatte sie sich wegen einer gelösten Verlobung auf den Landsitz ihrer Eltern zurückgezogen. Es war die dritte, vierte oder zehnte Verlobung, die sie gelöst hatte – obwohl sie ihm von allen in ihren Briefen berichtet hatte, hatte er irgendwann den Überblick verloren –, doch stellte diese alle vorherigen aufgrund ihrer Kürze in den Schatten. Keine zwei Stunden hatten zwischen ihrer Annahme von Lord Gradfields Ring und der Rücksendung selbigens gelegen, begleitet von einer ihrer an Unterstreichungen und Großbuchstaben reichen Episteln. Die Zurückweisung hatte Seine Lordschaft so erzürnt, dass er einen unschuldigen Dritten zum Duell forderte, bei dem beide Männer einander gegenseitig zu Schaden brachten, wenngleich nicht in fataler Weise.

Kurzum, das Übliche. Olivia sorgte immer für Aufregung.

Seiner Eltern wegen war Lisle gewiss nicht nach Hause gekommen. Lächerlich waren sie, alle beide. Zwar hatten sie Kinder, aber Eltern konnte man sie kaum nennen. Sie hatten aneinander genug. Und an ihren endlosen ehelichen Dramen.

So wie jetzt. Im Salon eine große Szene zu machen wegen einer Angelegenheit, die normale Menschen zu passender Zeit vernünftig miteinander besprochen hätten – nicht kurz bevor man zu einem Ball aufbrechen wollte. Das sah ihnen ähnlich.

Gorewood Castle, so schien es, hatte sich während der letzten drei- oder vierhundert Jahre in einem Prozess stetigen Zerfalls befunden, der von halbherzigen Instandsetzungen nur notdürftig aufgehalten worden war. Aus unerfindlichem Grund hatten seine Eltern nun beschlossen, ihm wieder zu seiner alten Pracht zu verhelfen. Und er solle die Arbeiten vor Ort beaufsichtigen, denn es gebe ein Problem mit … *Gespenstern*?

„Du *musst* gehen“, sagte seine Mutter eindringlich. „Jemand muss *dort* sein. Jemand muss etwas *tun*.“

„Dieser Jemand sollte euer Verwalter sein“, fand Lisle. „Es kann doch nicht sein, dass Mains in ganz Midlothian keine Arbeiter findet. Ich dachte, die Schotten seien so arm, dass sie händeringend nach Arbeit suchten.“

Er trat an den Kamin, um sich die Hände zu wärmen.

In den beiden Wochen seit seiner Heimkehr hatte er sich noch nicht wieder an das englische Klima gewöhnt. Ein englischer Herbst fühlte sich für ihn wie tiefster Winter an. Schottland wäre unerträglich. Selbst im Sommer war es grässlich: grau, stürmisch, verregnet. Wenn es nicht gar hagelte und schneite.

Er war Unbill gewohnt und keineswegs zimperlich. Genau genommen waren die Bedingungen in Ägypten viel unwirtlicher. Aber Ägypten bot ihm geheimnisvolle Welten, die es zu entdecken galt. In Schottland gab es nichts zu entdecken, keine jahrhundertealten Geheimnisse zu ergründen.

„Mains hat alles versucht – sogar Bestechung", sagte Vater. „Jetzt hilft nur noch die Präsenz eines männlichen Familienmitglieds. Das macht Eindruck. Du weißt ja, wie clanversessen die Schotten sind. Sie wollen, dass der Gutsherr persönlich sich der Sache annimmt. Doch ich kann nicht fort, solange deine Mutter so fragiler Verfassung ist."

Mit anderen Worten: Sie war tatsächlich wieder schwanger. Olivia hatte recht gehabt.

„Es scheint doch, als müsstest du mich verlassen, Liebster", klagte Mutter und fasste sich mit matter Hand an die Stirn. „Peregrine interessiert nichts außer Griechisch … und Latein … und Kryptisch!"

„Koptisch", sagte Lisle. „Die Sprache der alten …"

„Immer nur Ägypten", übertönte ihn Mutter mit der unheilvollen Andeutung eines Schluchzens. „Immer geht es nur um deine Pyramiden und Mumien und Schriftrollen, nie um uns. Deine Brüder kennen dich kaum!"

„Sie kennen mich gut genug", fand Lisle. „Ich bin doch der, von dem sie all die drolligen Dinge aus fernen Landen bekommen."

Der geheimnisvolle, verwegene große Bruder, der in einem unzivilisierten und gefährlichen Land lauter aufregende Abenteuer erlebte. Und er schickte ihnen genau die Geschenke, die kleine Jungenherzen erfreuten: Mumien von Katzen und Vögeln,

Schlangenhäute, Krokodilszähne und wunderschöne präparierte Skorpione. Auch schrieb er den Jungen regelmäßig. Von wegen, sie würden ihn kaum kennen!

Doch wollte die leise Stimme seines Gewissens nicht verstummen, die ihm sagte, dass er seine Brüder im Stich gelassen habe. Nur was wäre gewonnen, hielt er dagegen, wenn er bei ihnen bliebe? Er könnte allenfalls ihr Leid – namentlich die Gegenwart seiner Eltern – mit ihnen teilen. Welch ein Dilemma.

Allein Lord Rathbourne – in der Gesellschaft gemeinhin als Lord Perfect bekannt – war es je gelungen, seine Eltern zu handhaben. Er hatte Lisle vor ihnen gerettet. Aber jetzt hatte Rathbourne selbst Familie.

Im Grunde seines Herzens wusste Lisle, dass er etwas für seine Brüder tun musste. Doch diese Schlossgeschichte war schlichtweg Unsinn. Wie lange müsste er deswegen seine Rückkehr nach Ägypten aufschieben? Und wofür?

„Ich wüsste nicht, was es meinen Brüdern bringen sollte, wenn ich fröstelnd und schaudernd in einem alten Gemäuer herumsitze“, sagte er. „Nichts erscheint mir unsinniger, als vierhundert Meilen zu reisen, um ein paar abergläubische Arbeiter vor Kobolden zu beschützen. Nicht dass ich verstünde, wovor sie eigentlich Angst haben. Hat nicht jedes schottische Schloss sein Gespenst? Es gibt dort *überall* Geister. Auf Bäumen. In Flüssen. In Höhlen. Schotten *lieben* Geister.“

„Es sind nicht nur Gespenster“, raunte Vater. „Es gab grauenhafte Unfälle und des Nachts Schreie, die einem das Blut in den Adern gefrieren ließen.“

„Es heißt, ein alter Fluch sei zu neuem Leben erweckt worden, als dein Cousin Frederick Dalmay versehentlich auf das Grab von Malcolm MacFetridges Ururgroßmutter getreten ist“, sagte Mutter schaudernd. „Kurz darauf ging es auch mit Fredericks Gesundheit bergab. Und drei Jahre später war er *tot*!“

Lisle wünschte – nicht das erste Mal –, es wäre jemand da, den er verschwörerisch fragen könnte: „Sag mal, glaubst *du* diesen Unsinn?“

Seinen Eltern mochte Vernunft so fremd sein wie Lisle die Existenz von Einhörnern, aber um selbst bei Verstand zu bleiben, war es unerlässlich, das Gespräch um ein paar Fakten zu bereichern.

„Frederick Dalmay war vierundneunzig", sagte er. „Er starb im Schlaf. In seinem Haus in Edinburgh, gute zehn Meilen von dem verfluchten Spukschloss entfernt."

„Darum geht es doch gar nicht", ereiferte sich Vater. „Es geht darum, dass Gorewood Castle sich im Besitz der Dalmays befindet und in Schutt und Asche fällt!"

Was dich bislang herzlich wenig gekümmert hat, dachte Lisle. Cousin Frederick hatte die Burg schon vor Jahren verlassen – und seine Eltern hatten sie seitdem herunterkommen lassen.

Warum also war es auf einmal so wichtig?

Warum wohl? Es war ein Mittel zum Zweck. Sie wollten ihn in England festhalten. Nicht, weil sie ihn hier brauchten oder seine Nähe wünschten. Nein, nur weil sie fanden, dass er hier zu sein habe. Weil es sich so gehöre. Weil sie ihm Ägypten nicht gönnten.

„Ach, was kümmert es ihn?", rief seine Mutter aus. „Wann hätte Peregrine sich je um uns gekümmert?" Sie sprang aus ihrem Sessel an eines der Fenster, als wolle sie sich in ihrer Verzweiflung hinausstürzen.

Lisle sah es gelassen. Seine Mutter würde sich niemals aus dem Fenster stürzen oder sich den Schädel am Kaminsims zertrümmern. Sie tat nur immer so, als wolle sie es tun.

Statt mit Vernunft waren seine Eltern mit Theatralik begabt.

„Welch schändlichen Verbrechens haben wir uns nur schuldig gemacht, Jasper, um mit einem so herzlosen Kind gestraft zu sein?", jammerte sie.

„Oh Lisle, oh Lisle." Lord Atherton hob die Hand an die Stirn und nahm seine liebste King-Lear-Pose ein. „Auf wen soll ein Mann bauen, wenn nicht auf seinen ältesten Sohn und Erben?"

Noch ehe er zu seinem üblichen Monolog über kaltherzige Ungeheuer und undankbare Kinder anheben konnte, übernahm Mutter den Part: „So wird uns unsere Nachsicht vergolten!" Ihre

Augen füllten sich mit Tränen. „Das ist unser Lohn dafür, dich in die Obhut Rupert Carsingtons gegeben haben, dem verantwortungslosesten Mann in ganz England."

„Dich kümmern nur die Carsingtons", sagte Vater. „Wie oft hast du uns in all den Jahren aus Ägypten geschrieben? Ich kann die Briefe an einer Hand abzählen."

„Warum sollte er uns schreiben, wo er doch niemals an uns *denkt*?", sagte Mutter.

„Ich bitte ihn um einen Gefallen und ernte nur Spott!" Vater stürmte an den Kamin und hieb mit der Faust auf den Sims. „Mein Gott, wie soll ich es nur ertragen? Nichts als Ärger und Sorgen! Du wirst mich noch ins Grab bringen, Lisle."

„Oh, Liebster, sag das nicht!", kreischte Mutter. „Ich könnte nicht ohne dich sein. Keinen Tag würde ich ohne dich ertragen. Ich würde dir ins Grab folgen, und unsere armen Jungen wären Waisen!" Sie schwankte vom Fenster auf einen Stuhl und begann haltlos zu schluchzen.

Mit erzürnter Hand zeigte Vater auf seine aufgelöste Gemahlin. „Sieh nur, was du deiner Mutter angetan hast!"

„Das macht sie doch immer", sagte Lisle.

Vater ließ die Hand sinken und wandte sich schnaubend ab. Mit großer Geste zückte er sein Taschentuch und drückte es in Mutters Hand – gerade noch rechtzeitig, denn das ihre troff bereits von Tränen. Mutter war ganz exzellent im Weinen.

„Um der Jungen willen können wir nur beten und hoffen, dass dieser unselige Tag niemals kommen wird", sagte Vater und legte ihr tröstend die Hand auf die Schulter. Auch ihm standen Tränen in den Augen. „Lisle würde es natürlich nicht kümmern. Er wäre längst auf und davon, würde bei den Barbaren im Sand graben und seine Brüder ihrem freudlosen Schicksal überlassen. Bei Fremden ließe er sie leben, bei Leuten, die ihr Wohlergehen nicht kümmerte."

Seine Brüder lebten doch jetzt schon inmitten von Fremden, die ihr Wohlergehen nicht kümmerte, dachte Lisle. Würden sie Waisen, kämen sie zu einer der zahlreichen Schwestern seines

Vaters. Obwohl Lord Atherton vor einigen Jahren eine verloren hatte – namentlich Lord Rathbournes erste Frau –, blieben ihm doch noch sechs weitere, die sich allesamt bester Gesundheit erfreuten und ein paar Köpfe mehr oder minder in ihrer zahlreichen Kinderschar kaum bemerken dürften. Ohnehin kümmerten sie sich nicht selbst um ihre Kinder. Der Nachwuchs wurde von Bedienten, Hauslehrern und Gouvernanten aufgezogen. Eltern taten wenig mehr, als diesen Frieden dann und wann zu stören und einem mit albernen Ideen auf die Nerven zu gehen, die reine Zeitverschwendung waren. So wie jetzt.

Aber nicht mit ihm. Er würde sich nicht manipulieren lassen. Wenn er sich in den irrationalen Strudel ihrer Gefühle ziehen ließe, käme er niemals mehr daraus hervor.

Um festen Boden unter den Füßen zu behalten, hielt man sich am besten an Fakten.

„Die Jungen haben genügend Verwandte, die sich um sie kümmern könnten, und mehr als genug Geld für ein auskömmliches Leben haben sie auch. Sie werden schon nicht im Waisenhaus landen", sagte er. „Und ich werde nicht nach Schottland gehen."

„Wie kannst du nur so kalt und herzlos sein?", rief seine Mutter. „Das Erbe deiner Ahnen der Auslöschung anheimzugeben!" Sie ließ sich zurücksinken. Das Taschentuch fiel ihr aus den erschlaffenden Fingern, als sie sich zur Ohnmacht anschickte.

Der Butler trat ein. Wie stets gab er vor, die zur Schau gestellten emotionalen Extravaganzen nicht zu bemerken.

Die Kutsche, ließ er wissen, stehe nun bereit.

Das Drama war mit dem Aufbruch nicht beendet, sondern dauerte während der ganzen Fahrt nach Hargate House an. Und dank der späten Abfahrt und des dichten Verkehrs waren sie unter den letzten Gästen, die sich zu den Feierlichkeiten einfanden.

Vor und nach der Begrüßung ihrer Gastgeber und aller versammelten Carsingtons nahmen Lisles Eltern ihre Vorhaltungen wieder auf und ließen auch nicht davon ab, während sie sich durch die Menge ihren Weg zur Jubilarin bahnten.

Die Dowager Countess of Hargate, das Geburtstagskind, schien unverändert guter Dinge. Aus Olivias Briefen wusste Lisle, dass die alte Dame noch immer ausgiebig tratschte, trank und mit ihren – bei den Carsingtons als die Harpyien bekannten – Freundinnen Whist zu spielen pflegte. Nebenbei fand sie zudem noch reichlich Zeit und Energie, ihre Familie zu drangsalieren.

Teuer gewandet nach der neuesten Mode, in der Hand ein Glas, saß sie zur Feier des Tages auf einer Art Thron, um den die Harpyien sich scharten wie Hofdamen um eine Königin. Oder, je nach Betrachtungsweise, wie Motten um das Licht.

„Du siehst etwas blass um die Nase aus, Penelope", ließ sie Mutter wissen. „Manch eine blüht auf, wenn sie schwanger geht, manch eine nicht. Wie bedauerlich, dass du nicht aufblühst – von deiner Nase abgesehen. Die ist rosig genug, ebenso deine Augen. Wäre ich in deinem Alter, wüsste ich Besseres mit mir anzufangen, als die ganze Zeit zu heulen. Und Kinder würde ich auch keine mehr in die Welt setzen. Hättest du mich gefragt, hätte ich dir geraten, das Kinderkriegen in einem Rutsch hinter dich zu bringen, anstatt jahrelang zu pausieren und erst wieder damit anzufangen, wo deine Schönheit verwelkt und dein Körper verbraucht ist. Aber du hast mich ja nicht gefragt."

Nachdem sie Mutter die Sprache verschlagen und ihr Gesicht doch noch zum Blühen gebracht hatte, wandte Ihre Ladyschaft sich Lisle zu. „Ah, unser Weltenbummler ist zurückgekehrt, braun gebrannt wie eine Haselnuss. Es muss schockierend für dich sein, so viele vollständig bekleidete junge Damen zu sehen, aber keine Sorge: Das lässt sich ändern."

Ihre Freundinnen lachten laut.

„Allerdings", meinte Lady Cooper, mit Anfang siebzig eine der Jüngeren. „Wollen wir darauf wetten, Eugenia, dass alle jungen Damen sich insgeheim fragen, ob er wohl überall so braun gebrannt ist wie im Gesicht?"

Mutter stöhnte leise.

Die Dowager Countess beugte sich zu ihm vor. „Deine Mutter war schon immer ein verklemmtes kleines Ding", raunte sie vernehmlich. „Hör gar nicht auf sie. Es ist mein Geburtstag, und ich will, dass ihr jungen Leute euch vergnügt. Hier wimmelt es von hübschen Mädchen, die nur darauf brennen, unseren großen Abenteurer kennenzulernen. Also los, Lisle. Lauf schon. Und wenn du Olivia dabei erwischst, sich gerade wieder zu verloben, sag ihr, sie soll sich nicht lächerlich machen."

Sie winkte ihn fort und widmete sich wieder seinen Eltern. Frei von Gewissensbissen überließ Lisle sie ihrem Schicksal und stürzte sich ins Getümmel.

Die Dowager Countess hatte nicht zu viel versprochen: Im Saal wimmelte es von reizenden jungen Damen, gegen deren Verlockungen Lisle keineswegs gefeit war – vollständig bekleidet oder nicht. Gegen ein Tänzchen hatte er auch nichts einzuwenden. An Partnerinnen herrschte kein Mangel, und er amüsierte sich bestens.

Doch alldieweil ließ er seinen Blick über die Menge schweifen, hielt nach einem feuerroten Haarschopf Ausschau.

Wenn Olivia nicht tanzte, so spielte sie gewiss Karten – und nahm hemmungslos jeden aus, der dumm genug war, sich auf eine Partie mit ihr einzulassen. Oder sie saß, wie von der Dowager Countess befürchtet, in einem stillen, schummrigen Winkel und verlobte sich wieder einmal. Olivias zahlreich gebrochene Verlobungen, die ein Mädchen von geringerem Vermögen und geringerem Stand längst ruiniert hätten, würden indes keinen Verehrer abschrecken. Es dürfte sie auch nicht stören, dass Olivia keine Schönheit war. Olivia Carsington war nämlich ein ziemlich guter Fang.

Jack Wingate, ihr verstorbener Vater, war der nichtsnutzige jüngere Sohn des kürzlich verschiedenen Earl of Fosbury gewesen, welcher ihr ein Vermögen hinterlassen hatte. Auch Viscount Rathbourne, ihr Stiefvater und Lisles Onkel, nagte nicht gerade am Hungertuch. Und war zudem der Erbe des Earl of Hargate, der in Geld nur so schwamm.

Während und zwischen den Tänzen war häufig von ihr die

Rede: von dem gewagten Kleid, das sie zum Krönungszeremoniell des Königspaares getragen hatte, ihrem Kutschenrennen mit Lady Davenport, dass sie Lord Bentwhistle zum Duell gefordert hatte, nachdem er einen Lakaien mit der Peitsche gezüchtigt hatte, und so weiter und so fort.

Seit vier Jahren war sie in die Gesellschaft eingeführt, noch immer nicht verheiratet und noch immer Londoner Stadtgespräch.

Was ihn nicht im Geringsten überraschte.

Ihre Mutter Bathsheba war dem verwilderten Zweig der DeLuceys entsprossen: einer Sippe berüchtigter Schwindler, Betrüger und Bigamisten. Vor der Heirat Bathsheba Wingates mit Lord Rathbourne hatte Olivia deutliche Neigung erkennen lassen, in die Fußstapfen ihrer Ahnen zu treten. Danach hatte eine aristokratische Erziehung dieses Erbe erfolgreich kaschieren können, doch Olivias Wesen hatte sie allem Anschein nach wenig anzuhaben vermocht.

Lisle musste an eine Stelle aus einem der Briefe denken, den sie ihm kurz nach der Geburt seines ersten Bruders nach Ägypten geschickt hatte.

Ich freue mich schon auf den Tag, an dem ich endlich Junggeselle werde. Es würde mir gefallen, ein unstetes Leben zu führen.

Wenn man den Gerüchten glaubte, war ihr das gelungen.

Gerade wollte er sich nach ihr auf die Suche machen, als er bemerkte, wie Männer sich in einer Ecke des Saals drängten und um die beste Position rangen. Vermutlich wetteiferten sie um die Gunst der gerade amtierenden Schönheit des Abends.

Er ging hinüber.

Das Gedränge war so dicht, dass er zunächst wenig mehr sah als eine absurd hoch aufgetürmte Haarpracht, die über den beflissenen Köpfen der Verehrer emporragte. Zwei Paradiesvögel schienen mit den Schnäbeln im gelockten Haar zu picken, das übrigens rot war. Sehr rot.

Nur ein Mädchen auf der ganzen weiten Welt hatte solches Haar.

Eigentlich keine Überraschung, Olivia inmitten männlicher

Aufmerksamkeit zu finden. Sie war von Stand und brachte eine stattliche Mitgift mit. Das dürfte mehr als genug dafür entschädigen, dass sie …

In diesem Augenblick teilte sich die Menge und gab ihm den Blick frei. Sie sah in seine Richtung. Wie gebannt blieb er stehen.

Das hatte er ganz vergessen.

Diese großen blauen Augen.

Einen Moment stand er so da, verloren in einem Blau, das so unergründlich war wie der ägyptische Nachthimmel.

Er blinzelte kurz, dann besah er sich den Rest, angefangen bei den albernen Vögeln, die auf den kunstvoll verschlungenen Locken wippten, bis zu den Schuhspitzen, die unter den Rüschen und Besätzen ihres blassgrünen Kleides hervorblitzten.

Dann ließ er seinen Blick wieder aufwärts wandern, und sein Verstand verlangsamte sich bis zum Schneckentempo.

Zwischen Haarpracht und Schuhen taten sich ein anmutig gebogener Hals auf, sanft abfallende Schultern und ein alabasterblasses, sehr präsentables Dekolleté … und so ging es gerade weiter … hinab zur Taille, die man locker mit einem Arm umfangen konnte und von der sich sehr gefällig gerundete Hüften ausschwangen …

Nein, das konnte nicht sein. Olivia hatte viele Vorzüge. *Schönheit* zählte nicht dazu. Wohl sah sie *interessant* aus, markant – ja, das wohl: diese verheerend blauen Augen, das feuerrote Haar. Beides war unverwechselbar, einzigartig. Und doch, es war ihr Gesicht unter dieser albernen Haarpracht … und konnte es doch nicht sein.

Er starrte sie an, ließ seinen Blick hinauf- und hinabschweifen, hinab und hinauf. Auf einmal schien es ihm unerträglich heiß und stickig im Saal, das Herz schlug ihm ganz sonderbar, und sein Kopf schwirrte von Gedanken, die er mit dem eben Gesehenen in Einklang zu bringen versuchte.

Vage war er sich bewusst, dass er etwas sagen sollte, nur wusste er nicht, was. Seine Manieren hatten schon immer ein wenig zu wünschen übrig gelassen. Er fühlte sich in einer anderen Welt heimisch, war ein anderes Klima gewohnt, andere Menschen. Wenngleich er gelernt hatte, sich in dieser zu bewegen, fiel es ihm doch nicht immer leicht. Er hatte es nie verstanden, zu sagen, was er nicht meinte, und nun wusste er nicht mal mehr, was er zu sagen meinte.

Augenblicklich ging alles, was man jemals zu seiner Zivilisierung unternommen hatte, verschütt. Wachte oder träumte er? Er hatte eine Vision, die ihn alle Regeln und Gepflogenheiten vergessen, alle leeren Phrasen und schicklichen Manieren noch unwesentlicher als sonst erscheinen ließ, sie in Stücke riss und in alle Winde zerstreute.

„Lord Lisle“, sagte sie und neigte so anmutig den Kopf, dass der Vögel Gefieder flatterte. „Wir haben gewettet, ob Sie wohl zu Urgroßmamas Geburtstag kämen oder nicht.“

Beim Klang ihrer Stimme, so vertraut, begann die Vernunft langsam wieder aus dem Nebel der Verwirrung hervorzukriechen.

Das war Olivia, sagte die Vernunft. Und hier waren die Fakten: ihre Stimme, ihre Augen, ihr Haar, ihr Gesicht. Ja, ihr Gesicht war anders, weil es weicher und weiblicher geworden war, aber es war ihr Gesicht, auch wenn die Wangen nun runder waren, die Lippen voller …

Er nahm wahr, dass um ihn her getuschelt wurde, dass einer der Männer fragte, wer er sei, und ein anderer etwas erwiderte. Aber all das schien unwesentlich, einer anderen Welt anzugehören. Er hatte nur Augen und Gedanken für Olivia.

Dann sah er ein Lachen in ihren Augen funkeln und um ihre Mundwinkel zucken.

Mit einem dumpfen *Bum!*, das gewiss bis in die hintersten Ecken des Saals zu hören sein musste, landete er wieder auf dem Boden der Tatsachen.

„Um nichts in der Welt hätte ich mir das entgehen lassen“, sagte er.

„Wie schön, dass du hier bist“, sagte sie. „Und das nicht nur, weil ich die Wette gewonnen habe.“ Sie bedachte ihn mit ausführlich prüfendem Blick, der warm über seine Haut strich und ihm alles Blut geradewegs in die Lenden schießen ließ.

Mein Gott, sie war gefährlicher denn je.

Wem dieser Blick wohl galt? fragte er sich. Wollte sie nur ihre Macht beweisen oder versuchte sie, all ihre Verehrer zugleich zu provozieren, indem sie vorgab, nur an ihm interessiert zu sein?

So oder so, vortreffliche Arbeit.

Dennoch: Genug war genug.

Sie war kein kleines Mädchen mehr – wenn sie das denn je gewesen war – und er kein kleiner Junge. Er wusste, wie das Spiel lief. Langsam ließ er seinen Blick zu ihren Brüsten schweifen. „Du bist erwachsen geworden", stellte er fest.

„Ich wusste, dass du dich über meine Frisur lustig machen würdest", sagte sie lachend.

Natürlich wusste sie genau, dass er nicht ihre Frisur gemeint hatte. Naiv war Olivia nie gewesen.

Doch er nahm den Wink auf und betrachtete pflichtschuldigst ihre Haarpracht. Obwohl sie die meisten Männer damit überragte, war er groß genug, den Vögeln ins Auge zu sehen. Ihm war schon aufgefallen, dass viele Frauen nun solch fantastische Haargebilde trugen. Während die Männermode in den letzten Jahrzehnten immer schmuckloser geworden war, schien die Garderobe der Frauen immer absonderlicher zu werden.

„Auf deinem Kopf sind zwei Vögel gelandet", bemerkte er. „Und dort gestorben."

„Welche Seligkeit, im Himmel gelandet zu sein", ließ eine Männerstimme sich nahebei vernehmen.

„Sieht mir eher nach Totenstarre aus", sagte Lisle.

Olivia bedachte ihn mit einem flüchtigen Lächeln. Etwas Seltsames tat sich in seiner Brust. Und weiter unten tat sich auch etwas, gar nicht seltsam und sehr vertraut.

Er scheuchte beide Regungen in selige Vergessenheit.

Sie konnte ja nichts dafür, sagte er sich. So war sie eben, eine Ungeheuerliche DeLucey durch und durch. Er durfte das nicht persönlich nehmen. Sie war seine beste Freundin und seine Verbündete, praktisch seine Schwester. Er rief sich in Erinnerung, wie sie gewesen war, als er sie kennengelernt hatte: eine magere Zwölfjährige, die ihm sein Skizzenbuch um die Ohren geschlagen hatte. Ein streitlustiges, gefährlich faszinierendes Mädchen.

„Ich habe mich für dich herausgeputzt“, sagte sie. „Zu Ehren deiner großen Entdeckungen in Ägypten. Die Seide meines Kleides habe ich passend zum Grün des Nils in deinen Aquarellen gewählt. Leider mussten wir uns mit Paradiesvögeln begnügen, da keine Ibisse aufzutreiben waren.“

Vertraulich senkte sie die Stimme und beugte sich zu ihm vor, bot ihm einen genaueren Blick auf alabasternes Fleisch, exakt so gerundet, dass es sich perfekt in seine Hand schmiegen würde. So aus der Nähe betrachtet, kam er nicht umhin, den feinen feuchten Film zu bemerken, der sich in der Hitze des Ballsaals auf ihre Haut gelegt hatte. Auch einen feinen, fraulichen Geruch nahm er wahr, eine gefährliche Mischung aus erhitzter Leiblichkeit und leichteren, blumigen Duftnoten.

Warum hatte sie ihn nicht warnen können?

Immer schön an die magere Zwölfjährige denken, ermahnte er sich.

„Eigentlich wollte ich mich wie eine der Frauen auf den Grabmalereien kleiden, von denen du mir Kopien geschickt hattest“, fuhr sie fort. „Aber das war *verboten.*“

Andeutung und Betonung von *verboten* drohten ihm das Hirn zu erweichen.

Fakten, ermahnte er sich. Halte dich an die Fakten, sonst …

Wo waren eigentlich ihre Sommersprossen geblieben?

Vielleicht zeigte sich das warme Kerzenlicht gnädig. Oder sie hatte sich das Dekolleté gepudert. Oder hatte sie ihre Haut mit Zitronensaft gebleicht?

Nicht an ihre Brüste denken. Nur nicht den Verstand verlieren. Was hatte sie gerade gesagt? Irgendwas von Grabmalereien.

Er füllte seine Gedanken mit flachbrüstigen Gestalten auf Steinreliefs.

„Genau genommen sind die Frauen auf den Wandmalereien

gar nicht bekleidet“, sagte er. „Zu Lebzeiten trugen sie nicht mehr als ein eng um den Leib gewickeltes Leinentuch.“

Was der Fantasie so wenig Spielraum ließ, dass sogar er, der sich streng an die Fakten halten und die Fantasie seinen Eltern überlassen wollte, wenig Mühe hatte, sich Olivias neuen kurvenreichen Körper in einem eng gewickelten Leinentuch vorzustellen.

„Nach ihrem Tod“, fuhr er fort, „wickelte man sie diesem Prinzip folgend von Kopf bis Fuß in etliche Lagen Linnen ein. Weder das eine noch das andere scheint mir für einen Londoner Ball geeignete Garderobe.“

„Du hast dich überhaupt nicht verändert“, stellte sie fest. „Alles musst du wörtlich nehmen.“

„Auf Lisle ist Verlass, wenn es gilt, eine Chance zu verspielen“, ließ sich einer der Männer vernehmen und lachte spöttisch. „Statt der Dame Komplimente zu machen und um ihre Gunst zu buhlen – wie wohl kein Mann, der auch nur Augen im Kopf hat, umhinkommt –, lässt er sich zu sterbenslangweiligen Ergüssen über heidnische Gebräuche hinreißen.“

Ja, weil das sicheres Terrain ist.

„Ich kann Miss Carsington versichern, meine Aufmerksamkeit nicht einen Augenblick schweifen lassen zu haben“, erwiderte Lisle. „Ganz im Gegenteil: Ich bin geradezu gebannt.“

Am liebsten würde er dem Unhold an die Gurgel gehen, der ihr dieses Gesicht und diesen Körper beschert hatte – als ob sie noch weiterer Waffen bedurft hätte! Das konnte nur des Teufels sein. Vielleicht hatte sie sich in den fünf Jahren, während derer Lisle sie nicht gesehen hatte, auf einen teuflischen Pakt eingelassen. Leicht dürfte der Teufel es mit ihr nicht gehabt haben.

In den Tiefen seines Verstandes regte sich eine leise Stimme, eben jene Stimme, die ihn auch vor Schlangen, Skorpionen und Halsabschneidern warnte, die in dunklen Gassen lauerten. *Pass auf*, sagte die Stimme.

Aber das hätte er sich auch selbst sagen können, denn er kannte Olivia schließlich.

Sie war gefährlich. Schön oder nicht, mit oder ohne Dekolleté – sie war von fataler Faszination. Mit Leichtigkeit lockte sie an sich vernunftbegabte Männer in die Falle, obwohl die meisten längst hatten mit ansehen können, wie sie den Seelenfrieden anderer ebenso vernunftbegabter Männer zerstört hatte.

Er wusste davon. In ihren Briefen hatte sie ihm ausführlichst von ihren unzähligen „romantischen Enttäuschungen" berichtet. Unter anderem. Dazu kam, was man sich im Ballsaal von ihr erzählte. Er wusste, wie sie war.

Dass es ihm dennoch vorübergehend den Verstand vernebelte, lag einzig daran, dass er ein Mann war. Es war eine ganz natürliche, rein körperliche Reaktion, die sich wie von selbst einstellte, sowie man auf eine schöne Frau traf. Er hatte solche Reaktionen andauernd. Verstörend war die Sache nur, weil er dergestalt auf *Olivia* reagierte.

Die seine beste Freundin und seine Verbündete war, praktisch seine Schwester.

So hatte er sie immer gesehen.

Und so würde er sie weiter sehen, sagte er sich.

Das erste Wiedersehen war ein kleiner Schock gewesen, mehr nicht. Sein Leben war eine ganze Serie von Schocks, und für gewöhnlich fand er das sehr belebend.

„Ehe meine Aufmerksamkeit sich doch noch verflüchtigt", sagte er, „wäre die Dame wohl so gütig, mir den nächsten Tanz zu gewähren?"

„Der gehört mir", sagte einer der Männer, der ihr die ganze Zeit nicht von der Seite gewichen war. „Miss Carsington hat ihn mir versprochen."

Olivia ließ ihren Fächer zuschnappen. „Sie kommen schon noch an die Reihe, Lord Belder", sagte sie. „Ich habe Lord Lisle seit Ewigkeiten nicht gesehen, und gewiss wird er bald wieder auf und davon sein. Er ist ein Meister im Verschwinden. Wenn ich nicht jetzt mit ihm tanze, wann dann? Er könnte Schiffbruch erleiden und ertrinken oder von einem Krokodil gefressen oder von einer Schlange oder einem Skorpion gebissen oder von der

Pest dahingerafft werden. Sie müssen wissen, Lord Belder, dass er nur dann glücklich ist, wenn er Leib und Leben aufs Spiel setzen kann, um unser Wissen antiker Kulturen zu mehren. Mit *Ihnen* kann ich immer noch tanzen."

Belder bedachte Lisle mit mörderischem Blick, Olivia mit einem Lächeln, und gab sich geschlagen.

Als Lisle mit ihr davonging, begann er zu begreifen, was sie so gefährlich machte und weshalb so viele Männer sich ihretwegen um Leib und Leben brachten.

Sie wollten sie haben und konnten nicht anders. Sie wusste das und scherte sich einen Teufel darum.

2. *KAPITEL*

Die behandschuhte Hand, die Olivia so beherzt ergriffen hatte, war warm, kräftig und viel zupackender, als Olivia sie in Erinnerung hatte. Als seine Hand sich um die ihre schloss, wurde ihr selbst ganz warm, was sie erschreckte – und das war keineswegs der erste Schock dieses Abends.

Hatte sie Lisles Hand je zuvor ergriffen? Nicht, dass sie wüsste. Es war ganz instinktiv geschehen, war ganz selbstverständlich gewesen, mit ihm zu gehen, obwohl er kaum noch dem Jungen von einst ähnelte.

Zum einen war er ganz beträchtlich gewachsen, und das nicht nur rein körperlich, wenngleich die Veränderung seiner äußeren Erscheinung beachtlich genug war.

Als er eben zu ihr herübergekommen war, hatte er ihr glatt die Sicht auf den Rest des Saals verstellt. Größer als sie war er schon immer gewesen, aber nun war er nicht mehr schlaksig und ungelenk. Er war erwachsen geworden und strahlte eine Männlichkeit aus, die ihr schwindeln ließ.

Womit sie nicht allein zu sein schien. Zu den Verehrern, die sich beflissen um sie geschart hatten, hatten sich auch einige wenige ihrer Freundinnen gesellt, und ihr war nicht entgangen, wie sie Lisle angesehen hatten. Auch jetzt drehte man sich allenthalben nach ihnen um – und zur Abwechslung waren es nicht nur Männer, die schauten, und die Blicke galten nicht nur ihr.

Auch sie hatte eben kaum den Blick von ihm wenden können – und das, obwohl sie ihn so gut kannte. Vermutlich zog er so viel Aufmerksamkeit auf sich, weil er einfach anders war als andere Männer.

Verstohlen betrachtete sie ihn, begutachtete ihn mit dem berechnenden Blick der Ungeheuerlichen DeLuceys.

Dank der ägyptischen Sonne schimmerte seine Haut bronzen und sein blondes Haar hellgolden, doch das war längst nicht die einzige Veränderung, die sie an ihm wahrnahm.

Der schwarze Frack schmiegte sich um seine breiten Schultern, und die schmalen Hosen betonten seine langen, muskulösen Beine. Sein Linnen schimmerte makellos weiß, seine Schuhe waren glänzend schwarz. Obwohl er praktisch genau dasselbe trug wie andere Männer auch, wirkte es bei ihm doch anders. Irgendwie schien er weniger bekleidet zu sein als sie, was daran liegen mochte, dass kein anderer Gentleman es schaffte, so selbstverständlich alle Aufmerksamkeit auf den kraftvollen Körper zu lenken, der sich unter der eleganten Garderobe verbarg.

Sie sah, dass andere Frauen mitten im Gespräch innehielten, um ihn anzuschauen, oder seine Aufmerksamkeit auf sich zu lenken versuchten.

Doch sie sahen nur das Äußere. Was, wie sie zugeben musste, schon aufregend genug war.

Sie hingegen wusste, dass er auch auf andere, weniger offensichtliche Weise anders war. Zum einen hatte er nicht die für einen Gentleman übliche Erziehung genossen. Daphne Carsington hatte ihn auf ihren ägyptischen Exkursionen gelehrt, was er auf keiner Schule und an keiner Universität hätte lernen können. Rupert Carsington hatte ihm Überlebenskünste beigebracht, deren die meisten Gentlemen kaum bedurften: wie man beispielsweise ein gut geschärftes Messer handhabte oder einen missliebigen Menschen aus dem Fenster stürzte.

All das wusste sie, denn er hatte ihr davon in seinen Briefen berichtet. Auf seine Stimme hingegen war sie nicht vorbereitet gewesen. Auf diesen betörenden unenglischen Einschlag, der sich in seinen aristokratischen Tonfall geschlichen hatte, und wie dieser Klang Bilder von Wüstensand und Beduinenzelten heraufbeschwor. Und von halbnackten Frauen, die sich auf türkischen Teppichen räkelten.

Auch hielt er sich anders als früher, was daran liegen mochte, dass er seit fast zehn Jahren in einer rauen, gefährlichen Welt lebte, wo er hatte lernen müssen, sich so leise und geschmeidig wie eine Katze oder eine Kobra zu bewegen.

Seine goldbraune Haut und das hellgoldene Haar ließen an einen Tiger denken, doch damit wurde man seiner Andersartigkeit nicht gerecht. Er bewegte sich eher wie … Wasser. Wenn er sich seinen Weg durch die Menge bahnte, ließ er sie in leisen Wellen erbeben. Frauen seufzten in stiller Verzückung und Männer begannen Mordgedanken zu hegen.

Was ihm gewiss nicht entgehen dürfte, hatte er doch gelernt, seine Sinne für jede noch so kleine Regung in seiner Umgebung zu schärfen. Aber er ließ sich nichts anmerken.

Sie hingegen, die ihn schon viel, viel länger kannte, merkte sehr wohl, dass er längst nicht so kühl und gelassen war, wie er sich den Anschein gab. Hinter der vernünftigen, beinah pedantischen Fassade verbarg sich ein leidenschaftliches, geradezu halsstarriges Wesen, das, so vermutete sie, sich wenig verändert hatte. Auch war er keineswegs so beherrscht, wie man vermuten könnte, und der grimmige Zug um seinen Mund ließ sie vermuten, dass seine Geduld kürzlich erst empfindlich strapaziert worden war.

Sie drückte seine Hand. Als er sie ansah, blitzten seine grauen Augen silbrig im Kerzenschein.

„Hier entlang“, sagte sie.

Sie führte ihn an einer mit Serviertabletts bewehrten Dienerschar vorbei, ließ seine Hand los, um sich im Vorbeigehen zwei Gläser Champagner zu nehmen, verließ schnurstracks den Ballsaal, überquerte den Korridor und verschwand in einem Vorzimmer. Nach kurzem Zögern folgte er ihr.

„Mach die Tür zu“, sagte sie.

„Olivia“, sagte er.

„Ach, ich bitte dich“, sagte sie. „Als ob ich noch einen Ruf zu verlieren hätte.“

Er schloss die Tür. „Du hast tatsächlich noch einen zu verlieren, wenngleich es mich wundert, dass du dich nicht schon vor Jahren ruiniert hast.“

„Es gibt wenig, das Vermögen und Rang nicht beheben könnten“, sagte sie. „Hier, nimm dir eins und lass mich dich erst mal richtig begrüßen." Als er ihr eines der Gläser abnahm, streiften seine behandschuhten Fingerspitzen die ihren.

Die Berührung brannte wie glühende Funken unter ihrem Handschuh, unter ihrer Haut. Auch ihr Herz sprühte Funken und begann heftig zu pochen.

Sie trat einen halben Schritt zurück und stieß mit ihm an.

„Willkommen zu Hause, mein Freund", sagte sie. „Ich wüsste nicht, wann ich mich jemals mehr gefreut hätte, jemanden zu sehen."

Am liebsten hätte sie ihm vor Freude die Arme um den Hals geschlungen. Was sie, aller Unschicklichkeit zum Trotz, wohl auch getan hätte, wäre da nicht dieser sonderbare Ausdruck in seinen silbrigen Augen gewesen, der ihr schon vorhin, als sie ihn so unverhofft erblickt hatte, den Atem hatte stocken lassen.

Er war ihr Freund, das wohl, und wahrscheinlich kannte nur Urgroßmama sie besser als er. Aber er war eben nicht mehr der Junge von einst, sondern ein Mann.

„Ich war zu Tode gelangweilt", fuhr sie fort, „aber der Ausdruck in deinem Gesicht, als du meinen Busen entdeckt hast, war göttlich. Fast hätte ich lauthals lachen müssen."

Sein Blick senkte sich auf Besagtes, und ihr wurde ganz warm, wo er sie betrachtete. Dann begann die Wärme sich auszubreiten und wurde immer heftiger. Ehe sie es sich versah, würde ihr wieder der Schweiß ausbrechen, so wie vorhin, als er sie so angesehen hatte. Es war ihr Warnung genug: Mit diesem Feuer sollte sie besser nicht spielen.

Seine Stirn legte sich in nachdenkliche Falten, als betrachtete er nicht ihre Brüste, sondern irgendwelche Hieroglyphen. „Als ich dich das letzte Mal gesehen habe, hattest du die noch nicht", meinte er. „Ich war völlig aus dem Konzept gebracht. Wo hast du die her?"

„Wo ich sie *her habe*?" Mein Gott, das sah ihm ähnlich. Sich über ihre Brüste Gedanken zu machen, als wären sie ein archäologischer Fund, den es zu bestimmen galt. „Sie sind einfach gewachsen. Alles an mir ist gewachsen. Langsam, aber stetig. Ist das nicht komisch? In allen anderen Belangen war ich wohl eher meiner Zeit voraus." Sie trank einen Schluck. „Vergiss meinen Busen, Lisle."

„Das sagst du so leicht. Du bist kein Mann. Ich muss mich erst daran gewöhnen."

Und sie musste sich erst daran gewöhnen, was in ihr geschah, wenn er sie so ansah. Sie lachte. „Dann lass dich nicht stören. Urgroßmama meint, die Zeit, wo kein Mann mehr einen Blick dafür übrig habe, komme noch früh genug, und ich solle mich so lange wie möglich daran erfreuen."

„Sie hat sich kein bisschen verändert."

„Doch, sie ist gebrechlicher und nicht mehr so flink wie früher. Aber sie lässt sich nicht unterkriegen. Ich weiß nicht, was ich machen soll, wenn sie mal nicht mehr da ist."

Urgroßmama war ihre Vertraute, die Einzige, die all ihre Geheimnisse kannte. Mama und Stiefpapa konnte sie unmöglich alles erzählen. Sie hatten alles Erdenkliche für sie getan. Die Wahrheit würde sie nur beunruhigen, weshalb Olivia sie vor der Wahrheit beschützen musste.

„Ich weiß nicht, was ich heute Abend ohne sie getan hätte", sagte Lisle. „Sie hat meine Eltern in Beschlag genommen und mich entkommen lassen." Er fuhr sich mit der Hand durchs Haar und zerzauste es auf eine Weise, die Frauen um den Verstand zu bringen vermochte. „Ich sollte mich längst nicht mehr über sie aufregen, aber ich scheine die Kunst, sie zu ignorieren, noch immer nicht zu beherrschen."

„Was kannst du denn diesmal nicht ignorieren?", wollte sie wissen.

„Den üblichen Wahnsinn", meinte er achselzuckend. „Ich will dich nicht mit den Details langweilen."

Seine Eltern, so wusste sie, waren das Kreuz, das er zu tragen hatte. Sie kreisten ausschließlich um sich selbst. Andere Menschen, einschließlich ihrer leidgeprüften Kinder, besetzten lediglich Nebenrollen im großen Drama ihres Lebens.

Urgroßmama verstand es als Einzige, sie in ihre Schranken

zu verweisen, indem sie kein Blatt vor den Mund nahm und tat, was ihr beliebte. Andere waren entweder nur perplex oder zu höflich oder befanden es nicht der Mühe wert. Selbst Stiefpapa wusste die Athertons zwar zu handhaben, stieß aber schnell an seine Grenzen, was seine Geduld so sehr strapazierte, dass er nur noch im äußersten Notfall intervenierte.

„Du musst mir alles erzählen“, sagte sie. „Ich bin ganz versessen auf Lord und Lady Athertons Wahnsinn. Im Vergleich zu ihnen komme ich mir so herrlich normal und vernünftig und durch und durch langweilig vor.“

Da musste er lächeln, ein leichtes Anheben des Mundwinkels nur, doch ...

Ihr Herz tat einen Sprung.

Sie wich zurück und warf sich zwanglos in einen Sessel am Kamin. „Komm, wärm dich auf“, sagte sie. „Im Ballsaal war es heiß wie im Hades, aber dir kam es bestimmt wie ein Eishaus vor.“ Sie deutete auf den Sessel gegenüber. „Erzähl mir, was deine Eltern nun schon wieder von dir wollen.“

Er trat an den Kamin, setzte sich jedoch nicht. Eine Weile schaute er nur ins Feuer, dann sah er sie an, aber nur kurz, ehe er den Blick wieder auf die Flammen senkte, als habe er nie Faszinierenderes gesehen.

„Es geht um eine zerfallene Burgruine, die sich leider Gottes in unserem Besitz befindet, etwa zehn Meilen von Edinburgh entfernt“, begann er.

„Wie seltsam“, fand Olivia, nachdem Lisle ihr die Szene mit seinen Eltern kurz und knapp geschildert hatte. Die Extravaganzen hatte er drastisch gekürzt, da er wusste, dass sie sich das theatralische Beiwerk sehr gut selbst ausmalen konnte, hatte sie doch während der letzten neun Jahre mehr Zeit mit Mutter und Vater zugebracht als er.

„Wenn es nur seltsam wäre“, sagte er. „Bei ihnen ist das ganz normal.“

„Ich meinte auch die Gespenster“, sagte sie. „Wie seltsam, dass die Arbeiter sich von ein paar Gespenstern in die Flucht schlagen lassen. Denk nur mal daran, wie viele im Tower von London herumspuken. Beispielsweise der Henker, der seit Jahren schon die Countess of Salisbury um den Richtklotz scheucht."

„Oder Anne Boleyn, mit ihrem Kopf unter dem Arm."

„Und die jungen Prinzen", meinte sie. „Was ich sagen will: Geister gibt es überall, und niemand scheint sich an ihnen zu stören. Wie seltsam also, dass sie ausgerechnet Schotten das Fürchten lehren sollten. Ich dachte, die Schotten lassen sich besonders gern bespuken."

„Das meinte ich auch zu meinen Eltern, aber Vernunft war ja noch nie ihre Stärke", sagte er. „Und eigentlich geht es ja gar nicht um die Burg oder diese Geistergeschichte. Sie wollen einfach, dass ich zu Hause bleibe."

„Aber das würde dich um den Verstand bringen", stellte Olivia fest.

Sie hatte ihn immer verstanden, vom ersten Tag an, da er ihr von seinem Entschluss erzählt hatte, als Entdecker nach Ägypten gehen zu wollen. Sein Nobles Ansinnen hatte sie es genannt.

„Ich würde mich gar nicht so sehr darüber aufregen", sagte er, „wenn ich hier wirklich gebraucht würde. Meine Brüder brauchen mich zwar – sie brauchen *irgendjemanden*, der sich um sie kümmert –, aber ich weiß einfach nicht, was ich tun soll. Vermutlich würden meine Eltern es nicht mal bemerken, wenn ich sie mit nach Ägypten nähme. Aber sie sind noch zu jung. Das Klima bekommt Kindern nicht so gut."

Sie legte den Kopf zurück und sah ihn an. Wenn diese großen blauen Augen zu ihm aufblickten, geschah etwas in ihm – etwas Kompliziertes, das nicht nur seine Fortpflanzungsorgane erfasste. In seiner Brust begann es zu hüpfen, und er verspürte einen leisen Schmerz, wie viele kleine Stiche, was ihn ziemlich beunruhigte.

Er wandte den Blick ab und starrte wieder ins Feuer.

„Was wirst du tun?", fragte sie.

„Ich weiß es noch nicht", sagte er. „Die elterliche Krise hatte ihren Höhepunkt heute Abend erreicht, kurz bevor wir aufbrechen wollten. Ich hatte noch keine Gelegenheit mir zu überlegen, was ich tun soll. Nicht, dass ich wegen dieser dummen Geschichte in Schottland auch nur *irgendwas* zu tun beabsichtige. Um meine Brüder sollte ich mir Gedanken machen. Ich werde es zu gegebener Zeit entscheiden."

„Du hast recht", sagte sie. „Wegen der Burg brauchst du dir nicht den Kopf zu zerbrechen. Reine Zeitverschwendung. Wenn du …"

Sie verstummte, denn die Tür flog auf und Lady Rathbourne stürmte herein. Mit ihrem schwarzen Haar und den tiefblauen Augen – wenngleich nicht gar so blau wie die ihrer Tochter – war auch sie eine große Schönheit.

Die Lisle jedoch mit Gleichmut und Zuneigung betrachten konnte, ohne das verstörende Gefühle ihn bestürmten.

„Um Himmels willen, Olivia, Belder hat überall nach dir gesucht", sagte sie. „Du hättest mit ihm tanzen sollen. Lisle, ich hätte Sie für schlauer gehalten, als sich von Olivia zu einem Tête-à-Tête verführen zu lassen."

„Mama, wir haben uns seit fünf Jahren nicht gesehen!"

„Wenn es ihm nichts ausmacht, sich durch Heerscharen vernarrter Gentlemen zu kämpfen, kann er dich morgen besuchen", beschied Ihre Ladyschaft. „Jetzt verlangt es andere junge Damen nach seiner Gesellschaft. Du hast Lisle nicht gepachtet, Olivia, und deine lange Abwesenheit lässt Belder langsam unruhig werden. Kommen Sie, Lisle, gewiss wollen Sie den Abend nicht im Clinch mit einem von Olivias Verehrern beenden. Ach", seufzte sie, „es ist so lächerlich, dass mir die Worte fehlen."

Nachdem sie das Vorzimmer verlassen hatten, trennten Lisles und Olivias Wege sich. Sie kehrte zu Lord Belder und ihren anderen Verehrern zurück, und er widmete sich den anderen jungen Damen, die durchaus charmant waren, sich aber so sehr von Olivia unterschieden, als gehörten sie einer anderen Spezies an.

Erst später, als er mit einer von ihnen tanzte, kam ihm wieder in den Sinn, was ihm just in dem Augenblick aufgefallen war, ehe

Lady Rathbourne ihre Unterhaltung unterbrochen hatte: dieses Funkeln in Olivias blauen Augen, ehe ihr Ausdruck ganz in sich gekehrt wurde, was er schon vor Jahren zu deuten gelernt hatte.

Nachdenken. Olivia hatte nachgedacht.

Und wenn Olivia nachdachte, das würde ihre Mutter einem bereitwillig versichern, drohte Gefahr.

Somerset House, London
Mittwoch, 5. Oktober

Es handelte sich um eine nicht offizielle Sitzung der Gesellschaft für Altertumskunde. Zum einen, weil man sich für gewöhnlich donnerstags zu treffen pflegte. Zum anderen, weil diese Treffen nie vor November stattfanden.

Aber der Earl of Lisle fand sich eben nicht alle Tage in London ein, und im November wäre er gewiss längst wieder fort. Jeder Gelehrte, der sich für ägyptische Altertümer interessierte, wollte sich jedoch nicht entgehen lassen, was er zu berichten hatte, und so war die Veranstaltung, wenngleich kurzfristig einberufen, gut besucht.

Bei seinem letzten Aufenthalt in London hatte Lisle, obwohl gerade einmal achtzehn Jahre alt, einen wegweisenden Vortrag über die Namen der Pharaonen gehalten. Genau genommen war es Daphne Carsington, die sich die Entzifferung der Hieroglyphen zur Aufgabe gemacht hatte. Das war allgemein bekannt. Allgemein bekannt war auch, dass sie ein Genie war. Nur leider war sie eine Frau. Weshalb ein Mann sie vertreten und an ihrer statt Theorien und Entdeckungen präsentieren musste. Ansonsten wären diese gnadenlos zerpflückt und verlacht worden vom lärmenden Publikum, das Frauen fürchtete und verabscheute, die sich Intelligenz anmaßten, geschweige denn mehr davon besaßen als sie.

Ihr Bruder, der diese Aufgabe für gewöhnlich übernahm, war außer Landes. Ihr Gatte, Rupert Carsington, wenngleich längst nicht so dumm wie er von vielen gehalten wurde, würde einen wissenschaftlichen Vortrag niemals mit ernsthafter Miene durchhalten – wenn er nicht gar währenddessen einschliefe.

Da Lisle und Daphne seit Jahren zusammenarbeiteten und er ihren Fähigkeiten höchsten Respekt zollte, fand er sich gern bereit, ihre jüngsten Erkenntnisse mit dem gebührenden Ernst vorzutragen.

Aber eine Person im Publikum schien das Ganze dennoch für einen Scherz zu halten.

Lord Belder saß neben Olivia in der ersten Reihe und machte sich über jedes von Lisles Worten lustig.

Falls er Olivia damit beeindrucken wollte, würde er sich auf eine Überraschung gefasst machen müssen.

Wahrscheinlicher schien indes, dass er Lisle provozieren wollte. Schon gestern, als Lisle Olivia besucht hatte, hatte Belder sich beständig zwischen sie gedrängt. Aber da halb London sich im Haus ihrer Eltern eingefunden hatte, war Lisle ohnehin kaum dazu gekommen, ein Wort mit ihr zu wechseln. Er hatte ihr nur kurz gesagt, dass er heute einen Vortrag halten würde, und sie hatte versprochen zu kommen, woraufhin Belder sich erbot, sie zu begleiten, da er sich „um nichts in der Welt Lord Lisles kleine Ansprache“ entgehen lassen wollte.

Selbst im besten Fall brauchte es nicht viel, um Lisle zu erzürnen. Und augenblicklich kochte er Daphnes wegen in stiller Wut: Belder verspottete *ihre* harte Arbeit. Aber sei's drum, dachte Lisle, lange würde man diesen Idioten nicht mehr gewähren lassen. Schließlich befand man sich nicht bei Almack's oder auf einem Ball, und das gelehrte Publikum dürfte ein solches Verhalten kaum dulden.

Kaum hatte Lisle es gedacht, meldete sich auch schon einer der Zuhörer zu Wort. „Sir“, sagte der Gentleman kühl, „vielleicht könnten Sie sich Ihre geistreichen Ergüsse für ein geneigteres Publikum aufsparen. Ich würde Ihren Club vorschlagen. Oder das Kaffeehaus. Oder besser noch eine Bierschenke. Wir sind gekommen, um dem Herrn am Rednerpult zuzuhören, nicht Ihnen.“

Lisle tat, als schnippe er ein Stäubchen von seinem Manuskript und sagte, ohne aufzusehen: „Geistreiche Ergüsse? Sie müssen schon entschuldigen, Lord Belder, der Geist war mir entgangen. Ich hatte Sie für einen Heiligen gehalten."

„Einen Heiligen?", rief Belder mit einem ungläubigen Lachen, was Olivia vermutlich zeigen sollte, wie wenig es ihn kratzte, einem rüpelhaften Schuljungen gleich getadelt zu werden.

„Aber ja", sagte Lisle. „Es ist nämlich so, dass in Ägypten jene, die schwer von Begriff oder geringem Verstand sind, als Heilige gelten und man all ihre Absonderlichkeiten und Unzulänglichkeiten als Zeichen göttlicher Gunst erachtet."

Das Publikum brüllte vor Lachen. Als die gelehrten Herren sich wieder ein wenig gefasst hatten, machten sie Belder zur Zielscheibe ihres Spotts. Er tat ihnen den Gefallen, bis zu den Haarwurzeln zu erröten.

Nachdem er Belder diese redlich verdiente Lektion erteilt hatte, konnte Lisle Daphnes Vortrag in Ruhe zu Ende bringen.

Nachdem auch alle Fragen beantwortet waren und das Publikum sich langsam zerstreute, drängte er sich zwischen den Männern hindurch, die sich um Olivia geschart hatten – wie argloses Federvieh, das sich auf einem schlafenden Krokodil niedergelassen hatte, wenn man ihn fragte –, und erbot sich, sie nach Hause zu bringen. Sie wandte sich von Belder ab und bedachte Lisle mit einem so strahlenden Lächeln, dass er einen Augenblick lang kaum geradeaus schauen konnte. Dann nahm sie seinen Arm. Bailey, ihre Dienerin, dicht auf den Fersen, gingen sie zur Kutsche.

Der Lakai hatte gerade den Tritt herabgelassen und Olivia schon einen Fuß gehoben, als ein Junge über das Trottoir geradewegs auf sie zugerannt kam. Er rannte, als wäre der Teufel hinter ihm her, und wich geschickt den gelehrten Gentlemen aus, die angeregt über Pharaonen plaudernd die Straße hinab spazierten.

Auch Lisle wich er aus, doch dann machte er den fatalen Fehler, in Olivias Richtung zu schauen, und schon geriet er von ihrer Schönheit geblendet aus dem Tritt. Wie in Trance lief er weiter.

Just in diesem Augenblick eilte Lord Belder zu Olivias Kutsche. Der Junge stolperte geradewegs in ihn hinein und brachte sie beide zu Fall. Der Junge landete auf dem Trottoir, Lord Belder in der Gosse.

Im Nu war der Junge wieder auf den Beinen, warf einen entsetzten Blick auf Belder und suchte das Weite.

„Haltet den Dieb!“, brüllte der. Zwei seiner Freunde schnappten sich den Jungen, als er an ihnen vorbeiflitzen wollte.

Seine Lordschaft erhob sich aus der Gosse. Bekannte, die des Weges kamen, bedachten ihn mit den üblichen geistreichen Bemerkungen. „Gerade aufgewacht, Belder?“ oder „Ein kleines Bad genommen, Belder?“ und so fort.

Braune und schwarze Flecken unerfreulichen Ursprungs bedeckten seine helle Hose und den blauen Rock, die kunstvoll gebundene Krawatte, Weste und Handschuhe. Er betrachtete seine besudelten Kleider, dann den Jungen. Der wand sich unter seinem Blick und schrie: „Das war ein Unfall, Euer Ehrwürden! Ich hab nix getan!“

„Das stimmt“, erhob Olivias Stimme sich über den Lärm. „Ich habe mit angesehen, was vorgefallen ist. Hätte er etwas gestohlen, würde er …“

„Warte doch in der Kutsche und lass mich die Sache regeln“, unterbrach sie Lisle, ehe sie in aller Ausführlichkeit darlegen konnte, wie man einen Taschendiebstahl nach allen Regeln der Kunst ausführte. Olivia war sehr vielseitig begabt.

„Unsinn“, erwiderte sie. „Das regele ich selbst.“

Er versuchte, sie zurückzuhalten, doch sie schüttelte seine Hand ab und marschierte geradewegs zu den Männern, die den Jungen festhielten.

„Lassen Sie ihn los“, sagte sie. „Es war *nur ein Unfall.*“

Für Lisle waren die Warnzeichen offensichtlich: wie ihr die Röte vom Hals in die Wangen stieg und das unausgesprochene *Ihr Dummköpfe*, das in der Betonung von „nur ein Unfall“ mitschwang.

Da er sie jedoch nicht mit Gewalt vom Ort des Geschehens

wegzerren konnte, würde er ablenken und sie übertönen müssen. Aber Belder kam ihm zuvor.

„Sie ahnen ja nicht, wie raffiniert diese elenden Schlawiner sind, Miss Carsington", sagte er. „Sie provozieren solche Zusammenstöße und plündern einem dabei die Taschen aus."

„Das mag wohl so sein, aber …", setzte Lisle an.

„Aber er nicht", sagte Olivia. „Ein richtiger Dieb wäre so schnell und geschickt zu Werke gegangen, dass man ihn kaum gemerkt hätte. Er hätte alles vermieden, was die Aufmerksamkeit auf ihn lenken würde, und er wäre auch nicht stehen geblieben, sondern hätte unauffällig das Weite gesucht. Außerdem sind Taschendiebe meist paarweise unterwegs."

Da hatte sie natürlich recht, und jeder halbwegs vernünftige Mann würde das eingesehen haben.

Aber Belder steigerte sich gerade in einen gerechten Zorn, er hatte noch ein paar Rechnungen zu begleichen, und der Junge bot die leichteste Zielscheibe. Mit einem gönnerhaften Lächeln wandte er sich von Olivia ab und den Schaulustigen zu. „Hole doch jemand einen Konstabler!", posaunte er.

„Nein!", schrie der Junge. „Ich hab nix geklaut!"

Er trat um sich, versuchte freizukommen.

Lord Belder verpasste ihm eine Ohrfeige.

„Sie Rabauke!", rief Olivia. Und schon schnellte ihr berüschter Schirm in die Höhe und landete hart auf seiner Schulter.

„Au!"

„Lassen Sie sofort das Kind los!" Sie schwang ihren Schirm in Richtung der Männer, die den Jungen festhielten.

Belder packte ihren Arm, damit sie nicht auf seine Freunde eindrosch.

Lisle sah die beschmutzte, behandschuhte Hand, die sich um Olivias Arm schloss. Dann sah er rot.

Er machte einen Schritt vor, fasste Belder grob beim Arm und riss ihn von Olivia fort. „Lass die Finger von ihr", sagte er mit leiser, fester Stimme. „Lass bloß die Finger von ihr."

3. KAPITEL

Zwei Minuten später

Oh, Miss“, sagte Bailey. „Sie werden einander töten.“ Lisle hatte Belder wieder von sich gestoßen, kaum dass er ihn sich geschnappt hatte, doch für Belder war die Sache damit nicht erledigt. Er schubste Lisle, woraufhin Lisle ihn zurückschubste und Belder gegen einen Zaun prallte. Belder schnaubte vor Wut, riss sich die Handschuhe von den Händen, warf seinen Hut zu Boden und hob die Fäuste. Lisle tat es ihm nach.

Lass die Finger von ihr, hatte er mit leiser, drohender Stimme gesagt, die sie hatte erschauern lassen.

Wie dumm von ihr. Sie war schließlich kein junges, unbedarftes Ding – doch raste ihr das Herz wie nie zuvor, obwohl Männer sich allenthalben ihretwegen prügelten und sie schließlich wusste, dass es bei Lisle nichts weiter zu bedeuten hatte. Er hatte nun mal einen ausgeprägten Beschützerinstinkt. Und streitlustig war er noch dazu.

Aber sie hatte ihn seit Jahren nicht mehr bei einer Prügelei gesehen.

Eigentlich hatte sie seit Jahren niemanden mehr bei einer Prügelei gesehen, berichtigte sie sich, trafen Männer sich doch für gewöhnlich bei Tagesanbruch und fern des öffentlichen Augenmerks, weil es gegen das Gesetz verstieß, sich zu duellieren.

Nicht so Prügeleien, die indes unter Gentlemen weniger geläufig waren – zumindest nicht am helllichten Tag und mitten auf der Straße.

Kein Wunder also, dass sie so aufgeregt war.

„Sie *würden* einander gern töten“, belehrte sie Bailey. „Aber sie werden es nicht tun, weshalb eine Prügelei Pistolen auf zwanzig Schritt Entfernung vorzuziehen ist. Belder muss sich mal ein bisschen abreagieren, und Lisle wird ihm den Gefallen gerne tun.“

Ein Blick auf ihre Dienerin verriet ihr, dass auch Bailey der Prügelei mit einer gewissen Vorfreude entgegensah. Klein und zierlich, war Bailey längst nicht so zart und empfindsam, wie sie aussah. Was auch gut so war, denn sonst hätte sie in Olivias Diensten nicht lange überlebt.

„Du hast Lisle noch nie kämpfen gesehen", sagte Olivia. „Er sieht aus wie ein Engel, mit seinem blonden Haar und den kühlen grauen Augen, aber er kann um sich schlagen, dass die Funken sprühen. Ich habe mal mit angesehen, wie er Hackfleisch aus einem Jungen gemacht hat, der locker doppelt so groß war wie er."

Das war an dem Tag gewesen, da sie zu ihrer Schatzsuche nach Bristol aufgebrochen war. Lisle war nicht sehr angetan davon gewesen, dass Nat Diggerby – dieser dumme Ochse – sie hatte begleiten wollen.

Wenn sie ehrlich war, hatte ihr auch nicht sonderlich viel an Diggerby gelegen. Zwar hatte sie sich nichts anmerken lassen, aber im Grunde war sie sehr erleichtert gewesen, als Lisle seinen Platz eingenommen hatte.

Nun wandte sie ihre Aufmerksamkeit dem Zweikampf zu und wünschte, dass sie mehr sehen könnte. Sie hörte es ächzen und dumpfe Faustschläge, aber eine Menge schaulustiger Männer verstellte ihr den Blick. Sie wetteten darauf, wer gewinnen würde, und spornten lauthals ihren Favoriten an.

Selbst sie wusste, dass es sich nicht schickte, sich zwischen ihnen durchzudrängeln. Eine Dame mischte sich nicht unter eine Meute blutrünstiger Männer. Eine Dame wartete in sicherer Entfernung auf den Ausgang des von ihr verursachten Gemetzels.

Würde sie auf den Aufsitz hinten an der Kutsche klettern, könnte sie mehr sehen, aber das schickte sich natürlich auch nicht.

So blieb ihr nur zu warten, zu lauschen und sich mit ein paar flüchtig erhaschten Blicken zu begnügen – und zu hoffen, dass Lisle unbeschadet aus dem Zweikampf hervorging. Nicht, dass er derlei tätliche Angriffe nicht gewohnt wäre, sagte sie sich. Glaubte man seinen Briefen, wollte man ihm in Ägypten andauernd an den Kragen, doch er wusste sich zu verteidigen. Dennoch: Belder schien aus irgendeinem Grund rasend eifersüchtig auf ihn zu sein, und Lisle hatte ihn zudem vor einem Publikum bedeutender Männer blamiert.

Nach gefühlten Stunden, die kaum mehr als ein paar Minuten gewesen sein konnten, ertönte ein Schrei, danach Stille. Dann begann die Menge sich langsam zu zerstreuen, und sie sah Belder auf dem Boden liegen. Einige seiner Freunde gingen zu ihm.

Unter Zuhilfenahme von Ellenbogen und Schirm drängte sie sich vor und packte Lisle beim Arm. „Komm“, sagte sie.

Fassungslos sah er sie an. Sein Haar war zerzaust und verschmutzt, seine Lippe aufgeplatzt. Blut befleckte seine Krawatte, die in Fetzen hing. Ein Ärmel seines Fracks war von der Schulternaht gerissen.

„Komm“, wiederholte sie. „Er ist erledigt.“

Lisle starrte auf den am Boden liegenden Belder, sah dann wieder sie an. „Willst du ihn denn nicht trösten?“

„Nein.“

Er zog sein Taschentuch hervor und wollte sich das Blut von der Lippe wischen, zuckte aber sofort zusammen.

Sie nahm ihm das Tuch aus der Hand und tupfte seine Lippe ab. „Morgen wirst du ein prächtiges blaues Auge haben, und wahrscheinlich wirst du die nächsten Tage nur Suppe und Brei essen können.“

„Du hast wirklich Talent dafür, Idioten anzuziehen.“

Sie hielt inne. „Deine Lippe wird auch anschwellen“, sagte sie. „Mit etwas Glück wirst du eine Weile kein Wort reden können.“ Kopfschüttelnd wandte sie sich ab und ging zur Kutsche.

Er folgte ihr. „Wenn du sie nicht willst, solltest du sie nicht auch noch ermutigen“, sagte er.

„Ich muss sie nicht ermutigen“, beschied sie. „Wir DeLucey-

Frauen haben nun mal diese Wirkung auf Männer – die, wie ich betonen möchte, überwiegend Idioten sind, und das schließt dich mit ein. Du hast nur eine Ausrede gesucht, um dich mal wieder ordentlich zu prügeln, genau wie er."

„Kann sein", meinte Lisle. „Ich wüsste nicht, wann es mir zuletzt eine solche Freude bereitet hätte, jemanden derart zusammenzuschlagen."

Als sie einen Fuß auf den schmalen Kutschentritt setzte, reichte er ihr seine schmutzstarrende, lädierte Hand. Sie sah darauf hinab und hob eine Braue.

„Zimperlich?", fragte er.

„Gewiss nicht", erwiderte sie. „Ich habe mir nur gerade vorgestellt, wie sehr es schmerzen wird."

„Das war es wert", sagte er.

Männer, dachte sie.

Sie nahm seine Hand, stieg in die Kutsche und setzte sich. Bailey kam hinterhergehuscht und nahm ihr gegenüber Platz.

„Ich weiß nicht, ob der Spaß daran, Belder zusammengeschlagen zu haben, den Preis aufwiegen kann."

„Ich bin Prellungen und Platzwunden gewohnt", sagte er.

„Das hatte ich nicht gemeint", sagte sie. „Deine Eltern werden nicht sehr erfreut sein, wenn sie davon erfahren."

Er tat es mit einem Achselzucken ab.

„Lass dich lieber von mir nach Hause fahren", sagte sie.

Er schüttelte den Kopf. „Das liegt doch gar nicht auf deinem Weg. Sowie Nichols meinen Hut gefunden hat, wird er sich darum kümmern."

Und schon kam der Kammerdiener flink herbeigeeilt, Lisles Hut in der Hand, den er mit seinem Taschentuch wieder präsentabel zu machen versuchte.

Bailey musterte den flotten Diener mit scharfem Blick, krauste abschätzig die Nase und meinte: „Wir sollten sofort nach Hause fahren, Miss."

„Sie hat recht", fand Lisle. „Ehe sich herumgesprochen hat, wie du Belder öffentlich mit deinem Schirm traktiert hast, solltest du zu Hause sein, damit du die Geschichte nach deinem Ermessen darstellen kannst."

Als ob es darauf ankäme, welche Version Olivia ihren Eltern erzählte! Sie waren die Skandale langsam leid. Großmama und Großpapa Hargate würden gewiss auch ein Wörtchen mitzureden haben, und das dürfte nicht erfreulich werden. Die beiden fanden ohnehin, dass Olivia längst hätte heiraten sollen. Ein Mann und Kinder würden ihr die Flausen schon austreiben. Dachten sie. Immerhin war es ihnen gelungen, all ihre Kinder vorteilhaft unter die Haube zu bringen. Aber sie hatten auch nur Söhne gehabt, was man überhaupt nicht vergleichen konnte. Sie war eben anders. Niemand war wie sie – außer vielleicht den Ungeheuerlichen DeLuceys: rastlose Geschöpfe, denen man besser nicht über den Weg traute.

Wenn sie heiratete, würde sich ihr Leben auf Ehe und Mutterschaft beschränken, und so würden die Jahre vergehen, bis sie langsam daran ersticken würde. Sie könnte nie mehr etwas wirklich Interessantes tun, niemals mehr. Ganz gewiss würde sie nie die großen Abenteuer erleben, von denen sie immer geträumt hatte.

Nicht, dass zurzeit viel Hoffnung darauf bestanden hätte. Nicht in einer Gesellschaft, die sie mit immer strenger werdenden Regeln einschränkte.

Aber solange sie niemandes Ehefrau war – und solange Urgroßmama noch lebte und sich für sie einsetzte –, hatte Olivia zumindest ein gewisses Maß an Freiheit.

Die sie erst aufgeben würde, wenn ihr gar keine andere Wahl mehr blieb.

„Komm doch zum Dinner mit zu uns", sagte sie zu Lisle. „Dann könnten wir in Ruhe reden."

„Ich glaube, ich sollte mich erst frisch machen", meinte er.

Als er sie angrinste, musste sie an den Jungen denken, der sich einst mit Nat Diggerby geprügelt hatte und dann auf der Fahrt nach Bristol ihr treuer Knappe gewesen war.

Dieses Grinsen und die Erinnerung ließen sie ganz flatterig werden. „Das solltest du wohl", sagte sie.

Er schloss den Kutschenschlag.

Sie lehnte sich weit in ihren Sitz zurück, damit sie nicht in Versuchung geriet, aus dem Fenster zu schauen und ihm nachzusehen.

Als die Lakaien hinten aufsprangen, schwankte die Kutsche leicht, dann klopfte einer der beiden kurz aufs Dach, und schon setzte das Gefährt sich ruckelnd in Bewegung.

Nach ein, zwei Minuten sagte Bailey: „Miss, Sie haben noch immer Seiner Lordschaft Taschentuch in der Hand."

Olivia sah darauf hinab. Sie würde es waschen lassen und dann ihrer Sammlung einverleiben. Der Handschuh ihrer rechten Hand verbarg den Skarabäuskäfer, den er ihr vor Jahren geschickt hatte. Sie hatte ihn zu einem Ring arbeiten lassen, den sie ständig trug. Zudem waren da noch seine Briefe, die ruhig zahlreicher hätten sein können: auf jedes halbe Dutzend von ihr kam einer von ihm.

Sie hatte seine Freundschaft und jeden seiner Briefe bewahrt. All die kleinen Schätze, die er ihr geschickt hatte, und jedes noch so kleine Erinnerungsstück, das sie im Laufe der Jahre gesammelt hatte. Mehr, so wusste sie, würde sie nie von ihm bekommen. Mehr würde niemand von ihm bekommen. Er hatte sich vor langer Zeit schon Ägypten verschrieben. Mit Leib und Seele.

„Er wird es nicht vermissen", sagte sie.

Atherton House, am selben Abend

„Oh, Peregrine, wie konntest du nur?", klagte Lady Atherton. „Eine Prügelei! Wie der gemeine Pöbel! Und noch dazu auf der Straße, wo alle Welt dich sehen konnte!"

Sie wandte sich an ihren Gatten. „Siehst du, Jasper? Das kommt davon, ihn all die Jahre in Rupert Carsingtons Obhut belassen zu haben."

So ein Unsinn. Lisle hatte sich schon vorher gern geprügelt.

Auf diesem Gebiet hatte Onkel Rupert ihm nicht mehr viel beibringen müssen. Einer ordentlichen Schlägerei war er noch nie ausgewichen – ganz gleich, wie stark oder zahlreich der Gegner. War er nie und würde er nie.

„Du bist zu einem Wilden geworden!“, schäumte sein Vater. „Nicht einmal einen Vortrag in der Gesellschaft für Altertumskunde kannst du halten, ohne eine Straßenschlacht anzuzetteln.“

„Wohl kaum“, sagte Lisle. „Eher eine kleine Meinungsverschiedenheit. Seid unbesorgt: Die Zeitungen werden Wichtigeres zu berichten haben.“

„Die Zeitungen drucken doch nichts lieber als haarsträubende Geschichten über Männer, die sich wegen Olivia Carsington die Köpfe einschlagen“, jammerte Mutter. „Ich kann es nicht fassen, dass du dich von ihr zum Narren hast halten lassen. Ich *schäme* mich. Wie soll ich jetzt noch meinen Freunden ins Gesicht sehen? Wie soll ich jemals wieder erhobenen Hauptes das Haus verlassen?“ Sie sank auf die Chaiselongue und brach in Tränen aus.

„Das haben wir davon, deinem ägyptischen Spleen nachgegeben zu haben“, sagte Vater. „Aber damit ist jetzt Schluss, ein für alle Mal. Bevor ich nicht eine Spur Dankbarkeit deinen Eltern gegenüber, die Andeutung sich eines Gentlemen geziemenden Verhaltens bei dir sehe, bekommst du von mir keinen Penny mehr.“

Sprachlos starrte Lisle ihn an. Eine Szene hatte er erwartet. Natürlich. Er wäre zutiefst schockiert gewesen, hätten seine Eltern nicht getobt und gezetert.

Aber das? Das war neu. Vielleicht hatte er sich ja verhört. Wie andere Söhne des Adels auch, war Lisle finanziell von seinem Vater abhängig. Geld war aber auch schon alles, was er von seinen Eltern bekam. Zuneigung oder Verständnis hatte er von ihnen nie erwarten können. Das hatte er von den Carsingtons bekommen, und zwar reichlich. Aber die Carsingtons konnte er nicht um Geld angehen.

„Ich soll kein Geld mehr bekommen?", vergewisserte er sich nochmal.

„Du hast uns zum Gespött gemacht, uns ausgenutzt, ignoriert und hintergangen", sagte Vater. „Wir haben es geduldig ertragen, aber diesmal bist du zu weit gegangen. Du hast deine Mutter *gedemütigt*."

Wie aufs Stichwort fiel seine Mutter in Ohnmacht.

„Aber das geht doch nicht", sagte Lisle. „Wovon soll ich denn leben?"

Vater eilte an Mutters Seite und hantierte mit dem Riechsalz. „Wenn du Geld brauchst, tu, was andere Gentlemen tun", sagte er, während er Mutters Kopf zärtlich vom Kissen hob, auf das sie ihn vorsorglich hatte fallen lassen. „Du wirst die Wünsche deiner Eltern respektieren. Du wirst tun, worum wir dich gebeten haben, und nach Schottland gehen. Du wirst endlich mal Verantwortung übernehmen. Zurück nach Ägypten gehst du nur über meine Leiche!"

Lisle kam dann doch nicht mehr zum Essen. Am frühen Abend erhielt Olivia eine Nachricht von ihm:

Wenn ich heute zum Dinner kommen wollte, müsste ich über Leichen gehen. Also lasse ich es lieber bleiben. Wahrscheinlich hast du auch so schon genug Ärger.

L.

Sie schrieb zurück:

Es ist nicht <u>sicher</u> zu Schreiben. Treffen morgen Hyde Park Corner. Zehn Uhr früh. LASS MICH NICHT IM STICH.

O.

Hyde Park, am folgenden Morgen

Vor ein paar Jahren noch konnte man darauf zählen, dass Londons distinguierteste Gentlemen sich jeden Morgen im Hyde Park ergehen und das Grün abermals zur fashionablen Stunde, zwischen fünf und sieben Uhr abends, aufsuchen würden.

Dieser Tage war ein morgendlicher Spaziergang nicht nur unfashionabel, sondern geradezu *vulgär*.

Weshalb es die perfekte Zeit für ein Heimliches Rendezvous war, wie Olivia in einer ihrer Botschaften geschrieben hätte.

Natürlich kam sie zu spät, und Lisle hatte noch nie gern gewartet. Doch er vergaß seine Ungeduld, sowie er sie erblickte, eine riesige hellblaue Feder auf dem Hut, die wippte und wehte wie ein Schlachtenbanner. Dazu trug sie ein Reitkleid militärischen Zuschnitts in einem kräftigen Blauton, der zu ihren Augen passte.

Die tiefstehende Morgensonne schien auf ein paar Locken, die Hut und Haarnadeln entkommen waren, und ließ sie wie Granate funkeln.

Als sie bei ihm angelangt war, rang er noch immer nach Atem.

„Du ahnst ja nicht, wie schwer es war, Bailey loszuwerden", sagte sie. „Man sollte meinen, sie wäre froh, entschuldigt zu sein, denn sie hasst es, in der Stadt zu reiten, aber nein – sie wollte unbedingt mitkommen. Mit Müh und Not konnte ich sie davon überzeugen, dass es viel wichtiger wäre, dass sie zu Hause bliebe und *allen Argwohn zerstreut*. Weshalb ich mich genötigt sah, einen Stallburschen mitzunehmen." Mit befiedertem Kopf deutete sie auf den jungen livrierten Burschen, der sich in taktvoller Entfernung hielt. „Nicht, dass wir beide etwas zu verbergen hätten, aber die ganze Familie grollt mir, dass ich dich zu dieser Prügelei mit Belder verleitet habe."

„Dazu habe ich mich selbst verleitet", sagte er.

„Dein Auge sieht schlimm aus", fand sie und beugte sich vor, um es eingehend zu betrachten.

„Sieht schlimmer aus, als es ist", sagte er rasch. „Nichols versteht es, solche Blessuren zu behandeln." Ansonsten wäre sein Auge heute wohl zugeschwollen. „Im Laufe der nächsten Tage wird es recht farbenfroh werden, dann langsam verblassen. Mein Mund, wie du gewiss mit Bedauern festgestellt hast, ist auch nicht gar so schlimm zugerichtet."

„Aber so ansehnlich wie auf dem Ball bist du jetzt nicht mehr", fand sie. „Mama hat einen sehr schillernden Bericht von der Prügelei und deinen Blessuren erhalten und getobt vor Wut. Ich solle mich von dir fernhalten, hat sie gesagt. Du hättest auch ohne mich schon genügend Probleme."

„Unsinn", sagte er. „Mit wem sollte ich denn reden, wenn ich dich nicht mehr sehen darf? Komm. Hier ist es zu laut."

Obwohl der Park zu dieser Stunde praktisch verlassen dalag – verlassen zumindest von der guten Gesellschaft –, ging es an Hyde Park Corner recht geschäftig zu. Auf den Trottoirs tummelten sich Händler, Milchmädchen, Soldaten und Wegelagerer. Auf der Knightsbridge Road drängten sich Droschken, Bauernkarren, elegante Kutschen, Reiter und wagemutige Fußgänger. Straßenkinder, Katzen und Hunde flitzten zwischen den Pferden und Gespannen hindurch.

Genau hier hatte ihr erstes gemeinsames Abenteuer begonnen. Er erinnerte sich noch lebhaft daran: Olivia in Begleitung dieses dummen, verdrießlichen Burschen … wie Lisle ihn aus dem Weg geräumt hatte … dann zu ihr auf den Bauernkarren gestiegen war …

Jedes Mal, wenn er auf sie wartete, rechnete er mit dem spindeldürren Mädchen von einst, das feuerrotes Haar und unglaublich blaue Augen hatte, aber eben ein bisschen … nun ja, speziell aussah. Und jedes Mal, wenn er sie dann sah, geriet er außer Fassung. Er konnte sich einfach nicht daran gewöhnen, dass eine Schönheit aus ihr geworden war. Es war geradezu peinvoll, ihr ins Gesicht zu sehen, und ihre weichen Rundungen – vom straffen Schnitt des Kleides nur noch betont – brachten alles in ihm in Aufruhr.

Genau die falschen Gefühle. Solche Gefühle konnte jede

halbwegs ansehnliche Frau in einem Mann wecken. Und es gab genügend Frauen, die sich ihrer annahmen.

Was er gerade brauchte, war indes eine Freundin und Verbündete.

Selbst im Park angelangt, sah er sich noch immer außerstande zu reden. Erst musste er diese Gefühle klären, die sich eingenistet hatten in seinem Kopf oder seinem Herzen – er wusste nicht, wo.

„Wettrennen?“, schlug er vor, um Zeit zu schinden.

Ihre Augen funkelten.

Die Pferde waren ausgeruht und galoppierten freudig über die menschlenleere Rotten Row westwärts. Olivia ritt mit demselben Geschick und Wagemut, die sie auf alles andere in ihrem Leben verwandte, und ihr Pferd konnte es mühelos mit seinem aufnehmen. Er gewann, doch nur knapp, und am Ende mussten sie beide ausgelassen lachen – über sich und wohl auch, weil es nichts Herrliches gab, als an einem sonnigen Herbstmorgen durch den Park zu galoppieren.

Sie fielen in einen gemächlichen Trab und hielten auf eine kleine Baumgruppe zu.

Fernab der frequentierten Wege ließen sie ihre Pferde im Schritt gehen.

Dann erzählte er, was geschehen war.

„Sie haben dir den Geldhahn zugedreht?“, fragte sie ungläubig. „Aber das können sie doch nicht machen! Hier wirst du wahnsinnig werden. Du *musst* nach Ägypten zurückkehren.“

„Ich hatte dir ja gesagt, dass sie entschlossen sind, mich hier festzuhalten“, sagte er. „Mir war nur nicht klar, *wie* entschlossen. Nach einer Weile würden sie sich schon wieder beruhigen, dachte ich, oder es ganz einfach vergessen, wie so vieles. Aber heute waren sie wegen dieses unseligen Gorewood Castle noch beharrlicher als gestern. Vater will meinen Lebensunterhalt nur noch dann finanzieren, wenn ich mich auf ihren fantastischen Renovierungsplan einlasse.“

„Ich kann mir schon denken, was er damit bezweckt“, sagte sie. „Er hofft, dass du dich für das Projekt begeistern wirst, wenn du erst mal damit begonnen hast, und deine Leidenschaft auf Gorewood Castle überträgst."

Sein Herz begann sich schuldbewusst zu regen. „Meine Leidenschaft?", fragte er.

„Deine Eltern sind eifersüchtig auf Ägypten", sagte sie. „Sie verstehen nicht den Unterschied zwischen einer alten Burg und antiken Bauten. Für sie ist es alles ‚alt'."

Er würde Ägypten niemals seine Leidenschaft genannt haben. Doch es wunderte ihn nicht, dass Olivia es tat, und vielleicht war das, was er für dieses ferne Land und seine Arbeit empfand, ja tatsächlich so etwas wie Leidenschaft.

Sie verstand ihn so gut, manchmal besser als er sich selbst. Aber war es verwunderlich? Schließlich war sie eine DeLucey – und deren Sippschaft war wohl auch deshalb über ungezählte Generationen so prächtig gediehen, weil sie es ganz fabelhaft verstanden, ihre Mitmenschen zu durchschauen und einzulullen.

„Wahrscheinlich sollte ich dankbar sein, dass sie mir nicht schon früher den Geldhahn zugedreht haben", meinte er lakonisch.

„Hätten sie es getan, wäre Lord Rathbourne für dich aufgekommen", sagte sie.

„Dein Stiefvater hat schon mehr als genug für mich getan", sagte Lisle. „Zudem muss er jetzt auch an dich und deine Geschwister denken."

„Wenn ich könnte, würde ich dir mein Geld geben", meinte sie. „Du weißt, dass ich das sofort täte."

„Das wäre höchst ungehörig", sagte er. „Ein Glück, dass es nicht geht." Er wusste, dass ihr stattliches Vermögen sicher angelegt war – nicht nur, um es vor Mitgiftjägern zu schützen, sondern auch vor ihr selbst. Wie widersprüchlich sie war: ihr Verstand so berechnend, ihr Herz so freigiebig. Dass sie gestern dem Straßenjungen beigesprungen war, war typisch für sie.

Sie kam näher und streckte ihre behandschuhte Hand aus, um die seine zu berühren. „Ich werde nicht zulassen, dass man dich hier festhält", versprach sie ihm. „Wir werden uns etwas ausdenken."

Da war es wieder, dieses Funkeln in ihren großen blauen Augen.

„Nein, das werden wir nicht", erwiderte er.

Sie war seine Freundin, seine Verbündete und Vertraute, aber ihre Impulsivität, ihre moralischen blinden Flecken und ihr leidenschaftliches, unberechenbares Wesen ließen ihm bisweilen die Haare zu Berge stehen – ihm, der sich tagtäglich mit Schlangen, Skorpionen und Krokodilen, mit Dieben und Halsabschneidern herumzuschlagen hatte. Ganz zu schweigen von Amts- und Würdenträgern.

Ihr Urteilsvermögen als zweifelhaft zu bezeichnen, war noch wohlmeinend.

Vor neun Jahren hatte sie ihn auf eine abenteuerliche Reise nach Bristol gelockt, um einen legendären Piratenschatz zu suchen. Es war eine ihrer *Ideen* gewesen. Die Sache hätte schlimm für ihn enden können – beispielsweise in besagter sadistisch-spartanischen Schule –, hätte Lord Rathbourne nicht interveniert.

Lisle war sich sehr wohl bewusst, dass das Privileg, statt auf ein schottisches Internat geschickt zu werden, nach Ägypten reisen zu dürfen, gänzlich Rathbourne zu verdanken war. Lisle wusste auch, dass man sich nicht immer auf derlei Wunder verlassen konnte. Zudem war er jetzt ein Mann, kein kleiner Junge mehr. Er war erwachsen, was hieß, dass er nicht länger erwarten konnte – und wollte –, dass Freunde und Verwandte ihm aus jeder Schwierigkeit heraushalfen.

„Nein, Lisle, hör mir zu", sagte sie eifrig. „Ich habe eine ganz wunderbare Idee."

Olivia hatte eine Idee.

Eine Vorstellung, die blankes Entsetzen im Herzen eines jeden Mannes schürte, der auch nur ein Mindestmaß an Intelligenz und Selbsterhaltungstrieb besaß.

„Bitte", sagte er. „Keine Ideen. Unter gar keinen Umständen."

„Lass uns nach Schottland fahren", sagte sie. „Wir beide."

Das Herz pochte ihr so laut, dass man es gewiss bis zum Kensingtonpalast hörte. Seit Samstag hatte sie andauernd an dieses schottische Spukschloss denken müssen.

„Hast du den Verstand verloren?“, fragte er.

„Ich wusste, dass du das sagen würdest“, entgegnete sie.

„Ich fahre nicht nach Schottland.“

„Aber wir fahren doch *zusammen*“, sagte sie eindringlich. „Das wird bestimmt lustig. Ein richtiges Abenteuer.“

„Sei doch nicht albern“, sagte er. „Wir sind keine Kinder mehr. Nicht mal du kannst es dir leisten, mit einem Mann einfach so nach Schottland zu fahren. Deine Eltern werden es niemals erlauben.“

„Sie müssen es ja nicht wissen.“

Mit großen Augen sah er sie an. „Olivia!“

„Morgen früh brechen sie nach Derbyshire auf“, sagte sie. „Ich bleibe mit Urgroßmama in London.“

Er sah beiseite. „Das wird ja immer schlimmer.“

„Ich habe mir alles ganz genau überlegt“, sagte sie.

„Wann denn?“, fragte er erstaunt und richtete seinen allzu aufmerksamen Blick wieder auf sie. „Ich habe dir doch eben erst erzählt, was geschehen ist.“

„Ich habe mir wegen Gorewood Castle Gedanken gemacht“, sagte sie. Und das stimmte sogar. Bei Lisle war es immer besser, sich so nah wie möglich an der Wahrheit zu halten. Er war nämlich nicht nur ganz schrecklich vernünftig und undiplomatisch direkt, sondern schien – so kam es ihr zumindest vor – auch manchmal ihre Gedanken lesen zu können. „Ich wollte mir einen Plan überlegen, um dich vor der Burg zu bewahren.“

„Du musst mich nicht vor der Burg bewahren“, sagte er. „Du bist nicht mein rettender Ritter, oder wofür immer du dich hältst. Ich bin fast vierundzwanzig und bestens in der Lage, für mich selbst zu sorgen.“

„Nun kehr nicht den beleidigten Mann heraus“, meinte sie. „Wenn du mir nur mal zuhören könntest, würdest du begreifen, wie ungeheuer praktisch meine Idee ist.“

„Vor neun Jahren hattest du die ungeheuer praktische Idee, deine Mutter aus der Armut zu retten, indem du nach Bristol durchgebrannt bist und einen Piratenschatz im Garten des Earl of Mandeville gesucht hast!“

„Ja, und das war doch lustig, oder?“, rief sie begeistert. „Ein richtiges Abenteuer. Du erlebst die ganze Zeit Abenteuer. Aber ich …“ Sie winkte ab. „Ich breche eine Verlobung nach der anderen und verdresche Männer mit meinem Schirm.“

Er warf ihr einen Blick zu, den sie nicht deuten konnte. Dann ließ er sein Pferd antraben.

Er brauchte Abstand.

Über all das wollte er gar nicht nachdenken: über das Mädchen, das sie gewesen war, das ein Ritter sein und Noble Taten vollbringen wollte.

Sie folgte ihm. „Du solltest dich meiner Idee nicht verschließen“, sagte sie. „Du bist ein Gelehrter, und ein Gelehrter ist immer für neue Ideen aufgeschlossen.“

„Nicht, wenn sie des Wahnsinns sind“, erwiderte er. „Nur, weil du es leid bist, Verlobungen zu brechen und Männer mit deinem Schirm zu verdreschen, kannst du nicht einfach mir nichts, dir nichts nach Schottland fahren. Es tut mir ja leid, dass du dich an all diese dummen Regeln halten musst, die für Frauen gelten, aber ich kann es nicht ändern. Und selbst ich weiß, dass du unmöglich vierhundert Meilen allein durchs Land reisen kannst, ohne für einen gewaltigen Skandal zu sorgen.“

„Ich sorge andauernd für Skandale“, sagte sie. „Dafür bin ich bekannt. Was immer ich bei diesem Dinner oder jener Party sage, hat bis zum nächsten Morgen die Runde gemacht. Olivia Carsington, der Skandal der letzten Nacht – das bin ich. Ich sollte es mir auf meine Visitenkarten drucken lassen.“

Er sah sich um. Wie ruhig es hier war. Der Lärm der den Park umgebenden Straßen schien so fern, dass man das leise Rascheln der Blätter hörte, das *klipp-klapp* der Pferdehufe und das Zwitschern eines Vogelpaars.

Auch das Klopfen seines Herzens hörte er. Er war in Versuchung. Ganz schrecklich in Versuchung.

Aber sie brachte ihn ja immer in Versuchung. Seit sie zwölf war. Hätte er nicht die letzten zehn Jahre in Ägypten verbracht, würde sie sein Leben zugrunde gerichtet haben.

„Eigentlich sollte ich dir das gar nicht erst sagen müssen", meinte er. „Doch da du von Sinnen scheinst, muss ich es wohl tun: Ich mag dir wie ein Bruder sein, aber ich bin es nicht. Du kannst nicht ohne Anstandsdame mit mir reisen."

„Natürlich brauche ich eine Anstandsdame!", rief sie. „Aber überlass das getrost mir. Du brauchst lediglich …"

„Ich gedenke, überhaupt nichts zu tun", unterbrach er sie. „Von all deinen hanebüchenen …" Er verstummte und schüttelte den Kopf. „Ich fasse es einfach nicht. Mein Vater will mir keinen Penny mehr zahlen, ich weiß weder wo noch wovon ich leben soll – und du willst mich auf ein vierhundert Meilen entferntes altes, verfallenes Schloss verschleppen. Noch dazu im Oktober! Hast du eine Ahnung, wie es im Oktober in Schottland ist?"

„Düster und verregnet, kalt und unheimlich und ganz furchtbar romantisch", schwärmte sie.

„Ich werde nicht nach Schottland gehen!", stellte er klar. „Unfassbar, dass ich mich überhaupt auf diese Diskussion einlasse."

„Es wird lustig", sagte sie. „Ein Abenteuer."

Ein Abenteuer. Er erlebte andauernd welche. Aber nicht mit Olivia. Das war lange her.

Aber das hier war nicht die Olivia von damals. Die hatte er zu handhaben gewusst. Bis zu einem gewissen Punkt. Aber damals war er gerade mal dreizehn gewesen und Frauen gegenüber gleichgültig, wenn nicht gar abweisend.

„Es ist meine erste und einzige, meine allerletzte Chance auf ein richtiges Abenteuer", sagte sie. „Die Familie ist meine Mätzchen leid, und Großmama und Großpapa Hargate insistieren, dass ich heirate. Und wenn sie insistieren, ist Widerstand zwecklos. Du kennst ja ihr Faible dafür, alle unter die Haube zu bringen. Ich werde mich bald für jemanden entscheiden und eine gute Ehefrau und Mutter werden müssen. Kannst du dir das vorstellen? Nie wieder werde ich Gelegenheit haben, auch nur *irgend*etwas Interessantes zu tun. Niemals mehr."

Er hatte nicht vergessen, wie furchtlos sie gewesen war ... wie sie sich ganz allein auf den Weg gemacht hatte ... auf Bauernkarren geklettert war ... ein paar Stallburschen beim Kartenspiel ausgenommen hatte ... Und dann dachte er daran, welch ein Leben sie jetzt führte. Eine Geselligkeit reihte sich an die andere, und schon die leiseste Abweichung von den Konventionen löste skandalträchtiges Geschnatter hinter vorgehaltenen Fächern aus.

„Verdammt noch mal, Olivia", sagte er. „Tu mir das nicht an."

„Du weißt, dass es so ist", sagte sie. „Frauen führen ein sehr beschränktes Leben. Erst sind wir jemandes Tochter, dann jemandes Gattin, dann jemandes Mutter. Wir dürfen nie auch nur irgendwas *tun*. Zumindest nicht so wie Männer."

Er schüttelte den Kopf. „Nein", sagte er. „Ich werde mich nicht von meinen Eltern zwingen lassen."

„Dir bleibt keine andere Wahl", klärte sie ihn auf. „Bislang konntest du sie immer ignorieren oder ihnen ein Schnippchen schlagen, aber jetzt scheinen sie endlich begriffen zu haben, dass sie in einer nicht gerade unwichtigen Angelegenheit ziemlich viel Macht über dich haben."

„Und das kommt dir gerade recht", spottete er. „Hast du überhaupt eine Ahnung, wie aufwändig es ist, so ein altes Gemäuer wieder herzurichten?"

„Ich kann es mir lebhaft vorstellen."

„Es könnte Jahre dauern. *Jahre!* In Schottland. Bei den *Dudelsäcken*!"

Sie lächelte. „Wenn ich dir helfe, wird es nicht Jahre dauern", versicherte sie ihm. „Es könnte nicht schaden, deine Eltern glauben zu lassen, sie hätten auch mal einen Sieg davongetragen. Und wenn wir die Sache richtig angehen, bist du ... sagen wir im Frühling wieder in Ägypten."

Dieses Lächeln genügte, um ihn nachgeben zu lassen. Aber die leise, warnende Stimme, die ihn all die Jahre am Leben gehalten hatte, sagte: *Warte. Denk nach.*

Nur leider ließ es sich schwerlich nachdenken, wenn die ganze Strahlkraft dieser blauen Augen auf einem ruhte und seltsame Dinge sich in seinem Herzen taten.

Aber noch war es nicht gänzlich um ihn geschehen. Er war immer noch der störrische Junge von einst, der sie so gut gekannt hatte, ebenso der Gelehrte, der distanzierte Beobachter, der sie kürzlich in Aktion hatte erleben dürfen. Daher wusste er, dass sie andere Menschen, insbesondere Männer, alles glauben machen konnte, was sie wollte.

Und so sagte er „Nein", so freundlich er konnte. „Wenn ich mich von meinen Eltern auf diese Art und Weise zwingen lasse, werden sie es immer wieder tun. Wenn ich ihnen jetzt den kleinen Finger reiche, wollen sie bald die ganze Hand."

Ihr Lächeln war unerschütterlich. „Wenn du nicht willst, dann willst du eben nicht", sagte sie vergnügt. „Da kann man nichts machen."

„Ich wusste, dass du mich verstehen würdest."

„Oh, aber ja doch. Absolut."

„Sehr gut, denn …"

„Du musst mir nichts erklären", unterbrach sie. „Ich verstehe dich *vollkommen*. Aber jetzt muss ich los. Ich habe heute noch viel zu erledigen."

Sie hob zum Abschied kurz die Reitgerte an die Krempe ihres Huts und galoppierte davon.

4. KAPITEL

Atherton House
Freitag, 7. Oktober

Lisle hätte es wissen müssen.

Er hätte vorbereitet sein sollen.

Doch das war bei Olivia leichter gesagt als getan.

Olivia. Plötzlich. Unerwartet.

Die drei in sein Hirn gegrabenen Worte.

Als er zum Frühstück herunterkam, war sie da.

Und nicht allein. Sie hatte die Dowager Lady Hargate und zwei der Harpyien mitgebracht, Lady Cooper und Lady Withcote.

Lisle hatte nicht gut geschlafen. In der Stille seines Clubs waren ihm verschiedene Vorgehensweisen bezüglich seiner Eltern in den Sinn gekommen, doch eine jede schien von vornherein zum Scheitern verurteilt. Dann war auch noch Lord Winterton aufgetaucht. In Ägypten hatten sich ihre Wege verschiedentlich gekreuzt, und sie hatten einander viel zu erzählen gehabt. Winterton hatte Lisle gebeten, einige Papyri zu begutachten, die er von seiner jüngsten Reise mitgebracht hatte, was eine willkommene Ablenkung von Lisles Eltern und Olivia war. Der nüchterne Winterton schien ihm das perfekte Gegenmittel zu Gefühlsüberschwängen. Lisle war noch zum Dinner geblieben, und so war die Zeit vergangen.

Woraus folgte, dass er heute früh noch immer nicht schlauer war, wie er sich seinen Eltern gegenüber verhalten sollte.

Als er das Frühstückszimmer betrat, strahlten alle ihn an.

Lisle betonte gern, dass er keinerlei Fantasie besitze. Und an unheilvolle Vorahnung glaubte er auch nicht.

Bis jetzt.

Er trat ans Büfett und füllte seinen Teller, dann nahm er neben Lady Withcote und gegenüber von Olivia Platz.

„Olivia hat uns schon von deinem Plan erzählt“, sagte Mutter.

Lisle erstarrte. „Meinem Plan", wiederholte er und sah Olivia an.

„Mich mit nach Schottland zu nehmen, damit ich dir bei der Herrichtung von Gorewood Castle helfe", klärte sie ihn auf.

„*Wie bitte?*"

„Ich dachte, du hättest es ihnen bereits erzählt", sagte sie mit Unschuldsmiene. „Tut mir leid, dass ich die Überraschung verdorben habe."

„Das ist doch nur verständlich, mein Kind", meinte die Dowager Countess. „Du hast dich von deinem Schaffensdrang hinreißen lassen."

„*Wie bitte?*"

„Eine Überraschung war es allerdings", sagte Mutter. „Und ich muss gestehen, zunächst nicht allzu begeistert gewesen zu sein."

„Aber ..."

„Sie meinte, das schicke sich nicht", erklärte die Dowager Countess. „Zwei junge Leute, die gemeinsam nach Schottland reisen. So etwas gehöre sich nicht für eine junge Dame, meinte sie. Als ob wir das nicht wüssten und längst einen Plan hätten."

„Einen Plan ..."

„Lady Cooper und Lady Withcote haben sich freundlicherweise bereit erklärt, als Anstandsdamen zu fungieren", sagte Olivia. „Ich werde zudem meine Kammerdienerin mitnehmen, und Urgroßmama ist damit einverstanden, dass wir uns ein paar ihrer Mädchen und Lakaien ausleihen, bis wir festes Personal gefunden haben. Und ich werde mir Mamas Koch und den Butler borgen, denn nun, da die Familie in Derbyshire weilt, werden sie hier sowieso nicht gebraucht."

Lisle schaute reihum in die zufriedenen Gesichter. Sie hatte es mal wieder geschafft. Sie war einfach hergegangen und hatte es getan, nachdem er ihr doch unmissverständlich ...

Nein, das musste ein Alptraum sein. Er war noch nicht wach.

Waren seine Eltern denn blind? Fiel nur ihm auf, wie verdächtig wohlerzogen die Dowager Countess sich gab? Bemerkte niemand sonst das verschlagene Funkeln in ihren Augen? Nein, sie sahen nichts, denn Olivia hatte allen Sand in die Augen gestreut.

Verrückt, absolut verrückt.

Cooper und Withcote als Anstandsdamen! Wie alle Freundinnen der Dowager Countess sahen die beiden alten Damen ihren Lebenssinn im Trinken, Spielen, Tratschen und dem Betören junger Männer. Außerhalb eines Bordells ließen sich wohl keine ungeeigneteren Anstandsdamen auftreiben.

Aberwitzig. Er würde alle wieder zur Räson bringen müssen.

„Olivia, ich dachte, ich hätte mich unmissverständlich …"

„Aber ja, das hast du", beteuerte sie arglos. „Ich verstehe dich *voll und ganz*. Hätte ich eine ebensolche Berufung wie du, könnte nur eine Angelegenheit auf Leben und Tod mich von ihr fernhalten. Deine Berufung ist das Alte Ägypten. Ein schottisches Spukschloss vermag deine Fantasie nicht zu wecken. Das verstehe ich doch."

„Ich habe keine Fantasie", stellte er klar. „Ich sehe die Gegebenheiten, keine Hirngespinste."

„Ja, ich weiß, weshalb es dir schwerfallen wird, die verborgene Schönheit einer Burgruine zu erkennen", sagte sie. „Was du brauchst, ist ein fachkundiges Auge – und Fantasie. Ich bringe beides mit, damit du dich in Ruhe den praktischen Belangen widmen kannst."

„Es tut mir so leid, mein Lieber, dass mir diese Schwierigkeiten nicht bewusst waren", sagte Mutter. „Olivia meinte, dich allein nach Gorewood Castle zu schicken, wäre so, als schicke man einen Soldaten mit einem Gewehr, doch ohne Munition in die Schlacht."

Er schaute zu seinem Vater, der seinen Blick mit einem wohlwollenden Lächeln erwiderte. *Wohlwollend!* Sein Vater!

Doch warum nicht? Olivia hatte mit seinen Eltern nur getan, was sie mit allen Menschen tat: Sie hatte sie um den kleinen Finger gewickelt. Und das sehr überzeugend.

„Eine ganz hervorragende Lösung", fand Seine Lordschaft.

„Du wirst die Damen vor den spukenden Umtrieben schützen und der Verkettung unglückseliger Ereignisse auf den Grund gehen können.“

„Und Olivia wird dich vor den Renovierungsarbeiten bewahren“, lachte seine Mutter. Dann lachten sie alle.

„Ha, ha“, sagte Lisle. „Mir ist vor lauter Vorfreude der Appetit vergangen. Ich gedenke, eine kleine Runde im Garten zu drehen. Olivia, würdest du mitkommen?“

„Nichts täte ich lieber“, erwiderte sie strahlend.

Zehn Minuten später im Garten

Lisle war vor Olivia stehen geblieben, und seine grauen Augen waren hart und kalt wie Schieferstein.

„Hast du den Verstand verloren?“, fragte er. „Hast du mir gestern nicht zugehört? Wirst du jetzt wie meine Eltern, die nur den Stimmen in ihrem Kopf lauschen?“

Mit seinen verrückten Eltern verglichen zu werden, war schlichtweg eine Beleidigung. Dennoch wahrte Olivia ihre freundlich-arglose Miene, statt ihm kräftig gegen das Schienbein zu treten.

„Natürlich habe ich dir zugehört“, sagte sie. „Sonst wüsste ich ja nicht, wie einseitig du die Sache betrachtest, und dass es an mir ist, Maßnahmen zu ergreifen, um dich vor dir selbst zu retten.“

„Mich vor mir selbst zu retten?“, fragte er. „Ich muss nicht gerettet werden. Ich weiß sehr genau, was ich tue und weshalb. Und ich habe zu dir gesagt, wir dürften meinen Eltern nicht nachgeben.“

„Aber dir bleibt keine andere Wahl“, sagte sie.

„Irgendeine Wahl bleibt immer“, erwiderte er. „Ich brauche nur Zeit, um meine Möglichkeiten zu klären. Du aber hast mir nicht mal Zeit zum Nachdenken gelassen!“

„Du hast auch keine Zeit“, entgegnete sie. „Wenn du in dieser Angelegenheit nicht langsam das Kommando übernimmst, werden sie den Einsatz erhöhen. Du weißt nicht, wie sie denken. Du verstehst sie nicht. Ich schon." Das war das große Talent der DeLuceys und das Geheimnis ihres Erfolges: Sie durchschauten andere Menschen und verstanden dies auszunutzen. „Vertrau wenigstens einmal meinem Urteil."

„Wie sollte ich, wenn du selbst nicht weißt, was du willst?", entgegnete er. „Dir fällt hier die Decke auf den Kopf, und meine Eltern haben dir eine Möglichkeit geboten, mal wieder rauszukommen. Nur darum geht es dir doch. Ich habe das Funkeln in deinen Augen gesehen, als ich dir von unserem Spukschloss erzählt habe. Ich konnte praktisch *hören*, was du gedacht hast: *Geister. Geheimnisse. Abenteuer. Gefahr*. Für dich ist es einfach nur ein Abenteuer. Hast du selbst gesagt. Für mich nicht."

„Weil es nicht Ägypten ist", sagte sie. „Weil außer Ägypten gar nichts interessant oder bedeutsam ist."

„Das stimmt doch überhaupt …"

„Und weil du stur bist", unterbrach sie ihn. „Weil du dich den Möglichkeiten verschließt. Weil du wie immer mit dem Kopf durch die Wand willst, statt das Beste aus der Situation zu machen. Du bist kein Opportunist, ich weiß. Das ist mein Talent. Warum kannst du nicht einsehen, dass es daher das Klügste ist, uns zusammenzutun? Zusammen sind wir unschlagbar."

„Es wäre überhaupt nicht klug!", rief er. „Für mich ist das nicht nur ein Spiel."

„Meinst du das ernst? Dass es für mich nur ein Spiel ist?"

„Für dich ist alles ein Spiel", sagte er. „Ich habe gestern im Vertrauen mit dir gesprochen. Ich dachte, du hättest mich verstanden. Aber du machst dir einen Spaß daraus, Menschen wie Karten auszuspielen."

„Ich habe es doch nur für *dich* getan, du Dummkopf!"

Er war zu aufgebracht, um darüber erzürnt oder verletzt zu sein. Als hätte er sie gar nicht gehört, fuhr er fort: „Du hast gut gespielt, zugegeben. Du hast mir bewiesen, dass du es mit meinen Eltern aufnehmen und sie von deinen albernen Ideen begeistern kannst. Aber ich bin nicht meine Eltern. Ich kenne dich. Ich weiß, mit welchen Tricks du spielst. Und ich werde nicht mein ganzes Leben auf den Kopf stellen lassen, nur weil du von deinem gelangweilt bist!“

„Das ist das Abscheulichste, Verletzendste, Uneinsichtigste, was du jemals zu mir gesagt hast“, meinte sie. „Du benimmst dich wie ein Idiot, und Idioten langweilen mich. Scher dich zum Teufel.“ Sie versetzte ihm einen kräftigen Schubs.

Damit hatte er nicht gerechnet. Er stolperte, verlor das Gleichgewicht und fiel rücklings ins Gebüsch.

„Dummkopf“, sagte sie und stürmte davon.

White's Club, kurz nach Mitternacht

Lisle hatte den Tag damit zugebracht, sich beim Boxen, Fechten, Reiten und – aus purer Verzweiflung – Zielschießen seiner Wut zu entledigen.

Noch immer war seine Laune mörderisch.

Er saß im Kartenzimmer, beäugte die anderen Gentlemen über den Rand seines Glases und überlegte, mit wem sich wohl am besten streiten ließe, als eine ehrerbietige Stimme an seiner Schulter sagte: „Verzeihen Sie, Euer Lordschaft, aber eine Nachricht ist für Sie eingetroffen.“

Lisle wandte den Blick. Der Diener stellte ein silbernes Tablett auf dem Tisch neben ihm ab.

Auf dem gefalteten und versiegelten Briefbogen stand sein Name. Wenngleich er dank des einen oder anderen Glases nicht mehr ganz so klar im Kopf war wie gewöhnlich, konnte er den Verfasser doch mühelos ausmachen.

Ihm schwante Schlimmes. Denn es bedurfte keiner besonderen geistigen Fertigkeiten, um daraus zu folgern, dass eine nach Mitternacht verschickte Nachricht von Olivia kaum erfreuliche Neuigkeiten enthielte.

Er riss ihren Brief auf.

Ormont House
Freitag, 7. Oktober

Mylord,

nachdem ich den ganzen Tag Vergeblich auf eine ENTSCHULDIGUNG gehofft habe, kann ich nicht länger warten. Ich überlasse es Euch, MYLORD, Lord und Lady Atherton Eure Widersinnige Weigerung zu erklären, das zu tun, was ALLE glücklich machen würde. Ich habe meine Vorbereitungen getroffen. Die Taschen sind gepackt, die Diener bereit für die Große Expedition. Die Liebenswürdigen Damen, die sich gütigst erboten haben, allen Komfort ihrer Domizile aufzugeben, um uns auf unserem Noblen Unterfangen zu begleiten, sind ebenfalls BEREIT, und brennen darauf, endlich aufzubrechen.

Glaubt Ihr Euch nun Verlassen, habt Ihr dafür allein Euch selbst und Eurer empörenden Undankbarkeit zu danken.

Olivia Carsington

PS: Mein Gewissen ist Rein. Du hast mir KEINE WAHL gelassen. Wenn du diese Zeilen liest, werde ich längst Fort sein.

„Nein", sagte er. „Nicht schon wieder."

Auf der Old North Road, eine Stunde später

„Bei meinem Wort, eine Ewigkeit ist es her, dass ich zuletzt in einer Reisekutsche unterwegs war", sagte Lady Withcote, als der Wagen bei der Mautschranke von Kingsland hielt, um den Wegezoll zu entrichten. „Ich hatte ganz vergessen, wie hart man rangenommen wird – insbesondere auf diesem grässlichen Kopfsteinpflaster."

„Allerdings“, pflichtete ihr Lady Cooper bei. „Erinnert mich an meine Hochzeitsnacht. Eine schauderliche Erfahrung. Hätte mich fast für immer von der Sache abgebracht.“

„So geht es immer mit dem ersten Gatten“, sagte Lady Withcote. „Liegt daran, dass man als junges Mädchen so unerfahren ist und kaum weiß, was wohin gehört.“

„Und manchmal nicht mal das“, seufzte Lady Cooper.

„Weshalb man seinen Gatten auch nicht belehren kann“, sagte Lady Withcote.

„Und weiß man endlich Bescheid, lässt er sich nicht mehr belehren“, schloss Lady Cooper.

Lady Withcote lehnte sich zu Olivia vor, die mit Bailey auf der gegenüberliegenden Bank saß. „Trotzdem war es nicht so schlimm, wie es klingt. Den ersten haben unsere Eltern für uns ausgesucht. Ein Mann, doppelt oder dreimal so alt wie wir. Aber das erhöhte die Chancen, früh Witwe zu werden. Als es dann so weit war, waren wir reifer und wussten, wie wir beim zweiten Mal bekommen würden, was wir wollten.“

„Manch eine hat den zweiten Gatten erst mal ausprobiert, bevor sie seinen Antrag angenommen hat“, ließ Lady Cooper wissen.

„Nicht zu vergessen jene, die sich eine erneute Heirat gleich ganz gespart haben“, sagte Lady Withcote.

Olivia wusste, dass sie Urgroßmama meinten, die ihrem ersten und einzigen Gatten unfehlbar treu – und nach seinem Tod allen Männern gleichermaßen untreu gewesen war.

„So, es scheint, als hätten wir das Kopfsteinpflaster hinter uns“, meinte sie munter, als der Wagen wieder anfuhr.

Selbst eine so luxuriöse, gut gefederte Reisekutsche wie diese war hauptsächlich dafür gebaut, lange Strecken auf unbefestigten Straßen zurückzulegen und weniger für den Komfort ihrer Insassen zu sorgen. Wenn die Räder über Pflastersteine ratterten, wurde es ausgesprochen laut und unangenehm.

Seit einer Stunde hatten die Damen über den Lärm hinweggeschrien und sich auf ihren Sitzen kräftig durchschütteln lassen. Olivia hatte es ihnen notgedrungen nachgetan. Schon jetzt tat ihr der Hintern weh, und der Rücken schmerzte – und das, obwohl Shoreditch Church, von wo aus alle Entfernungen nach London gemessen wurden, gerade einmal eineinviertel Meilen hinter ihnen lag.

Doch nun begannen die Häuser sich zu lichten, und der Boden wurde weicher. Sie legten an Tempo zu, und die nächste Meile verging viel schneller als die erste. Schon bald passierten sie die Mautschranke von Stamford und krochen die steile Anhöhe von Stamford Hill hinauf. Von oben sollte man angeblich bis zur St.-Pauls-Kathedrale sehen können.

Olivia erhob sich und öffnete das Fenster. Sie lehnte sich hinaus und sah zurück, doch es war zu dunkel. Gerade einmal den schwachen Schein einzelner Straßenlaternen konnte sie erkennen, dazwischen leuchteten hell die Stadtresidenzen, wo man noch bis in die Morgenstunden rauschende Bälle feiern würde. Der Mond war noch nicht aufgegangen, und wenn er es endlich täte, würde es auch nicht viel bringen, war er doch gerade eine schmale Neumondsichel, die kaum Licht gab.

Sie schloss das Fenster wieder und ließ sich auf ihren Sitz zurücksinken.

„Schon was von ihm zu sehen?“, fragte Lady Cooper.

„Dazu ist es noch zu früh“, sagte Olivia. „Bis er uns einholt, dürften wir schon ein ganzes Stück zurückgelegt haben. Zu weit, um wieder umzukehren.“

„Es wäre schrecklich, umkehren zu müssen“, fand Lady Withcote.

„Etwas so Aufregendes haben wir schon seit Jahren nicht mehr gemacht.“

„Wie langweilig das Leben geworden ist. Nicht so früher.“

„Oh ja, das waren noch Zeiten“, sagte Lady Cooper. „Schade, dass du das nicht erleben durftest, mein Kind.“

„Die Männer so schön gekleidet“, meinte Lady Withcote wehmütig.

„Wie die Pfauen.“

„Aber unter all der Seide und den Spitzenrüschen waren sie viel wilder und ungezähmter als die jetzige Generation."

Von Lisle mal abgesehen, dachte Olivia. Aber er ist ja auch unter Carsingtons aufgewachsen, bei denen selbst die Zivilisierteren nicht zahm zu nennen wären.

„Weißt du noch, als Eugenia sich mit Lord Drayhew gestritten hatte?", fragte Lady Cooper.

Lady Withcote nickte. „Wie könnte ich das vergessen? Ich war gerade frisch verheiratet, und sie war die schnittigste Witwe weit und breit. Er sei ihr zu herrschsüchtig geworden, meinte sie, und das werde sie nicht hinnehmen. Sie ist ihm weggelaufen."

„Aber er hat ihr *nachgestellt*", sagte Lady Cooper. „Sie war nach Dorset zu Lord Morden geflüchtet. Meine Herren, was war das für ein Ärger, als Drayhew sie beide erwischte!"

„Die Männer suchten Satisfaktion. Das Duell wollte gar kein Ende nehmen."

„Damals nahm man noch den Degen."

„*Das* waren noch richtige Duelle. Nicht dieses alberne ‚Pistolen auf zwanzig Schritt Entfernung'. Da muss man doch nur schießen können."

„Oh ja, für den Degen braucht es Talent."

„Das Problem war nur, dass beide Gentlemen gleich talentiert waren. Sie brachten einander etliche Blessuren bei, doch keiner der beiden konnte den anderen erledigen oder hätte sich ergeben wollen."

„Schließlich brachen sie einfach zusammen, und zwar alle beide. Bis auf den Tod konnten sie nicht kämpfen, aber bis zur Erschöpfung."

„Ach ja, die gute alte Zeit." Lady Withcote ließ einen langen, wehmütigen Seufzer fahren.

„Das kannst du wohl sagen, meine Liebe. Damals gab es noch richtige Männer." Nun seufzte auch Lady Cooper.

Unsinn, dachte Olivia. Die Moden mochte sich seit damals verändert haben, das männliche Gehirn nicht.

„Keine Sorge“, sagte sie. „Wir können uns auch ohne Männer vergnügen. Das wird ein richtig tolles Abenteuer.“

Derweil in London

Als Lisle bei Ormond House angelangte, fuhr gerade eine mit Gepäck und Personal beladene Kutsche die Straße hinab.

Wenn er Glück hatte, war das die Vor- und nicht die Nachhut.

Er hoffte indes nicht auf sein Glück.

Eilig bezahlte er den Droschkenkutscher, stürmte die Treppe hinauf und ließ den Türklopfer niedersausen.

Dudley, der Butler der Dowager Countess, öffnete die Tür. Sobald sein Blick auf Lisle fiel, schlich sich ein säuerlicher Ausdruck des Verdrusses in seine Miene. Fast sah es so aus, als wolle er einen der Lakaien beordern, den Eindringling auf die Straße zu werfen.

Obwohl des Earl of Lisle andere Wunden rasch abheilten, schillerte sein blaues Auge doch noch in allen Farben: grün und rot und gelb und violett. Bei seinem überstürzten Aufbruch waren Hut und Handschuhe im Club liegen geblieben. Nichols hätte ihn in diesem Zustand niemals vor die Tür gelassen, aber Nichols war nicht zur Stelle gewesen.

Kluge und erfahrene Butler ließen sich jedoch nicht zu voreiligen Schlüssen hinreißen. So nahm auch Dudley sich einen Moment Zeit, den derangierten Mann zu begutachten, der zu einer Stunde um Einlass begehrte, da nur Trunkenbolde, Vagabunden und Einbrecher unterwegs waren.

Schließlich nahm die Miene des Butlers die übliche formvollendete Ausdruckslosigkeit an, und er sagte: „Guten Abend, Lord Lisle.“

„Ist er schon da, Dudley?“, ließ sich hinter dem Butler eine etwas heisere, doch vernehmliche Stimme hören. „Los, lassen Sie ihn rein.“

Dudley verneigte sich und trat zur Seite. Lisle marschierte ins Vestibül. Er hörte, wie die Tür hinter ihm geschlossen wurde, und lief weiter in die große Eingangshalle.

Und dort stand die Dowager Countess of Hargate, auf ihren Stock gestützt. Sie trug ein aufwändig berüschtes und bespitztes Seidengewand, das vermutlich schon aus der Mode gewesen war, noch ehe der Pariser Pöbel die Bastille gestürmt hatte.

Sie ließ ihren Blick über ihn schweifen. Erst von unten nach oben, dann wieder hinab. „Scheint, als hätte dir jemand das Gefieder gezaust", meinte sie.

Sie mochte steil auf die hundert zugehen, und jeder in der Familie, einschließlich ihm, mochte eine Heidenangst vor ihr haben, aber er hatte sich schon immer schwergetan, Dinge zu sagen, die er nicht meinte. Und im Augenblick hatte er für die üblichen Nettigkeiten noch weniger übrig als sonst.

„Sie haben Sie gehen lassen", stellte er fest. „Was müssen Sie für einen Narren an diesem Mädchen gefressen haben, um ihr das durchgehen zu lassen."

Da lachte sie nur, durchtrieben wie sie war.

„Wann ist sie aufgebrochen?", wollte er wissen.

„Um Punkt Mitternacht", sagte sie. „Du kennst ja Olivia. Immer für einen dramatischen Auftritt oder Abgang zu haben."

Seit Mitternacht war schon über eine Stunde verstrichen.

„Das ist verrückt", sagte er. „Ich kann es einfach nicht fassen, dass Sie sie allein nach Schottland haben fahren lassen. Noch dazu mitten in der Nacht."

„Nun übertreib mal nicht", beschied Ihre Ladyschaft. „Die Partys fangen doch gerade erst an. Und allein ist sie auch nicht: Agatha und Millicent begleiten sie, von den Heerscharen der Dienstboten ganz zu schweigen. Zugegeben, der Butler ist ein Leichtgewicht, aber der Koch ist ein richtiger Pfundskerl. Außerdem hat sie ein halbes Dutzend zupackende Hausmädchen mitgenommen und ein weiteres halbes Dutzend meiner Lakaien, und du weißt ja, dass ich mich gern mit kräftig gebauten, gut aussehenden Burschen umgebe. Nicht, dass ich dieser Tage viel mehr mit ihnen anstellen könnte, als mich des Anblicks zu erfreuen."

Lisles Gedanken begannen zu schweifen, und er fragte sich, was sie früher mit den Lakaien angestellt hatte. Welch eine Vorstellung. Jäh wandte er sich wieder dem Thema Olivia zu. „Ein recht wunderliches Geleit", fand er. „Eine zusammengewürfelte Schar Dienstboten und zwei exzentrische alte Damen. Ich weiß, dass Sie ein Faible für Olivia haben und ihr keinen Wunsch abschlagen können, aber dafür fehlen mir dann doch die Worte."

„Olivia kann schon selbst auf sich aufpassen", beruhigte ihn Ihre Ladyschaft. „Sie wird oft unterschätzt, vor allem von Männern."

„Nicht von mir."

„Nein?"

Er würde sich nicht von dem unverwandt auf ihm ruhenden haselbraunen Blick aus der Ruhe bringen lassen. „So wie ich sie kenne, hat sie das mit Kalkül getan", überlegte er laut.

Sie wusste, dass er sich schuldig und für sie verantwortlich fühlen würde – auch, wenn sie vorsätzlich falsch gehandelt hatte. Sie wusste, dass er seinen Eltern schlecht erzählen konnte, sie sei allein nach Gorewood aufgebrochen – und er gedenke zu Hause zu bleiben.

Zu Hause.

Womöglich für immer.

Ohne Olivia, die es ihm dort erträglich machte. Obwohl sie ja selbst oft unerträglich war.

Zum Teufel mit ihr!

„Unglaublich, dass es niemanden in dieser Familie gibt, der sie in die Schranken weisen kann", sagte er. „Nun muss ich mein ganzes Leben auf den Kopf stellen, alles stehen und liegen lassen, um sie noch einzuholen, und das mitten in der Nacht ..."

„Immer mit der Ruhe", beschwichtigte ihn die Dowager Countess. „Mit den beiden Alten kann sie von Glück sagen, wenn sie bis zum Morgengrauen Hertfordshire erreicht hat."

Olivia hatte ja gewusst, dass man es, wenn man mit Entourage reiste, nicht mit der Königlichen Postkutsche aufnehmen konnte. Dennoch – als die Dowager Countess meinte, bis Edinburgh brauche man zwei Wochen, hatte Olivia dies für einen Scherz gehalten. Oder gedacht, dass die alte Dame sich an das Reisetempo des vorigen Jahrhunderts erinnerte.

Nun wurde sie allmählich eines Besseren belehrt.

Sie hatte auch gewusst, dass man ungefähr alle zehn Meilen die Pferde wechseln musste, und bei ansteigender Strecke gar noch häufiger. Ein guter Stallknecht konnte ein Gespann in weniger als zwei Minuten wechseln, was die Pünktlichkeit der Post- und öffentlichen Reisekutschen gewährleistete, doch für Olivia und ihr Gefolge galten eigene Gesetze.

So langsam begann ihr zu dämmern, dass ältere Damen häufigere und längere Pausen brauchten. Zudem stiegen sie öfter bei Gasthäusern ab, als es dem gemeinen Reisenden vergönnt war, und verweilten ausgiebig. Die Damen besuchten das Örtchen, dehnten und streckten die alten Glieder, stärkten sich mit Speis und Trank. Besonders mit Letzterem.

Mit dem vom Koch gepackten Proviantkorb hatten die beiden kurzen Prozess gemacht. Nun stand er leer zu Baileys Füßen auf dem Kutschenboden.

An Erfreulichem ließe sich sagen, dass man sich wohl kaum unterhaltsamere Begleitung für eine lange Reise wünschen konnte.

Während sie durch die Nacht fuhren, erzählten die Damen Cooper und Withcote kurzweilige Geschichten aus ihrer Jugend, bis man bei Waltham Cross endlich Hertfordshire erreicht hatte.

In Anbetracht des gemächlichen Tempos hätten die Pferde wohl noch weitere zehn Meilen bis Ware durchgehalten. Aber der Kutscher hielt aus alter Tradition hier, am „Falcon Inn“, um neu anspannen zu lassen. Die Carsingtons steuerten stets dieselben Gasthöfe an – eine kleine, aber feine Auswahl, seit Jahren bewährt. In Olivias Ausgabe von Patersons Straßenatlas hatte die Dowager Countess alle Haltepunkte markiert und die Namen favorisierter Häuser dazugeschrieben.

„Endlich“, meinte Lady Withcote, als die Kutsche in den Hof einbog.

„Mich dürstet nach einer Tasse Tee“, sagte Lady Cooper und hieb mit dem Schirm gegen das Kutschendach. „Ich weiß, meine Liebe, wir haben es eilig. Dauert auch nicht lange.“

Das wagte Olivia zu bezweifeln. Wahrscheinlich würde sie die beiden wieder zurück in den Wagen scheuchen müssen. „Ich komme mit“, sagte sie vorsichtshalber. „Es ist stockfinster, der Hof schlecht beleuchtet, und regnen tut es jetzt auch.“ Eben hatte es zu allem Ungemach noch begonnen, leise aufs Kutschendach zu prasseln.

„Aber Kind, ich bitte dich, wir brauchen doch kein Kindermädchen, um die paar Stufen hinaufzukommen“, sagte Lady Withcote.

„Ich würde mich hier sogar sturztrunken und mit verbundenen Augen zurechtfinden“, versicherte ihr Lady Cooper.

„Hast du doch sogar schon“, kam es von Lady Withcote. „Wenn ich mich recht entsinne, auf der Rückfahrt von einer von Lady Jerseys legendären Frühstückseinladungen.“

Während dieses Wortwechsels hatte einer der Lakaien den Schlag geöffnet und den Kutschentritt bereit gemacht. Unsicheren Schrittes stiegen die Damen aus.

„*Das* war vielleicht eine Fest“, schwärmte Lady Cooper, als sie den Abstieg geschafft hatte. „So was gibt es heute nicht mehr. Eine Party langweiliger als die andere.“

„Niemand lässt mehr sein Leben.“

Der Schlag schloss sich wieder und ließ beider Stimmen verstummen. Olivia sah ihnen nach, verlor sie jedoch bald aus dem Blick. Der Regen ließ sie zu zwei dunklen Gestalten verschwimmen – Lady Cooper etwas kleiner und rundlicher als ihre Freundin –, ehe die Dunkelheit sie schluckte.

Olivia ließ sich in ihren Sitz zurücksinken.

Obwohl sie laut Mr Paterson erst elfeinhalb Meilen zurückgelegt hatten, waren sie schon seit dreieinhalb Stunden unterwegs. Die geschäftige Aufregung des Aufbruchs war längst verflogen. Ohne diese Ablenkung kehrte der Sturm aus Wut und verletzten Gefühlen mit voller Kraft zurück.

Dieser dumme, sture, undankbare Mann!

Sie wünschte, ihn noch viel fester geschubst zu haben. Sie wünschte, ihren Schirm dabeigehabt zu haben. Das hätte ihr gefallen, ihm damit eins über seinen sturen Schädel zu ziehen.

Aber diese Aktion dürfte ihm eine Lehre sein. Diese Anmaßung! Sie hatte geglaubt, er würde sie verstehen – aber nein, er hatte den Mann herauskehren müssen und sich benehmen wie alle anderen auch.

Die Minuten verstrichen. Mittlerweile hämmerte der Regen aufs Dach und dämpfte das Geratter und Geklapper der Kutschenräder und Pferdehufe. Selbst bei diesem Wetter und zu dieser Stunde herrschte reger Betrieb. In bei Reisenden beliebten Gasthöfen kehrte niemals Ruhe ein.

Trotz ihrer verdrießlichen Laune – oder vielleicht von ihrem Verdruss erschöpft – musste sie kurz eingenickt sein, denn der Klang mehrerer Stimmen draußen vor der Kutsche ließ sie jäh aufschrecken.

Der Schlag wurde geöffnet. Draußen standen der Kutscher und mehrere Männer, darunter zwei von Urgroßmamas Lakaien, alle mit Regenschirmen in der Hand.

„Wenn Sie so gut wären, Miss“, sagte der Kutscher. „Ein schweres Unwetter zieht auf.“

„Sieht nicht gut aus, Miss“, meinte einer der anderen Männer – allem Anschein nach der Wirt. „Wird von Minute zu Minute schlimmer. Ich habe den beiden anderen Damen geraten abzuwarten, bis es vorüberzieht. Dürfte nicht länger als ein, zwei Stunden dauern.“

Eine heftige Windböe heulte durch den Hof und versuchte, die Schirme mit sich zu reißen. Das Hämmern des Regens war zu einem geradezu infernalischen Donnern angeschwollen.

Olivia wollte so schnell wie möglich weiterfahren. Je weiter sie von London entfernt wäre, wenn Lisle sie einholte, desto besser. Dennoch, da mochte er von ihrem Urteilsvermögen halten, was er wollte – so verantwortungslos, dass sie Leib und Leben der Pferde und Bedienten aufs Spiel setzte, war sie dann doch nicht.

Und so kletterten sie und Bailey aus der Kutsche und eilten gen Gasthof.

Obwohl die Dowager Countess der Ansicht gewesen schien, dass er Olivia mit Leichtigkeit würde einholen können, und obwohl er einen anstrengenden Tag hinter sich hatte, legte Lisle sich nicht zu Bett, um zuvor noch ein wenig zu ruhen, wie ein besonnenerer Gentleman es getan hätte.

Sowie er zu Hause war, nahm er eilends ein Bad, wechselte die Kleider und wies seinen Kammerdiener an zu packen. Da Nichols derlei überstürzte Aufbrüche gewohnt war, konnten sie bereits um halb zwei Uhr morgens die Verfolgung aufnehmen.

Sie ritten voraus, eine Kutsche mit Gepäck und unerlässlichen Utensilien, von denen Nichols glaubte, dass man sie in Schottland nicht auf die Schnelle bekäme, fuhr ihnen hinterher.

Und so kam es, dass Lisle und sein Diener sich gute zehn Meilen hinter London auf der Old North Road befanden, als der Wind kräftig auffrischte, übers Land fegte, und die großen dunklen Wolken, die sich über ihnen zusammengebraut hatten, ihre Schleusen öffneten. Binnen dreieinhalb Minuten wurde aus dem leichten Nieselregen erst ein kräftiger Schauer – und dann die Sintflut.

5. KAPITEL

Olivia fand ihre Reisebegleiterinnen an einem Ecktisch des Gasthofs, vor sich Speis und Trank, vor allem Letzteres. Auch andere Reisende waren hier gestrandet. Manche trockneten sich vor dem Feuer, andere hatten es sich an den Tischen gemütlich gemacht, und wieder andere nutzten die unverhoffte Unterbrechung zur Rasur oder um sich die Schuhe zu putzen.

Schon immer war sie unterwegs gern in Rasthäusern eingekehrt. Dort traf man die unterschiedlichsten Menschen aus allen gesellschaftlichen Schichten an, was eine erfrischende Abwechslung zur Beau Monde war, in der alle einander ähnelten und die meisten zudem noch untereinander verwandt waren.

Deshalb hätte sie die Gelegenheit gern genutzt, sich unter die Leute zu mengen, doch das kurze Nickerchen in der Kutsche hatte ihr bewusst gemacht, wie schrecklich müde sie war.

An sich brauchte es eine Woche oder mehr, um eine solche Reise vorzubereiten. Sie hingegen hatte alles – sowohl für sich als auch für die beiden alten Damen – binnen achtundvierzig Stunden organisieren müssen. Zeit zum Schlafen war ihr dabei kaum geblieben.

Weshalb sie sich nun auch nicht der allgemeinen Geselligkeit anschloss, sondern in Beschlag nahm, was laut Beteuerung des Gastwirts das beste Zimmer des Hauses war. Dort ließ sie sich vor dem Kamin in einen herrlich weichen Sessel sinken.

Doch Stille und behagliche Wärme halfen wenig, sie zur Ruhe kommen zu lassen. Es dauerte lange, bis der Aufruhr der Gedanken und Gefühle sich gelegt hatte und alles in einem Nebel des Vergessens verschwamm. Kurz darauf, so kam es ihr vor, spürte sie eine leichte Berührung an ihrem Arm und fuhr erschrocken aus dem Schlaf.

„Ich wollte Sie nicht erschrecken, Miss“, sagte Bailey.

Noch immer ganz benommen, sah Olivia auf. Zwischen Baileys feinen Augenbrauen stand eine steile Falte. Kein gutes Zeichen. Bailey sorgte sich nicht so leicht.

„Die Damen", vermutete Olivia und stand so rasch auf, dass ihr kurz schwindelte.

„Ja, Miss. Beim Kartenspiel kam es zum Streit. Es tut mir leid, Sie deswegen zu behelligen, aber sie haben den Sohn des Squires gegen sich aufgebracht. Er macht gerade eine schreckliche Szene, ruft nach den Gendarmen und dem Friedensrichter, und niemand wagt, ihn in seine Schranken zu weisen. Auch der Wirt scheint Angst vor ihm zu haben. Ich dachte mir, Sie möchten die Damen vielleicht vom Ort des Geschehens entfernen."

Während sie sprach, ordnete Bailey Olivias Haar, glättete die Falten in ihren Röcken und kaschierte alle Anzeichen dafür, dass ihre Herrin in ihren Kleidern geschlafen hatte.

Wissend, dass ein rascher Aufbruch angezeigt sein könnte, gelang es ihr sogar, Olivia mit Mantel und Hut zu versehen, während sie den Korridor hinabeilten. Bereits am Kopf der Treppe waren die erhobenen Stimmen deutlich zu vernehmen. Olivia rannte nach unten und stürmte in den Schankraum.

Hier erst merkte sie, dass sie mehr Zeit als gedacht mit ihren aufgewühlten Gedanken zugebracht haben musste. Nicht nur hatte es aufgehört zu regnen, vor den Fenstern erhellte bereits das erste Morgengrauen die stille Landschaft. Im Speisezimmer dagegen herrschte Tumult. Die vom Unwetter aufgehaltenen Reisenden hatten sichtlich Hunger. Auch begann sich, Ungeduld breitzumachen. Jene, bei denen es sehr pressierte, schlangen ihr Essen hinunter und brachen hastig auf, was das Gedränge allerdings nur geringfügig lichtete. Diener und Schankmädchen eilten geschäftig hin und her, brachten Tabletts und trugen leere Teller ab.

Derweil wurde der Lärmpegel noch von einer einzelnen Männerstimme übertönt, deren geiferndes Geschrei die Stimmung bedenklich kippen ließ. Da der Wirt keine Anstalten machte einzugreifen, drohte Ärger.

Normalerweise hätte Olivia das nichts ausgemacht. Sie liebte ein bisschen Tumult. Das war aufregend. Leider war es nur so, dass meist die Amtsgewalt dazugerufen wurde, was einen noch längeren Verzug bedeutete, den sie lieber vermeiden wollte.

All das ging ihr durch den Kopf, während sie den Quell des Aufruhrs in Augenschein nahm.

Ein stämmiger junger Mann mit flachsblondem Haar, der gewiss schon die ganze Nacht getrunken hatte, hieb mit der Faust auf den Tisch, an dem Olivia die beiden alten Damen zurückgelassen hatte. Ein Blick auf besagten Tisch ließ vermuten, dass die beiden Speisekammer und Weinkeller des Wirts ebenso geleert hatten wie die Taschen seiner Gäste.

„Sie hat geschummelt!“, rief der Trunkenbold. „Ich hab es genau gesehen!“

Lady Cooper erhob sich von ihrem Stuhl. „Wenn ich eins nicht leiden kann, dann einen schlechten Verlierer. Geschummelt, dass ich nicht lache.“

„Aber ich bitte Sie, Mr Flood, Sir“, sagte der Wirt. „Es war doch nur ein Spiel …“

„Nur ein Spiel! Die beiden haben mich um fünfzig Pfund erleichtert!“

„Tja“, meinte Lady Withcote. „Wer nichts verträgt, sollte nichts trinken.“

„Er konnte ja kaum noch geradeaus schauen, der arme Junge“, sagte Lady Cooper. „Oder einen Buben von einem König unterscheiden.“

„Nicht unsere Schuld“, befand Lady Withcote, „wenn du nicht mal mehr dein Blatt erkennen kannst.“

„Ich hab noch genug gesehen, um gesehen zu haben, dass ihr schummelt, ihr alten Hexen!“

„Hexen?“, kreischte Lady Withcote.

„Pass auf, dass ich dich nicht verhexe, du Schwachkopf“, zischte Lady Cooper. „Also, wenn ich ein Mann wäre …“

„Wenn Sie ein Mann wären, würde ich zuschlagen!“, brüllte der Sohn des Squires.

Olivia drängte sich durch die Menge.

„Hier entlang, meine Damen“, sagte sie. „Der Mann ist offensichtlich von Sinnen, sonst würde er nicht seine Manieren vergessen und harmlosen Frauen drohen."

Puterrot im Gesicht, fuhr er zu ihr herum. Er machte den Mund auf, brachte aber keinen Ton heraus.

Olivia wusste aus Erfahrung, dass sie auf Männer diese Wirkung haben konnte. Er mochte betrunken sein, doch er war nicht blind.

Sie machte sich seine momentane Zerstreuung zunutze und versuchte, die Damen nach draußen zu manövrieren.

Leider fing er sich rasch wieder.

„Oh nein!", rief er. „Die beiden haben mich betrunken gemacht und mich ausgeraubt, damit kommen sie mir nicht davon! Ich werde sie jetzt zum Friedensrichter bringen und zusehen, dass sie abgeführt und ausgepeitscht werden!" Er schnappte sich einen Stuhl und schleuderte ihn gegen die Wand. „Ich will mein Geld zurück!"

Die Drohung hatte wenig Wirkung auf sie. Einer Ungeheuerlichen DeLucey war ein Friedensrichter Wachs in den Händen. Dennoch hatte Olivia wenig Lust, Amtsträger zu bezirzen oder Zeit darauf zu verschwenden, uneinsichtige Männer zu besänftigen.

„Sie da, Sir", sagte sie in jenem knappen, kühlen Ton, den ihr Stiefvater dazu verwandte, Aufsteiger und Ignoranten an ihren Platz zu verweisen. „Sie haben eben die beiden Damen beleidigt. Dafür werden Sie sich entschuldigen."

Gerade hatte er sich einen weiteren Stuhl schnappen wollen, nun hielt er inne. Langsam stellte er ihn wieder ab und starrte sie ungläubig an. „*Wie bitte?*"

Das Murren und Murmeln der anderen Gäste verstummte.

„Sie werden sich entschuldigen", sagte sie.

Er lachte. „Bei diesen alten Streitäxten?" Mit schmutzigem Daumen wies er über die Schulter auf ihre Anstandsdamen. „Sind Sie bescheuert?"

„Dann nennen Sie die Waffen", erwiderte sie.

„*Was?*"

„Die Waffen", sagte sie geduldig. „Degen oder Pistolen?"

Er sah sich Schankraum um. „Soll das ein Witz sein? Ich lass mich doch von einer Frau nicht zum Narren halten!"

Olivia streifte einen ihrer Handschuhe ab und schlug ihm damit ins Gesicht. „Feigling", sagte sie.

Allgemeines Aufkeuchen.

Sie wich einen Schritt zurück und sondierte unauffällig die Lage: Fluchtwege, Hindernisse, mögliche Waffen.

„Ihr Verhalten ist unwürdig", beschied sie. „Sie sind verachtenswert."

„Also jetzt …"

Ohne ein weiteres Wort stürzte er sich auf sie. Sie schnappte sich rechter Hand eine Kaffeekanne vom Tisch und schleuderte sie ihm an den Kopf.

Und dann wurde es richtig aufregend.

Während des Sturms hatte Lisle in einem Gasthof in Enfield Unterschlupf gesucht.

Als er dann endlich in den Hof des „Falcon Inn" ritt, war der Tag bereits angebrochen. Eigentlich hatte er hektische Betriebsamkeit erwartet, da alle Reisenden zugleich würden aufbrechen wollen. Stattdessen hatte sich eine Menschenmenge an der Tür zum Schankraum versammelt. Alle reckten die Köpfe und versuchten zu sehen, was dort drin vor sich ging.

Er stieg ab, überließ es Nichols, sich um die Pferde zu kümmern, und ging gleichfalls zu besagter Tür.

„Was ist los?", hörte er jemanden fragen.

„Sohn vom Squire, mal wieder betrunken, hat sich wohl über irgendwas aufgeregt", kam die Antwort.

„Wär ja nix Neues."

„Diesmal liest ihm aber ein rothaariges Weibsbild die Leviten."

Lisle drängte sich vor und hörte, wie Olivia jemanden beleidigte. Dann sah – und hörte – er, wie sie einen offensichtlich betrunkenen jungen Mann mit ihrem Handschuh schlug.

Weil ihm einer der gaffenden Gäste in die Quere kam, konnte Lisle den Trunkenbold nicht rechtzeitig überwältigen, ehe der sich auf Olivia stürzte. Doch Olivia wusste sich zu wehren. Mit einer Kaffeekanne zog sie ihrem Angreifer eins über den Schädel und brachte ihn zu Fall. Ein Diener mit Tablett stolperte über ihn und stieß dabei einen weiteren Gast um. Leute flüchteten zu den Türen, andere erklommen Tische und Stühle, doch die meisten drängten sich näher ans Geschehen, damit ihnen auch ja nichts entging.

Während Lisle auf Olivia zuhielt, erblickte er Bailey. Erstaunlicherweise bewahrte die Dienerin inmitten des Aufruhrs einen kühlen Kopf, scharte die beiden alten Damen um sich und lotste sie hinaus auf den Hof.

Olivias Stimme lenkte seine Aufmerksamkeit zurück zum eigentlichen Geschehen.

„Sie gereichen Ihrem gesamten Geschlecht zur Schande", hörte er sie in einem eisigen Tonfall sagen, den sie nur von Rathbourne gelernt haben konnte. „Und das will wahrlich etwas heißen."

Der Trunkenbold lag noch immer am Boden und blinzelte benommen zu ihr auf.

Jetzt wäre es an der Zeit gewesen, den Rückzug anzutreten.

Aber nein. Nicht bei Olivia.

„Ein Gentleman steht für sein Tun ein und lernt daraus", dozierte sie weiter. „Aber Sie ... Auf wehrlosen Frauen herumzuhacken! Sie sollten sich was schämen, Sie elender Rabauke! Schade, dass hier niemand Manns genug ist, Ihnen eine ordentliche Abreibung zu verpassen."

„Genau! Geben Sie's ihm, Miss", rief jemand aus sicherer Entfernung.

„Spielt sich hier immer auf."

„Niemand traut sich an ihn ran, weil er der Sohn vom Squire ist."

Einigen der Männer schien es in den Fäusten zu jucken. Woran Lisle normalerweise seinen Spaß gehabt und freudig mitgetan hätte. Es wäre ihm ein Vergnügen, diesem aufgeblasenen Großmaul eine Tracht Prügel zu verpassen, die er so bald nicht vergessen würde.

Aber Schlägereien waren unberechenbar, und Olivia in einem ihrer Zornesausbrüche war ebenso unberechenbar. Das Risiko wollte er lieber nicht eingehen. Nicht, dass sie sich noch ein Leides tat. Auf ihr Urteilsvermögen wollte er lieber nicht vertrauen.

Er tippte ihr mit dem Finger auf die Schulter. Ungehalten drehte sie sich um – ein blau blitzender Blick hätte ihn fast niedergestreckt –, ehe sie ihre kleine Standpauke wieder aufnahm.

Angesichts ihres echauffierten Zustands war Lisle sich nicht sicher, ob sie ihn überhaupt erkannt hatte. Und wegen ebendieses Zustands gab es nur eines zu tun.

Er trat hinter sie, legte seinen Arm über ihre rechte Schulter, quer über ihre Brust, und fasste sie unter dem linken Arm, stieß sie mit der Hüfte an den Steiß, um sie aus dem Gleichgewicht zu bringen, schnappte sie sich und zerrte sie fort. Sie wehrte sich mit Händen und Füßen, doch er hatte sie so fest im Griff, dass sie wenig ausrichten konnte. Und so ließ sie sich stolpernd wegschleifen und verwünschte ihn alldieweil.

„Halt, ich bin noch nicht mit ihm fertig! Lassen Sie mich sofort los!“

„Tut mir leid“, sagte er. „Wir müssen verschwinden, ehe der Konstabler aus dem Dorf hier auftaucht und man herausfindet, wer du bist. Sonst kommst du wieder in die Zeitung.“

„Lisle?“

„Wer denn sonst?“

Kurzes Schweigen, dann: „Nein!“, schrie sie. „Nimm gefälligst deine Finger von mir! Ich bin mit diesem Dummkopf noch nicht fertig!“ Sie versuchte, nach hinten auszutreten, aber er hielt seine Beine in sicherem Abstand, als er sie über den Hof zur Kutsche beförderte.

„Wenn du dich nicht sofort beruhigst, werde ich dich k. o.

schlagen, dich fesseln und knebeln und dich auf direktem Wege nach Derbyshire bringen."

„Ooooh, wie groß und stark du bist!", höhnte sie. „Da bekomme ich ja richtig Angst."

Der Wirt war ihnen nach draußen gefolgt, eilte voraus und riss beflissen den Schlag auf, noch ehe der Lakai dazu kam. Lisle schob sie den Kutschentritt hoch. Sie stolperte in den Wagen, wo ihre Dienerin sie auffing. Er schlug den Schlag hinter ihr zu.

„Fahren Sie los", wies er den Kutscher an. „Ich folge zu Pferde."

Er sah der Kutsche nach, die mit ratternden Rädern aus dem Hof schwankte.

„Danke, Sir, vielen Dank", sagte der Wirt. „Immer besser, die Damen in solchen Fällen aus dem Weg zu schaffen. Aus den Augen, aus dem Sinn, sag ich immer."

Lisle drückte ihm ein Geldsäckchen in die Hand. „Hier, für das zertrümmerte Mobiliar. Entschuldigen Sie die Umstände", sagte er.

Dann sah er sich rasch nach Nichols und seinem Pferd um. Kurz darauf war er schon wieder auf der Old North Road.

Sie würde ihn umbringen.

Es sei denn, er kam ihr zuvor.

Ware, Hertfordshire
einundzwanzig Meilen von London

Sie seien am Verhungern, verkündeten die Damen Cooper und Withcote beim Entsteigen der Kutsche und eilten zum Frühstück ins „Saracen's Head".

Olivia schickte ihnen Bailey hinterher und blieb selbst im Wagen, um sich zu sammeln. Sie brauchte einen kühlen Kopf und musste in Ruhe darüber nachdenken, wie sie mit Lisle verfahren wollte.

Doch nüchternes Nachdenken war gar nicht so einfach, wenn

man von den Strapazen der Reise erschöpft und zudem darüber verärgert war, sich verkalkuliert zu haben. Das ständige Geplapper der beiden Damen, so liebenswürdig sie auch sein mochten, war zudem nicht gerade hilfreich gewesen. Lisle in Aktion dürfte das Aufregendste gewesen sein, was sie in den letzten Jahren zu sehen bekommen hatten. Sie hatten gar nicht mehr aufhören können, zu schnattern und Vermutungen anzustellen über seine Muskelkraft, seine Ausdauer und derlei mehr.

Die anzüglichen Bemerkungen hatten wenig dazu beigetragen, Olivia vergessen zu lassen, wie Lisles Arm sich so wunderbar warm und stark über ihren Leib gelegt hatte. Sie konnte ihn praktisch noch immer spüren, als hätte er einen Abdruck auf ihrem Körper hinterlassen. Zum Teufel mit ihm.

Egal. Er war ein Mann von sehr männlicher Ausstrahlung, was aufregend war. Aber sie würde darüber hinwegkommen.

Und weil er nun mal Lisle war, konnte er vermutlich nicht anders, als sie zu verdrießen und früher als erwartet aufzutauchen.

Natürlich hatte sie gewusst, dass er ihr folgen würde. Er sah sich als ihren großen Bruder und glaubte, sie beschützen zu müssen. Zudem hielt er sich – wie so viele Männer, fälschlicherweise – für viel vernünftiger und fähiger als eine Frau. Männer vertrauten Frauen keine Aufgaben an, die über Haushaltsführung und Kindererziehung hinausgingen – und in den besseren Kreisen vertraute man ihnen nicht einmal das an.

Selbst ihre Mutter, die ihren Fehlern gegenüber keineswegs blind war, wüsste, dass Olivia bestens dazu in der Lage war, sowohl eine lange Reise als auch die Restaurierung einer baufälligen Burg zu bewerkstelligen. Nicht, dass sie die ganze Arbeit allein zu tun gedachte, aber sie *könnte* es schaffen, wenn sie denn wollte.

Eigentlich lief ja alles nach Plan, von dem kleinen Zwischenfall im „Falcon Inn“ mal abgesehen. Den sie übrigens sehr genossen hatte. Die Miene des Rabauken, als sie ihm ihren Handschuh ins Gesicht geschlagen hatte, war einfach köstlich gewesen.

Doch dann hatte Lisle kommen und sie wegschleifen müssen …

Der Kutschenschlag wurde geöffnet.

Da stand er und sah sie an. Um eines seiner silbergrauen Augen schillerte die Haut regenbogenbunt.

„Du solltest jetzt auch hineingehen und frühstücken“, meinte er. „Bis zum Mittag werden wir keine Rast mehr machen.“

„*Wir?*“, fragte sie. „Du wolltest doch nicht mitkommen. Dir wäre es lieber, in Ägypten in Armut zu leben oder hungers zu sterben, als dich deinen Eltern zu beugen. Du warst zu dem Schluss gekommen, dass selbst der Tod einer Reise nach Schottland vorzuziehen sei.“

„Die Reise mit dir zu machen dürfte noch verhängnisvoller sein“, erwiderte er. „Willst du jetzt etwas essen oder nicht? Es gibt erst wieder in ein paar Stunden was.“

„Du hast auf dieser Reise nicht das Kommando“, sagte sie.

„Jetzt schon“, erwiderte er. „Du wolltest, dass ich mitkomme – nun tue ich es, aber auf meine Weise. Essen oder Verhungern, es ist deine Entscheidung. Ich schaue mir derweil das berühmte Bett an.“

Er ließ den Kutschenschlag offen stehen und schlenderte zurück ins Gasthaus.

Zehn Minuten später kam Olivia ins Schlafgemach gestürzt.

„Du …“, setzte sie an, doch selbst im Zustand der Echauffierung konnte sie das wuchtige Bett kaum übersehen. Wie angewurzelt blieb sie stehen. „Mein Gott!“, rief sie. „Das ist ja riesig.“

Beiläufig sah Lisle von seiner Betrachtung eines der Bettpfosten auf.

Ihr Hut saß schief und ihre Frisur war in Auflösung begriffen. Rote Locken ringelten sich auf perlweißer Haut, ihre Kleider waren von der Reise zerknittert. Noch immer funkelten ihre unglaublich blauen Augen vor Zorn, wenngleich sie sich beim Anblick des zu Shakespeares Zeiten berühmten Bettes vor Erstaunen geweitet hatten.

Wild und ungezügelt sah sie aus, und obwohl er sich mittlerweile an die verstörende Schönheit ihres Gesichts gewöhnt haben sollte, brachte diese Wildheit ihn abermals aus der Fassung. Das Herz schlug ihm schwer und schmerzlich in der Brust.

„Deshalb nennt man es das Große Bett von Ware", sagte er. „Du hast es dir noch nie angesehen?"

Sie schüttelte den Kopf, wobei ihre Locken auf und ab hüpften.

„Es ist recht alt – zumindest für englische Verhältnisse", fuhr er ruhig fort. „Shakespeare hat es in *Was ihr wollt* erwähnt."

„Betten dieser Art habe ich schon mal gesehen", meinte sie. „Dunkle Eiche, sehr massiv, viel Schnitzwerk. Aber keins von diesen Ausmaßen."

Tatsächlich war hier nach Herzenslaune geschnitzt worden: Früchte, Blumen, Menschen, Tiere und Fabelwesen bedeckten jeden Zentimeter des dunklen Eichenholzes.

„Zwölf Fuß im Quadrat und neun Fuß hoch", dozierte Lisle. Fakten hatten etwas so Beruhigendes. Zudem waren sie sicheres Terrain. „Genau genommen ist es ein von Vorhängen separiertes Zimmer. Sieh dir mal die Vertäfelung an."

Sie trat näher.

Ein Dufthauch streifte ihn, und er musste daran denken, wie ihr Körper sich unter seinen Händen angefühlt hatte, als er sie aus dem Gasthof gezerrt hatte.

Fakten. Er konzentrierte sich auf die äußeren Merkmale des Bettes. Zwei in Rundbogen gesetzte Paneele zeigten Ansichten der Stadt, einschließlich der berühmten Schwäne. Vorsichtig fuhr er mit dem Finger über die Holzintarsien.

Ihm fehlte die Anmut ägyptischer Kunst. Doch schön war es dennoch. Geradezu bezaubernd.

„Sie sind wie Fenster", sagte er. „Vor zweihundert Jahren dürfte alles noch beeindruckender gewesen sein. Hier, an manchen Stellen kann man noch etwas Farbe erkennen. Früher war es vermutlich recht bunt – genauso wie die Tempel und Grabstätten Ägyptens. Und auch hier haben Besucher ihre Spuren hinterlassen." Er fuhr über zwei ins Holz geritzte Initialen.

Er wandte seinen Blick wieder ihrem Gesicht zu, das nun von Staunen erfüllt war. Verschwunden war der Zorn, der Sturm wie weggeblasen. Auch sie schien von dem Anblick wie verzaubert. Raffiniert und berechnend konnte sie sein, und naiv war sie nie gewesen, doch war sie voller Fantasie, und Geschichten mochten sie zu fesseln wie ein Kind.

„Komisch, dass du es dir noch nie angesehen hast", meinte er.

Sie betrachtete einen geschnitzten Löwenkopf, dem jemand ein rotes Siegel aufgedrückt hatte. „Gar nicht komisch", erwiderte sie. „Da wir für gewöhnlich nach Derbyshire oder Cheshire reisen, liegt es einfach nicht auf dem Weg. Und wenn ich London verlasse, dann meist, weil ich in Ungnade gefallen bin, was wiederum bedeutet, dass man mich so schnell und weit wie möglich fortschaffen will. Da bleibt keine Zeit für Besichtigungen."

Er sah beiseite. Viel fehlte nicht, und es würde ihm wieder den Verstand erweichen. Aufmerksam musterte er einen der Satyrn, die den Bettpfosten zierten. „Diesen Trunkenbold mit deinem Handschuh zu schlagen und ihn einen Feigling zu schimpfen, war nicht gerade klug."

„Aber unglaublich befriedigend."

„Du hast die Beherrschung verloren", stellte er fest. Und er wusste, dass, wenn sie sich in eine ihrer Ragen hineinsteigerte, weder auf ihren Verstand noch auf ihren Instinkt Verlass war. Er musste sie vor sich selbst schützen.

Er trat einen Schritt zurück und verschränkte die Hände auf dem Rücken. „Was hat deine Mutter dir geraten, wenn du die Beherrschung verlierst?", fragte er in jenem geduldigen Ton, den auch ihre Mutter angeschlagen hatte an jenem Tag, da er Olivia das erste Mal begegnet war.

Sie funkelte ihn an. „Ich soll bis zwanzig zählen."

„Wahrscheinlich hast du nicht bis zwanzig gezählt", vermutete er.

„Mir war nicht danach", erwiderte sie.

„Es wundert mich, dass du ihm keine deiner berüchtigten Entschuldigungen hast angedeihen lassen.“ Er legte sich die Hand aufs Herz und sagte mit hoher Fistelstimme: „‚Oh, Sir, ich bitte Sie aufrichtigst und ergebenst um Verzeihung.‘“ Gewohnten Tones fuhr er fort: „Dann hättest du nur noch mit den Wimpern zu klimpern und vor ihm auf die Knie fallen müssen.“

So hatte sie es zumindest bei jener ersten Begegnung mit ihm gemacht, und die kleine Darbietung hatte ihn sprachlos zurückgelassen.

„Am Ende der Vorstellung“, schloss er, „wären alle entweder in Tränen aufgelöst gewesen oder hätten sich nicht mehr beruhigt vor Lachen. Ihn eingeschlossen. Und du hättest dich unbemerkt davonschleichen können.“

„Mittlerweile bereue ich, es nicht so gehandhabt zu haben“, meinte sie. „Es hätte mir zumindest erspart, wie ein Sack Kartoffeln hinausgeschleift zu werden.“

Und ihm wäre es erspart geblieben, ihre weichen Rundungen unter seinen Händen zu spüren.

„Ich verstehe nicht, warum du *ihn* nicht hinausgeschleift und ihm unter der Wasserpumpe eine kleine Abkühlung verpasst hast“, sagte sie. „Das hätte man gleich tun sollen, als er sich zu echauffieren begann. Aber alle hatten Angst vor ihm. Du nicht, denke ich mal – aber trotzdem musstest du an *mir* den großen Mann markieren.“

„Dich hinauszuschleifen hat mehr Spaß gemacht“, meinte er.

Sie kam näher und begutachtete sein Auge.

Ihr Duft umfing ihn, sein Herz raste.

„Dieser Belder“, meinte sie kopfschüttelnd. „Warum nur hat er nicht fester zuschlagen können?“

Und damit rauschte sie aus dem Zimmer.

Es war ein kühler Tag, der Himmel grau und bedeckt, und der Regen hatte den Staub gelegt. Den Damen war nach frischer Luft, sagten sie. In einer dunklen, beengten Kutsche zu fahren entsprach nicht ihren Vorstellungen von einer angenehmen Reise.

Olivia vermutete indes, dass sie die Kutschenfenster nur deshalb geöffnet haben wollten, um den Ausblick auf die maskuline Landschaft besser genießen zu können.

Es war ein prächtiger Ausblick, den zu bewundern auch sie nicht umhinkam, wenngleich Lisle sich als Tragische Enttäuschung erwiesen hatte.

Statt wie erwartet vorauszupreschen, ritt er neben dem Wagen einher, was, da man aus Rücksicht auf die alten Damen recht gemessen fuhr, wohl langsamer war, als ihm lieb gewesen wäre. Ganz gewiss war es langsamer, als es Olivia lieb war. Sie wünschte, sie könnte selbst im Sattel sitzen, hatte jedoch leider keine Vorbereitungen dafür getroffen.

Ihr Sattel musste in einer der Kutschen sein, gut verpackt unter Bergen anderen Gepäcks, denn sie war nicht davon ausgegangen, dass sie ihn vor ihrer Ankunft brauchen würde. Ein Pferd konnte man zwar an jedem Rasthof bekommen – und sie verstand praktisch jedes Pferd zu reiten –, doch ein Sattel war eine ganz andere Geschichte. Ein Damensattel war eine ebenso persönliche Angelegenheit wie ein Korsett und musste passgenau sitzen.

Nicht, dass sie einen Sattel gebraucht hätte. Immerhin war sie Jack Wingates Tochter und konnte reiten wie der Teufel.

Aber es brauchte ja niemand zu wissen, dass sie derlei Künste noch beherrschte. So wie auch niemand von den Männerkleidern zu wissen brauchte, die Bailey ihr zurechtgeschneidert hatte und die nun sorgsam gefaltet in einer Kiste ihres Gepäcks lagen.

Nie würde sie vergessen, wie schockiert Lisle gewesen war, als er sie das erste Mal in Jungenkleidung gesehen hatte. Sie hing noch ihren Erinnerungen nach – wie köstlich, seine verdutzte Miene! –, als die Kutsche plötzlich hielt.

Sie schaukelten auf ihren Sitzen, als die Lakaien hinten absprangen. Einer eilte nach vorn, um die Pferde zu halten.

„Was ist denn jetzt los?", fragte Lady Cooper.

„Wahrscheinlich ist Lisle etwas an den Rädern aufgefallen", sagte Lady Withcote.

Der Schlag wurde geöffnet und ein Lakai stellte den Tritt

bereit. Lisle wartete hinter ihm. „Kein Grund zur Aufregung, meine Damen“, sagte er. „Ich will nur Olivia.“

Die Damen lächelten sie an.

„Er will nur dich, mein Kind“, sagte Lady Cooper.

„Vermutlich will er mich in den Straßengraben werfen“, sagte Olivia.

„Unsinn“, beschied Lady Withcote. „Er wird nichts dergleichen tun.“

Nein, er dürfte Schlimmeres im Sinn haben, dachte Olivia. Unterwegs hatte er genügend Zeit gehabt, darüber nachzusinnen, wie schmerzlich sie seinen Stolz verletzt hatte. Mittlerweile hatte er sich gewiss eine tödlich langweilige Standpauke zurechtgelegt.

„Wir hatten hier keinen Halt eingeplant“, sagte sie. „Wir wollten erst wieder in …“ Sie sah in ihrem *Paterson's* nach. „Wir wollten erst in Buntingford halten.“

„Ich wollte dir etwas zeigen“, sagte er.

Sie beugte sich vor und sah aus der Kutsche – erst nach rechts, dann nach links. „Hier gibt es nichts zu sehen“, sagte sie.

Mal abgesehen von einem übermäßig gut aussehenden Mann, der so lässig auf seinem Pferd saß, als wäre er im Sattel geboren.

„Jetzt sei nicht so“, sagte er.

„Genau – jetzt sei nicht so, mein Kind“, pflichtete Lady Cooper ihm bei. „Lass dir von dem Jungen mal was zeigen.“

„Ich könnte eine kleine Pause gut gebrauchen“, sagte Lady Withcote. „Nur ein bisschen die Augen schließen, ohne bis auf die Knochen durchgeschüttelt zu werden. Mir brummt vielleicht der Schädel! Bestimmt irgendwas Falsches gegessen.“

Olivia wandte sich von der geöffneten Tür ab und sah die beiden an.

„Willst du denn gar nicht wissen, was er dir zeigen will?“, fragte Lady Cooper.

Olivia stieg aus.

Die Damen lehnten sich aus dem Wagen, um auch ja nichts zu verpassen.

Olivia ging zu ihm, strich über das weiche Maul seines Pferds und ignorierte nach Kräften das muskulöse Männerbein, das ihrem Blick bedenklich nah war.

„Du meintest, dir bliebe nie Zeit für Besichtigungen", sagte er. „Hier, gleich um die Ecke, ist noch eine Sehenswürdigkeit."

Sie sah sich nach dem Wegweiser um, auf den er zeigte. Dann sah sie ihn an.

„Ich habe nicht vor, dich an einen abgeschiedenen Ort zu locken und dich zu ermorden", sagte er. „Zumindest nicht jetzt. Es würde den Damen gewiss auffallen, käme ich ohne dich zurück. Bailey würde es auf keinen Fall entgehen. Komm schon, es ist nicht weit. Wir könnten laufen, würden bei diesem Wetter aber abseits der Straße knietief im Schlamm versinken. Du kannst Nichols' Pferd nehmen."

Noch ehe Nichols Anstalten machen konnte abzusitzen, hob sie abwehrend die Hand. „Nein, lassen Sie nur. Ich kann mit Seiner Lordschaft reiten."

„Nein, kannst du nicht", sagte Lisle.

„Du meintest eben, es sei nicht weit", erinnerte sie ihn. „Es ist doch Unsinn, unnötig Zeit damit zu verschwenden, Nichols' Pferd für mich herzurichten – und nachher wieder für ihn –, wenn ich im Nu hinter dir im Sattel sitzen kann."

Er sah sie an. Er sah Nichols an.

Obwohl er vorhin in einen Regenguss geraten war, wusste der Kammerdiener Eleganz und Unerschütterlichkeit zu wahren. Und wenngleich er sich das niemals anmerken lassen würde, stürbe er doch tausend Tode, müsste er nun auch noch seinen Sattel für sie räumen. Sie wollte ihn nicht unnötig quälen. Schließlich hatte nicht *er* sie beleidigt und verletzt.

„Wo ist das Problem?", fragte sie Lisle. „Hast du Angst, ich könnte dich aus dem Sattel stoßen?"

„Ich habe ein wenig Angst, dass du mich hinterrücks erdolchen willst", meinte er. „Schwöre, dass du keine Waffen bei dir trägst."

„Sei nicht dumm", sagte sie. „Ich würde dich niemals hinterrücks erdolchen. Das wäre unehrenhaft. Ich würde dir das Messer ins Herz stoßen."

„Dann bin ich ja beruhigt", meinte er und nahm seinen Fuß aus dem Steigbügel, damit Olivia aufsteigen konnte. Sie setzte ihren Fuß aufs Eisen, packte Lisles Arm und landete mit Schwung hinter ihm im Sattel.

„Was für ein Teufelsmädchen!", rief Lady Withcote. „Das habe ich selbst in meinen besten Jahren nicht geschafft!"

„Dafür warst du in anderer Hinsicht sehr wendig, Millicent", tröstete ihre Freundin sie.

Derweil ging Olivia auf, dass sie einen schweren Fehler begangen hatte.

6. KAPITEL

Sie hatte unbedacht gehandelt, und warum auch nicht? Niemand konnte sich besser auf einem Pferd halten als Olivia.

Ungezählte Male hatte sie hinter ihrem Vater im Sattel gesessen.

Aber das war ihr Vater und sie noch ein Kind gewesen.

Lisle war nicht ihr Vater. Ein- oder zweimal war sie schon mit ihm geritten, aber das war Ewigkeiten her – ehe er so *männlich* geworden war.

Wäre sie wenigstens auf die Idee gekommen, sich an seinem Rock festzuhalten! Aber sie hatte ganz einfach ihre Arme um ihn geschlungen – weil es das Naheliegendste war und man das eben so machte, wenn man zusammen auf einem Pferd saß.

Nun jedoch spürte sie, wie sein Bauch sich unter ihren Armen spannte, sein Rücken sich an ihren Brüsten straffte. Sie spürte, wie ihre Schenkel sich an seinen Schenkeln rieben, wie sie sich rhythmisch bewegten, als das Pferd über die schlammig zerfurchte Straße trabte.

Fast meinte sie zu spüren, wie auch ihr letzter Rest an Moral – so sie denn noch welche hatte – dahinschwand.

Aber ach, zum Glück war es nicht weit, und am Ende des Ritts dürfte Lisle sie mit einer an Tatsachen reichen Lektion erfreuen. Das würde alle ungenehmen und vergeblichen Anwandlungen im Keim ersticken.

Sie schmiegte ihre Wange an Lisles Hals und sog die erdige Landluft in sich auf, die noch ein wenig nach Regen roch – und nach Pferd und nach Mann, und wenn man ganz genau schnupperte, auch ganz schwach, aber doch sehr betörend nach Rasierseife.

Nach einer Weile meinte er: „In welcher Hinsicht Millicent wohl wendig war?"

„Längst nichts so Exotisches, wie du es dir jetzt zusammenfantasierst", erwiderte sie. „Kein Vergleich zu deinen Haremstänzerinnen, nicht annähernd so akrobatisch."

„Zunächst einmal *fantasiere* ich mir gar nichts zusammen", sagte er. „Zweitens sind die Tänzerinnen genau genommen keine *Harems*tänzerinnen."

Oje, jetzt ging es schon los. Aber wenigstens dürfte die kleine Sprachstunde sie erfolgreich von der überbordenden Männlichkeit und diesem betörenden Duft ablenken, den man in Flaschen füllen und mit einem Giftzeichen versehen sollte.

„Mit dem Wort *Harem* bezeichnet man gemeinhin die Frauen eines Haushalts", dozierte er weiter. „Wenngleich die eigentliche Bedeutung des Wortes einen heiligen oder verbotenen Ort meint. Die Tänzerinnen hingegen ..."

„Mussten wir nicht eben nach links abbiegen?", fragte sie arglos.

„Oh. Ja, richtig." Er ließ das Pferd ein paar Schritt zurückgehen und bog linker Hand in einen Pfad ein.

Gerade noch mal gut gegangen. Vielleicht lag es ja an seinem betörenden Geruch oder der Wärme seines Körpers oder all der überbordenden Männlichkeit, oder eher noch an einer verheerenden Mischung aus alledem, aber viel hätte nicht gefehlt, und sie hätte sich gerade wirklich für die korrekte Bedeutung des Wortes „Harem" zu interessieren begonnen.

Kurz darauf kamen sie zu einer Weide und ritten weiter zu einer eingezäunten Fläche, auf der ein Stein zu stehen schien.

„Hier ist es", sagte Lisle.

Als sie näher kamen, sah sie, dass in den Stein eine Gedenktafel eingelassen war.

„Ein Stein", sagte sie. „Du hast die Kutsche anhalten lassen, um mir einen Stein zu zeigen."

„Es ist nicht irgendein Stein", sagte er. „Es ist ein Denkmal. Der erste Gasballon, der in England aufgestiegen ist, ist hier gelandet."

„Wirklich?"

„Es gibt Ansprüche zwar anderer Ballonisten, aber ..."

„Oh, das muss ich mir anschauen!"

Sie zögerte nicht lange, konnte sie es doch kaum erwarten, aus dem Sattel zu springen, um von Lisle fortzukommen und wieder einen klaren Kopf zu bekommen. Mit einer Hand stützte sie sich auf dem Sattel ab, mit der anderen auf seinem Schenkel, was ein Fehler war. Sie spürte es sogleich, den Schock dieser vertraulichen Berührung, aber nun war es zu spät, die Hand zurückzuziehen – geradezu lächerlich wäre es ihr erschienen. Schließlich wollte sie ja nur vom Pferd steigen, und so ging es eben am schnellsten.

Sie schwang ihr Bein über den Pferderumpf, sich alldieweil Lisles Hand bewusst, die ihre festhielt … auf seinem Schenkel … sie gut festhielt. Mit pochendem Herzen setzte sie auf dem Boden auf.

Ohne zu warten, dass auch er abstieg, eilte sie zu der Einzäunung, raffte ihre Röcke und kletterte darüber.

Sie wusste, dass sie ihm dabei einen formidablen Blick auf ihre Unterröcke und Strümpfe gewährte. Sie wusste auch, was das mit einem Mann machte. Aber nach allem, was er ihr angetan hatte, war das nur fair.

„Lasset die Nachwelt wissen", verlas sie in laut deklamierendem Tonfall, der eines Staatsaktes würdig war, „und ob dieses Wissens staunen, wie am 15. September 1784 Vincenzo Lunardi aus Lucca in der Toskana, der erste Ballonreisende Britanniens, vom Artillery Ground in London aufstieg und zwei Stunden und fünfzehn Minuten die luftigen Höhen durchquerte, ehe er an dieser Stelle zurückfand auf die Erde."

Lisle blieb vor der Einzäunung stehen. Er hatte sich noch immer nicht vom dem Ritt erholt: Olivias Arme um ihn geschlungen, ihre teuflischen Brüste an seinen Rücken und ihre Schenkel an die seinen geschmiegt. Sein ganzer Körper bebte und pulsierte, insbesondere dort, wo ihn der Sattel gescheuert hatte.

Sie hatte ihn so durcheinandergebracht, dass er glatt an der Abzweigung vorbeigeritten war.

Und kaum hatte er sich wieder ein bisschen gefangen, musste sie über den infernalischen Zaun klettern und ihm dabei ihre Strümpfe und Unterröcke präsentieren.

Vermutlich dachte sie sich nichts dabei. So war sie eben, hatte sich schon immer wie ein Wildfang benommen. Außerdem war er für sie so etwas wie ein Bruder. Weshalb sie sich auch nicht weiter um ihre Röcke scherte oder so unbefangen hinter ihm aufs Pferd gestiegen war.

Er war aber nicht ihr Bruder und auch nicht mehr der Junge von einst, der für die raschelnden Verlockungen weiblicher Unterkleider blind, taub und stumm gewesen war. Ganz abgesehen davon, dass sie früher niemals solche Strümpfe getragen hätte – Strümpfe mit neckischer blauer Stickerei – oder Unterröcke mit feinstem Spitzenbesatz. Und damals hatte sie auch keine wohlgeformten Waden und schlanken Fesseln gehabt – oder wenn, dann war es ihm nicht aufgefallen.

Nachdem Ursache und Wirkung geklärt waren, seine Fortpflanzungsorgane sich beruhigt hatten und sein Verstand wieder funktionstüchtig war, stieg auch er über die Einzäunung und stellte sich neben Olivia, die das wortreiche Gedenken an den ersten Ballonaufstieg von englischem Boden zu Ende las.

Als sie fertig war, sah sie ihn an und meinte: „Ist das nicht unglaublich? Hier, auf dieser abgeschiedenen Weide, hat sich ein solch bedeutendes Ereignis zugetragen. Wie wunderbar, dass man es für die Nachwelt festgehalten hat."

„Du meintest, du hättest nie Gelegenheit, dir Sehenswürdigkeiten anzuschauen", sagte er. Und so verärgert er auch gewesen war – und eigentlich noch immer war –, so hatte sie ihm doch leidgetan. Als er ein Junge gewesen war, hatte ihr Stiefvater ihn häufig mit auf Reisen genommen. Lord Rathbourne hatte sich immer Zeit genommen, ihm Sehenswürdigkeiten zu zeigen und etwas dazu zu erzählen, vor allem natürlich haarsträubende Schauergeschichten, wie kleine Jungen sie mochten, von grausigen Morden und Gespenstern und derlei mehr.

Es schien ihm seltsam und ungerecht, dass eine junge Frau mit so lebhafter Fantasie und der es so sehr nach Abenteuern und Aufregung dürstete, so wenig von der Welt gesehen hatte.

„Ich hatte nie davon gehört", sagte sie. „Stell dir das mal vor:

Fast fünfzig Jahre ist das jetzt her. Was die Leute hier aus dem Dorf wohl gedacht haben, als sie ihn auf ihrer Weide landen sahen?"

„Sie hatten Angst", vermutete er. „Stell dir mal vor, du wärst einer der Dorfbewohner gewesen." Er blickte zum bleiernen Himmel hinauf. „Du schaust nur mal kurz nach oben, und auf einmal taucht da so ein riesiges Ungetüm auf, wo doch nur Wolken und Vögel zu sehen sein sollten."

„Ich weiß nicht, ob ich Angst gehabt hätte."

„Nein, du wahrscheinlich nicht", sagte er. „Aber wenn du einer der Dorfbewohner gewesen wärst, ein ganz gewöhnlicher Mensch eben, dann wahrscheinlich schon."

Was ein Widerspruch in sich war, denn wenn Olivia eines nicht war, dann gewöhnlich.

„Ich wollte schon immer mal mit einem Heißluftballon fliegen", sagte sie.

Das überraschte ihn nicht im Geringsten.

„Wie aufregend es sein muss", meinte sie, „die Welt aus so großer Höhe betrachten zu können."

„Dort hinaufzukommen ist das eine", sagte er. „Die Landung ist eine ganze andere Geschichte. Lunardi hatte auch keine Ahnung, wie er das Ding steuern sollte. Deshalb hat er Ruder mit an Bord genommen, weil er meinte, durch die Luft rudern zu können."

„Aber er hat es wenigstens versucht", entgegnete sie. „Er hatte eine Vision, von der er sich nicht hat abbringen lassen. Ein Nobles Ansinnen. Und nun steht hier ein Gedenkstein für ihn, damit die Nachwelt sich seiner erinnert."

„Findest du den Text nicht reichlich aufgeblasen?", fragte er. Ein schreckliches Wortspiel, aber er konnte nicht widerstehen.

„*Aufgeblasen.* Oh, Lisle. Du bist ..." Sie prustete vor Lachen. „Wirklich respektlos."

„Er hat eine Katze, einen Hund, eine Taube und einen Proviantkorb mitgenommen", sagte Lisle. „Den Proviant kann ich ja verstehen, die Tiere nicht. Die Taube ist ihm dann auch ziemlich schnell weggeflogen, und die Katze hat die Höhe nicht vertragen, weshalb man sie kurz hinter London wieder von Bord gelassen hat.“

Olivia lachte noch immer, aus ganzem Herzen, ein tiefer, voller Klang, der ihn aufhorchen ließ. Kein Vergleich zu dem silberhellen Lachen, das so viele Frauen zum Besten gaben. Ein satter, kehliger Laut, der ihm wohlige Schauer über den Rücken jagte.

Ein Lachen, das gefährliche Bilder in ihm heraufbeschwor – Bilder von Bettvorhängen, die sich sanft im Wind bewegten, von zerwühlten Laken – und das er zugleich sehr entwaffnend fand. Töricht lächelte er sie an.

„Ein Glück“, meinte sie. „Das musst du dir mal vorstellen: Der kleine Ballonkorb, vollgestellt mit den Rudern, dem Proviant, den technischen Instrumenten, und dann noch die Katze, der Hund und die Taube. Und dann fängt die Katze an, alles vollzuspucken. Ich stelle mir gerade den Ausdruck in Lunardis Gesicht vor. Am liebsten hätte er das blöde Vieh gleich aus luftiger Höhe geworfen! Ob er nah am Boden geflogen war, als er sie von Bord gelassen hat?“

„Also wirklich, Olivia, da fragst du mich zu viel. Du weißt doch, dass ich keinerlei Fantasie …“ Und dann fing auch er an zu prusten, konnte sich kaum noch halten vor Lachen, als er sich die Szene vorstellte, die sie eben ausgemalt hatte.

Einen Augenblick lang waren aller Ärger und alle Sorgen vergessen, und er fühlte sich wieder so unbeschwert wie einst als Kind. Er ließ sich an den Zaun sinken und lachte, wie er schon seit Ewigkeiten nicht mehr gelacht hatte.

Dann erzählte er ihr die Geschichte der einhundertsiebzig Pfund schweren Mrs Letitia Sage, der „ersten britischen Ballonreisenden“, die mit Lunardis Kollegen Biggin in einem weiteren Ballon aufgestiegen war.

Natürlich schmückte Olivia auch diese Szene aus: wie der Ballonkorb im Wind schwankte und die schwergewichtige Frau die Schräge hinabrutschte, unausweichlich auf den vor Schreck erstarrten Biggin zuhielt, als der Wind ein Nachsehen hatte und sich wieder drehte, womit es Biggin gerade noch mal erspart geblieben war, ein Opfer der „ersten britischen Ballonreisenden“ zu werden.

Sie erzählte all das nicht nur, nein, sie führte es regelrecht vor, gab sogar jedem Part eine eigene Stimme, einschließlich den Tieren.

Und während sie so lachten und sich Geschichten erzählten, fanden sie immer näher zusammen. Es geschah unbedacht, wie von selbst. Genau so, wie es früher gewesen wäre.

Er hätte noch ewig hier bleiben können, allen Verdruss vergessen und sich einfach nur ihrer Gesellschaft erfreuen wollen. Er hatte sie vermisst. Das war eine schwer zu bestreitende Tatsache. Er musste daran denken, wie die Welt auf einmal wieder ins Lot gekommen war, als sie ihn an jenem Abend – gerade einmal ein paar Tage war es her – beiseitegenommen und gesagt hatte: „Erzähl mir, was los ist.“

Natürlich hatte sie nicht lange gebraucht, um seine Welt geradezu wieder aus den Angeln zu heben – und zwar in nie gekanntem Maße, wofür er sie umbringen könnte –, aber andererseits war er auch hingerissen von ihr, und jetzt, in diesem Augenblick, so glücklich, wie er es schon lange nicht mehr gewesen war.

Er hatte es also überhaupt nicht eilig zurückzukehren – auch dann nicht, als ihn eine heftige Windbö wie ein Schlag ins Gesicht erwischte.

Doch sie fröstelte, weshalb er sagte: „Wir sollten uns langsam auf den Rückweg machen.“

Sie nickte, den Blick noch immer auf das Denkmal gerichtet. „Zumindest haben wir den Damen genügend Zeit gegeben, eifrig darüber zu spekulieren, was genau wir wohl angestellt haben.“

„Diese beiden“, meinte er kopfschüttelnd. „Wie um alles in der Welt hast du meine Eltern davon überzeugen können, dass sie sich als Anstandsdamen eignen? Ich wüsste sowieso gern, wie …“

„Lisle, du weißt ganz genau, dass es gegen den Ehrenkodex der DeLuceys verstößt, einen Trick zu verraten.“

Er betrachtete ihr leise lächelndes Profil. „Du hast sie also ausgetrickst“, stellte er fest.

Sie sah ihn an, mit scheinbar arglosen blauen Augen, die kein Wässerchen trüben konnten. „Natürlich. Bist du noch immer böse auf mich?“

„Ich rase vor Wut“, sagte er.

„Ich auch“, erwiderte sie. „Aber für den Augenblick will ich dir verzeihen, weil du mir deinen schönen Stein gezeigt hast, statt mir eine Lektion über Sitte und Anstand und derlei mehr Langweiligkeiten zu erteilen.“

„Ich erteile niemandem Lektionen!“, entrüstete er sich.

„Doch, andauernd“, sagte sie. „Meistens finde ich das ja recht charmant, aber heute war ich nicht in der Stimmung. Doch da du dich so vorbildlich beherrscht hast, bekommst du einen Kuss zur Versöhnung. Natürlich nur bildlich gesprochen. Vorerst.“

Trotzdem hatte sein Blick sich auf ihren Mund gesenkt. Hastig richtete er ihn auf ihr rechtes Ohr, was ihm sicheres Terrain schien. Doch weit gefehlt. Sie hatte ein kleines, ganz entzückendes Ohr. Am Ohrläppchen hing ein goldener Ohrring mit einem Jadestein. Er merkte, wie sein Kopf sich langsam vorneigte …

Nein, dann lieber ganz beiseitesehen – auf das Ballonisten-Denkmal beispielsweise. Oder den Blick über die Weide schweifen lassen. Alles war besser, als sie anzusehen. Viel zu viel Weiblichkeit stand da dicht vor ihm – und wo zum Teufel war eigentlich der Wind geblieben? Ebenso plötzlich wie er aufgefrischt war, hatte er sich gelegt, und nun konnte er sie sogar *riechen*.

Er setzte an, ihr zu sagen, dass es höchste Zeit sei aufzubrechen.

Im selben Augenblick wandte auch sie sich ihm zu.

Ihr Mund berührte seinen.

Ein Schock durchfuhr ihn.

Den Bruchteil einer Sekunde starrten sie einander nur an.

Dann sprangen sie so jäh auseinander, als wäre ein Blitz zwischen sie gefahren.

Sie fuhr sich mit der Hand über den Mund, als wolle sie ein Insekt verscheuchen, das dort gelandet war.

Mit pochendem Herzen tat er es ihr nach.

Es brachte nur nichts, sich wie verrückt den Mund zu reiben. Olivia wusste, dass sie das nie mehr loswerden würde: das Gefühl seiner festen, warmen Lippen, die lockende Andeutung dessen, was sich dahinter verbarg, wie sein Kuss wohl schmecken würde.

„Du hättest mir nicht in die Quere kommen sollen", sagte sie.

„Ich wollte gerade etwas zu dir sagen", verteidigte er sich. „Dein Mund hatte da überhaupt nichts zu suchen."

Sie kletterte über den Zaun. „Ich hatte gesagt: *Bildlich gesprochen* wolle ich dir einen Kuss zur Versöhnung geben!", rief sie.

„*Du* hast mich geküsst!"

„Es sollte doch nur ein kleines Küsschen auf die Wange sein – wie von einer Schwester."

Zumindest *hoffte* sie, dass es das hatte sein sollen. Oder dass sie sich überhaupt etwas dabei gedacht hatte. Und dass sie nicht den Verstand verlor.

„Du bist aber nicht meine Schwester", sagte er in seiner pedantischen Art, als er ihr über die Weide folgte. „Wir sind überhaupt nicht miteinander verwandt. Dein Stiefvater war lediglich mal mit der Schwester meines Vaters verheiratet."

„Danke für die kleine Lektion in Ahnenforschung", sagte sie.

„Was ich damit sagen will, ist …"

„Ich werde es ganz bestimmt nicht wieder tun", sagte sie. „Darauf kannst du Gift nehmen."

„Was ich damit sagen will", beharrte er, „ist, dass Männern in solchen Situationen keine Wahl bleibt. Wenn sie sich in Gesellschaft einer attraktiven Frau befinden und sie ihnen Avancen zu machen scheint, dann …"

„Ich habe dir keine Avancen gemacht!"

„Zu machen scheint", wiederholte er. „*Scheint.* Hörst du mir eigentlich nie zu?"

„Im Augenblick wünschte ich, ich wäre taub."

„Frauen wissen da zu unterscheiden“, fuhr er fort. „Sie unterscheiden ganz genau. Männer tun das nicht. Männer sind wie Hunde, und wenn … Herrje, warum erkläre ich dir das überhaupt? Du weißt schließlich ganz genau, wie Männer sind.“

Das hatte sie auch gedacht.

Wie man sich doch täuschen konnte.

Sie waren beim Pferd angelangt. Olivia sah es an, dann ihn. „Wir sollten zurück sein, ehe die beiden alten Damen vor Neugier umgekommen sind“, sagte sie. „Du kannst deine Lektion unterwegs fortsetzen.“

„Ich setze mich nicht wieder mit dir aufs Pferd“, sagte er.

Sie konnte auch gut darauf verzichten. Seine Wärme, seine Muskeln, sein Männergeruch waren Gift für ihr armes Frauenhirn. Und sie mochte es nicht, wenn Männer sie töricht werden ließen. Bei ihm schon gleich gar nicht.

Er verschränkte die Hände. „Hinauf mit dir.“

Es war das einzig Vernünftige. Dennoch …

„Auf der Straße steht knietief der Schlamm“, sagte sie. „Du wirst deine Stiefel ruinieren.“

„Ich habe noch andere Stiefel“, erwiderte er. „Los, hinauf mit dir.“

Sie tarnte ihren Seufzer der Erleichterung als gereiztes Schnauben, griff nach den Zügeln und setzte ihren Fuß auf seine verschränkten Hände. Dann stieß sie sich ab, und schon saß sie im Sattel.

Mit knappen, routinierten Bewegungen half er ihr, die Steigbügel auf die richtige Höhe zu bringen, dann zog er sittsam ihren Rocksaum herab.

„Herrgott noch mal“, schnaubte sie.

„Man konnte alles sehen“, sagte er.

„Wie prüde du geworden bist“, meinte sie.

„Und du bist unverschämt sorglos“, erwiderte er. „Alles einfach zu zeigen.“

Aha, dann machte es ihm also doch etwas aus, was?

Gut so – nach allem, was er mit ihr gemacht hatte.

Sie lächelte, dann ließ sie die Stute mit einem leisen Schnalzen antraben.

Die Damen schliefen, als Olivia zurückkehrte, und sie wachten auch dann nicht auf, als die Kutsche sich wieder in Bewegung setzte.

Während die beiden schnarchten, widmete Olivia sich wieder *Paterson's Roads*. Um ihnen die Zeit zu vertreiben, las sie Bailey daraus vor, was es über die Städte und Dörfer zu wissen gab, die sie unterwegs passierten, welche bekannten Persönlichkeiten dort lebten oder gelebt hatten, und ließ auch noch die ausführlichen Beschreibungen der Wohnsitze besagter Persönlichkeiten folgen.

Nach einer quälend langsam zurückgelegten Steigung gelangten sie nach Buntingford, wo die Pferde gewechselt wurden. Bergauf ging es weiter bis nach Royston, wo abermals gewechselt wurde. Danach kam man zügiger voran, einen Teil der Strecke geradezu im Galopp. Sie überquerten den River Cam, und weiter ging es nach Arrington. Hier machten sie Halt beim Hardwicke Arms, wo sie – wenig überraschend – von der Wirtin persönlich begrüßt wurden. Die gute Frau hatte die Reisekutsche der Dowager Countess erkannt, und wie jede Wirtsfrau, die ihr Geschäft verstand, wusste sie das Wappen am Schlag richtig zu deuten: „Geld" stand da. Viel Geld. Freizügig verteilt.

Bei diesem Halt erwachten auch die alten Damen wieder zum Leben. Sie würden vergehen vor Hunger und Durst, verkündeten sie und sprangen aus dem Wagen, kaum dass der Lakai den Tritt bereitgestellt hatte.

Gerade wollte auch Olivia aussteigen, als Lisle, diesmal zu Fuß, am Schlag auftauchte.

„Ich weiß, dass du das Kommando übernommen hast", kam sie ihm zuvor, „aber wir müssen auch mal essen. Wir sterben alle vor Hunger." Wegen des kleinen Zwischenfalls im „Falcon Inn" war sie nicht zum Frühstücken gekommen. Und in Ware war sie viel zu durcheinander gewesen, um ans Essen zu denken.

„Es war nicht meine Absicht, dich verhungern zu lassen“, sagte er und reichte ihr seine Hand, die sie so beiläufig wie möglich nahm, während sie ihre unangebrachten Gefühlsaufwallungen zu ignorieren versuchte. Rasch stieg sie die schmalen Tritte hinab, ließ seine Hand los, sowie sie festen Boden unter den Füßen hatte, und eilte gen Gasthaus.

Entkommen konnte sie ihm so nicht. Mit seinen langen Schritten hatte er sie sogleich eingeholt.

„Hättest du mich daran erinnert, dass du noch nicht gefrühstückt hast, würde ich eher gehalten haben“, sagte er. „Du solltest dich nicht darauf verlassen, dass ich derlei bemerke. Wäre ich nicht plötzlich hungrig geworden, hätte ich überhaupt nicht ans Essen gedacht. Wenn wir in Ägypten unterwegs sind, muss ich mir darüber keine Gedanken machen, weil die Bedienten es tun. Zudem reisen wir meist auf der Dahabije, wo wir einen Koch haben. Wir müssen zu den Mahlzeiten nicht Halt bei Gasthöfen machen – was außerhalb Kairos auch ein Problem wäre. Mit der Dahabije zu reisen ist, als wäre man im eigenen Haus unterwegs.“

Bilder zogen vor ihrem geistigen Auge dahin, so lebhaft und anschaulich, dass es sie alle ungenehmen Gefühle vergessen ließ. „Wie herrlich es sein muss“, schwärmte sie. „Auf einem schmalen, anmutigen Boot den Nil hinabzufahren, die Mannschaft in weißen Gewändern und Turbanen. Ganz anders als das hier.“ Mit vager Geste deutete sie um sich. „Man gleitet auf dem Fluss dahin, zu beiden Seiten einen wunderbaren Blick auf üppiges Grün, dahinter Berge und Wüste, und irgendwo dazwischen Tempel und Pyramidengräber, wie Geister aus einer anderen Welt.“

Als sie mit ihren Ausmalungen am Ende war, hatten sie den Gasthof bereits betreten. Sie merkte, dass Lisle sie ansah wie schwer zu entziffernde Schriftzeichen auf einem alten Stein.

„Was ist?“, fragte sie. „Was ist denn nun schon wieder? Zeige ich zu viel Hals?“

„Wie leicht dir das fällt“, meinte er. „Sich etwas vorzustellen.“

Ihr war es so selbstverständlich wie das Atmen.

„In diesem Fall muss ich mich eigentlich nur erinnern", sagte sie. „Du hast mir so viele Zeichnungen und Aquarelle geschickt, und wir haben zu Hause unzählige Bücher über Ägypten." Die zumeist sie gekauft hatte, um den Reisen folgen zu können, die er in seinen Briefen beschrieb – stets viel zu knapp, wie sie fand. „Ich war zwar noch nie da, aber ich kann es mir genau vorstellen und verstehe, was du vermisst."

„Warum dann …" Er verstummte und schüttelte den Kopf. „Aber nein. Wir wollten die Waffen ruhen lassen."

Sie wusste, was er hatte fragen wollen. Wenn sie all das wusste und verstand, wie sehr er sich nach Ägypten sehnte, warum dann hatte sie ihn auf diese Reise gelockt, an den wohl schrecklichsten Ort auf Erden? Nur, um seine Eltern zu beschwichtigen, denen sein Glück gleichgültig war und die ihn ohnehin noch nie verstanden hatten?

Wer könnte besser verstehen als sie, wie es war, sich nach einem anderen Leben zu sehnen, einen Traum zu haben, den man verwirklichen wollte?

Sie wollte, dass sich sein Traum erfüllte.

Aber sie wollte auch, dass sich ihr Traum von einem anderen Leben erfüllte, was, wie ihr schon vor geraumer Zeit aufgegangen war, für eine Frau nahezu unmöglich war.

Was wiederum nicht hieß, dass sie alle Hoffnung aufgegeben hätte oder nicht mehr auf Mittel und Wege sann, es doch irgendwie geschehen zu lassen. Nahezu unmöglich war ja nicht dasselbe wie unmöglich.

Doch bis sie eine Lösung gefunden hatte – wenn sie denn jemals eine fand –, würde sie Abenteuer eben aus zweiter Hand erleben müssen. Und wenn Lisle hier in England festsaß … aber nein, welch unerträglicher Gedanke. Er würde sich aus schierer Verzweiflung aufknüpfen, und sie würde es ihm aus bloßem Mitgefühl nachtun – wenn sie nicht zuvor schon vor Langeweile gestorben war.

All das sollte er wissen, doch er tat es nicht, denn er war ein Mann und schwer von Begriff.

Und weil er ein Mann war und schwer von Begriff, dürfte sich ihm auch die ausgeklügelte Raffinesse ihres Plans nicht erschließen.

Wenn er wüsste, was sie vorhatte, würde er wahrscheinlich entsetzt Reißaus nehmen. Oder sie zum Teufel wünschen.

Was allein daran lag, dass er keine Fantasie hatte.

„The George", Stamford, Lincolnshire, neunundachtzig Meilen von London
Kurz vor Mitternacht

Geschrei riss Lisle aus tiefem, dringend benötigtem Schlaf.

„Schnapsdrosseln", brummelte er. „Das hat mir gerade noch gefehlt."

Drei widerspenstige Damen vierhundert Meilen durch die Lande zu kutschieren war nichts für schwache Nerven. Gleich den Pferden wollten sie regelmäßig gefüttert und getränkt werden. Im Gegensatz zu den Pferden konnte man sie indes nicht an jedem zweiten Halt auswechseln, zudem ließen sie sich auch nicht aufzäumen und anschirren. Was bedeutete, dass man bei jedem Halt außerordentlich wachsam sein musste. Man durfte die Damen nicht trödeln lassen, denn ließ man derlei erst einreißen, trödelten sie bis in alle Ewigkeit. Und je länger sie an einem Ort verweilten, desto größer die Wahrscheinlichkeit, dass es Ärger gab.

Man konnte von Glück sagen, ohne weitere Zwischenfälle gegen neun Uhr abends bei „The George" angelangt zu sein, wo sich schließlich auch die beiden anderen Kutschen einfanden. Mit der gesamten Dienerschaft und allem Gepäck nahm man fast sämtliche Zimmer in Beschlag. Zu Lisles unendlicher Erleichterung zogen die Damen sich unverzüglich auf ihre respektiven Zimmer zurück – nachdem Olivia ihm noch hatte mitteilen müssen, dass sie dringend ein Bad brauche.

„Die Damen meinten, ich rieche nach Pferdestall", hatte sie

ihm völlig unnötigerweise anvertraut. Gewiss hatten die beiden lüsternen Alten noch ganz anderes gesagt: anzügliche Bemerkungen über Hengste und im Herrensattel reitende Damen und allerlei mehr, an das er lieber nicht denken sollte, aber nicht umhinkam, beständig daran zu denken.

Da musste er sich nicht auch noch Olivia im Bad vorstellen.

Er wälzte sich herum und zog sich ein Kissen über den Kopf, was wenig half. Draußen wurde noch immer geschrien, doch konnte er kein Wort verstehen. Wider besseres Wissen spitzte er unter den Daunen die Ohren.

Alle Hoffnung auf Schlaf war dahin.

Die Stimmen, nun begleitet von wütenden Schritten, kamen näher.

„Ich hab es doch genau gesehen!"

„Nichts hast du gesehen. Das bildest du dir nur ein!"

„Du hast ihr schöne Augen gemacht!"

„Und du? Ich hab genau gesehen, wie du ihn angeschaut hast!"

„Du bist besoffen."

„Längst nicht so besoffen wie du, und Augen hab ich auch noch im Kopf!"

Lisle gab es endgültig auf, warf das Kissen beiseite und lauschte – wie wahrscheinlich alle entlang des Flurs, ob sie nun wollten oder nicht.

„Du widerst mich an!", kreischte die Frau. „Was hast du da hinter dem Wagen getrieben?"

„Gepisst, du blöde Kuh!"

„Ich bin nicht blöd, und blind bin ich auch nicht. Ich habe euch doch gesehen, draußen im Hof."

„Nix hast du gesehen. Verdammt noch mal, Elspeth, jetzt bleib gefälligst stehen."

„So ist's recht, Elspeth", murmelte Lisle. „Scheuch ihn nur ordentlich auf."

„Du hast mir gar nix zu sagen!", schrie die Frau. „Fieses verlogenes Schwein, du!"

„Komm sofort zurück!"

Noch ein Schrei. „Nimm deine Pfoten von mir!“
„Du bist mein Weib, verdammt noch mal!“
„Ach ja? Warum betrügst du mich dann? Ich hasse dich! Hätte ich nur auf Papa gehört!“
Dann klopfte es an der Tür.
„Sir?“
Lisle setzte sich auf. Ein schmaler Schatten in der Gestalt von Nichols schob sich aus dem angrenzenden Alkoven. „Soll ich mal nachsehen gehen?“, fragte der Kammerdiener leise.
„Um Gottes willen“, sagte Lisle. „Aus einem Ehezwist hält man sich besser raus. Man kann nie wissen …“
„Lass mich los oder ich schreie!“
Wieder klopfte es, doch diesmal nebenan.
„Sir?“, sagte Nichols.
„Untersteh dich“, sagte Lisle.
„Ich hasse dich!“, kreischte die Frau.
„Elspeth, jetzt reicht es mir aber!“
„Mir reicht es schon lange!“
„Willst du, dass ich dich zurück aufs Zimmer schleife?“
„Wie der Wilde, der du bist?“ Spöttisches Gelächter.
Abermals wurde geklopft, diesmal einige Türen weiter.
„Hör auf damit, blödes Weibsstück. Um diese Zeit macht sowieso niemand wildfremden Leuten die Tür …“
Auf einmal Stille.
Dann eine weitere Stimme. Obwohl Lisle kein Wort verstehen konnte, hatte er doch keine Mühe, die Stimme zu erkennen: Olivia.
„Die Pest soll sie holen“, fluchte er, warf die Bettdecke beiseite und eilte zur Tür.

7. KAPITEL

Laut schluchzend warf die Frau sich Olivia entgegen, die, ohne nachzudenken, die Arme nach ihr ausstreckte und sie mit sich ins Zimmer zog.

Dort reichte sie den nächtlichen Besuch an Bailey weiter.

„Moment mal!“, rief der Mann. „Das ist meine Frau.“

Mit einem müden Seufzer trat Olivia wieder an die Tür. Einem handfesten Streit war sie selten abgeneigt, aber Ehezwistigkeiten waren meist unschön. Aus Erfahrung wusste sie, dass die Frau meist im Recht und immer im Nachteil war. So funktionierte die Ehe nämlich: Alle Macht gehörte dem Mann.

Was indes nicht hieß, dass eine Frau sich nicht ausnehmend dumm anstellen konnte. Und das, so schien ihr, dürfte hier der Fall sein. Andererseits konnte man eine Unschuld in Nöten auch nicht einfach im Stich lassen.

Was waren ihr Ehestreitigkeiten doch zuwider!

Sie bannte den Mann mit einem betörenden Lächeln. Er wich einen Schritt zurück.

„Ihre Frau scheint völlig außer sich zu sein“, stellte sie fest.

„Bescheuert trifft’s besser“, erwiderte er. „Sie hat gesagt …“

„Ich habe es gehört“, unterbrach sie ihn. „Wahrscheinlich hat die ganze Grafschaft es gehört. Wissen Sie was? Sie hätten die Sache ruhig etwas schlauer angehen sollen. Wenn ich Sie wäre, würde ich mich jetzt ganz still zurückziehen und mir einen besseren Plan ausdenken. Ausnüchtern wäre ein guter Anfang.“

„Ich bin nicht betrunken“, schnaubte er. „Und von Weibern lass ich mir gleich gar nix sagen.“

„Sie zeigen sich wirklich nicht von Ihrer besten Seite“, meinte sie munter.

„Mir doch egal! Los, rücken Sie meine Frau raus!“

Drohend baute er sich vor Olivia auf.

Wenngleich er nicht groß war, so war er doch kräftig und kompakt, mit Armen wie ein Hufschmied. Es wäre ihm ein

Leichtes, sich Olivia zu packen und sie beiseitezustoßen. Je nachdem, *wie* betrunken er war, würde er es vielleicht sogar tun.

Sie richtete sich zu ihrer vollen Größe auf, verschränkte die Arme vor der Brust und verdrängte den Gedanken, dass sie nur ihr Nachthemd trug. So auf die Schnelle hatte Bailey in der Dunkelheit ihren Morgenmantel nicht finden können, und Olivia war natürlich viel zu ungeduldig gewesen, darauf zu warten, ehe sie die Tür aufgemacht hatte.

Also stellte sie sich vor, als wäre sie nicht nur vollständig bekleidet, sondern auch bis an die Zähne bewaffnet. „Nun seien Sie doch vernünftig", sagte sie. „Ich kann sie Ihnen nicht ruhigen Gewissens zurückgeben, wenn sie es nicht wünscht. Warum versuchen Sie nicht, sie zurückzugewinnen?"

„Elspeth!", schrie er. „Du kommst sofort da raus!"

Männer.

„Elender Mistkerl!", gab Elspeth zurück. „Du Betrüger! Hurensohn! Ehebrecher!"

„Jetzt mal halblang, Elspeth. Ich hab mir draußen nur kurz die Füße vertreten, verdammt noch mal! Wenn du nicht sofort da rauskommst, komm ich rein!"

Wütend funkelte er Olivia an. „Wenn ich Sie wär, Miss, würd ich sie rausrücken oder Platz machen. Ist nämlich nicht Ihre Angelegenheit."

Er machte einen Schritt vor.

Und ebenso rasch einen Schritt zurück, als ein weiß gewandeter Arm ihn beim Kragen packte. „Untersteh dich, Bürschchen", sagte Lisle.

„Sie hält meine Frau gefangen!"

„Und wenn schon. Du hast da drin gar nichts verloren."

Der Mann drehte sich um und musterte Lisle, der jene seelenruhige Miene zur Schau trug, die stets ankündigte, dass er mit seiner Beherrschung gleich am Ende war. Die meisten Menschen wussten diese Miene richtig zu deuten.

Auch der trunkene Ehemann schien es begriffen zu haben,

denn statt Lisle kurzerhand den Kiefer zu knacken, wandte er sich wutschnaubend wieder Olivia zu. „Weiber!"

„Guter Mann, Sie sprechen mir aus der Seele", versicherte ihm Lisle. „Aber glauben Sie mir, hier können Sie nichts ausrichten. Es heißt, dass eine Trennung die Gefühle des Herzens vertiefe. Warum gehen Sie nicht nach unten und warten in Ruhe ab, bis Ihre reizende Gefährtin wieder Vernunft angenommen hat?"

„Blödes Weibsbild", knurrte der Mann, aber längst nicht mehr so überzeugend. Lisles beunruhigend ruhiges Auftreten hatte ihm allen Kampfgeist genommen.

Lisle ließ ihn los, und der Trunkenbold trollte sich, alldieweil die *Weiber!* verwünschend.

Lisle wartete, bis er verschwunden war. Dann wandte er sich Olivia zu. Sein silbergrauer Blick schweifte über sie, von den zerzausten Haaren über das Nachthemd hinab zu den nackten Füßen. Sie meinte jeden Zoll zu spüren, den sein Blick sich vortastete.

Ha! Das konnte sie auch – und ließ ihren Blick langsam über ihn schweifen, von seinem zerzausten Haar über das geschundene Auge, das Nachthemd, das ihm gerade mal zu den Knien reichte und seine muskulösen Waden und nackten Füße entblößte.

Und schon wünschte sie, lieber auf die Wand hinter ihm gestarrt zu haben. Denn auf einmal musste sie wieder an seinen betörenden Geruch denken und daran, wie warm und kräftig sein Körper sich angefühlt hatte. Tief in ihrem Bauch regte sich Lästerliches.

„Ich hätte es mir denken können", sagte Lisle. „Und doch kann ich es nicht fassen. Es ist mitten in der Nacht. Aber du hast einfach die Tür aufgemacht – mit praktisch nichts am Leib hast du Wildfremden die Tür geöffnet!"

„Ich habe nicht praktisch nichts am Leib", stellte sie klar. „Zumindest nicht weniger als du."

Als wolle er sie eines Besseren belehren, erschien Nichols an seines Herren Seite und half ihm in einen prächtigen grünseidenen, burgunderrot gefütterten Morgenmantel.

Ohne den Blick von Olivia zu wenden, ließ Lisle die Handreichungen seines Dieners über sich ergehen und winkte ihn dann fort. Nichols entfernte sich auf ebenso diskrete Art wie er gekommen war. Wie Lisle einen Diener dieses Kalibers halten konnte, war Olivia ein ebenso großes Rätsel wie die kleinen Bildchen und Zeichen, mit denen er seine Briefe der Anschaulichkeit halber schmückte.

Der elegante Morgenrock war gewiss auch dem unerschütterlichen, unfehlbaren Kammerdiener zu verdanken. Lisle gehörte nicht zu jenen Männern, die sich über ihr Äußeres den Kopf zerbrachen. Olivia hegte den Verdacht, dass es eine recht undankbare Aufgabe sein musste, Lisle einzukleiden. Und doch war sein Kammerdiener ihm treu geblieben, hatte sogar die Strapazen Ägyptens mit ihm durchgestanden.

Mit einmal war sie geradezu neidisch auf Nichols. Was sie sich aber sogleich untersagte. Was sollte erstrebenswert daran sein, sein Leben in Unsichtbarkeit zuzubringen?

Da Bailey vollauf mit der hysterischen Ehefrau zu tun hatte, blieb nur noch Olivia, die praktisch nichts am Leib trug.

„Es war ein Notfall“, verteidigte sie sich. „Wenn jemand Hilfe braucht, kann man sich nicht erst ordentlich anziehen.“ Wie zum Beweis zeigte sie auf die Frau, die gerade in eines von Olivias Taschentüchern schnäuzte.

„Eine verfolgte Unschuld“, fuhr Olivia fort. „Was hätte ich denn tun sollen?“

Lisle schüttelte den Kopf. Das Licht der Wandleuchte hinter ihm ließ sein sonnengebleichtes Haar wie einen Heiligenschein erstrahlen. Als ob seine engelsgleichen Züge dessen noch bedurft hätten!

Um nicht in Versuchung zu geraten, ihm durchs zerzaustes Haar zu fahren, ließ sie den Blick etwas tiefer schweifen und starrte auf die Bauchbinde seines Morgenmantels, doch das ließ sie nur daran denken, wie straff sein Bauch sich angefühlt hatte, als sie ihre Arme um ihn geschlungen hatte. Es war schrecklich. Sie wusste kaum, wohin mit ihrem Blick!

„Du hättest *nachdenken* sollen“, sagte er.

„Als ob dir *das* recht gewesen wäre“, erwiderte sie. „Dir wäre es am liebsten, ich hätte still abgewartet, bis ein Mann des Weges gekommen und mir das Denken abgenommen hätte."

„Selbst ich weiß mittlerweile, dass man stilles Abwarten von dir nicht erwarten kann", sagte er. „Doch ich hätte gedacht, selbst *du* wüsstest mittlerweile, dass man sich aus ehelichen Streitigkeiten heraushält. Lautet nicht so eine von Rathbournes Regeln? Hättest du mal auf deinen Stiefvater gehört."

Seine nackten Füße waren keinen halben Schritt von den ihren entfernt. Es war kaum auszuhalten! „Meines Wissens hat er auch eine Regel, die besagt, dass man sich nicht mit Damen streiten soll."

„Gut, dass du mich daran erinnerst", meinte er. „Du warst schon immer auf geradezu gemeingefährliche Weise impulsiv. Es ist töricht, sich mit dir zu streiten – noch dazu zu nachtschlafender Stunde auf einem zugigen Korridor."

„Du hast doch deinen kuscheligen Morgenmantel", sagte sie. „Und mir ist nicht kalt."

Sein Blick senkte sich auf ihre Brüste. Sie seufzte still, wusste sie doch ganz genau, was er da sah.

„Mancherorts scheint dir schon kalt zu sein", meinte er süffisant. „Aber jede Wette, dass du selbst das Offensichtliche abstreiten würdest. Nun gut. Ich gehe wieder schlafen." Rasch drehte er sich um und marschierte zurück zu seinem Zimmer.

Einen Moment stand sie sprachlos da und schaute ihm nach.

Immer ging er einfach davon ... oder ritt davon ... oder segelte davon – fort zu seinen Abenteuern, zu seiner Geliebten, nach Ägypten. Und kam gerade mal lang genug zurück, um alles gehörig durcheinanderzubringen. Es war immer das Gleiche: Eine Zeitlang hätte sie ihren Freund und Verbündeten wieder, doch dann würde er wieder fortgehen und sie nur umso rastloser und unzufriedener zurücklassen. Sehnsüchtig würde sie auf seine Briefe warten, um zumindest ein bisschen an seinem Leben teilzuhaben, und er ... Wenn sie ihm nicht beständig schriebe, würde er sie längst vergessen haben.

Sie ballte die Hände zu Fäusten und setzte ihm nach.

Lisle schloss die Tür seines Zimmers hinter sich, ließ sich dagegensinken und schloss die Augen.

Grundgütiger. *Grundgütiger!* Olivia, halbnackt.

Und so stand sie an der Tür eines Gastzimmers, wo alle Welt sie sehen konnte! Zumindest Elspeths Ehemann dürfte hübsch was zu schauen gehabt haben: Olivias Brüste, die sich unter ihrer armseligen Ausrede eines Nachthemds munter gereckt hatten.

Lisles Männlichkeit reckte sich auch ganz munter – und das, obwohl sie doch längst der Vergeblichkeit dieser Mühe hätte belehrt sein müssen.

„Geh runter und hol mir ein Glas Brandy", sagte er zu Nichols. „Oder nein, besser gleich eine ganze Flasche. Am liebsten drei Flaschen."

„Ich könnte Ihnen eine Würzmilch bereiten, Sir", erbot sich Nichols. „Sehr beruhigend nach all der Aufregung."

„Ich will mich nicht beruhigen", sagte Lisle. „Ich will vergessen. Verfluchte Frauen."

„Gewiss, Sir."

Der Kammerdiener entfernte sich nach unten.

Kaum hatte sich die Tür hinter ihm geschlossen, ging schon wieder das Geklopfe los.

„Verschwinde", sagte Lisle. „Wer immer du bist."

„Ich werde nicht verschwinden. Wie kannst du es wagen, mich einfach so stehen zu lassen? Wie kannst du es wagen, mich zu maßregeln und mich herumzukommandieren und …"

Mit einem tiefen Seufzer machte er die Tür auf.

Da stand sie, nicht minder unangemessen gekleidet als zuvor, den Arm erhoben, um noch einmal zu klopfen.

„Geh zurück auf dein Zimmer", sagte er. „Was ist eigentlich los mit dir?"

„Du", schnaubte sie. „*Du* bist los. Jahrelang lässt du dich nicht blicken, dann schaust du mal kurz vorbei und verschwindest wieder." Ihre Worte unterstrich sie mit weit ausholenden Gesten, die den feinen Musselin über ihren Brüsten strafften. „Es steht dir überhaupt nicht zu, dich in meine Angelegenheiten zu mischen oder mich herumzukommandieren. Wie du ja gern betonst, bist du nicht mein Bruder. Du bist überhaupt nicht mit mir verwandt. Du hast kein Recht, mir auch nur *irgend*was zu sagen!"

Noch mehr dramatische Gesten. Das Haar hing ihr in wilder Auflösung um die Schultern.

„Und wenn ich *zehn* Frauen Zuflucht in meinem Zimmer gewährte, ginge dich das überhaupt nichts an!", tobte sie weiter. „Selbst wenn ich zehn *Männer* in mein Zimmer ließe, könntest du es mir nicht verwehren. Ich gehöre dir nicht, und ich lasse mich nicht von dir herumkommandieren. Ich lasse mich nicht wegen etwas zurechtweisen, von dem ich meine, dass es richtig ist. Ich lasse mich nicht ..."

Ihre Worte endeten in einem spitzen Schrei, als er einen ihrer wild gestikulierenden Arme packte, sie zu sich ins Zimmer zog und die Tür hinter ihr schloss.

Sie schüttelte ihn ab.

Er ließ sie los und trat einen Schritt zurück.

„Das ist außerordentlich enervierend", sagte er.

„Dem kann ich nur beipflichten", sagte sie. „Ich hatte ganz vergessen, wie nervtötend du sein kannst."

„Und ich hatte vergessen, dass du jeden Sinn für Verhältnismäßigkeit verlierst, wenn du ... wenn du eine deiner Launen hast."

„Das ist keine Laune, du Dummkopf!"

„Es ist mir egal, wie du es nennst", erwiderte er. „Du kannst hier nicht halb entblößt herumlaufen und eine Szene machen. Wäre dieser Trunkenbold nicht so versessen auf seine temperamentvolle Frau gewesen, hätten die Folgen ... Nein, ich darf gar nicht daran denken, was hätte geschehen können. Zum Teufel aber auch! Denkst du eigentlich nie nach, bevor du handelst? Bedenkst du nie, auch nur einen Moment, was geschehen könnte?"

„Ich kann sehr gut selbst auf mich aufpassen", sagte sie. „Das solltest *du* eigentlich wissen."

„Ach ja?", meinte er. „Dann pass jetzt mal gut auf, Olivia."

Er legte den Arm um sie und zog sie an sich.
„Oh nein, du …“
Er umfasste ihr Kinn und küsste sie.

Olivia konnte sehr wohl selbst auf sich aufpassen. Das konnte er haben. Abwehrend hob sie die Hände, wollte ihm ihre Fingernägel in die Handgelenke graben. Und ihr Knie lauerte nur darauf, in seine Weichteile gerammt zu werden.

Aber dann ging irgendetwas schief.

Sie konnte ihr Gesicht nicht abwenden, weil er ihr Kinn festhielt – sanft, doch bestimmt. Und so konnte sie dem schockierenden Gefühl seiner Lippen nicht entkommen, dem beharrlichen, entschlossenen, verlangenden Druck seines Mundes. Stur war er, durch und durch, und was immer er anfing, er widmete ihm seine ausschließliche Aufmerksamkeit, was ihr wenig Möglichkeit ließ, sich abzuwenden oder ihn zu ignorieren. Sie *konnte* gar nicht anders, als darauf einzugehen, seinen Mund zu spüren und den Kuss zu kosten.

Und dann wehte ihr auch noch ein Hauch des verheerend betörenden Männergeruchs in die Nase und benebelte ihr den Kopf, füllte ihn mit Träumen und Leidenschaft und Verlangen. Sie verlor den Boden unter den Füßen, als hebe sie mit einem Heißluftballon ab.

Sie hob ihre Hände an seine Schultern. Dann schlang sie die Arme um seinen Hals und hielt sich fest, als fiele sie sonst hundert Meilen tief hinab auf die kalte Erde.

Die Schienbeine sollte sie ihm treten. Stattdessen schob sich ihr nackter Fuß an seinem Bein hinauf. Woraufhin jene Hand, die nicht ihr Kinn umfasst hielt, ihren Rücken hinabglitt, ihren Hintern packte und sie an sich zog. Nur einige wenige feine Schichten Seide und Musselin trennten sie noch. Sie verbargen nichts, hielten nichts zurück. Sie spürte seine Erregung warm und schwer an ihrem Bauch.

Ganz unschuldig war sie nicht. So hatte sie zuvor schon den Körper eines Mannes gespürt, doch war bei der Begebenheit die

Begierde nicht wie entflammtes Schießpulver in ihr aufgelodert. Es war nicht das erste Mal, dass sie sich necken und erregen ließ, aber noch nie hatte es sie so sehr danach verlangt wie jetzt. Nie zuvor hatte sie solch rastlose Leidenschaft verspürt.

Er ließ sich an die Tür sinken, zog sie mit sich, und alles war vergessen, all ihr Wissen und ihre Machenschaften hinfällig. Ihr blieb nichts als dieses tiefe Sehnen, und es war keine romantische Sehnsucht, sondern blanker Wahnsinn. Sie rieb sich an ihm und öffnete ihren Mund, um ihn zu schmecken. Es wurde ein leidenschaftlicher, lüsterner Kuss, ein Kuss der ineinander verschlungenen Zungen, des Vorpreschens und des Rückzugs, gleich der Vereinigung, zu der ihr Instinkt sie trieb.

Sie vernahm einen Laut, doch was bedeutete das schon. Irgendein schwacher, ferner Laut.

Ein Klopfen, doch wo? Es könnte ihr Herz sein, das jede Berührung seines maskulinen Körpers mit pochenden Schlägen erwiderte. Es hätte auch der Pulsschlag ihres Verlangens sein und gerade so weitergehen können, bis in alle Ewigkeit.

Es klopfte tatsächlich, aber das war ihr Herz, das an ihre Rippen schlug, vor Leidenschaft und Verlangen … und Furcht, denn was hier geschah, wusste sie nicht mehr zu beherrschen.

Noch mehr Klopfen, dann eine Stimme.

„Sir?“

Eine Männerstimme. Irgendwie vertraut. Auf der anderen Seite der Tür.

Der Überlebensinstinkt der DeLuceys, über etliche Generationen verfeinert, riss sie aus dem Wahnsinnstaumel, in den ihre Gefühle sie gestürzt hatten. Sie kehrte zurück in die Welt, die ihr auf einmal sehr kalt und freudlos schien.

Sie spürte, wie Lisle erstarrte und zurückwich.

Sie wand sich aus seinen Armen.

Dann wagte sie einen Blick in sein Gesicht. Es war völlig gefasst. Natürlich. *Er* würde selbstverständlich niemals vom Boden abheben.

Seelenruhig strich er ihr Nachthemd glatt.

Um sich nicht lumpen zu lassen, zog sie seinen Morgenmantel straff.

Zu guter Letzt gab sie ihm einen gutmütigen Klaps auf die Brust. „Das dürfte dir eine Lehre gewesen sein“, meinte sie.

Dann öffnete sie die Tür, nickte Nichols hoheitsvoll zu und rauschte davon, mit schwindelndem Kopf, zittrigen Knien und der inständigen Hoffnung, nicht gegen die nächstbeste Wand zu laufen oder auf die Nase zu fallen.

Sonntag, 9. Oktober, halb sieben Uhr morgens

In seinem Traum trug Olivia hauchdünnes Linnen. Sie stand am Fuß einiger Steinstufen und winkte ihn zu sich. Hinter ihr lag tiefes Dunkel. „Komm und sieh dir meinen verborgenen Schatz an“, rief sie.

Lisle stieg die Stufen hinab.

Lächelnd sah sie ihm entgegen. Dann entschwand sie durch eine Tür, die laut hinter ihr ins Schloss fiel.

„Olivia!“

Er hämmerte gegen die Tür. Donnergrollen kam als Antwort. Doch nein, es war kein Donnergrollen. Er kannte dieses Geräusch. Steine. Steine, die vor die Tür gerollt wurden. Eine Falle. Er sah sich um. Nichts als Dunkelheit. Kein Laut außer dem Poltern der Steine.

Wumm. Wumm. Krachend fielen sie gegen das Holz der Tür.

Was war das nur für ein Geräusch?

Keine Steine. Aber eine Tür.

Jemand klopfte an seine Tür!

Mit einem Schlag war Lisle hellwach, eine Fähigkeit, die er sich in Ägypten angeeignet hatte, wo es eine Frage von Leben und Tod sein konnte, wie rasch man aus dem Schlaf zu erwachen wusste.

Er setzte sich auf. Durch die Vorhänge fiel blasses Licht, woraus er schloss, dass der Morgen graute.

Wo zum Teufel steckte Nichols? Erhob sich vermutlich gerade aus dem Bett einer Dienstmagd – oder sollte er seinen Weg in eines der Schlafgemächer durchreisender Damen gefunden haben?

Seinen Kammerdiener verfluchend, stemmte Lisle sich aus dem Bett, zog seinen Morgenmantel über, schlupfte in Pantoffeln und marschierte zur Tür.

Er riss sie auf.

Olivia verharrte mit erhobener Hand.

Er schüttelte den Kopf. Er träumte noch immer.

Aber nein. Der Flur war von demselben blassgrauen Licht erfüllt wie sein Zimmer.

Sie war bereits angezogen. Vollständig angezogen. Mit Mühe nahm sein noch vom Schlaf benommener Verstand es wahr: der aufgeputzte Hut ... das hochgeschlossene Kutschenkleid mit den modisch sich blähenden Ärmeln ... die schmalen Halbstiefel. Reisegarderobe, meldete ihm sein schläfriger Verstand, aber wozu?

„Was?", fragte er. „Was ist los?"

„Wir sind zur Abfahrt bereit", teilte sie ihm mit. „Die Wagen der Dienstboten sind schon vorausgefahren. Die Damen sitzen in der Kutsche."

Kutsche? Er begriff kein Wort. In seinem Verstand zogen nur Bilder von letzter Nacht vorbei: Olivia, halbnackt ... er, halb um den Verstand gebracht. Ein Fehltritt. Ein riesiger, unverzeihlicher, fast fataler Fehltritt.

Aber da hatte sie gestanden, kaum mehr am Leib als ein Hemd, und auch das schon in Auflösung begriffen, ebenso wie ihr Haar, das ihr um die Schultern gefallen war, als sie wild mit den Armen gestikuliert hatte, wobei auch andere Teile ihres Körpers in Bewegung geraten waren.

In Kairo hatte er Tänzerinnen gesehen. Selbst in der Öffentlichkeit, vollständig bekleidet, bewegten sie sich anzüglich. Bei privaten Anlässen gaben sie sich weniger bedeckt, entblößten bisweilen Bauch und Brüste oder tanzten mit nichts weiter angetan als einem Fransenschurz. Doch selbst im Angesicht dieser wendigen Körper hatte er stets einen kühlen Kopf bewahrt.

Olivia hingegen war wütend gewesen, sie hatte ihn keineswegs verführen wollen. Genau genommen war sie sogar vollständig verhüllt gewesen – und doch hatte er den Verstand verloren.

Wäre Nichols nicht zurückgekommen …

„Wie spät ist es?“, fragte er. Und welcher Tag war eigentlich? Träumte er vielleicht doch noch?

„Halb sieben“, sagte sie.

„*Morgens?*“

Ihr Lächeln war gleißend, gefährlich. „Wenn wir jetzt aufbrechen, können wir bei Sonnenuntergang in York sein.“

„Aufbrechen?“, fragte er. „Jetzt?“

„Dann überholen wir sogar noch die Postkutsche“, sagte sie.

„Ich habe gerade mal drei Stunden geschlafen“, sagte er. „Was ist nur in dich gefahren?“

„Ich möchte Gorewood so rasch wie möglich erreichen“, fuhr sie fort. „Je eher wir dort sind, desto eher können wir uns an die Arbeit machen und desto eher kannst du wieder nach Ägypten.“ Sie begutachtete ihn von oben bis unten. „Du scheinst nicht bereit zu sein.“

„Natürlich bin ich nicht bereit!“

Wieder ein gleißendes Lächeln. „Lass dir ruhig Zeit. Es bleibt ganz dir überlassen, wann du in York eintreffen willst.“

Sie drehte sich um und ging davon.

Er blieb an der Tür stehen und sah ihr ungläubig nach, wie sie mit schwingenden Hüften den Flur hinabrauschte.

Dann ging er zurück ins Zimmer und schloss die Tür.

Kurz darauf wurde sie wieder geöffnet.

„Ich weiß genau, was du vorhast“, sagte er. „Du willst dich rächen.“

„Sir?“

Nichols kam mit einem Tablett herein. „Mir fiel soeben auf, dass die Damen im Begriff sind aufzubrechen“, sagte er. „Ich dachte mir, Sie wünschen vielleicht Ihren Kaffee.“

8. KAPITEL

York, am selben Abend

Als kleinem Junge war es Lisle jedes Mal wieder eine Freude gewesen, die Postkutsche vom St. Helen's Square in den Sonnenuntergang fahren zu sehen.

Er bezweifelte, dass Olivia dieser Anblick heute vergönnt gewesen war. Sie und ihr dubioses Gefolge mochten ja vielleicht zeitig in York angekommen sein, waren aber gar nicht bis zur „York Tavern" gefahren, sondern nur bis zum „George" in der Coney Street, einem stattlichen alten Gasthaus, dessen verwinkelte Giebel und schmucke Fassade mit den wunderlichen Figuren sich auf das sechzehnte Jahrhundert datieren ließen.

Als Lisle dort eintraf, war die Nacht bereits hereingebrochen und die Postkutsche längst fort. Mehr als hundert Meilen hatte er an diesem Tag zurückgelegt. Unerbittlich war er geritten, hatte versucht, jeden Gedanken an vergangene Nacht hinter sich zu lassen, und aus ebendiesem Grunde hatte er auch die Pausen so kurz wie nötig gehalten. Eigentlich sollten Hunger und Müdigkeit nun allem Denken den Garaus gemacht haben, doch hatte er ein Gewissen, das sich leider Gottes noch immer regte.

Er schleppte sich die Treppe hinauf und den Flur hinab zu seinem Zimmer. Wie aus weiter Ferne nahm er eilige Schritte wahr, dachte sich jedoch nichts dabei.

Olivia kam so rasch und unerwartet um die Ecke gestürmt, dass er kaum Zeit hatte sich zu wappnen, ehe sie mit ihm zusammenprallte. Weshalb er kurz taumelte, dann aber geistesgegenwärtig die Arme um sie schlang, damit sie nicht fiele.

„Wusste ich es doch, dass du mich vermissen würdest", empfing er sie.

In Anbetracht der Geschehnisse der vergangenen Nacht waren diese Worte ebenso unklug gewählt, wie es unklug war, Olivia nicht sogleich wieder loszulassen. Aber mehr noch als ein kluger Mann war er zunächst einmal ein Mann, und so tat er, was Männer eben taten, wenn ihnen ein berüschtes Bündel Frau in die Arme fiel.

Sie war in endlose Ellen schweren Seidenstoffs gewandet, mit Spitze und Rüschen und verschwenderischen, sich wie Ballons blähenden Ärmeln. Sie war somit reichlich bekleidet – nur nicht dort, wo es notgetan hätte. Ihre milchig weißen Schultern und das Dekolleté zeigten sich von ihrer besten Seite. Sie war so warm, weich und wohlgeformt, dass ihm einen trunkenen Moment lang kein einziger guter Grund einfiel, weshalb er sie loslassen sollte.

Sie sah ihn an, die Augen tiefblau, der Blick voller Gefühl. „Ich habe dich ganz schrecklich vermisst", sagte sie mit bewegter Stimme. „Die Stunden zogen sich ewig hin. Ich weiß nicht, wie ich es ertragen habe, doch hat die Trennung von dir mich aller Kraft beraubt."

Sie sank in seine Arme. So müde war er, und die überbordende Weiblichkeit in seinen Armen hatte ihm so sehr den Verstand benebelt, dass er – für ganze drei Sekunden – glaubte, sie sei in Ohnmacht gefallen.

Dann rief er sich in Erinnerung, dass er es mit Olivia zu tun hatte.

„Seit dem frühen Morgen saß ich im Sattel", sagte er. „Ich bin müde, meine Arme schmerzen ebenso wie alles andere, weshalb ich dich wahrscheinlich gleich fallen lassen werde. *Sehr* wahrscheinlich."

Sie richtete sich auf und gab ihm einen kleinen Schubs.

Er ließ sie los und trat zwei Schritte zurück. „Kommt es mir nur so vor", meinte er, „oder trägst du noch weniger als sonst?"

„Ich trage ein *Abendkleid*", klärte sie ihn auf. „Zum Dinner."

„Du bist aber nicht beim Dinner", stellte er fest. „Du rennst wie eine Verrückte durch die Flure eines Wirtshauses."

„Weil sie mir entwischt sind", sagte sie. „Die alten Damen. Kaum habe ich sie einen Moment aus den Augen gelassen, haben sie sich aus dem Staub gemacht."

„Bei der Höllenfahrt, die sie heute durchstehen mussten,

überrascht mich das nicht", sagte er. „Wirklich, Olivia, du solltest wissen, dass man Altertümer sorgsam behandeln muss."

„Altertümer!", schnaubte sie. „Das sind zwei ganz durchtriebene Frauenzimmer, die längst nicht so hinfällig sind, wie sie tun. Losgezogen sind sie, um die Stadt unsicher zu machen!" Sie fuchtelte mit den Armen herum, wie es ihre Art war, was die in bestem Lichte gezeigten Rundungen in sehr aufreizender Weise in Bewegung versetzte.

Lisle versuchte, den Blick abzuwenden, war indes zu müde, als dass seine Standhaftigkeit sich dieser Herausforderung noch gewachsen gesehen hätte.

„Sie haben es sich in den Kopf gesetzt, die Kathedrale zu besichtigen", sagte sie. „Weil sie seit dem Brand nicht mehr dort waren und sich nun unbedingt die Krypta anschauen wollen."

Kaum dass Lisle seine Gedanken dem satanischen Fleische entzogen hatte, fiel ihm ein, dass ein Verrückter vor zwei Jahren die Kathedrale von York in Brand gesteckt hatte. Unter der Ruine des Chors hatte sich eine bislang unentdeckte Krypta aufgetan.

„Sie wollen also die Krypta einer halb zerfallenen Kathedrale erkunden", sagte er. „Mitten in der Nacht. Auf eine solch verrückte Idee kämst nicht einmal du."

„Wahrscheinlich brauchten sie einen kleinen Nervenkitzel. Eine abgebrannte Ruine bei Nacht ist einfach unwiderstehlich. Und so nah – nur ein paar Minuten zu Fuß. Daher auch meine Sorge: Eigentlich hätten sie längst zurück sein müssen."

„Ich gehe sie suchen", sagte er. Zum Teufel mit den beiden. Er hatte furchtbaren Hunger, Schlafmangel und Entkräftung ließen ihn kurz vor dem Delirium stehen. Und jetzt sollte er auch noch das nächtliche York durchstreifen, um zwei ausgebüxte Alte einzufangen.

„Nein, ich gehe", sagte sie. „Die beiden sind mein Problem, und überhaupt ist es meine Schuld, dass ich mich von ihnen hinters Licht habe führen lassen. ‚Jetzt ein warmes Bad und vor dem Essen ein kleines Nickerchen – mehr möchte ich gar nicht, mein

Kind'", ahmte sie Lady Cooper nach. „Diese verschlagenen Geschöpfe. Ich hätte es ahnen sollen. Auf der Fahrt haben sie den ganzen Morgen tief und fest geschlafen. Und den ganzen Nachmittag. Frisch und munter kamen sie hier an, während ich wirklich nur noch ein Bad und ein Nickerchen wollte. Ich hätte mir denken können, dass sie etwas im Schilde führen. Es ist meine Schuld. Ich nehme ein paar Dienstboten mit und mache mich auf die Suche nach den beiden."

„Ohne mich wirst du nicht mitten in der Nacht eine ausgebrannte Ruine erkunden", sagte er. „Ich habe Erfahrung darin, im Dunkeln durch halbzerfallene Stätten zu kriechen. Du nicht."

„Du solltest ein Bad nehmen", riet sie. „Du riechst nach Pferdestall."

„Ich würde mein Bad gern in Ruhe nehmen", sagte er. „Und in Ruhe zu Abend essen. Nicht zuletzt würde ich gern ungestört schlafen. All das ist mir nicht möglich, solange die beiden da draußen herumgeistern."

„Ich habe dir eben erklärt, dass ich ..."

„Ich weiß, ich weiß", unterbrach er sie. „Wir gehen zusammen. Aber erst ziehst du dir etwas Vernünftiges an."

„Dazu ist jetzt keine Zeit!"

„Wenn sie tot sind, werden sie auch noch tot sein, bis wir sie gefunden haben", sagte er. „Wenn sie lediglich in Schwierigkeiten stecken ..."

„Lediglich!"

„... oder Schwierigkeiten machen wollen, was ich für wahrscheinlicher halte, dürften sie eine weitere Viertelstunde auch noch überstehen. Ich würde mir keine allzu großen Sorgen machen. Die beiden wissen sich zu wehren wie ein wild gewordener Eber."

„Lisle."

„In diesem Kleid kannst du nicht nach Mumien suchen", sagte er. „Bailey soll dir etwas anziehen, das nicht so leicht verschmutzt und weniger ... weniger ...", er deutete auf ihr Dekolleté, „… *luftig* ist. Aber beeil dich. Ich gebe dir genau eine Viertelstunde. Wenn du dann nicht fertig bist, gehe ich ohne dich."

Fünfzehneinhalb Minuten später

„Hosen", stellte Lisle grimmig fest.

Gerade noch rechtzeitig war sie zur Tür herausgestürmt. Er stand schon draußen, zum Aufbruch bereit – ohne sie. Genau wie sie vermutet hatte.

„Du hast gemeint, ich solle mir etwas Vernünftiges anziehen", sagte sie, noch immer ganz außer Atem von dem aberwitzigen Unterfangen, sich in einer Viertelstunde umzuziehen. „In einem Kleid könnte ich niemals durch enge Gänge kriechen."

„Du wirst auch nicht durch enge Gänge kriechen", versicherte er ihr.

„Für Frauen kann es dieser Tage schnell zu eng werden", meinte sie. „Falls es dir nicht aufgefallen sein sollte, aber die Damenmode ist etwas ausladender als früher. Die meisten meiner Ärmel sind so riesig wie Butterfässer. Wahrscheinlich konnte sogar Urgroßmama in ihren Reifröcken sich noch behänder bewegen."

„Wenn du hierbleiben und die Suche mir überlassen würdest, müsstest du dich nicht in Kleider zwängen, die nicht den weiblichen Formen entsprechen."

„Verstehe", sagte sie. „Du findest, dass ich einen dicken Hintern habe."

„Das habe ich nicht gesagt. Aber du bist nun mal nicht wie ein Mann gebaut. Niemand würde dich jemals für einen halten – auch nicht in Hosen. Mein Gott, was verschwende ich hier meine Zeit mit Reden! Du tust ja doch nicht, was ich sage."

Er drehte sich um und ging los.

Olivia folgte ihm.

Er hatte schreckliche Laune, und das, so wusste sie, war in

nicht geringem Maße ihr zu verdanken. Sie hatte ihn zu grausam früher Stunde aus dem Schlaf gerissen, und das nach einem langen Tag und einer nicht minder langen Nacht … nach einem ausgesprochen aufwühlenden Zwischenfall … an den sie lieber nicht denken wollte. Sie war wütend gewesen, auf eine Weise, die sie selbst kaum verstand.

Was sie heute Morgen getan hatte, war in etwa so, als hätte sie ihm aus sicherer Entfernung die Zunge herausgestreckt. Kindisch, sehr kindisch. Doch sie wusste weder ein noch aus – was ihr höchst selten geschah –, und das machte sie wütend.

„Es geht nicht darum, mich als Mann auszugeben“, sagte sie. „Ich wollte nur etwas anziehen, das praktisch und bequem ist. Du meintest, ich solle etwas Vernünftiges anziehen, und Frauenkleider sind nun mal nicht vernünftig. Und sie werden mit jedem Jahr unvernünftiger. Ein vernünftiger Mann indes hätte sich denken können, dass es einer Frau schlicht *unmöglich* ist, sich binnen einer Viertelstunde eines Kleides zu entledigen und ein anderes anzuziehen. Es wäre dir ganz recht geschehen, wenn ich einfach im Hemd nach unten gekommen wäre.“

Er zuckte die Schultern. „Sei's drum. Es ist ja keineswegs so, als hätte ich dich nicht schon im Hemd gesehen.“

„Wenn du letzte Nacht meinst, da habe ich ein *Nacht*hemd getragen“, klärte sie ihn auf. *Und wehe, du fängst jetzt an, über letzte Nacht zu reden. Dazu bin ich noch nicht bereit.*

„Hemd ist Hemd“, sagte er.

„Deine Erfahrung scheint sich in Grenzen zu halten, sonst würdest du den Unterschied sofort erkennen“, sagte sie.

„Ich bin ein Mann“, meinte er. „Was kümmern uns die feinen Unterschiede der Frauenkleider? Wir sehen nur, ob Frauen viel oder wenig tragen. Und ich hatte den Eindruck, du würdest vergleichsweise wenig tragen.“

„Verglichen womit?“, fragte sie. „Mit deinen Ägypterinnen? Das kann man ja wohl nicht vergleichen: Entweder verhüllen sie sich bis zum Haaransatz oder sie tanzen halbnackt durch die Gegend. Was ich damit sagen will …“

„Da lang“, sagte er und bog in den St. Helen’s Square ein, wo es gleich etwas lichter war als in der schmalen Coney Street.

Als sie die „York Tavern“ passierten, sah sie zu den dunklen Giebeln auf, die sich gegen den sternenfunkelnden Himmel abhoben.

Kurz darauf hatten sie den Platz überquert, bogen in die Blake Street ein und nach ein paar Schritten in Stonegate, eine der für York typischen schmalen Gassen.

„Was ich damit sagen will“, fuhr sie fort, „ist, dass es Frauen in Situationen wie dieser gestattet sein sollte, Hosen zu tragen.“

„Und ich will sagen“, erwiderte er, „dass Frauen sich gar nicht in Situationen begeben sollten, in denen sie Hosen tragen müssten.“

„Was du nicht sagst. Tante Daphne trägt auch Hosen.“

„Ja, in Ägypten“, sagte er. „Wo Frauen *Pluderhosen* tragen. Die sind weit geschnitten, und darüber trägt man noch weite Gewänder. Würdest du *diese* Hosen in Kairo tragen, würdest du wegen Erregung öffentlichen Ärgernisses in Arrest genommen und ausgepeitscht werden.“

„Zugegeben, sie sind etwas eng“, sagte sie. „Ich weiß nicht, wie Männer das aushalten. Sie scheuern an empfindlicher Stelle.“

„Sprich bitte nicht von deinen empfindlichen Stellen“, sagte er.

„Über irgendetwas muss ich doch reden“, sagte sie. „Einer von uns beiden sollte versuchen, die Düsternis deiner Gesellschaft zu erhellen.“

„Ja, nun …“ Er blieb stehen. „Ach, verdammt, Olivia … wegen letzter Nacht … du weißt schon, als du an meine Tür geklopft hattest …“

Auch sie blieb stehen. Das Herz raste ihr.

„Es war ein Fehler“, sagte er dann. „Ein schrecklicher Fehler, in vielerlei Hinsicht. Es tut mir leid.“

Er hatte natürlich recht, sagte sie sich. Es war ein ganz schrecklicher Fehler gewesen, in vielerlei Hinsicht. „Ja“, sagte sie. „Das war es. Und nicht allein deine Schuld. Mir tut es auch leid.“

Er schien erleichtert.

Sie sagte sich, dass auch sie erleichtert war.

„Gut." Er nickte. „Dann wäre das ja geklärt."

„Ja."

„Nur damit wir uns nicht falsch verstehen: Du raubst mir immer noch den letzten Nerv, und ich entschuldige mich *nicht* dafür, dich zurechtgewiesen zu haben", sagte er.

„Aber ja, das verstehe ich", sagte sie. „Ich entschuldige mich auch nicht für das, was ich *gesagt* habe."

„Dann ist ja gut."

Und so gingen sie weiter.

Es herrschte eine seltsame Stimmung. Lisle hatte sich nie zuvor in ihrer Gesellschaft unbehaglich gefühlt. Das kam davon, wenn man eine Grenze überschritt, die nicht überschritten werden sollte. Er hatte sich bei ihr entschuldigt, aber bei Rathbourne konnte er sich schlecht entschuldigen, und er wurde das bittere Gefühl nicht los, ihn, dem er so viel zu verdanken hatte, hintergangen und enttäuscht zu haben. Er konnte sich des Gefühls nicht erwehren, etwas Unwiderrufliches getan zu haben. Leichtfertig hatte er die Büchse der Pandora geöffnet und nun …

Ihre Stimme durchbrach das erneute Schweigen. „Fünfzehn Minuten", sagte sie. „Nur ein Mann kann dies für angemessen halten."

„Du weißt ganz genau, dass ich darauf gehofft hatte, du würdest es nicht schaffen", sagte er.

„Und du weißt ganz genau, dass ich eher sterben als aufgeben würde", sagte sie. „Am Anfang waren wir ein bisschen besorgt, dass wir es nicht schaffen könnten. Bailey konnte meine Hose nicht finden, und ich hatte schon Sorge, mir die von Nichols borgen zu müssen."

Er betrachtete sie. Wie Nichols sah sie wahrlich nicht aus. Sie sah überhaupt nicht aus wie ein Mann. Nicht mal wie ein Junge. Oder doch? Wie *lief* sie denn auf einmal?

„Du bist schon komisch", meinte er.

„Danke“, sagte sie. „Leicht hätte Nichols es uns nicht gemacht, das war mir schon klar. Aber was hätte ich tun sollen, hätten wir meine Sachen nicht gefunden? Während Bailey mich aus meinem Kleid und den Unterröcken schälte und mich in die Hose zwängte, fing ich an mir auszumalen, was passiert wäre.“

Er stellte sich vor, wie ihre Dienerin sie aus ihren Kleidern schälte und in eine enge Hose zwängte.

Büchse der Pandora.

Dennoch, Gedanken schadeten schon nicht. Er war ein Mann. Männer hatten immer schmutzige Gedanken. Das war ganz natürlich.

„Nichols hätte ein Heidentheater gemacht“, sagte Olivia. „Ich hätte ihn ablenken müssen, damit Bailey ihn hätte k. o. schlagen können. Dann hätten wir uns seine Hose geschnappt. Wäre ich außer Reichweite gewesen und Nichols wieder bei Bewusstsein, würde Bailey hingebungsvoll seine Wunden versorgt und ihm versichert haben, wie sehr es ihr leidtue, doch dass es eben hätte sein müssen.“

„Warum konntest du nicht in London bleiben und in aller Stille Theaterstücke schreiben?“, fragte er.

„Lisle, jetzt denk doch mal nach“, sagte sie. „Verspürte ich auch nur die geringste Neigung mich zurückzuziehen, hätte ich bei meinem ersten Verlobten ausgeharrt, hätte ihn geheiratet und Kinder bekommen und wäre in aller Stille in jene obskure Schattenwelt abgetaucht, in der Frauen nach der Heirat verschwinden.“

Sie begann mit den Armen zu fuchteln. „Warum sollen wir Frauen eigentlich immer still sein? Warum sollen wir kleine Monde sein, für immer auf unserer engen Umlaufbahn um einen Planeten kreisend, der *natürlich* ein Mann ist? Warum können wir nicht selbst Planeten sein? Warum müssen wir Monde sein?“

„Genau genommen“, sagte er, „kreisen all diese Planeten um die Sonne.“

„Musst du immer alles wörtlich nehmen?“, fragte sie.

„Ja“, sagte er. „Denn ich habe bekanntlich keine Fantasie und du hast derer zu viel. Beispielsweise sehe ich dort hinten eine Kathedrale sich über die Häuser erheben. Was siehst du?"

„Ich sehe eine gespenstische Ruine, die sich wie ein finsteres Ungetüm vor dem sternenfunkelnden Nachthimmel auftürmt."

„Siehst du? Ich kann von hier aus *nicht* sehen, ob es sich um eine Ruine handelt", sagte er. „Aber gleich werden wir es wissen."

Nach ein paar Schritten hatten sie das Ende von Stonegate erreicht. Sie überquerten High Petergate, bogen in eine weitere Gasse ein und gelangten so zu der gespenstischen Ruine oder – je nach Blickwinkel – der leicht beschädigten Kathedrale von York.

Lisle vermutete, dass das flackernde Licht hinter dem Buntglasfenster Olivia nur Bestätigung für die „gespenstische" Atmosphäre des Ortes wäre. Für ihn war es einfach ein Lebenszeichen.

„Scheint jemand da zu sein", meinte er. „Trotzdem könnte etwas Licht nicht schaden. Ich habe keine Lust, hier zu stolpern." Aus seiner Rocktasche zog er Zunderbüchse und eine kleine Wachskerze.

„Ich habe Schwefelhölzer", frohlockte sie.

Er schüttelte den Kopf. „Schreckliche, stinkende Dinger." Lieber mühte er sich mit seiner Zunderbüchse ab. Zufrieden sah er, wie der Kerzendocht Feuer fing.

„Stimmt, sie stinken höllisch", sagte sie. „Aber sie können verdammt nützlich sein."

„Sie sind jenen nützlich, die noch nie ein Feuer machen mussten, weil ihre Dienstboten sich darum kümmern", sagte er. „Mit ein wenig Geschick lässt sich mit einer Zunderbüchse viel sicherer und einfacher ein Funken zünden."

„Die meisten Menschen haben Besseres zu tun, als derlei hunderttausend Mal zu üben, nur um andere damit zu beeindrucken", sagte sie.

„Ich habe das nicht hunderttausend... Herrje, warum gehe ich überhaupt darauf ein? Wäre es zu viel verlangt, wenn du dich in meiner Nähe halten würdest? Wir wissen nicht, wie weit die Aufräumarbeiten hier drin gediehen sind."

„Nur weil ich meinen riesigen Hintern in eine Männerhose gezwängt habe, musst du nicht glauben, dass auch mein Hirn auf Männergröße geschrumpft ist", erwiderte sie. „Ich habe schon verstanden, dass du die Kerze nicht aus der Hand geben willst, und ich habe wahrlich keine Lust, über verstreut liegende Kathedralenteile zu stolpern. Ganz schön finster hier, was? Und so still. In London herrscht nachts ebenso viel Betrieb wie bei Tage. Besser beleuchtet ist es auch. Aber das passt schon: mittelalterliche Ruine, mittelalterliche Finsternis, Totenstille."

Es sollte sich zeigen, dass der Weg freigeräumt war. Aber weit kamen sie dennoch nicht. Gerade als sie das südliche Querschiff durchmaßen, eilte ein Mann mit einer Laterne auf sie zu.

„Tut mir leid, Gentlemen", sagte er. „Keine Besuche nach Einbruch der Dunkelheit. Ich weiß, dass manche die düstere Atmosphäre zu schätzen wissen oder sich hier ein wenig gruseln wollen …"

„Wir wollen die Kirche nicht besichtigen", sagte Lisle. „Wir sind nur gekommen, weil …"

„Sie müssen bei Tage wiederkommen. Da geht es hier zwar recht geschäftig zu, von wegen der ganzen Arbeiter und so. Aber bevor wir hier wieder alles aufbauen können, muss ja erst mal aufgeräumt werden. Und jetzt noch die Sache mit der Krypta, wo uns alle die Türen einrennen, um mal einen Blick zu erhaschen."

„Deswegen sind wir nicht …"

„Wenn Sie wüssten, wie viele Gelehrte wir schon zu Besuch hatten, die hier alles vermessen und sich gegenseitig in die Haare bekommen. So weit ich weiß, soll es Tausende kosten, das alles wieder herzurichten, und das schließt noch nicht mal die Krypta mit ein, denn da ist man sich noch uneins, wie man verfahren will. Die einen sagen, sie soll ganz freigelegt werden, die anderen meinen, alles soll so bleiben, wie es ist."

„Es geht nicht um die …"

„Kommen Sie morgen wieder, meine Herren, dann wird man Sie herumführen und Ihnen gern all Ihre Fragen beantworten – auch bezüglich des Disputs, ob der Bau normannisch oder Perpendicular ist.“ Er scheuchte sie zurück zur Tür.

Lisle, der zu dem Schluss gelangt war, dass der Nachtwächter sowohl schwerhörig als auch redselig war, sagte etwas lauter: „Wir suchen zwei alte Damen.“

Der Mann horchte auf. „Zwei alte Damen?“

„Meine Tanten“, sagte Olivia und klang einem Jungen im Stimmbruch unheimlich ähnlich. Wahrscheinlich amüsierte sie sich prächtig.

Lisle bedachte sie mit finsterem Blick. Immer musste sie alles übertreiben.

„Die eine ungefähr so groß“, sagte er und hielt seine Hand in Höhe von Olivias Ohr, „die andere etwas kleiner. Sie wollten sich die Kirche anschauen, vor allem die Krypta.“

„Oh ja“, sagte der Mann. „Ich habe den beiden gesagt, sie sollten morgen wiederkommen. Im Dunkeln sei es zu gefährlich, habe ich sie gewarnt, aber das hat sie nicht abhalten können. Ehe ich wusste, wie mir geschah, habe ich die beiden herumgeführt und ihnen all ihre Fragen beantwortet. Aber ich werde nicht dafür bezahlt, Sir, bei Nacht geführte Touren zu machen, und werde keine weitere Ausnahme machen.“

„Natürlich nicht“, sagte Lisle. „Aber vielleicht könnten Sie uns sagen, wann die beiden wieder gegangen sind?“

„Oh, das ist so zehn Minuten her. Vielleicht auch eine Viertelstunde. Genau weiß ich es nicht mehr. Aber sie hatten es auf einmal ganz eilig. Hätten die Zeit etwas aus dem Blick verloren, haben sie gesagt.“

„Haben sie zufällig gesagt, wohin sie wollten?“, fragte Lisle.

„Ins George an der Coney Street. Sie wollten wissen, wie man da auf kürzestem Wege hinkommt. Meinten, sie würden sonst zu spät zum Abendessen kommen.“

„Wenn sie vor zehn Minuten aufgebrochen sind, hätten wir ihnen unterwegs begegnen müssen“, sinnierte Lisle.

„Vielleicht haben sie ja einen anderen Weg genommen", meinte der Wächter. „Sind Sie über Stonegate gekommen?"

„Das sind wir", bestätigte Lisle. „Haben die beiden …"

„Wie ich den beiden auch erklärt habe, rührt der Name ‚Stonegate' von den Steinen her, aus denen die Kathedrale erbaut wurde", klärte ihr Informant sie ungebeten auf. „Die Steinquader wurden auf dem Wasserwege transportiert und landeten am Stayne Gate an, unterhalb der Guildhall."

„Halten Sie es für möglich, dass …"

„Besonders interessiert hat sie, dass Lawrence Sterne, der Dichter, als Junggeselle in Stonegate gelebt hat."

„Halten Sie es für möglich, dass die beiden einen anderen Weg genommen haben?", beeilte Lisle sich zu sagen.

„Vielleicht sind sie statt in Stonegate auch in Little Stonegate eingebogen", überlegte der Wächter. „Hoffentlich haben sie sich nicht verlaufen. Ich versichere Ihnen, dass ich die beiden sicher und wohlbehalten bis zur Tür gebracht habe. Zu dieser Stunde ist es wirklich etwas finster hier, weswegen wir auch nach Einbruch der Dunkelheit keine Führungen mehr machen, denn bei allem, was hier noch herumliegt, kann man sich leicht …"

Ein Schrei schnitt ihm das Wort ab.

Lisle wandte sich in die Richtung, aus der der Schrei gekommen war. Er konnte nichts sehen. Dann wurde er auf einmal gewahr, dass er auch dort nichts sah, wo eben noch Olivia gestanden hatte.

„Olivia!", rief er.

„Au, au, au", sagte Olivia. Und dann, weil ihr wieder einfiel, dass sie sich als Mann ausgab: „Verdammt."

Ihre Stimme bebte. Schlimmer noch: Der Schmerz ließ ihr Tränen in die Augen schießen. Am liebsten hätte sie auf der Stelle angefangen zu heulen – aber nur, weil sie wütend war. Wie sollte sie sich nur elegant aus der Affäre ziehen? „Hier bin ich", rief sie.

„Wo hier?"

Kerzen- und Laternenschein huschten über Gesteinshaufen.

„Hier“, sagte sie.

Endlich fiel das Licht auf ihre unwürdige Lage.

Sie lag, mit dem Hintern nach oben, auf einem Haufen aus Bauschutt und Holzbalken. Ein beschämenswert kleiner Haufen zudem, wie sie nun sah, da die Männer näher kamen. Aber wie der kleine Kratzer, der Mercutios Verderben gewesen war, hatte es genügt, sie zu Fall zu bringen. Sie hatte sich das Knie aufgeschlagen – was wirklich verdammt weh tat – und war auf dem Ellenbogen gelandet, von wo aus kleine Schmerzwellen durch ihren Arm schossen. Aber das war gar nichts zu dem, was sie spürte, als sie aufzustehen versuchte.

Lisle reichte seine Kerze an den Wachmann weiter und kniete neben ihr nieder.

„Keine Besucher nach Einbruch der Dunkelheit – das hat schon seinen Grund“, sagte der Nachtwächter. „Hier kann man leicht stürzen und sich den Schädel aufschlagen. Selbst bei Tage muss man gut aufpassen, wo man hinläuft.“

„Treten Sie mal einen Schritt zurück“, sagte Lisle. „Und halten Sie die Laterne etwas höher.“

Der Wächter tat wie ihm geheißen.

Mit einem unterdrückten Stöhnen schaffte Olivia es, sich auf die Seite zu drehen. Was Lisle zu sehen bekam, war ihr ziemlich egal, aber sie hatte keine Lust, dem Nachtwächter ihr unmaskulines Hinterteil entgegenzustrecken.

„Wo ist dein Hut?“, fragte Lisle leise.

„Keine Ahnung.“

Vorsichtig tastete er über ihr straff am Kopf festgestecktes Haar. „Wenigstens scheinst du nicht zu bluten.“

„Ich bin auf meinen Arm gefallen.“

„Wenn nicht, hättest du dir den Schädel brechen können.“

„Mit meinem Kopf ist alles in Ordnung“, versicherte sie ihm.

„Da kann man geteilter Meinung sein.“

„Mein Fuß ist das Problem. Ich kann nicht aufstehen.“

„Ich könnte dir den Hals umdrehen“, sagte er. „Da habe ich dir extra gesagt …“

„Mich in deiner Nähe zu halten, ich weiß. Aber ich bin ja gar nicht weit gegangen. Ich wollte mich nur mal kurz umschauen, bevor man uns rauswirft. Und dann ...“

„Bist du gestolpert.“

„Es war kein schlimmer Sturz, aber mit dem rechten Fuß kann ich nicht auftreten. Wahrscheinlich habe ich mir den Knöchel verstaucht. Hilf mir mal hoch, ja?“

„Hast du dir womöglich was gebrochen?“

„Glaube ich nicht. Es ist nur der Fuß. Er will nicht so wie ich will und tut höllisch weh, wenn ich es trotzdem versuche.“

Er brummelte auf Arabisch vor sich hin. Wahrscheinlich gab es im Englischen keine Verwünschungen, die seinen Gefühlen angemessen Ausdruck verliehen hätten. Dann packte er sich ihren rechten Fuß, und sie wäre fast senkrecht in die Höhe geschossen. Zoll um Zoll untersuchte er ihn, drehte ihn vorsichtig erst in die eine, dann in die andere Richtung. Sie musste sich wirklich anstrengen, nicht zu stöhnen – und sie hätte nicht sagen können, ob das am Schmerz lag oder daran, seine Hände auf sich zu spüren.

Von ihrem Fuß tastete er geschwind hinauf zu ihrem Knie.

„Ich glaube nicht, dass du dir etwas gebrochen hast“, stellte er fest.

„Das habe ich doch eben ...“

Sie schnappte nach Luft, als er sie aufsetzte. Noch ehe sie wieder zu Atem gekommen war, hatte er sie unter den Achseln gepackt und hochgezogen. Sowie ihr Fuß auf dem Boden aufsetzte, zuckte sie vor Schmerz zusammen.

„Verlagere dein Gewicht auf den anderen Fuß“, riet er. „Du wirst dich auf mich stützen müssen. Zum Glück haben wir es nicht weit.“ Er schob seinen Arm unter ihre Jacke und um ihren Rücken. Sein Arm, der sie so fest umfing, war kräftig und warm. Mehr noch: Seine Hand ruhte direkt unter ihrer Brust. Was auch ihrer Brust nicht zu entgehen schien, denn schon spannte sich die Knospe, und Empfindungen demoralisierender Natur schossen abwärts.

Mit der anderen Hand holte er ein paar Münzen aus seinem Rock und gab sie dem Wächter. „Entschuldigen Sie die Umstände“, sagte er.

„Ich hoffe, der junge Gentleman ist bald genesen“, sagte der Mann.

„Danke“, sagte Olivia mit ihrer Jungmännerstimme.

Lisle schwieg, während er sie durch die Tür und dann die Stufen hinunter manövrierte.

Schweigend gingen sie durch die schmale Gasse nach High Petergate.

Lisle hielt es für klüger, nichts zu sagen. Er traute seiner Stimme nicht.

Sie hatte ihn zu Tode erschreckt. Viel hätte nicht gefehlt, und sie hätte sich den Schädel zertrümmert oder das Genick gebrochen. Olivia hatte mehr Glück als Verstand gehabt.

Auch nachdem er sich vergewissert hatte, dass sie mehr oder minder unversehrt war, hatte er nicht aufhören können, sich Sorgen zu machen – Knochenbruch, Splitterbruch, Gehirnerschütterung. Was alles hätte geschehen können!

Doch wie es aussah, hatte sie sich wirklich nur den Knöchel verstaucht. Das Problem war indes, dass er reichlich spät zu diesem Schluss gelangt war.

Erst hatte er ihren Kopf befühlen müssen, ihren Fuß, dann ihr Bein. Er hatte sie viel zu gründlich untersucht und viel zu viel Zeit darauf verwandt.

Was sehr unklug gewesen war. Noch unklüger war er gewesen, als er sie hochgezogen hatte: Statt seinen Arm *über* ihre Jacke zu legen, hatte er sie darunter gefasst.

Und so war seine Hand dort nicht etwa auf eine schützende Westenschicht getroffen, sondern er hatte nur den dünnen Stoff ihres Hemdes und den Hosenbund zu spüren bekommen. Als sie sich aufstützte, ruhte folglich die Unterseite ihrer unzureichend geschützten Brust auf seiner Hand. Und wie warm und weich sie sich durch den Hemdstoff angefühlt hatte …

Es hätte selbst einen Heiligen versucht, so innig vereint vorwärtszukommen – ihre Brust bewegte sich an Lisles Hand auf und ab, ihre Hüfte drückte sich an seine, als sie sich langsam aus der Kirche, die Treppe hinab, über den Platz und durch die Gasse begaben. Wenn er sie so hielt, war sie ganz nah, und er konnte ihr Haar riechen und ihre Haut …

Geh weiter, ermahnte er sich. *Immer schön einen Fuß vor den anderen setzen. Rathbournes Stieftochter. Immer dran denken.*

„Lisle“, sagte sie.

„Untersteh dich“, sagte er.

„Ich weiß, dass du wütend bist. Aber wo wir doch nun schon mal da waren, wie hätte ich da nicht, denn wer weiß, wann ich wieder die Gelegenheit gehabt hätte, und ich bin wirklich nur ein ganz kleines Stück …“

„Nur“, schnaubte er. „Nur dies, nur das. Und wenn du dir das Genick gebrochen hättest, was hätte ich dann deiner Mutter sagen sollen, deinem Stiefvater? ‚Olivia hat sich nur das Genick gebrochen‘?“

Daran konnte und wollte er gar nicht denken.

Brauchte er auch nicht. Sie lebte ja. Aber er hatte sie berührt, und mit jeder Berührung hatte sein Körper sich an den langen, leidenschaftlichen Kuss von voriger Nacht erinnert und daran, wie ihr nacktes Bein sich an seinem hinaufgeschlängelt hatte. Ihr Duft stieg ihm in die Nase, und ihre Brust drückte gegen seinen Arm, was in ihm jenen Instinkt weckte, der sich in ganz ursprünglicher Manier vergewissern wollte – gleich hier an der Mauer dieser Gasse –, dass sie lebte, dass sie ebenso rege und lebendig war wie er.

Sie ist verletzt, du Schwein.

„Ja, aber ich habe mir nicht das Genick gebrochen“, sagte sie. „Es sieht dir so gar nicht ähnlich, sich darüber Gedanken zu machen, was hätte sein können.“

„*Es sieht mir nicht ähnlich?*“, fragte er. „Was weißt du schon, wie ich normalerweise bin? Du erlebst mich immer nur hier, in einem Zustand ständiger Anspannung, immer darauf lauernd, welches Unheil als Nächstes geschehen könnte." Und stets darauf bedacht, nichts unwiderruflich Verrücktes und Unverzeihliches zu tun.

Er war ein Mann der Vernunft und hehren Prinzipien. Zudem hatte er ein Gewissen, was das Leben nicht leichter machte. Er wusste zwischen Richtig und Falsch zu unterscheiden. Aber hier hatte er eine Grenze überschritten, und seine sorgsam geordnete Welt begann aus den Fugen zu geraten.

„Also wirklich, Lisle, du machst vielleicht ein Theater wegen ..."

„Jedes Mal, wenn ich nach Hause komme, ist es dasselbe!", platzte es aus ihm heraus. „Nimmt es da wunder, dass ich nicht in England bleiben will? In Ägypten muss ich es nur mit Schlangen, Skorpionen, Sandstürmen, Dieben und Halsabschneidern aufnehmen. Hier werden andauernd Szenen gemacht und Probleme geschaffen, wo zuvor keine waren. Wenn nicht gerade meine Eltern herumschreien und schluchzen und sich wie von Sinnen aufführen, dann bist du es, die Streit vom Zaun bricht und alles daransetzt, sich ums Leben zu bringen."

„Das kann ja wohl nicht wahr sein", sagte sie und versuchte, sich von ihm loszumachen.

„Sei nicht dumm", sagte er. „Du wirst auf die Nase fallen."

„Ich kann mich an den Hauswänden abstützen, vielen Dank", sagte sie. „Ich brauche dich nicht."

Er zog sie fester an sich. „Jetzt bist du wirklich kindisch."

„Ich!"

„Ja, du! Bei dir muss immer alles ein einziges Drama sein. Immer nur große Gefühle, von Anfang bis Ende."

„Tut mir leid, dass ich nicht mit einem steinernen Skarabäus anstelle eines Herzens in der Brust geboren wurde!"

„Vielleicht könntest du statt deines Herzens einfach mal deinen Kopf benutzen", meinte er. „Vielleicht könntest du einfach mal nachdenken, bevor du mitten in der Nacht in einer verfallenen Kirche herummarschierst. Oder vielleicht – nur so ein Gedanke – könntest du mir ja mal sagen, was du vorhast."

„Dann hättest du mich davon abgehalten."
„Mit gutem Grund."
„Das sagst ausgerechnet du!", rief sie. „Der du andauernd in Grabhöhlen und Katakomben herumkriechst."
Er zog sie mit sich in Stonegate. Wenn er nicht ganz fest den Arm um sie gelegt hielt, würde er sie noch beim Nacken packen und schütteln. „Ich weiß auch sehr genau, was ich da tue", sagte er und mühte sich ruhig zu bleiben. „Ich denke nach, bevor ich handle. Ich folge nicht blind meinen fantastischen Eingebungen und stürze mich in jedes Abenteuer."
„Das habe ich doch gar nicht getan! Du drehst mir jedes Wort im Mund herum."
„Und du scheinst dir deines eigenen Tuns nicht bewusst zu sein!", rief er. „Weißt du eigentlich, was du da tust? Mit den Männern ist es genau dasselbe. Du bist gelangweilt, und sie müssen zu deiner Unterhaltung herhalten. Was kümmert es dich, wessen Gefühle dabei verletzt werden. Du bist gelangweilt und stellst einfach mal so mein Leben auf den Kopf, täuschst meine Familie ebenso wie deine und trägst Unfrieden in ich weiß nicht wie viele …"
„Das tut mir in der Tat leid", unterbrach sie ihn. „Ich wüsste nicht, wann mir jemals etwas so sehr leidgetan hätte."
Damit hätte es gut sein sollen. Ganz weit hinten in seinem aufgewühlten Verstand wusste er, dass er niemals damit hätte anfangen sollen. Aber der kleine Funken Vernunft schaffte es nicht durch wütenden Sturm.
„Mir tut es auch leid", sagte er. „Es tut mir leid, dass ich überhaupt heimgekommen bin. Es tut mir leid, mich auch nur in deine Nähe gewagt zu haben. Ich hätte bleiben sollen, wo ich war. Lieber erblinde ich beim Versuch, die Hieroglyphen zu entziffern. Lieber verdorre ich in der Wüste, lasse mich unter Sandstürmen begraben und nehme es mit Schlangen, Skorpionen und Halsabschneidern auf. Überall wäre ich lieber, alles wäre mir recht, was mich nur von dir und meinen Eltern fernhält."
„Wärst du bloß niemals heimgekommen!", schrie sie. „Dann

geh doch endlich wieder. Ich würde sogar deine Reise bezahlen, wenn du nur niemals wiederkommst. Ist mir doch egal, was aus dir wird. Geh nach Ägypten. Scher dich zum Teufel. Nur geh!"

„Könnte ich nur zur Hölle fahren", seufzte er. „Nach zwei Tagen mit dir dürfte es das Paradies auf Erden sein."

Da schubste sie ihn, und das nicht zu knapp.

Damit hatte er nicht gerechnet. Er verlor das Gleichgewicht, fiel gegen eine Ladentür und lockerte seinen Griff um Olivias Taille. Nur kurz, doch das genügte ihr. Im Nu machte sie sich von ihm los.

„Ich hasse dich", verkündete sie.

Sie humpelte auf die andere Seite der Gasse, stützte sich an der Hauswand ab und mühte sich langsam vorwärts.

Einen Moment stand er reglos da und beobachtete sie. Das Herz raste ihm in der Brust.

Er ging nicht zu ihr, denn er traute sich nicht, zu ihr zu gehen. Vor allem aber traute er sich selbst nicht.

Langsam gingen sie weiter – er auf seiner Seite, sie auf ihrer. Und so gelangten sie – schleppend, schweigend und Welten voneinander getrennt – zurück zum Gasthof.

9. KAPITEL

Montag, 10. Oktober
Idiot.
Schuft.

Es war ein langer, beschwerlicher Ritt, mehr als hundert Meilen von York nach Alnwick in Northumberland. Am Anfang war Lisle noch wütend auf Olivia gewesen, am Ende nur noch wütend auf sich selbst.

Was er gestern Abend zu ihr gesagt hatte!

Dabei war sie doch seine beste Freundin. Zugegebenermaßen eine gefährliche und etwas verrückte Freundin, aber er war ja auch keineswegs perfekt.

Zum einen war da sein unbeherrschtes Temperament. Er konnte aufbrausend sein, das wusste er – doch wann hatte er jemals seine Laune so grausam an einer Frau ausgelassen?

Noch dazu an der Frau, die ihm so treu und zuverlässig, Woche um Woche geschrieben hatte. Über Jahre. Dies war die Frau, die schon immer verstanden hatte, was Ägypten ihm bedeutete.

Idiot. Schuft. Und das war erst der Anfang. Bis sie das „White Swan" in Alnwick erreicht hatten, Stunden nach Sonnenuntergang, hatte er sich aller Verwünschungen bezichtigt, die er kannte. In einem halben Dutzend Sprachen.

Sich des Umstandes bewusst, dass ein langer Tagesritt, kein Bad, kein Abendessen erheblich zur Katastrophe des vorigen Abends beigetragen hatten – was längst keine Entschuldigung war –, badete er, kleidete sich um und dinierte, ehe er sich auf den Weg zu Olivias Zimmer machte.

Er klopfte einmal. Klopfte noch mal. Endlich öffnete Bailey ihm die Tür.

„Ich muss mit Miss Carsington sprechen", sagte er.

„Ich bin nicht da", rief Olivia von drinnen. „Ich bin ausgegangen. Ich bin losgezogen, um dem Teufel meine verkommene Seele zu verkaufen."

Lisle winkte Bailey fort. Fragend schaute sie erst ihre Herrin an, dann ihn. Danach trat sie beiseite.

„Also wirklich, Bailey“, tadelte Olivia. „Ich kann kaum glauben, dass du dich von ihm einschüchtern lässt.“

„Ja, Miss“, sagte Bailey. „Verzeihen Sie, Miss.“ Damit entfernte sie sich ins Nebenzimmer. Die Tür ließ sie offen.

Lisle ging hinüber und schloss sie.

Er wandte sich Olivia zu. Beim ersten Blick durchs Zimmer hatte er kaum mehr wahrgenommen, als dass sie am Kamin saß. Nun wurde ihm klar, weshalb sie nicht gleich aufgesprungen und zur Tür geeilt war, um ihn eigenhändig hinauszuwerfen, mit dem Schürhaken zu attackieren oder ihm eine Klinge in die Kehle zu rammen.

In einen Morgenmantel gekleidet, unter dem sie allem Anschein nach eines ihrer berüchtigt berüschten Hemden trug, saß sie mit gerafften Röcken auf einem Stuhl und hatte die Füße in eine große Wanne mit Wasser gestellt. Natürlich, der verletzte Knöchel. Nun fiel es ihm wieder ein, und die Schamesröte schoss ihm in die Wangen. Da half es auch nichts, dass sie sich das ganz allein selbst zu verdanken hatte, weil sie sich hoffnungslos dumm benommen hatte. Sie hatte sich verletzt, sie hatte Schmerzen gelitten, und er hatte schreckliche Dinge zu ihr gesagt.

Er ging zu ihr, blieb vor ihr stehen, die Wanne zwischen ihnen. „Du sollst mich nicht hassen“, sagte er.

Nein, nein, nein. Genau die falschen Worte. Er wusste es, noch ehe ihn der zornige Blick ihrer blauen Augen traf. Sie schwieg und senkte den Blick wieder auf ihre Füße.

Ihr Schweigen schien auf seinen Kopf einzuhämmern, auf sein Herz.

Du sollst mich nicht hassen du sollst mich nicht hassen du sollst mich nicht hassen.

Er senkte den Blick gleichfalls auf ihre Füße. Was ein fataler Fehler war: so schmal, blass und verletzlich waren sie. Dabei wusste er, was er sagen sollte. Es war da, in seinem Verstand, irgendwo.

Es tut mir leid.

Eigentlich ganz einfach. Aber etwas lastete ihm schwer auf der Brust, und er zögerte, sodass sie ihm schließlich zuvorkam.

„Ich verabscheue dich“, sagte sie mit leiser, bebender Stimme. „Du hast mir das Herz gebrochen. Kalt und grausam.“

Er starrte sie an. „Dir das Herz gebrochen?“

„Ja.“

Wie ein Schuft hatte er sich verhalten, das wohl, und schreckliche Dinge gesagt, aber ... *ihr das Herz gebrochen?*

„Ach, komm schon“, meinte er leichthin. „Du weißt, dass ich nichts dergleichen getan habe.“

Wieder ein mörderischer Blick aus blauen Augen. „Mich mit deinen Eltern zu vergleichen – ausgerechnet. Mit *deinen Eltern*! Wo du ganz genau weißt, wie oft ich mich gegen sie gestellt habe, wenn du nicht da warst, um dich zu verteidigen. Und dann zu sagen, dass du so lange weggeblieben wärst mei...net... meinetwegen ...“

Sie sah beiseite.

Allerdings. Sie war zwar seine beste Freundin, aber sie war wie ein Sandsturm: ein plötzlicher, heftiger Wirbelwind, der durch die Wüste fegte und den Sand wie eine große Flutwelle auftürmte, vor der alle das Weite suchten und um ihr Leben liefen. Der Sturm riss Zelte mit sich, verstreute Habseligkeiten in alle Winde, wirbelte Menschen und Tiere durch die Luft, als wären sie Spielbälle. Schön war so ein Sturm, und dramatisch, und nur selten tödlich, doch stets hinterließ er eine Schneise der Verwüstung.

Sie war ein wandelnder Wirbelsturm, und er konnte nicht leugnen, dass dies einer der Gründe gewesen war, weswegen er so lange fortgeblieben war – aber lieber hätte er sich die Zunge herausgeschnitten, als abermals unbedacht diese Wahrheit auszusprechen.

Er beugte sich vor, um einen Blick auf ihr Gesicht zu erhaschen. „Du weinst doch nicht etwa, oder?“

Sie wandte sich noch weiter ab und starrte ins Feuer. Der Flammenschein tanzte auf ihrem Haar und ließ kupferne Funken in den störrischen Locken sprühen.

Wäre sie wirklich seine Schwester gewesen, würde er ihr jetzt übers Haar gestrichen haben. Wäre sie seine Geliebte gewesen … aber nein, das ging natürlich nicht. Niemals. Er konnte sie nicht entehren, und einen Wirbelsturm konnte er nicht heiraten. So einfach war das. Unwiderruflich.

„Warum sollte ich Tränen auf einen herzlosen Schuft wie dich verschwenden?“, fragte sie. „Warum sollte ich mich vom grausamen Frevel deiner Bemerkungen bis ins Mark verletzen lassen?“

Grausamer Frevel.

Drama. Nicht schlecht. Zudem wahr. Ihm wurde schon leichter ums Herz. Wenn sie es nun mit der Schuldmasche versuchte, war Vergebung nicht mehr fern – wenngleich es noch eine Weile dauern würde und mit wortreichen Verwünschungen einherginge, die er sich redlich verdient hatte.

„Allerdings“, sagte er. „Ich habe bei dir nie ein Blatt vor den Mund genommen und sollte mich zunächst entschuldigen. Wenn du es wünschst, kann ich meine Worte durchaus mäßigen – genug Übung darin habe ich. Du solltest indes wissen, dass es meiner Laune noch abträglicher wäre als das infernalische schottische Wetter, meine infernalischen Eltern und das verwünschte Spukschloss zusammen. Wenn wir in dieser Ödnis für wer weiß wie lange ausharren müssen, nur wir beide und die verrückten Alten, und ich nicht mal mehr offen mit dir sprechen kann …“

„Jetzt komm mir nicht so“, unterbrach sie ihn. „Tu nicht so, als wäre ich deine Vertraute, wenn du alles nur Erdenkliche getan und gesagt hast, um mich des Gegenteils zu versichern. Wenn du glaubst, offen mit mir zu sprechen, hieße, mich in jener niederträchtigen Weise zu beleidigen und …“

„Niederträchtig!“ Hervorragend. Und wahr zudem.

„Ich bin kein Hund, den man treten kann, wenn man schlechter Laune ist“, sagte sie.

„Du könntest zurücktreten“, sagte er. „Was du in der Regel tust.“

„Ich wünschte, ich könnte“, sagte sie. „Doch wie du siehst, bin ich vorübergehend außer Gefecht.“

Er schaute auf ihre Füße, nackt im Wasser. Wieder musste er daran denken, wie ihr Fuß sich an seinem Bein hinaufgeschlängelt hatte. Büchse der Pandora. *Zack!*, knallte er den Deckel zu. „Tut es noch sehr weh?“, fragte er.

„Nein“, erwiderte sie. „Ich habe mir ja bloß ein bisschen den Knöchel verstaucht. Aber Bailey hat sich eingebildet, er würde anschwellen, und bestand auf einem Fußbad, weshalb ich jetzt hier sitze. Wenn ich nämlich nicht tue, was sie sagt, verlässt sie mich, und du weißt, wie untröstlich ich dann wäre.“

„Sie wird dich nicht verlassen“, sagte er. „Ebenso wenig wie ich – zumindest bis dieses Noble Ansinnen vollbracht ist. Du hast es so gewollt, und nun siehst du mal, was du davon hast, Olivia.“

Das war wirklich mal ein guter Abgang, sagte er sich. Und nun abzugehen wäre weise, fand er. Ihm war verziehen worden, mehr oder minder, und er haderte längst nicht mehr so sehr mit sich, dass er sich am liebsten aufgeknüpft hätte.

… aber ihr Fuß.

Bailey glaubte, dass er anschwoll.

Kein gutes Zeichen. Mit solchen Sachen kannte er sich aus. Von Daphne Carsington hatte er gelernt, sich der mannigfaltigen Unpässlichkeiten und Verletzungen der Bedienten und der Bootsmannschaft anzunehmen.

Vielleicht hatte Olivia sich ja nicht nur den Knöchel verstaucht. Was, wenn eines der unzähligen winzigen Knöchelchen gebrochen war?

Er kniete vor der Wanne nieder, blendete die berüschten Gewänder und flammenden Locken und alle weiteren Anzeichen betörender Weiblichkeit aus und konzentrierte sich einzig auf ihren rechten Fuß, als gehöre er gar nicht zu ihr. „Sieht mir nicht geschwollen aus“, fand er. „Aber es lässt sich schwer sagen, solange er sich unter Wasser befindet.“

Vorsichtig hob er ihren Fuß aus der Wanne.

Er hörte, wie ihr der Atem stockte.

Auch zitterte etwas, entweder seine Hand oder ihr Fuß.

„Tut es weh?“, fragte er.

„Nein“, sagte sie.

„Sieht doch gut aus“, meinte er. Behutsam drehte er den Fuß

ein wenig nach links und nach rechts, bog ihn erst nach oben, dann nach unten. Ein schlanker Fuß war es, von eleganten Proportionen und mit nach außen sich verjüngenden Zehen – wie die Füße einer ägyptischen Statue. Und wie glatt und weich die nasse Haut sich anfühlte …

„Ich finde, du hast ihn dir jetzt lang genug angeschaut", sagte sie mit erstickter Stimme. „Er wird kalt."

Allerdings. Lang genug. Zu lang.

„Höchste Zeit, dass er aus dem Wasser kommt", beschied er forsch, fand jedoch, dass auch seine Stimme belegt klang. Was ihr hoffentlich entging. „Er wird schon schrumpelig." Lisle nahm sich eines der ordentlich gefalteten Handtücher, die neben der Wanne lagen, breitete es über seinem Schenkel aus und bettete ihren Fuß darauf. Sanft rieb er ihn trocken. Von der Ferse zu den Zehen. Und wieder zurück zur Ferse. Und die Wade hinauf bis zum Knie. Und wieder zurück.

Vollkommen reglos saß sie da.

Er stellte den verletzten Fuß auf einem frischen Handtuch ab und widmete sich dem anderen Fuß mit derselben Sorgfalt.

Wobei er allerdings sehr darauf bedacht war, stets das Tuch zwischen seinen Fingern und ihrer Haut zu halten. Trotzdem meinte er jede anmutige Senke und Wölbung ihres Fußes zu spüren: die feinen Knochen, der schwungvolle Bogen von Ferse und Spann, die zierliche Reihe ihrer Zehen.

„Wenn du mir jetzt zu Füßen kniest", sagte sie mit unsicherer Stimme, „dürfte dies vermutlich eine Entschuldigung sein."

„Ja, vermutlich", sagte er.

Dies war ebenjener Fuß, dachte er, der sich an besagtem Abend sein nacktes Bein hinaufgeschlängelt hatte.

Er hob den Fuß etwas höher, als wolle er ihn ebenso wie den anderen neben der Wanne absetzen, hielt dann aber inne. Ganz kurz nur, doch ihm schien es wie eine Ewigkeit. Eine Welle des Verlangens durchströmte ihn, unaufhaltsam.

Er beugte sich vor und berührte den Spann mit den Lippen, dann das Schienbein.

Er hörte sie nach Atem ringen. Auch er war mit einmal außer Atem, so heftig pochte ihm das Herz in der Brust, trieb ihm alles Blut kopfabwärts und immer weiter hinab.

Vorsichtig stellte er den Fuß auf dem Handtuch ab und erhob sich mit geschmeidiger Anmut.

Es war falsch. Falsch, falsch, so falsch. Ihr gegenüber unfair, ihm gegenüber unfair, allen gegenüber unfair. Aber es war geschehen, bevor er sich hatte beherrschen können. Ein Glück, dass sein Gehrock verbarg, was sie ihm angetan hatte – beziehungsweise, was er sich selbst angetan hatte.

„Jetzt dürften wir quitt sein", sagte er beiläufig. Und damit schlenderte er hinaus, kühl und beherrscht, während in ihm ein Wüstensturm toste.

Sowie die Tür sich hinter Lisle geschlossen hatte, öffnete sich jene zum Nebenzimmer und Bailey huschte heraus.

„Es tut mir leid, Miss", sagte sie, „aber ich dachte, ich sollte lieber nicht …"

Olivia hob beschwichtigend die Hand. „Schon gut", sagte sie und erkannte ihre Stimme kaum wieder. Außer Atem klang sie, weil ihr das Herz noch immer so schmerzlich schwer, so schnell schlug. „Er …" Sie verstummte wieder.

Was zum Teufel hatte er sich dabei gedacht? Wenn sie sich recht erinnerte, waren sie übereingekommen, dass die Episode in Stamford ein Schrecklicher Fehler gewesen war. Aber sie hatten eine Grenze überschritten … und er war eben ein Mann, und wenn man einen Mann erstmal auf gewisse Gedanken gebracht hatte – ach, Unsinn! Männer hatten doch immer solche Gedanken. Trotzdem hätte er fortan Distanz wahren sollen.

Ganz gewiss hätte er sie nicht verführen sollen, dieser Dummkopf!

Ob es als Entschuldigung gedacht war oder er es ihr nur hatte heimzahlen wollen – er ging ein aberwitziges Risiko ein. Und das auf Kosten ihrer Zukunft! Und seiner.

„*Männer*", schnaubte sie.

„Ja, Miss“, sagte Bailey.
„Vermutlich war es meine Schuld.“
„Das kann ich nicht sagen, Miss.“
„Du musst wissen, dass ich ziemlich wütend war.“
„Ja, Miss.“
„Was er zu mir gesagt hat …“ Der Gedanke daran schmerzte noch immer.
„Ja, Miss.“
„Ich hätte meine Füße bedecken sollen, als er hereinkam. Oder zumindest meine Röcke herabziehen.“
„Ja, Miss, doch das hätte ich tun sollen, aber ich habe Sie im Stich gelassen.“
„Es war nicht deine Schuld, Bailey. Ich bin eine DeLucey. Da kann ich mir noch so viel Mühe geben, anders zu sein, die Ungeheuerliche DeLucey kommt immer durch. Er hat mich verletzt, und da musste ich es ihm heimzahlen, indem ich ihn provoziert habe. Wie töricht von mir! War es mir nicht schon auf Urgroßmamas Feier klar gewesen? Hatte ich es ihm da nicht deutlich auf die Stirn geschrieben gesehen? *Gefahr* stand da, ganz groß und deutlich. Nicht mit diesem Feuer spielen. Jede DeLucey hätte es auf den ersten Blick erkannt. Das Problem ist nur, dass eine echte DeLucey es trotzdem getan hätte.“
„Ja, Miss.“
„Es ist so ungeheuerlich schwer, einem Wagnis zu widerstehen.“
„Ja, Miss.“
„Aber er ist etwas zu gewagt.“
Die vertrauliche Berührung seiner allzu geschickten Hände, unerträglich. So bedächtig und methodisch. Wenn er eine Frau verführen würde, würde er es genau so machen. Bedächtig. Methodisch. So wie er sie auch an besagtem Abend geküsst hatte: mit absoluter Konzentration und Hingabe. Unerbittlich.
„Wie man es macht, macht man es falsch“, fuhr sie fort. „Wenn man verheiratet ist, kann man Affären haben. Aber heiratet eine Frau, kann sie dennoch nur verlieren. Einmal die falsche Karte

gespielt – den falschen Mann geheiratet –, und man bringt den Rest seines Lebens in der Hölle zu, mal schlimmer, mal weniger schlimm, aber immer die Hölle."

„Wohl wahr, Miss", sagte Bailey, die keine besonders hohe Meinung von Männern hatte. Was kein Wunder war. Mit ansehen zu müssen, wie Männer sich Olivia gegenüber aufführten, dürfte jeder jungen Frau noch die letzten Illusionen rauben. „Dennoch, Mylady, Ihre Mutter ..."

„Bitte nimm nicht Mama als Beispiel", unterbrach sie Olivia. Mama galt nicht. Sie hatte die Liebe ihres Lebens gefunden. Zweimal. „Das kann man überhaupt nicht vergleichen. Mama gehört zu den *Guten*."

Dienstag, 11. Oktober

Olivia hatte vor Tagesanbruch aufstehen wollen, wie sie es schon die vergangenen zwei Tage getan hatte. Doch heute schien ihr die Aussicht darauf, die beiden alten Damen zu nachtschlafender Stunde aus den Federn zu scheuchen und sich mit Lisle eine Verfolgungsjagd zu liefern, längst nicht mehr so verlockend.

Die Sonne strahlte bereits hell zum Fenster herein, als sie sich endlich in der Lage sah, dem Tag entgegenzutreten.

Bailey kam mit dem Frühstückstablett herein. Darauf lag ein Brief.

Adressiert war er an „Miss Carsington". Die präzis gespitzte Handschrift war ihr nur allzu vertraut.

Olivia brach das Siegel, faltete den Brief auseinander und las:

Alnwick
Dienstag, 11. Oktober

Liebe Olivia,
wenn du dies liest, werde ich bereits aufgebrochen sein, da ich Gorewood rechtzeitig erreichen möchte, um noch

bei Tageslicht eine erste Bestandsaufnahme machen zu können. Etwas verspätet kam mir der Gedanke – oder auch nicht verspätet, da ich ja ein Mann und somit schwer von Begriff bin –, dass wir überhaupt keine Vorstellung davon haben, wie es um die Ausstattung der Ruine bestellt ist. Das Mobiliar dürfte vermutlich dürftig sein. Weshalb ich wohl ~~an deinen guten Willen~~ an dich appellieren muss, in Edinburgh ein paar Einkäufe für mich zu tätigen. Nichols hat bereits eine vorläufige Liste angefertigt, die ich beilege. Nach unserer Ankunft wird er ein vollständiges Inventar erstellen, das ich dir nach Edinburgh schicken werde.

Da ich es gewohnt bin, bei den Ausgrabungen auf Decken oder Feldbetten zu campieren, sind meine Ansprüche an Komfort eher bescheiden. Entscheidungen hinsichtlich Stil und Farben bleiben ganz dir überlassen – und sollte dir noch etwas einfallen, das wir vor Ort benötigen könnten, sei bitte so frei, es deinen Einkäufen hinzuzufügen. Zweifelsohne dürfte dein diesbezüglicher Geschmack dem meinen überlegen sein.

Ich habe auch Mains, dem Verwalter meines Vaters in Edinburgh, eine Nachricht zukommen lassen und ihn von deinem Auftrag in Kenntnis gesetzt. Alle Rechnungen können direkt an ihn geschickt werden. Ich bin zuversichtlich, dass er dir in allen Belangen gern behilflich sein wird. Seine Anschrift findest du auf Nichols' Liste.

Ich freue mich, dich in ein oder zwei Wochen auf der Burg des Grauens zu sehen.

Dein L.

„Also wirklich, Lisle", sagte Olivia. „Diese durchgestrichene Stelle ist ja so was von kindisch. Und doch …" Sie überlegte. „Ganz so dumm bist du dann doch nicht. Offensichtlich bist du dir deines Fehlverhaltens bewusst, was mich freut. Wie sagt man so schön? Aus den Augen, aus dem Sinn."

„Miss?", fragte Bailey leicht irritiert.

Olivia wedelte ihr mit dem Brief vor der Nase herum. „Kleine Verschnaufpause, Bailey. Er ist weg und wir dürfen nach Herzenslaune einkaufen gehen."

Edinburgh, 12. Oktober

Lieber Lisle,

Statt die Damen einer weiteren ganztägigen Tortour in der Kutsche zu Unterwerfen, habe ich beschlossen, Edinburgh in Etappen zu erreichen. Heute am späten Nachmittag sind wir eingetroffen – und ach, welch herrlicher Anblick uns empfing – ganz so, wie Scott es beschrieben hat:

In dämmrige Pracht gehüllt die Höhe,
Auf welcher stolz das Schlosse thront,
Und ganz den steilen Hang hinab,
Der bucklig sich zum Himmel hebt,
Schmiegt drunten tief sich ein,
Eng geduckt und luftig hoch,
Meine romantische Stadt.

Wie du dich vielleicht erinnerst, war ich als Kind schon einmal zu Besuch, doch erinnere ich mich so spärlich, dass ich dachte, ich hätte alles nur geträumt: wie das Schloss oben auf dem Great Rock thront, sich aus Dunst und Rauch erhebt, die Giebel und Türme, die aus dem Nebel ragen, die Altstadt mit ihren schmalen, hohen Häusern, die sich an den Hang schmiegen. Doch genau so war es: Es muss dies die Unglaublichste Stadt der Welt sein – und ja, ich behaupte, dass nicht einmal die Sphinx ihr atmosphärisch das Wasser reichen kann.

Doch ich weiß, dass meine Ergüsse dich entsetzlich langweilen. Deshalb werde ich jetzt zum Geschäftlichen kommen. Die pittoreske Altstadt bietet Läden für Alles, Was Das Herz Begehrt. Noch mehr Geschäfte finden sich in der Weitaus Weniger Romantischen Neustadt im Nordwesten Edinburghs. (Hier hat übrigens dein Cousin gelebt, in einem sehr Eleganten Haus, bis unters Dach mit alten Büchern und Papieren angefüllt.) Zweifelsohne sollte unser dringlichster Bedarf nach ein paar Tagen Einkäufen gedeckt sein.

Ich werde dir alles vorausschicken – bis auf jene Dienstboten, die wir nicht entbehren können. Edwards, der als Butler fungieren soll, dürfte es ein Anliegen sein, das Schloss vor unserer Ankunft wohnlich herzurichten. Derweil werde ich der Dienstbotenbörse einen Besuch abstatten und unseren Bedarf anmelden. In Anbetracht dessen, dass Gorewood Castle hier BERÜCHTIGT ist, werden wir in der ersten Zeit wohl auf unser Kleines Kontingent zurückgreifen müssen. Allerdings bin ich sehr zuversichtlich, dass wir diesem unseligen SPUK bald auf den Grund kommen werden und dann schottische Dienstboten einstellen können – denn du weißt, dass unsere Londoner Dienstboten nur Leihgaben sind und bald zurückgeschickt werden müssen – möglichst noch ehe Mama herausgefunden hat, dass ich sie ausgeliehen habe.

Deine Olivia Carsington

Am Mittwoch kehrten Roy und Jock Rankin aus Edinburgh zurück. Ihre Taschen klingelten von den Erlösen aus dem Verkauf von Dingen, die nicht die ihren waren. Das Wirtshaus von Gorewood brodelte vor Neuigkeiten: Der Earl of Lisle, Sohn des Marquess of Atherton, zog mit einem ganzen Tross Londoner Dienstboten auf Gorewood Castle ein. Ein Gespann mit Kisten, Truhen und einigen Bedienten sei schon eingetroffen, weitere sollten in den nächsten Tagen folgen.

Roy und Jock sahen sich an.

„Glaub ich nicht“, sagte Roy. „Haben sich mal wieder ein paar Londoner herverirrt, um sich das alte Gemäuer anzuschauen, und schon kommen alle auf dumme Gedanken. Glauben die immer gleich, dass da wer einzieht. Da ist keiner eingezogen, seit der Alte ausgezogen ist – und wie lang ist das jetzt her? Zehn Jahre?“

Aber die Dorfbewohner waren ganz aus dem Häuschen – viel mehr als sonst, wenn Reisende aus England sich hierher verirrten, um Gorewood Castle zu besichtigen.

Bald darauf traten die Brüder aus dem Wirtshaus in die regnerische Nacht und liefen hinauf zur Burg, um sich selbst ein Bild von der Lage zu machen.

Wo sie indes feststellen mussten, dass ihre Nachbarn ausnahmsweise recht gehabt hatten. Von der Straße aus war durch den Nieselregen Licht in mindestens drei Fenstern zu sehen. Als sie sich näher heranpirschten, entdeckten sie in der alten Scheune eine Kutsche und Pferde.

„Aber hallo, das geht doch nicht …“, befand Roy.

„Dem Spuk werden wir ein Ende machen“, sagte Jock.

Donnerstag, 13. Oktober

Der Butler Edwards war noch lange nicht so betrunken, wie er gern gewesen wäre. Seit seiner Ankunft auf Gorewood Castle hatte es unablässig geregnet. Und diese Burg! Ein alter Schutthaufen, moderig und feucht. Bettzeug hatten sie mitgebracht, aber es gab keine Betten. Den Herrn schien das nicht weiter zu stören, war er es doch gewohnt, auf dem Boden zu schlafen, aber Edwards wollte sich damit nicht abfinden.

Von Sonnenaufgang bis lang nach Sonnenuntergang hatten sie geschuftet und versucht, das moderige Gemäuer für die Damen bewohnbar zu machen. Die Dorfbewohner zeigten sich wenig hilfsbereit. Beharrlich weigerten sie sich, selbst einfachstes Englisch zu verstehen, und nicht einmal der Herr mit seiner Kenntnis heidnischer Sprachen wurde aus ihrem Kauderwelsch schlau.

Die Londoner Dienstboten wurden wie feindliche Invasoren behandelt. Man sollte eigentlich meinen, die Kaufleute freuten sich über Kundschaft – die in dieser Wildnis gewiss spärlich gesät war –, aber wenn man sich nach diesem oder jenem erkundigte, begegneten einem nur leere Blicke. Und wenn sie sich dann doch dazu herabließen, einen zu bedienen, verstanden sie einen nicht oder wollten einen nicht verstehen und brachten prompt das Falsche.

Ein Glück, dass sie es wenigstens im „Crooked Cook“ kapiert hatten, der Dorfschenke – nachdem er sich erst mit Händen und Füßen verständigt und es schließlich aufgeschrieben hatte. Ein Wunder, dass sie lesen konnten. Er hatte sich im Wirtshaus nur ein wenig aufwärmen wollen, bevor er durch Finsternis und Regen zur Burg zurücktrabte und sich auf eine feuchtkalte Nacht freute.

Die Straße lag gottverlassen da, nirgends ein Licht. Auf einer Seite meinte er die Überreste jener alten Kirche ausmachen zu können, die im vorigen Jahrhundert abgebrannt war. Zumindest sah er den Friedhof, mit Grabsteinen, die so krumm und schief standen, als hätten Regen, Kälte und Finsternis sie niedergedrückt.

Schaudernd wollte er den Blick abwenden, als er auf einmal ein Rascheln hörte. Und da, vor ihm … eine weiße Gestalt mit glühenden Augen.

Er schrie, machte auf dem Absatz kehrt und rannte.

Und rannte und rannte und rannte.

Gorewood Castle
Freitag, 14. Oktober

Liebe Olivia,

du solltest dich auch um einen neuen Butler bemühen. Edwards ist verschwunden.

Dein L.

10. KAPITEL

Gorewood
Montag, 17. Oktober

Sie war ausgestiegen und am Straßenrand stehen geblieben. Gebannt schaute sie zu dem Koloss hinauf, der die Anhöhe krönte.

Lisle war eben aus dem Dorf zurückgekommen, gerade rechtzeitig, um Olivias Kutsche neben dem Friedhof und der Kirchenruine anhalten zu sehen. Sie war ausgestiegen, ein paar Schritte vorgelaufen, und da stand sie nun, die Hände über der Brust verschränkt, und blickte sichtlich ergriffen zu Gorewood Castle hinauf.

Eine Kolonne von Wagen – hauptsächlich Karren und Fuhrwerke – war ihrer Kutsche vorausgefahren. Weitere folgten. Die Dorfbewohner hatten alles stehen und liegen gelassen, waren aus ihren Häusern geeilt und gafften.

Er auch. Seit der Krönung Georges IV., die zehn Jahre zurücklag, hatte er keine solche Wagenkolonne mehr gesehen.

Sie hingegen schien die Gespanne, die an ihr vorbeifuhren, nicht zu bemerken. Sie schien überhaupt nichts zu bemerken, so sehr war sie in die Betrachtung dieses kolossalen, düsteren Steinhaufens versunken.

Lisle wusste, dass sie weitaus mehr darin sah als er.

Eigentlich sah er überhaupt nur Olivia, in einer Pose, die so typisch für sie war. Er blieb noch einen Moment stehen und betrachtete sie, wie sie da stand, so still und reglos, dass er – hätte er Fantasie gehabt, was er nicht hatte – hätte glauben können, sie wäre von einem Zauber gebannt.

Aber bei Olivia war alles denkbar, auch ein Zauber. Dazu brauchte man nicht mal Fantasie. Dazu brauchte man nur Olivia zu kennen.

Was, so fragte er sich, würde sie wohl von den Pyramiden halten?

Dummme Frage. Natürlich wäre sie hingerissen. Ein Abenteuer! Die Entbehrungen würden ihr nichts ausmachen. Immerhin war sie auf den Straßen Dublins und Londons aufgewachsen. Sie wäre ganz aufgeregt und außer sich vor Glück … bis der Reiz des Neuen verflogen wäre und sie sich wieder zu langweilen begänne.

Sein Leben war längst nicht so aufregend, wie sie es sich vorstellte. Die Arbeit konnte öde und gleichförmig sein. Der Entdeckung und Erkundung einer Grabstätte gingen Tage, Wochen, Monate, gar Jahre geduldigen Suchens voraus. Tagein, tagaus in der Hitze zubringen, Arbeiter dabei beaufsichtigen, wie sie sorgsam, Schicht um Schicht feinen Wüstensand abtrugen. Das mühselige, peinlichst genaue Kopieren der Inschriften und Grabausmalungen, das Vermessen und Festhalten der antiken Bauten in maßstabsgetreuen Zeichnungen, um sie der Nachwelt zu bewahren, ehe sie eines Tages ganz verschwunden wären.

Was schneller gehen konnte, als man dachte. Ganze Wände und Decken waren abgetragen und außer Landes gebracht worden, um Museen und private Sammlungen zu schmücken. Tempel waren abgerissen, die Steine zum Bau von Fabriken verwendet worden.

Wie er sie vermisste, diese mühselige, gleichförmige Arbeit. Es vermisste das Erforschen, Vermessen, Sortieren, Katalogisieren, Ordnung schaffen.

Seine Leidenschaft für Ägypten verstand sie, doch niemals würde sie seine Leidenschaft für derlei eintönige Arbeiten verstehen. Sein abenteuerliches Leben würde sie zu Tode langweilen, und er wusste, was passierte, wenn Olivia sich langweilte.

Eines Tages würde gewiss auch sie die Pyramiden sehen. Sie würde sie besichtigen, wie alle Ägyptenreisenden es taten. Mit Grauen dachte er an jene englischen Adeligen, die auf ihren Segelschiffen den Nil erkundeten, um nach ein paar Monaten, ihre Boote bis unter den Bug mit Antikenschätzen beladen, nach England zurückzukehren.

Während er in Gedanken noch weltenweit entfernt war,

drehte sie sich um. So unerwartet kam es, dass er alles andere vergaß. Nichts blieb außer ihrem schönen Gesicht, den blauen, blauen Augen und der hell schimmernden Haut, die sich an den Wangen nun rötete wie der Himmel bei Sonnenaufgang.

Es traf ihn mitten ins Herz.

„Ah, da ist ja der Burgherr", sagte sie in sehr schottisch klingendem Tonfall, den sie wahrscheinlich in Edinburgh aufgeschnappt hatte.

Der missliebige Klang riss Lisle jäh aus seinen Träumen. Blieb nur zu hoffen, dass sie nicht auch das Dudelsackspiel erlernt hatte.

Er ging zu ihr. „Sag das mal den Eingeborenen", meinte er. „Sie führen sich auf, als wäre ich der Steuereinnehmer oder der Henker."

Sie lachte ihr leises, samtenes Lachen. Er spürte, wie das Verderben ihn anzog, fühlte sich wie eine unbelehrbare Fliege, die immer wieder ihre Kreise um das Netz der Spinne zog.

Fakten. Sich an die Fakten halten. Er musterte ihre Kleider, als wären es Antikenfunde.

Auf dem roten Lockenschopf thronte der übliche modische Aberwitz der Hutmacher: ein Ungetüm mit einer Krempe so ausladend wie das Vorderdeck eines Schlachtschiffs, von dem Federn und Bänder in alle Richtungen sprossen. Dazu der übliche modische Aberwitz des Schneiderhandwerks: Kleiderärmel so weit wie Weinfässer und aufgebauschte Röcke, die ihre Taille so schmal erscheinen ließen, dass ein Mann sie mit einer Hand umfangen zu können glaubte.

Erscheinen. Glauben. Das waren keine Fakten. Er schweifte ins Reich der Fantasie ab, was es zu vermeiden galt.

Um nicht weiter auf dumme Gedanken zu kommen, musste er etwas Unverfängliches tun. Mit schwungvoller Bewegung lüftete er seinen Hut und verbeugte sich. „Willkommen auf der Burg des Grauens", sagte er. „Ich hoffe, sie entspricht hinsichtlich ihres Zerfalls und ihrer düsteren Hässlichkeit ganz deinen Erwartungen."

„Sie ist wunderbar", sagte sie. „Viel besser, als ich sie mir erhofft hatte."

Sie schien allen Ernstes begeistert. Da, ganz deutlich sah er es, wie ihre Wangen sich leicht röteten und ihre Augen vor Aufregung glänzten.

Früher, als sie noch Kinder waren, wäre sie zu ihm gerannt und ihm vor Freude um den Hals gefallen. „Was bin ich froh, dass ich mitgekommen bin!", hätte sie gerufen.

Er empfand einen Moment des Bedauerns, ein leises Gefühl des Verlustes – aber man konnte schließlich nicht ewig Kind bleiben, und eigentlich wollte man das ja auch gar nicht.

Entschieden setzte er den Hut wieder auf und wandte sich der Burg des Grauens und den Fakten zu.

„Als Turmhügelburg erbaut", begann er zu dozieren. „Hufeisenförmiger Grundriss. Das Hauptgebäude dreigeschossig mit Kellergewölbe. Die beiden Flügel gehen von der Westseite des Haupthauses ab, ebenfalls dreigeschossig mit durchgehender Unterkellerung. Die Gesamthöhe beträgt vom Sockelgeschoss bis zu den Turmzinnen einhundertsechs Fuß, die Mauern sind durchschnittlich fünfzehn Fuß dick. Ein zugegebenermaßen eher ungewöhnlicher Gebäudetypus, der auch Motte genannt wird, und noch ungewöhnlicher ist, dass Gorewood Castle so viele Jahrhunderte relativ unbeschadet überdauert hat."

„Vielen Dank für den kleinen Kurs in Burgenkunde", meinte sie mit einem leisen Kopfschütteln, dass die roten Locken ihr nur so ums Gesicht hüpften. „Du wirst dich nie ändern, oder? Ich meinte, die *Atmosphäre* ist wunderbar. So düster und unheimlich. Und das Licht, speziell zu dieser Tageszeit – wie die untergehende Sonne durch die Wolken bricht und lange Schatten über die Landschaft zieht, als wolle Gorewood Castle seine langen dunklen Finger bis hinab ins Tal ausstrecken." Während sie sprach, flog ein Schwarm Krähen krächzend vom Nordturm auf. „Und da sind auch schon die Geister der Finsternis."

„Das Atmosphärische überlasse ich dir", sagte er. „Ich hatte für heute genug Atmosphäre. Den ganzen Tag nichts als Regen."

Ein kurzer, dunkler Regentag nach dem anderen, unterbrochen nur von langen, dunklen, verregneten Nächten. Und alldieweil hatte er sich gefragt, was er verbrochen habe, um hierher verbannt zu werden. Wenn nur jemand da wäre, mit dem er reden könnte – und dabei hatte er *nicht* an sie gedacht, sondern an jemanden, der *vernünftig* war. Doch nun war sie da, strahlend wie ein ägyptischer Morgen, und traktierte sein Herz in schmerzlicher und zugleich erhebender Weise.

„Die Atmosphäre ist perfekt", schloss sie. „Das passende Szenario für eine Schauergeschichte wie *Frankenstein* oder *Der Mönch*."

„Wenn du das unter Perfektion verstehst, wird dich das Innere der Burg in Entzücken versetzen", meinte er. „Es ist feucht, düster und kalt. Einige der Fenster sind kaputt, durch das morsche Mauerwerk pfeift der Wind, weshalb es aus allen Ecken ganz schauerlich pfeift und heult."

Sie trat näher und schaute ihn unter der Krempe ihres Hutungetüms hervor an. „Ich kann es kaum erwarten", sagte sie. „Zeig es mir – jetzt gleich, wo es noch hell ist."

Olivia war hingerissen, das wohl. Doch war ihr nicht entgangen, in welch marodem Zustand sich beispielsweise das Burgtor befand, als ihr Tross aus Karren, Kutschen und Fuhrwerken darunter hindurchgefahren war. Eigentlich hätte sie Lisle dort erwartet. Sie hatte sich ausgemalt, wie er schon eine ganze Weile neben dem ebenfalls ziemlich maroden, doch gerade dadurch pittoresken Torhaus gestanden und ungeduldig nach ihr Ausschau gehalten hätte. Wenn er sie dann gesichtet hätte, wäre er ihr entgegengelaufen und … nun ja, er hätte wohl kaum die Arme ausgebreitet. Aber sie hatte zumindest erwartet, dass er sie am Torhaus begrüßen würde, wie es sich für den Burgherrn gehörte.

Stattdessen war er dann wie aus dem Nichts aufgetaucht, genau an der Stelle, wo die untergehende Sonne sein blondes Haar ganz vorteilhaft beschien, als er seinen Hut gelüftet und sich verbeugt hatte. Die Sonne hatte golden glänzende Strähnen in sein

Haar gezaubert und ließ das von den Gespannen aufgewirbelte Stroh und den Straßenstaub wie goldene Funken um ihn wirbeln.

Es war sehr enervierend, dass er so plötzlich aufgetaucht war, noch dazu wie mit Gold übergossen – als wäre er eine mittelalterliche Märchengestalt. Einen kurzen Moment lang hatte sie sich ausgemalt, wie er auf einem weißen Ross einhergeprescht käme und mit ihr auf und davon …

Doch wohin? Nach Ägypten. Natürlich. Wohin sonst? Wo er sie sogleich in den Sand plumpsen ließe und sie vergessen würde, kaum dass sein Blick auf eine morsche, müffelnde Mumie fiele.

Aber so war er eben. Er konnte nicht anders, ebenso wenig wie sie anders konnte. Und er war ihr bester Freund.

Und ihr Freund, so stellte sie bei genauerer Betrachtung fest, hatte dunkle Ringe unter den Augen. Seine Hutkrempe warf einen Schatten auf sein Gesicht, sodass es nicht gleich auffiel, doch die Erschöpfung stand ihm deutlich ins Gesicht geschrieben.

Unglücklich sah er zudem aus. Er trug es mit Gleichmut und hielt sich wacker, aber aus seiner Stimme hörte sie heraus und sah es seinen Bewegungen an, dass er sehr entschlossen, doch ohne alle Leidenschaft bei der Sache war.

Sie sagte indes nichts, hörte ihm nur zu, in seiner pedantischen Art, und so gelangten sie schließlich durch das Haupttor in den von Unkraut überwucherten Burghof.

Die Schildmauern waren schadhaft und im Verfall begriffen, aber die Stallungen beispielsweise schienen noch funktionsfähig. Alles in allem befand sich Gorewood Castle längst nicht in so ruinösem Zustand, wie die Athertons es dargestellt hatten. Was an sich keine Überraschung war, da es a) die Darstellung der Athertons war und b) sowohl Olivia als auch Lisle begriffen hatten, dass die Instandsetzung der Burg nur Mittel zum Zweck sein sollte.

Sie kamen zu einer Treppe, die zu einer Tür in vielleicht dreißig Fuß Höhe hinaufführte.

„So gelangt man ins Hauptgeschoss“, sagte er. „Früher musste man eine Zugbrücke überqueren und unter einem Fallgatter hindurch, die beide nicht mehr intakt sind. Als im vorigen Jahrhundert größere Umbauten vorgenommen wurden, muss einer meiner Ahnen sich gedacht haben, dass eine Freitreppe praktischer wäre. Eine weise Entscheidung, wie ich finde. Zugbrücke und Fallgatter sind dieser Tage kaum noch von Nutzen und sehr aufwändig zu unterhalten."

Obwohl beides verschwunden war, konnte sie sich Zugbrücke und Fallgatter sehr lebhaft vorstellen. Sie malte sich aus, wie die Burg einst ausgesehen hatte, als die Festungsanlagen noch intakt waren und Ritter am Torhaus und auf den Türmen Wache gehalten hatten.

Bevor sie den Fuß auf die erste Stufe der auch schon reichlich ramponierten Treppe setzen konnte, berührte er kurz ihre Hand und hielt sie zurück. Wäre er der romantische Held ihrer Vorstellung gewesen, würde er sie jetzt in seine Arme gezogen und ihr gesagt haben, wie sehr sie ihm gefehlt hatte.

Sehr zu ihrem Verdruss hatte er ihr nämlich gefehlt. Wie sie sich gewünscht hatte, Edinburgh mit ihm zusammen zu erkunden! Selbst er wäre von der Schönheit der Stadt hingerissen gewesen. Selbst er hätte zugeben müssen, dass es ganz anders war als London, einzigartig, fast wie eine andere Welt.

Doch seine behandschuhte Hand hatte kaum die ihre berührt, als er sie auch schon wieder zurückzog, um auf eine schmale Tür zu deuten, von Unkraut zugewuchert, der Zugang von herabgefallenem Mauerwerk versperrt.

„Hier kommt man zum Sockelgeschoss", sagte er. „Im Haupthaus umfasst es drei Räume. Massive Gewölbedecken. Im Südflügel ist ein Brunnenraum. Ich habe euch übrigens im Südflügel einquartieren lassen, wo es etwas wärmer und sonniger ist. Die Harpyien haben die beiden unteren Zimmer, da die Treppen ihr Tod wären."

Sie sah an der Fassade des Turmhauses hinauf, das sich, wenn man so dicht davor stand, hoch bis in den Himmel zu recken schien. Innen würde es schmale, steile Wendeltreppen geben. Und stockdunkel sein. Was einst durchaus seinen Sinn gehabt hatte: Jeder Feind, der es durch die äußere Befestigung geschafft hatte, könnte sich auch im Innern der Burg jederzeit mit Leichtigkeit das Genick brechen.

„Zugbrücke und Fallgatter wären romantischer gewesen", sagte sie, als sie die unromantische Freitreppe hinaufging.

„Könnte ein echtes Burgverlies es wieder wettmachen?", fragte er. „Unter dem Nordturm gibt es eines. Finster, feucht und schaurig."

„Wer weiß, wozu man es noch brauchen kann", meinte sie.

„Derzeit ist er außer Betrieb", sagte er. „Außer dem Brunnenraum befinden sich alle Kellerräume in ruinösem Zustand. Eine der Treppen, die vom Hauptgeschoss nach unten führt, ist fast ganz zerstört worden. Aber nach einer ersten Bestandsaufnahme scheint dies auch schon das schlimmste Ausmaß an Verwüstung zu sein."

Oben angelangt, wurde die Tür von einem Bediensteten geöffnet, und Olivia trat in einen schmalen Gang, der in den großen Hauptsaal führte. Dort blieb sie wie angewurzelt stehen und sah sich staunend um.

„Mir ging es genauso", bemerkte Lisle hinter ihr. „Wenn man meine Eltern so gehört hat, hätte man meinen können, dass Bäume in den Kaminen wachsen und Vögel auf der Empore nisten würden."

Natürlich hatte sie sich schon gedacht, dass seine Eltern übertrieben hatten. Sie übertrieben immer alles. Sie konnten gar nicht anders. Dennoch – *das* hatte sie nicht erwartet.

Säle wie diesen hatte sie schon einige gesehen. Doch die meisten waren reich möbliert und boten allen modernen Komfort. Man sah ihnen ihren mittelalterlichen Ursprung nicht mehr an.

Ganz anders hier. Hoch oben spannte sich eine Kreuzgewölbedecke. Am gegenüberliegenden Ende des weiträumigen Saals brannte ein Feuer in einem riesigen, mannshohen Kamin. Zu beiden Seiten standen in geräumigen Wandnischen Kerzen in Eisenleuchtern.

Es war ein prächtiger Raum. Obwohl fast leer, schien ihr alles so, wie es wohl vor Jahrhunderten gewesen war, als Maria Stuart hier zu Besuch weilte.

So, dachte sie, musste Lisle sich gefühlt haben, als er zum ersten Mal in einem antiken Tempel gestanden hatte: als wäre man in eine andere, längst vergangene Welt getreten.

Wie von fern nahm sie die Dienstboten wahr, die geschäftig in den Saal huschten, sich nebeneinander aufreihten, abwarteten, und Olivia war sich undeutlich bewusst, dass sie nun Anweisungen hätte geben müssen, doch war sie gerade viel zu sehr von ihrer neuen Umgebung fasziniert, als sich um derlei Alltäglichkeiten kümmern zu wollen.

„Der Saal misst fünfundfünfzig Fuß in der Länge und fünfundzwanzig Fuß in der Breite“, begann Lisle hinter ihr zu dozieren. „Dreißig Fuß vom Boden bis zum höchsten Punkt des Deckengewölbes. Die Empore scheint im letzten Jahrhundert erneuert worden zu sein. Darunter befand sich früher ein vertäfelter Gang. Ich bin noch unschlüssig, ob wir ihn wiederherstellen sollen.“

Sie drehte sich zu ihm um. „Ich finde es herrlich“, sagte sie.

„Freut mich, dass es dir gefällt“, meinte er. „Ich hoffe, du kannst diese Herrlichkeit auch den Dienstboten vermitteln. Sie wirken etwas verzagt.“

„Das werde ich“, versicherte sie ihm eifrig. Und sie wusste auch schon ganz genau, was zu tun war. Deshalb war sie ja hergekommen. Um eine Burg in altem Glanz aufblühen zu lassen und ein Dorf zu neuem Leben zu erwecken. Um etwas *Sinnvolles* zu tun.

Und so wandte sie sich den tadellos in Reih und Glied stehenden Dienstboten zu, die in der Tat nicht gerade glücklich wirkten. Seltsamerweise schienen jene, die schon einige Tage hier waren, nicht minder verzagt als jene, die eben erst eingetroffen waren. Wahrscheinlich hatte Lisle sein Bestes gegeben, sie bei Laune zu halten, doch durfte man nicht vergessen, dass es Londoner Dienstboten waren. Gorewood musste ihnen vorkommen, als wären sie im Mittelalter gelandet.

Olivia straffte die Schultern – nicht sichtlich, doch im Geiste. Nichts leichter als das, sagte sie sich. Sie würde es schon schaffen, und je eher sie sich an die Arbeit machte, desto eher wäre es geschafft.

Dann könnte er zurückkehren zu seiner einzig wahren Liebe und sie …

Himmelherrgott, sie war schließlich erst zweiundzwanzig! Da sollte noch reichlich Zeit bleiben, *ihre* einzig wahre Liebe zu finden.

Die Aussichten standen nicht gerade gut, aber sie hatte es schon immer verstanden, aus schlechten Aussichten das Beste zu machen.

Man sehe sich nur mal an, wie weit sie es gebracht hatte seit jenem Tag, an dem sie Lisle das erste Mal begegnet war. Und jetzt war sie sogar ein richtiges Burgfräulein, denn sie hatte auf einmal eine Burg, auf der sie schalten und walten konnte, wie es ihr beliebte – natürlich war es genau genommen nicht *ihre* Burg, und es war auch nicht *für immer*, aber da sie schon immer für den Augenblick gelebt hatte, sollte es genügen. Vorerst.

Eine Stunde später

Lisle wusste, dass Olivia ein kleines Chamäleon war. Nicht nur Stimmen und Dialekte konnte sie perfekt nachahmen, sondern auch persönliche Eigenarten und Verhaltensweisen. Er hatte erlebt, wie sie sich mühelos unter Straßenkindern, Pfandleihern und fahrenden Händlern zurechtgefunden hatte. Warum sollte sie nicht ebenso selbstverständlich die Rolle der Burgherrin übernehmen können?

Dennoch sah er es mit einer gewissen Bestürzung, als sie kurz nach ihrer Ankunft ihren albernen Hut abnahm und sich in Lady Hargate, ihre Stiefgroßmutter, verwandelte. Die romantisch verzückte Olivia, die eben noch in atemloser Ergriffenheit zum Burghügel hinaufgeblickt hatte, war mit einmal die Ruhe und Erhabenheit in Person. Kühl und knapp übernahm sie das Zepter und erteilte den Dienstboten Anweisungen.

Dringlichstes Anliegen sei es, den großen Saal wohnlich einzurichten, da sie dort die meiste Zeit verbringen würden. In weiser Voraussicht hatte Nichols bereits gründlich reinemachen lassen. Nachdem Olivia sich vom Erfolg dieser Aktion überzeugt hatte, begann sie mit Nichols die Aufstellung des Mobiliars zu besprechen.

Als Lisle gewahr wurde, dass er sie in derselben Manier betrachtete, wie er die balsamierte Gewandung einer Mumie zu betrachten pflegte – will sagen mit stiller Faszination –, wandte er sich ab und verließ eiligst den Saal.

Er ging auf sein Zimmer und erteilte sich eine umfassende und der Logik verpflichtete Lektion über faszinierende Frauen, die sich jäh in Wüstenstürme verwandelten. Dann suchte er seine Pläne und Skizzen zusammen und kehrte zu ihr zurück.

Als er ihr die Unterlagen reichte, gab er sich kühl und sachlich: „Ich dachte mir, es könnte hilfreich sein, wenn du dir einen ersten Überblick über Grundriss und Anlage von Gorewood Castle verschaffst."

Sie breitete die Papiere auf dem großen Tisch aus, den die Dienstboten in die Mitte des Saals geschleppt hatten. Eine Weile versenkte sich sich stumm darin, und das Kerzenlicht und der Schein des Kaminfeuers tanzten in den roten Locken, die Bailey in recht wunderlicher Manier aufgesteckt hatte.

„Oh, Lisle, das ist brillant!", meinte sie schließlich.

Wie es sich wohl anfühlen würde, eine dieser Locken um den kleinen Finger zu wickeln?

„Ich hatte mir aus Edinburgh einige der Bücher und Aufzeichnungen deines Cousins Frederick Dalmay mitgebracht", fuhr sie fort. „Unter ihnen befanden sich auch ein paar Zeichnungen und Pläne, aber längst nicht so detailgenau und ausführlich wie diese hier."

„Es ist meist das Erste, was ich mache, wenn ich es mit einem unbekannten Bauwerk zu tun habe", sagte er. „Und irgendetwas musste ich ja tun. Der dauernde Regen hat mein Tätigkeitsfeld doch sehr begrenzt."

„In Edinburgh hat es auch geregnet. Jeden Tag – zumindest ein bisschen", sagte sie gedankenverloren. Noch immer schien sie ganz in seine Zeichnungen, Pläne und Notizen versunken.

„Hier hat es jeden Tag mehr als nur *ein bisschen* geregnet", stellte er klar. „In Coldstream, unserem ersten Halt hinter Alnwick, fing es an. Als wollte der Ort seinem Namen alle Ehre machen, wurden wir von einem eiskalten Regenguss empfangen, was wahrscheinlich die schottische Art von Humor ist. Und so ging es gerade weiter. Nichols und ich waren bis auf die Knochen durchnässt, als wir endlich auf Gorewood ankamen. Erst gestern hat es ein wenig aufgeklart. Welch ein Glück, dass im Haus mehr als genug zu tun ist."

Natürlich hatte er mit dem Zeichnen und Vermessen auch seine frei flottierenden Gedanken in Schach halten wollen. Was nicht ganz so gut funktioniert hatte.

„Machst du das in Ägypten auch so?", fragte sie.

„Ja. Sowie wir das Bauwerk freigelegt haben."

„Deine Zeichnungen sind sehr schön", stellte sie fest.

Er betrachtete die auf dem Tisch ausgebreiteten Papiere, dann ihr Gesicht.

Die wunderbare Farbe ihrer Wangen, dieses rosige Leuchten. Es schien von innen zu kommen, doch vielleicht verstärkten Kaminfeuer und Kerzenschein diesen Eindruck auch nur. Selbst am helllichten Tag drang nicht viel Licht durch die in die dicken Mauern eingelassenen schmalen Fenster. Zumal es hier oben kaum helllichte Tage zu geben schien.

„Ich meine das ganz im Ernst und will dir auch nicht schmeicheln", fuhr sie fort. „Du kannst wirklich hervorragend zeichnen."

Sie sahen einander kurz an und lächelten, womit alles gesagt war, wie er fand. Vermutlich dachten sie beide dasselbe: „Du *kannst* ja überhaupt nicht zeichnen!", hatte sie an jenem Tag zu ihm gesagt, da sie sich das erste Mal begegnet waren.

„Nur ein Jahrzehnt hat es gebraucht, um von ‚abscheulich' zu ‚hervorragend' befördert zu werden", stellte er fest.

Sie wandte sich wieder der Zeichnung zu. Sein Blick folgte ihrem schlanken Finger, der langsam die Umrisse des großen Schlafgemachs nachzeichnete.

„Es macht doch alles gleich viel einfacher", meinte sie.

Tat es das wirklich? War nicht alles viel komplizierter geworden? Ihr schlanker, anmutiger Finger, ihre feingliedrige Hand, ihre Haut, die im schummrig schimmernden Licht zu glühen schien, das Lächeln über eine gemeinsame Erinnerung.

Er wich einen Schritt zurück – ehe er noch in Versuchung geriet, sie zu berühren. „Es dürfte es uns erleichtern, bei der Renovierung Prioritäten zu setzen", sagte er. „Falls es uns jemals gelingen sollte, hier die nötigen Arbeiter aufzutreiben, weiß ich zumindest schon, wo wir anfangen und was getan werden soll."

„Deshalb warst du heute im Dorf", überlegte sie laut.

„Was herzlich wenig gebracht hat", sagte er.

„Nicht zu fassen, dass du bei den Dorfbewohnern keinen Erfolg hattest", meinte sie. „Wo du doch in Ägypten ganze Trupps von Arbeitern verpflichtest."

„Das kann man nicht vergleichen", sagte er. „Dort kann ich mich zumindest verständigen und ich kenne die Mentalität der Menschen. Die Schotten sind mir fremd. Zudem habe ich den Verdacht, dass die Einwohner von Gorewood sich dümmer stellen, als sie sind. Jede Wette, dass sie absichtlich einen solchen Kauderwelsch sprechen, damit ich nur ja kein Wort verstehe."

„Sehr mysteriös", fand sie. „Wir müssen der Sache auf den Grund gehen. Sie scheinen ein Problem mit Gorewood Castle zu haben. Du bist der Sohn des Burgherrn. Da sollte man eigentlich meinen, dass sie dir ihre Sorgen und Nöte anvertrauen würden."

„Vielleicht wirke ich ja nicht besonders vertrauenswürdig."

„Unsinn", tat sie seinen Einwand ab. „Du musst dich einfach

nur zeigen und ihr Vertrauen *wecken*. Aber immer schön der Reihe nach. Erst sollten wir uns der Dienstboten annehmen."

„Ja, tut mir leid", sagte er zerknirscht. „Ich hatte nicht vor, den Butler gleich am ersten Tag zu verlieren."

Sie wandte sich von den Zeichnungen ab und widmete ihm nun ihre ungeteilte Aufmerksamkeit.

„Edwards", sagte sie. „Danach wollte ich dich ohnehin fragen, aber Gorewood Castle hat mich so überwältigt, dass ich alles andere vergaß. Doch als ich eben die Dienstboten sah, wirkten sie alle so … so …"

„Am Boden zerstört", schloss er. „Und wer könnte es ihnen verdenken? Wie einst ihre Vorfahren mussten sie hier im Saal auf dem Boden campieren. Ein Wunder, dass nicht längst alle Reißaus genommen haben."

Ihre blauen Augen blitzten auf. „Du meinst, Edwards ist weggelaufen?"

„So hat es den Ansch…"

Ein wilder Schrei, gefolgt von ohrenbetäubendem Krachen, ließ ihn verstummen.

Die Tür zum Küchenkorridor wurde aufgerissen, und das spärliche Küchenpersonal hastete sichtlich verstört in den großen Saal.

Das wilde Gebrüll – es war menschlicher Natur – hielt indes an.

Fassungslos blickte Olivia auf das Küchenmädchen, das sich leise schluchzend unter der Empore verkrochen hatte, dann auf die Tür zum Küchenkorridor, dann auf Lisle.

„Das muss Aillier sein", meinte er. Aillier war der französische Koch, den sie Mama entwendet hatte, damit er sie auf Gorewood verköstigte. „Er war die letzten Tage schon etwas gereizt."

„Gereizt?", wiederholte sie ungläubig.

„Wir haben seit unserer Ankunft von kaltem Braten und Käse gelebt", sagte Lisle. „Er backt kein Brot und weigert sich zu kochen. Der Ofen sei eine Schande, sagt er. Ich würde ihn gern aus dem Fenster werfen, aber er passt nicht durch, sie sind zu schmal.

Was vielleicht gut so ist, denn sonst hätten wir binnen weniger Tage nicht nur den Butler, sondern auch den Koch verloren."

Olivia reckte das Kinn. „Das wollen wir doch mal sehen, ob er nicht durchs Fenster passt", sagte sie im selben ungnädigen Ton, den Lady Hargate angeschlagen hätte. „Kein Brot zu backen, wo gibt es denn so was? Kein Wunder, dass alle so demoralisiert sind."

Erhobenen Hauptes und mit funkelnden Augen rauschte sie gen Küche.

Nichols, der sich mit einem der verschreckten Küchenmädchen unterhalten hatte, war mit einem Satz bei ihr und verstellte ihr den Weg. „Verzeihen Sie, Miss, aber Sie können da nicht reingehen. Es ist zu gefährlich. Mir wurde eben gesagt, dass er ihnen mit dem Hackebeil gedroht hat. Ich würde vorschlagen, dass ich vorgehe und ihn zunächst entwaffne."

Olivia musterte Nichols von oben bis unten. Selbst in einer Ritterrüstung wäre er ein Leichtgewicht gewesen.

„Er ist zäher, als er aussieht", ließ Lisle sich dicht hinter ihr vernehmen – gerade so, als hätte er ihre Gedanken gelesen. „Und stark", raunte er vielsagend. „Erstaunlich ausdauernd – zumindest eilt ihm dieser Ruf bei den Ägypterinnen voraus."

Seine Stimme war zu leise, sein Mund viel zu nah. Sein Atem war warm, kitzelte ihr Ohr und ihren Hals.

Das konnte sie gerade gar nicht gebrauchen.

Männer.

„Danke, Nichols", sagte sie, „aber wir können unmöglich Ihr Leben aufs Spiel setzen." An Lisle gewandt, fügte sie leise hinzu: „Wir dürfen nicht den Anschein erwecken, als ließen wir uns von einem wild gewordenen französischen Koch einschüchtern. Wenn die Dorfbewohner davon erfahren, lachen sie sich tot und wir finden überhaupt keine Arbeiter mehr."

„Tut mir leid, Nichols", sagte Lisle vernehmlich. „Wir können Ihnen nicht den ganzen Spaß überlassen. Miss Carsington und ich kümmern uns schon darum."

Olivia winkte ihn mit herrischer Geste fort.

Nichols trat beiseite.

Hinter der Küchentür brach abermals wildes Gebrüll los.

Olivia gebot Nichols mit funkelndem Blick Einhalt, dann riss sie die Tür auf und stürzte sich in die Höhle des Löwen.

Olivia versuchte, ihm in dem schmalen Korridor vorauszueilen, aber Lisle schnappte sie sich, hob sie kurzerhand hoch und setzte sie hinter sich wieder ab. Letzteres – sie wieder loszulassen – war längst nicht so einfach, wie man vielleicht meinen mochte. Zwar war sie leichter als gedacht – die weiten, gerüschten Röcke und gebauschten Ärmel trogen das Auge –, doch ihre Kleider raschelten so verlockend wie seidene Laken. Was ihn naturgemäß auf abwegige Gedanken brachte und ihm ihre schmalen Füße in Erinnerung rief, ihre schlanken, anmutigen Finger, ihre seidig glatte Haut ...

Alle Träume und Fantasien, die er sich so streng versagt hatte, spukten ihm auf einmal durch den Kopf. Natürlich verscheuchte er sie sogleich wieder.

„Du kannst gern das Reden übernehmen“, sagte er. „Aber ich werde zuerst hineingehen und die Lage auf tödliche Geschosse hin sondieren.“

„Sei nicht dumm“, erwiderte sie. „Glaubst du, ich wüsste nicht mit einem *Koch* umzuspringen?“ Mit spitzen Ellenbogen stieß sie ihn aus dem Weg und stob an ihm vorbei in die Küche. Leise fluchend setzte Lisle ihr nach.

Ein Blick über ihre Schulter zeigte ihm einen rotgesichtigen Aillier, der furios das Hackebeil schwang. Da der erzürnte Koch sechs Fuß groß und drei Fuß breit und zudem von einer Vielzahl blank gewetzter Messer umgeben war, ließ sich leicht nachvollziehen, warum das Küchenpersonal angesichts seines Wutausbruchs schleunigst das Weite gesucht hatte.

Lisle hatte ihn ja schon von draußen toben hören. Bei näherem Hinhören stellte sich heraus, dass der Koch gleich in drei Sprachen tobte, doch praktisch lief es auf Folgendes hinaus: „Diese Küche! Welch ein Loch! Sie primitiv zu nennen wäre noch zu viel des Lobes! Eine Höhle ist es! Eine verdammte Höhle. Für Barbaren und Tiere. Niemand kann von mir erwarten, dass ich – ich! – in einer barbarischen Höhle koche!“

Als Olivia hereingerauscht kam, hielt der Koch inne. Der Mund stand ihm offen, das Hackebeil verharrte auf halber Höhe.

„Lassen Sie sich nicht stören“, meinte sie. „Was haben Sie da eben gesagt?“

Aillier fasste sich rasch wieder. „Es ist nicht auszuhalten, Mademoiselle!“, rief er. „Wir sind von Barbaren umzingelt. Diese Dorfbewohner … das sind Wilde! So unwissend! Wie soll ich Ihnen verständlich machen, was ich brauche? Sie sprechen weder Englisch noch Französisch. Kein Deutsch oder Italienisch. Sie klingen wie die Tiere, ein einziges Grunzen und kehliges Gurgeln.“

„Das sagt der Richtige“, murmelte Lisle.

„Verstehe“, meinte Olivia. „Die Dorfbewohner sind Ihrer unwürdig. Und weiter?“

Aillier fuchtelte mit dem Hackebeil herum, zeigte erst auf den Ofen, dann auf die riesige Feuerstelle – die sogar ihn klein erscheinen ließ –, den Spülstein und den Ausguss, die Pfannen und Töpfe, die sich auf dem alten Küchentisch stapelten.

„Von mir – mir, Aillier! – zu erwarten, dass ich an einem solchen Ort koche! Es grenzt an Folter!“, brüllte er, wenngleich nicht mehr mit gar so viel Überzeugung wie zuvor. „Es ist grausam, einem Künstler so etwas – diese *Höhle* – zuzumuten. Das werde ich mir nicht bieten lassen.“

Sehr bedächtig ließ Olivia ihren Blick durch die Küche schweifen.

Die Küche erstreckte sich über das gesamte Sockelgeschoss des Nordflügels. Selbst wenn man die Dicke der Wände und die Größe der Herdstelle abzog, blieb immer noch beachtlich viel Platz. Zugegeben: Vor einem der drei großen Fenster hatte man den Ofen eingebaut. Dennoch war es hier selbst an regnerischen Tagen – also eigentlich immer – heller als in den meisten anderen Küchen, die Lisle so zu Gesicht bekommen hatte. In vielen englischen Herrenhäusern hatte man die Küchenräume gar unter die Erde verbannt. Das war auf Gorewood Castle dem Burgverlies vorbehalten.

„Ich finde es ehrlich gesagt ziemlich beeindruckend", bemerkte er.

Niemand schenkte ihm Beachtung.

„Wir foltern hier niemanden", ließ Olivia Aillier wissen. „Folter muss warten, bis das Burgverlies wieder instand gesetzt ist. Zugegeben, wir arbeiten unter ein wenig erschwerten Bedingungen. Aber das ist keine Folter, sondern eine Herausforderung. Ein guter Koch sollte überall kochen können. Gewiss erinnern Sie sich an die Aufgabe, die Talleyrand dem Meisterkoch Carême gestellt hat? Ein Jahr lang sollte er ihn bekochen und keine einzige Mahlzeit dürfe sich wiederholen, zudem sollten nur Zutaten verwendet werden, die Saison hatten und von den eigenen Ländereien stammten. *Das* nenne ich eine Herausforderung. Aber wenn Sie sich Ihrer Arbeit nicht gewachsen fühlen … Nun, da kann man wohl nichts machen. Wenn Sie hier überfordert sind …"

„Ich? *Überfordert?*"

„Bitte bedenke, dass der Bursche noch immer das Hackebeil in der Hand hat", raunte Lisle ihr zu.

„Wenn Sie das Handtuch werfen wollen, Monsieur Aillier", fuhr sie unbeeindruckt fort, „dann tun Sie es einfach und machen hier nicht so ein Theater. Eine der Frauen aus dem Dorf kann uns verköstigen, bis ich einen richtigen Koch aus London habe schicken lassen. Diesmal vielleicht einen Italiener. Es heißt, sie seien *absolut furchtlos* und nicht so leicht unterzukriegen."

Nachdem sie diese Breitseite abgefeuert hatte, drehte sie sich um und rauschte wieder hinaus, die Contenance in Person.

Lisle rührte sich nicht. Einen Moment lang stand er einfach nur da und starrte ihr hinterher. Dann sah er Aillier an, der gleichfalls starrte, mit offenem Mund, das Gesicht von unschön rotvioletter Farbe.

Lisle machte sich auf alles gefasst. Doch statt eines neuen Tobsuchtsanfalls ließ der Koch das Hackebeil langsam sinken.

Vorsichtig wich Lisle in den Korridor zurück. Zwar flogen keine Messer, aber die plötzliche Stille in der Küche war fast noch unheimlicher.

Doch dann war auf einmal wieder Ailliers Stimme zu vernehmen: leise brummelnde Verwünschungen italienischer Köche und ungenießbarer Soßen. Es folgte lautes Geschepper von Töpfen und Pfannen.

Lisle war schon fast wieder bei der Tür zum großen Saal angelangt, wo Olivia auf ihn wartete, als es ihn auf einmal überkam. Er sah es noch einmal vor sich, sehr lebhaft und anschaulich: der bullige Aillier, wie er das Hackebeil schwang, Olivia, die neben seiner Leibesfülle fast verschwand, mit ihren bauschigen Ärmeln und den ausladenden Röcken, die Haare zu albernen Korkenzieherlocken gedreht. Olivia, wie sie das Kinn reckte und den Koloss von Koch auf Normalgröße zurechtstutzte. Der Ausdruck auf Ailliers Gesicht. Und der auf Olivias erst.

Mein Gott. *Mein Gott.* Olivia.

Olivia erstarrte, als sie den Laut hörte. Als würde jemand erdrosselt, dachte sie zuerst. Aillier. War er hinaus auf den Korridor gesprungen? Hatte er Lisle an der Gurgel? Mit wild galoppierendem Herzen fuhr sie herum.

Doch was sie im Dämmerlicht des Korridors sah, war Lisle, wie er an der Wand lehnte, sich krümmte und sich den Bauch hielt …

Lachend.

Sie marschierte zu ihm. „Doch nicht hier, du Idiot“, zischte sie. „Er kann dich hören.“

Aillier führte zwar noch immer Selbstgespräche, schlug Pfannen und Töpfe zusammen, aber sie standen nur ein paar Schritte von der Küche entfernt.

Lisle sah sie an, presste die Lippen zusammen – und platzte abermals heraus.

Sie packte ihn beim Arm und zerrte ihn zur Tür. Zunächst folgte er ihr, doch dann ließ er sich wieder an die Wand sinken und schlug sich die Hand vor den Mund.

„Lisle“, sagte sie.

„Du“, brachte er heraus, ehe er erneut losprustete.

„Lisle“, sagte sie.

„Das war so … witzig. Du. Er.“

„Pass auf, du wirst dir noch wehtun.“

„Du“, sagte er. „Gegen ihn.“ Und wieder lachte er los.

Ihr blieb nur abzuwarten, ihn anzusehen und sich zu wundern. Als sie hier eingetroffen war, hatte er so erschöpft und resigniert gewirkt. Und nun …

Er zog sein Taschentuch hervor und wischte sich die Augen. „Tut mir leid“, sagte er.

„Du bist überreizt“, stellte sie fest.

„Ja“, sagte er. „Das wird es sein.“

Er stieß sich von der Wand ab. Und brach abermals in Gelächter aus. Und lachte. Und lachte. Sie stand wie gebannt, lächelte hilflos, während sich in ihr alles drehte und wirbelte wie der golden schimmernde Straßenstaub, der um ihn her getanzt hatte. Sie spürte, wie etwas wegbrach, wie sie fiel und immer weiter fiel – weil er lachte und weil sein Lachen so übermütig und freudvoll klang und sie unmöglich ihr Herz davor verschließen konnte.

Dann beruhigte er sich, wischte sich noch einmal die Augen und meinte: „Tut mir leid. Ich weiß auch nicht, was … Also wirklich, Olivia, du bist einfach unglaublich.“

Er nahm ihre Hand – um sie zurück in den Saal zu führen, dachte sie.

Doch ehe sie es sich versah, lehnte sie an der Wand, in der Ecke bei der Tür, und er hielt ihr Gesicht mit den Händen umfasst, und sie kostete sein Lachen, als sein Mund sich auf ihren senkte.

11. KAPITEL

Sie war wunderbar. Eigentlich hatte er ihr das nur sagen wollen.

So hatte Lisle sich das gedacht.

Aber dann hoben sich seine Hände wie von allein, und ehe er es sich versah, hatte er ihr Gesicht umfasst und hätte sagen wollen: „Wie konnte ich das nur vergessen? Diese Seite an dir war mir gar nicht mehr bewusst."

Er hatte vergessen, was für ein wunderbares, einzigartiges Mädchen sie gewesen war, zu allem bereit und *absolut furchtlos*. Doch dann war ihm ihre Schönheit in die Quere gekommen, hatte ihm den Blick verstellt, sodass er Olivia nicht mehr hatte sehen können, wie sie wirklich war.

Aber sie war beides: die schöne Frau und das wunderbare, unerschrockene Mädchen. Er schaute in ihre großen blauen Augen, deren Farbe er im dunklen Korridor kaum ausmachen konnte, aber das brauchte er auch nicht, hatte es sich ihm doch ins Gedächtnis gebrannt: jenes unglaubliche Blau, das ihn bei ihrer ersten Begegnung so fassungslos gemacht hatte.

Und dann ihr Mund, weich, sinnlich und in leichtem Erstaunen geöffnet – kaum eine Handbreit von seinem entfernt. Und dann küsste er sie.

Er spürte, wie sie erstarrte. Wie sie die Hände an seine Brust legte.

Ja, stoß mich weg, das wäre das Beste. Oder nein, tu es nicht, noch nicht.

Ihre weichen Lippen und der Duft ihrer Haut, so warm und so nah: Das würde er so schnell nicht wieder hergeben. *Noch nicht.*

Sie stieß ihn nicht fort. Die Starre schmolz dahin, und sie wurde weich und nachgiebig, schmiegte sich in seine Arme, ließ ihre Hände zu seinen Schultern wandern. Jäh erwiderte sie seinen Kuss, rasch, leidenschaftlich. Und da war er wieder, jener betörende Geschmack, den er zu vergessen versucht hatte. Als würde man in eine saftige, süße Kirsche beißen. Ein wahrhaft göttlicher Moment, der einen alles vergessen ließ, wovon man je gekostet hatte. Es musste eine Kirsche gewesen sein, mit der Eva Adam verführt hatte. Welche andere Frucht schmeckte so sündhaft gut?

Alles war vergessen – alle guten Vorsätze, alles Gewissen, alle Weisheit. Und was blieb, wenn all das fort war?

Er hatte sie vermisst.

Und nun war sie in seinen Armen, das Mädchen, das er so sehr vermisst hatte, und die Frau, die sie geworden war. Das menschliche Chamäleon, das er so lange schon kannte. Eben noch so furchtlos und entschlossen, nun so warm, so weich und nachgiebig. Auch er gab sich hin, der kirschsüßen Sünde und dem Duft ihrer Haut und dem feinen Blumenhauch, der aus ihrem Haar, ihren Kleidern aufstieg. Ihr Duft berauschte ihn und benebelte ihm den Verstand wie Opiumrauch.

Doch noch etwas regte sich dort, wenngleich ganz schwach. Ein dunkler Schatten. Eine warnende Stimme: *Genug. Hör auf. Du weißt es besser.*

Noch nicht.

Ihre Finger fuhren in sein Haar, eine zärtliche Geste, die ihn tief berührte, jene Leere in seinem Herzen fand, die er sorgsam versteckt hielt, wo er all jene unmöglichen Wünsche und Sehnsüchte verbarg. Er verzehrte sich, er wusste kaum wonach. Es war kein rein animalischer Trieb, was einfach und offensichtlich gewesen wäre. Aber einen solchen hätte er erkannt. Das hier war ihm gänzlich unvertraut.

Nur eines wusste er: Er wollte *mehr* davon.

Nur wovon?

Er ließ seine Hände an ihren Schultern und Armen hinabgleiten. Dann zog er sie an sich, noch immer auf der Suche nach dem mysteriösen *Mehr*, und vertiefte den Kuss.

Sie gab ihm nach, wie der Wüstensand unter seinen Schritten nachgab, sank dahin, derweil sie einander immer tiefer zogen. Furchtlos war sie, forderte ihn heraus, wie sie es schon immer getan hatte, erwiderte sein suchendes Drängen.

Auch sie wusste nicht, wonach sie suchte. Er spürte, dass dies für sie ebenfalls unbekanntes Territorium war. Obwohl beide keineswegs unschuldig, betraten sie hier doch beide Neuland.

Und die Mauern, die sie hochgezogen hatten, um ihre Freundschaft zu bewahren, begannen zu bröckeln, wurden zu Sand, der leicht fortwehte.

Er packte ihren Hintern und zog sie an sich. Sie rieb sich an ihm, unerträglich aufreizend. Rastlos ließ er seine Hände über ihre Brüste wandern, doch überall waren ihm Kleider im Weg, und das nicht zu knapp. Es war zum Verrücktwerden.

Er raffte ihre Röcke, zog sie hoch und höher, doch es wollte gar kein Ende nehmen – ellenlang nur Röcke und Unterröcke und was nicht noch alles. Er zog und zog, und der Stoff raschelte so laut, dass man es gewiss bis in die Halle hören musste. Als würden ihre Röcken sich ihm widersetzen wollen.

Sie selbst hingegen widersetzte sich nicht. Stumm drängte sie ihn weiter, lockte und verlangte, bewegte sich an ihm und nahm nicht einen Moment den Mund von seinem. Ihre Zungen, die eben noch miteinander gespielt und sich geneckt hatten, begannen ein Stoßen und Stechen, wie ein Vorspiel der Vereinigung.

Dann endlich hatte er sich durch die Fülle ihrer Röcke gewühlt, und seine Finger streiften den Saum ihrer Strümpfe, seine Fingerspitzen ertasteten Haut, samtweiche Frauenhaut. Er ließ seine Finger weiter aufwärts wandern, zwischen ihre Beine, wo es noch wärmer und weicher wurde. Sie keuchte auf, und er schrak zusammen wie ein dummer Junge, den man bei einer Missetat erwischt hatte.

Dann fuhr sie mit der Hand über seine Hosenfront.

Nun war er es, dem der Atem stockte. Im selben Augenblick wurde er indes eines Höllenlärms gewahr. Metall schepperte auf Metall, laut und gar nicht fern. Ziemlich nah sogar.

Die Küche. Aillier, der sein Temperament an den Töpfen ausließ.

Hätte einer der Töpfe Lisle am Kopf getroffen, wäre die Wirkung durchschlagender gewesen, doch auch so war sie hinreichend. Es genügte, ihn zurück in die Welt zu holen, in den Küchenkorridor, und sich bewusst zu machen, was er hier eigentlich tat. Sein Verstand – zumindest ein Teil davon – nahm seine Arbeit wieder auf. Lisle riss sich von ihr los, straffte die Schultern und wich ein wenig zurück.

Sie sah ihn an, den Kopf an die Wand gelehnt, die Augen groß und dunkel, die Finger noch immer an seiner sich spannenden Hosenfront.

Jäh zog sie ihre Hand zurück.

Mit leisem Bedauern sah er an sich hinab, blickte töricht dorthin, wo eben noch ihre Hand gewesen war. Dann ließ er von ihren Röcken ab, die sich mit lautem Geraschel wieder um ihre Hüften und Beine legten.

„Lisle", sagte sie.

„Das war nicht meine Absicht", sagte er mit schwerer Stimme. *Idiot.* „Ich wollte eigentlich nur ..." Ja, was? Da musste er erstmal nachdenken.

Vielleicht wäre es hilfreich, den Kopf kräftig gegen die Wand zu schlagen.

„Was du da drinnen gemacht hast", begann er. „Das war brillant. Aber ... mein Gott."

Sie trat beiseite und strich über ihre Röcke. Ihre Kleider waren herrlich derangiert. Köstlich. Schrecklich. Was hatte er nur getan?

„Es war der Übermut des Augenblicks", sagte sie. „Wir haben uns hinreißen lassen. Wir waren aufgewühlt, weil wir eben so knapp dem Tode entronnen sind. Das ist ganz natürlich."

„Natürlich", murmelte er. „Natürlich. Die ‚Ich-weiß-nicht-was-in-mich-gefahren-ist'-Entschuldigung. Die ist gut. Doch, das sollte genügen."

Er schien am Boden zerstört.

Olivia wusste auch, warum. Schließlich war er nicht wie sie. Er hatte Prinzipien. Er platzte schier vor Pflichtbewusstsein,

Ehrgefühl und Loyalität – all die erstrebenswerten Eigenschaften, die ihr Stiefvater ihn gelehrt hatte.

Oh ja, das wusste sie wohl.

Sie hingegen … sie brauchte keine Prinzipien, gegen die zu verstoßen ihre Welt auf den Kopf gestellt hätte. *Sooo* nah war sie daran gewesen, ihre Jungfräulichkeit zu verlieren. An *ihn*. Ausgerechnet.

„Es war meine Schuld“, sagte sie. „Du weißt, dass es mir schon immer an Selbstbeherrschung und Moral gemangelt hat. Das ist der Fluch der Ungeheuerlichen DeLuceys. Wir sind alle so, bis auf meine Mutter. Sie schlägt aus der Art.“

„Wir sollten zusehen, dass wir hier rauskommen“, sagte er. „*Sofort.*“

„Das geht nicht“, erwiderte sie. „Die Dienstboten brauchen nur einen Blick auf uns zu werfen und werden sofort wissen, dass wir ein Geheimes Stelldichein hatten.“

„Nichts dergleichen werden sie wissen“, beschied er. „Sie werden glauben, wir wären uns mit dem Koch in die Haare geraten.“

Sie sah an ihrem Kleid hinab. Das Oberteil war völlig verzogen. „Das glaubst du doch wohl selbst nicht“, meinte sie und zog es entschieden zurecht, strich ihre Röcke abermals glatt. Ihre Frisur war auch in Auflösung begriffen, aber es dürfte vergebliche Liebesmüh sein, Lisle zu bitten, ihr das Haar zu richten.

„Geh du voraus“, sagte er.

Sie ging an ihm vorbei den kurzen Gang hinab. Statt ihr vorauszueilen und ihr die Tür zu öffnen, blieb er zurück. Wahrscheinlich wartete er, dass seine Erregung sich legte. Die recht beachtlich gewesen war – um das zu merken hätte sie ihm nicht einmal an die Hose fassen müssen, denn es war wirklich *sehr* offensichtlich gewesen, aber …

Es mangelte ihr ganz furchtbar an Selbstbeherrschung. Kaum kam eine Versuchung des Weges, verfiel sie ihr, mit Haut und Haar und ohne mit der Wimper zu zucken. Was für ein unmoralisches Geschöpf sie doch war.

Er war aber auch einfach zu verlockend, als dass eine prinzipienlose Frau wie sie ihm hätte widerstehen können. Und wenn er guter Dinge war, fand sie ihn gar *noch* verlockender, als wenn er, wie in Stamford, verdrießlich war. Diesmal hatten ihre Knie glatt nachgegeben. Sie war dahingeschmolzen vor Lust. Hätte er sie nicht festgehalten, wäre sie ihm völlig aufgelöst zu Füßen gesunken.

Vermutlich hatte er auf die Kunst des Küssens dieselbe beflissene Beharrlichkeit verwandt wie auf die Verbesserung seiner Zeichenkünste. So wie er sich durch hundertmaliges Üben beigebracht hatte, beim ersten Streich schon mit einer Zunderbüchse Funken zu schlagen.

Was vermuten ließe, dass er auch im Bett ... aber dies war nicht die rechte Zeit, derlei Vermutungen anzustellen.

Sie stieß die Tür auf und trat in den großen Saal.

Lisle folgte kurz darauf.

Da standen sie noch immer, alle Dienstboten, ordentlich aufgereiht.

Nur sahen sie nun weder verzagt noch niedergeschlagen aus.

Vielmehr schienen sie vor Neugier zu platzen.

Olivia straffte die Schultern und verwandelte sich wieder in die Burgherrin.

„Zurück an die Arbeit", wies sie das Küchenpersonal an.

Im Gänsemarsch eilten sie an ihr vorbei durch die Tür.

Nachdem auch alle weiteren Pflichten verteilt waren, verlief das kleine Grüppchen sich rasch.

Nur zwei Diener blieben zurück, um Möbel und Gepäck in das Quartier der Harpyien zu tragen. Die Tür zur Treppe stand offen, und man konnte die Stimmen der beiden Damen hören, die lautstark darüber stritten, wer das untere Zimmer belegen würde und wer das obere.

Das sollten sie mal schön unter sich ausmachen.

Als Olivia sich wieder Lisle zuwandte, sprach der gerade mit Nichols. Der Kammerdiener nickte und entfernte sich lautlos.

„Sie haben es gehört", flüsterte Lisle.

„Das dachte ich mir schon", erwiderte sie. „Deswegen sahen sie so munter aus."

„Nicht *uns*", sagte er. „Deine Auseinandersetzung mit Aillier." Er deutete auf die Tür zum Küchengang. „Die Türen schließen nicht richtig. Zudem ist das Mauerwerk brüchig und die Fenster undicht, was heißt, dass jeder Laut ungeahnt trägt. Sie haben gehört, wie er dich angebrüllt hat. Zum Teil haben sie auch gehört, was du ihm erwidert hast. Seine Reaktion darauf war zumindest nicht zu überhören. Und kurz darauf ging alles wieder seinen gewohnten Gang. Hast du gesehen, wie bereitwillig die Mädchen in die Küche zurückgekehrt sind? Auch die anderen Bedienten sind schwer beeindruckt."

Sie lächelte. „Ich habe den Drachen in seiner Höhle erlegt."

„Du warst brillant", sagte er. Und nach kurzem Zögern: „Ich hätte es wissen sollen. Es tut mir leid, an dir gezweifelt zu haben. Trotzdem – ich bin noch immer keineswegs glücklich, hier zu sein. Aber mit dir ist es nicht mehr gar so schlimm."

„Danke, das freut mich", sagte sie. „Ich finde dich auch recht unterhaltsam."

Seine Augenbrauen hoben sich. „Unterhaltsam."

„Dennoch sollte sich nicht wiederholen, was im Küchenkorridor geschehen ist", fuhr sie fort. „Du weißt ja, wie sehr es mir an Selbstbeherrschung und Moral mangelt. Und ich weiß, dass du beides im Überfluss hast – so viele hehre Prinzipien und dergleichen." Sie winkte ab.

„Genau. Und dergleichen." Wieder trat dieser gehetzte Ausdruck in seine Augen. Schuldgefühle nagten an ihm. Daran hatte ihr untadeliger Stiefvater schuld, der ihn mit einem Gewissen ausgestattet und ihm all diese großartigen, unverbrüchlichen Ideen von Pflicht- und Ehrgefühl eingetrichtert hatte.

Sie beugte sich zu ihm vor. „Lisle, das ist ganz natürlich. Wir sind jung, wir sind schön …"

„Und so bescheiden."

„Du hast doch ein Faible für Fakten", sagte sie. „Dann sehen wir uns mal die Fakten an. Tatsache Nummer eins: Der Verstand tut sich bekanntlich schwer gegen animalische Triebe. Tatsache Nummer zwei: Unsere beiden Anstandsdamen lassen zu wünschen übrig. Logische Konsequenz: Bei dieser Ausgangslage ist es nur eine Frage der Zeit, bis es zum Äußersten kommt. Natürlich werde ich mein Möglichstes tun, mir nicht noch einmal eine solche Verfehlung zuschulden kommen zu lassen, aber …"

„Na, wunderbar", sagte er. „Dann ist es also an mir, deine Ehre zu wahren. Was mir ja bislang ganz hervorragend gelungen ist."

Sie packte ihn beim Kragen. „Jetzt hör mir mal zu, du prinzipientreuer Dummkopf. Wir können uns einen solchen Fehltritt nicht noch einmal leisten. Hast du eine Ahnung, wie nah wir dem *Unwiderruflichen* waren?" Sie ließ seinen Rock los und zeigte ihm mit Daumen und Zeigefinger, *wie* knapp es gewesen war. „Um ein Haarbreit hätten wir …", sie machte eine dramatische Pause, „… deinen Eltern in die Hände gespielt."

Das ernüchterte ihn wie ein kalter Guss.

Gut so.

Jemand musste etwas tun. Jemand musste ihnen Einhalt gebieten. Das hatte sie nämlich nicht vorausgesehen. Sie hatte geglaubt, ihn handhaben zu können wie sie auch alle anderen Männer handhabte. Aber sie konnte es nicht, und sie sah, dass sie unausweichlich ins Verderben schlitterten. Und so, wie sie sich kannte, würde sie nichts dagegen tun, sondern gar noch freudig winken und „Schneller, schneller!" rufen.

Seine Stimme brach das angespannte Schweigen.

„*Was* hast du da gerade gesagt?"

Jetzt war ihr seine ungeteilte Aufmerksamkeit sicher. „Sie versuchen, dich hier festzuhalten, indem sie dir diese Burg wie einen Mühlstein um den Hals hängen", klärte sie ihn auf. „Und je länger du hier bist, desto weniger wirst du an Ägypten denken, und sie hoffen, dass du es einen Tages ganz vergessen wirst und dich stattdessen in ein nettes englisches Mädchen verliebst, heiratest und für immer und ewig hierbleibst."

Er starrte sie an. „Aber …" Sie sah, wie es ihm langsam dämmerte.

„Ja“, sagte sie und nickte wissend, „sie würden sogar mit *mir* vorliebnehmen.“

Das musste Lisle erstmal einen Moment verdauen. Doch dann fiel es ihm wie Schuppen von den Augen: die lächelnden Gesichter seiner Eltern, die verschwörerischen Blicke, die bei Tisch gewechselt wurden, das Lächeln der Dowager Countess und die wohlmeinenden Blicke. Wie in einem Theaterstück.

„Olivia“, sagte er vorsichtig, und das Herz schlug ihm bis zum Hals, „was hast du ihnen gesagt?“

„Ihnen gesagt? Sei doch nicht dumm. Ich würde so etwas doch niemals *sagen*. Ich habe sie nur ermutigt, es zu denken.“

„Dass du …“ Er brachte es kaum über die Lippen. „Dass du es auf mich abgesehen hast?“

„Ich habe nur ein wenig ihre sentimentale Fantasie angeregt“, versicherte sie ihm. „Einen anderen Grund, mich mit dir reisen zu lassen, hätten sie weder geglaubt noch akzeptiert. So waren sie geradezu erpicht darauf, dass ich dir auf Gorewood Gesellschaft leiste.“

„Um mich in die Falle zu locken“, sagte er. „In die Ehe.“

„Ganz genau.“ Sie strahlte ihn an. „Du scheinst schockiert.“

„Das ist eine Untertreibung.“

„Wir wissen doch beide, dass sie mich nie besonders mochten. Aber mit Geld und Status kann man sich fast alles kaufen, und ich habe nun mal gute Verbindungen und bin geradezu geschmacklos reich.“

Er ließ sich an den Tisch sinken und fasste sich an die Stirn. Sie war wirklich unglaublich. Wie sie da stand und ihm dreist zu erzählen wagte, welch ungeheuerliche Lüge sie sich ausgedacht … *angedeutet* hatte. „Mir fehlen die Worte“, sagte er.

Ganz beiläufig, als hätten sie nicht eben getan, was sie getan hatten, lehnte sie sich neben ihn an den Tisch. Er konnte noch immer nicht fassen, was geschehen war. Noch dazu im Küchenkorridor!

„Ich habe alles ganz genau geplant, nur habe ich leider nicht damit gerechnet, dass zwischen uns eine so unerfreuliche Anziehung bestünde", sagte sie.

„Unerfreulich", wiederholte er.

„So enervierend und schwer von Begriff du auch sein magst, bist du doch mein bester Freund", sagte sie. „Weder will ich dein Leben ruinieren, noch willst du das meine ruinieren. Wir sind von so vielen beispielhaft guten Ehen umgeben. Meine Mutter hat gar zweimal die Liebe ihres Lebens gefunden. Mir würde schon einmal genügen. Dasselbe wünsche ich mir für dich. Aber du weißt ja selber, dass wir niemals zusammenpassen würden. Nicht so."

„Du liebe Güte, nein."

Sie funkelte ihn an. „Ganz so begeistert hättest du mir nicht zustimmen müssen."

„Es ist eine Tatsache", beschied er nüchtern. Das zumindest wusste er. Sie war ein Wunder der Natur, eine *Laune* der Natur, aber das konnte man auch von einem Wüstensturm sagen. Ebenso von Sintfluten und Erdbeben. Er war im Chaos aufgewachsen. Rathbourne hatte Ordnung in sein Leben gebracht. Lisle brauchte Ordnung. Er hatte die letzten Jahre damit zugebracht, sich ein geordnetes, wenn auch bisweilen aufregendes Leben zu schaffen. Sein Glück war gewesen, dass er früh schon wusste, was er wollte, und dieses Ziel dann stetig und beharrlich verfolgt hatte.

Mit ihr geriet alles wieder außer Kontrolle. Das Schlimmste war, dass *er* die Kontrolle verlor. Man sehe sich nur an, was er getan hatte. Und das nicht zum ersten Mal.

„Nun denn", sagte sie.

„Genau." Er stieß sich vom Tisch ab. „Ich werde jetzt aufs Dach steigen."

„Aufs Dach! Ich gebe zu, dass mein Plan ein wenig aus dem Ruder gelaufen ist, aber es gibt keinen Grund anzunehmen, dass wir die Lage nicht meistern werden." Sie stieß sich ebenfalls vom Tisch ab und folgte ihm. „Es ist nicht das Ende der Welt, Lisle. Kein Grund, sich gleich vom Dach zu stürzen."

Er blieb stehen und starrte sie fassungslos an.

Dann sagte er, sichtlich um Geduld bemüht: „Ich will mich nicht vom Dach stürzen, sondern dort oben die Bestandsaufnahme der Bausubstanz abschließen. Wegen des Regens war ich bislang nicht in der Lage, das Dach zu vermessen oder mir ein Bild von seinem Zustand zu machen."

„Ah", sagte sie und trat zwei Schritte zurück. „Na dann. Nur zu."

„Mich vom Dach stürzen", brummelte er. „Also wirklich."

„Du schienst etwas außer dir."

„Das könnte daran liegen, dass ich nicht weiß, ob ich lachen, weinen oder mir die Haare raufen soll", entgegnete er. „Was ich jetzt brauche, ist *Ruhe*. Es ist mir ein dringendes Bedürfnis, etwas sehr, sehr *Langweiliges* zu tun."

Später am Abend

Obwohl es nicht unbedingt die Krönung seiner Kochkunst war, gelang es Aillier doch, an diesem Abend ein Essen auftragen zu lassen, das seiner durchaus würdig war.

Es war die erste anständige Mahlzeit, die Lisle seit seiner Abreise aus London vorgesetzt bekommen hatte. Ein richtiges, zivilisiertes Abendessen an einem anständigen Esstisch, mit Tischnachbarn, die zumindest halbwegs intelligente Konversation boten. Es war zudem die erste Mahlzeit, der er auf einem der Familiensitze am Kopf der Tafel vorsaß.

Als er und die Damen sich schließlich von Tisch erhoben, um an den Kamin umzusiedeln, hatte die Aufregung des Tages sich schon etwas gelegt. Wenn auch nicht ganz. Dass er gegenüber Olivia derart die Beherrschung verloren hatte, setzte ihm noch immer zu. Und wie er dank ihrer ominösen *Idee* bis zum Frühling wieder in Ägypten sein sollte, war ihm ehrlich gesagt auch nicht klar. Dennoch fühlte er sich nun schon ruhiger, weshalb seine Flucht aufs Dach und die dort verrichtete eintönige Arbeit sich mal wieder ausgezahlt hatten.

Arbeit war sein Allheilmittel gegen Aufwallungen und Anwandlungen aller Art. Wenn er etwas vermaß, notierte und skizzierte, fand er sich auf vertrautem, friedlichem Terrain – sogar hier, in der halbverfallenen Düsternis von Gorewood mit seinem abträglichen Klima.

Solcherart auf Bewährtes konzentriert, hatten Aufruhr und Verärgerung sich bald gelegt.

Und derweil er sich so langsam gefasst hatte, war ein Wirbelsturm namens Olivia über die unteren Geschosse hinweggefegt. Sie, das Chaos in Person, hatte *Ruhe* geschaffen. Und Ordnung.

Die Dienstboten waren emsig am Werk, und alles ging geregelt seinen Gang. Binnen Stunden hatte die düstere Festung fast wohnliche Züge angenommen.

Lisle sah sich um, und er sah: Ruhe und Ordnung. Fast hatte er vergessen, wie herrlich das war. Das gute Essen hatte ihn in friedfertige Stimmung versetzt, und der Wein tat ein Übriges. Selbst die Harpyien fand er auf einmal eher unterhaltsam als enervierend.

Sie waren betrunken, aber das war ja nichts Neues. Wenigstens waren sie still, denn Olivia las gerade eine der von Cousin Frederick Dalmay verfassten Geschichten über Gorewood Castle vor.

In diesen Geschichten wimmelte es von Geistern. Bisweilen fanden sich auch in die Wände eingemauerte Leichen – beispielsweise ein im Burgverlies zu Tode gekommener Verräter, der nun im Bauch der Burg sein Unwesen trieb. Auch das geschwängerte und ermordete Küchenmädchen durfte nicht fehlen. Anlässlich von Hochzeiten und Geburten spukte sie im Küchenkorridor herum. Zudem gab es ein Edelfräulein, das auf der Empore wandelte, wann immer ihm der Sinn danach stand, und einen Ritter, der an gewissen Festtagen die Kapelle heimsuchte.

Dann gelangte Olivia zu den Geistern, die sich auf dem Dach herumtrieben.

„Sieben Männer, eines heimtückischen Mordes bezichtigt,

wurden dazu verurteilt, gehängt, gestreckt und gevierteilt zu werden'", las sie vor. „'Lauthals bekundeten sie ihre Unschuld und verlangten, diese unter Beweis stellen zu dürfen. Zu aller Überraschung gab Lord Dalmay ihrem Ersuchen nach. Er ließ die Bösewichte auf das Dach des Südturms bringen und bot ihnen an, ihre Unschuld zu beweisen, indem sie hinüber auf den Nordturm sprangen. Wem es gelinge, würde von aller Schuld freigesprochen. Unter Dalmays Gefolgsleuten regte sich Widerstand. Seine Lordschaft sei zu gütig, hieß es. Niemand würde den Sprung von einem Turm zum anderen schaffen. Die Mörder würden in die Tiefe stürzen und wären sofort tot. Für ihre Freveltat hätten sie jedoch einen langsamen und qualvollen Tod verdient. Aber in Lord Dalmays Reich war sein Wort Gesetz. Und so traten die Männer der Reihe nach an die Turmzinnen. Einer nach dem anderen sprang seiner Freiheit entgegen. Und einer nach dem anderen, sechs an der Zahl, stürzten sie in den Tod.'"

„Sechs?", fragte Lisle.

„'Ein Mann starb nicht'", las Olivia weiter, „'und Lord Dalmay hielt Wort. Der Mann wurde für unschuldig erklärt und durfte fortan in Freiheit leben.'"

Lisle lachte ungläubig. „Der Bursche soll einen Sturz aus dreißig Metern Höhe überlebt haben?"

„Nein", sagte Olivia. „Er hat den Sprung geschafft."

„Da muss er aber wundersam lange Beine gehabt haben", ließ sich Lady Withcote vernehmen.

„Und man weiß ja, was man über langbeinige Männer sagt", kicherte Lady Cooper.

„Das waren nicht die Beine, Agatha", sagte Lady Withcote. „Das waren die Füße. Lange Füße, so sagt man, langer …"

„Das ist doch ein Ding der Unmöglichkeit", fuhr Lisle dazwischen. „Dem Mann müssten Flügel gewachsen sein."

„Wie groß ist denn der Abstand zwischen den beiden Türmen?", wollte Olivia wissen. „Vielleicht könnte ein Mann in sehr guter körperlicher Verfassung es doch schaffen?"

„Es geht nichts über einen Mann in guter körperlicher Verfassung“, seufzte Lady Cooper wehmütig.

„Erinnerst du dich noch an Lord Ardberry?“

„Wie könnte ich *den* vergessen?“

Lisle fing Olivias Blick auf. Ebenso wie er musste sie sich das Lachen verkneifen.

„Er hat eine Wissenschaft daraus gemacht“, sagte Lady Withcote. „Damals, als er in Indien war. Irgendein geheimes Buch, meinte er mal.“

„Ich dachte, es wäre ein *heiliges* Buch gewesen?“

„Vielleicht war es ja beides. Deswegen hat er übrigens Sanskrit gelernt.“

„Als ob man dazu *irgend*etwas hätte lesen müssen. Du hast ja seine Bildersammlung gesehen.“

„Besser als tausend Worte, jedes einzelne.“

„Fast so unterhaltsam wie Eugenias Kupferstiche.“

In Lisles Vorstellung zogen ein paar Worte so deutlich herauf, als sähe er sie auf ein Blatt Papier geschrieben vor sich: ~~Geheime Sammlung mit Kupferstich~~. Olivias aufreizend durchgestrichene Textstelle.

„Was für Kupferstiche?“, fragte er.

„Hast du die denn nie gesehen?“, fragte Lady Cooper. „Ich hätte gedacht, alle kleinen Carsingtons würden sie früher oder später entdeckt haben. Sehr lehrreich.“

„Genau genommen bin ich gar kein Car…“

„Also wirklich, Agatha“, meinte Lady Withcote. „Als ob Lord Lisle Lehrstunden brauchte. Der junge Mann ist bald vierundzwanzig und lebt in einem Land, wo die Mädchen nackt in den Straßen tanzen und Männer sich Harems halten. Wissen wir, ob er nicht selber einen Harem und alle vierhundert Stellungen längst durchprobiert hat?“

„Millicent, du weißt ganz genau, dass es nicht vierhundert sind. Selbst Lord Ardberry musste eingestehen, dass Nummer zweihundertdreiundsechzig und Nummer dreihundertvierundachtzig mit intakter Wirbelsäule nicht durchzuführen sind.“

Lisle versuchte es bei Olivia. „Was für Kupferstiche?"

„Die von Urgroßmama", meinte sie gleichmütig, legte das Buch beiseite und erhob sich.

„Ich gehe aufs Dach hinauf", sagte sie. „Um ein bisschen frische Luft zu schnappen. Und weil ich mir mal anschauen will, wie weit der Abstand zum Nordturm ist." Sie nahm ihr Schaltuch und rauschte hinaus.

Es war wirklich unfair.

Sie hatte sich Urgroßmamas Bilder angeschaut. Und das nicht nur einmal. Sie waren wirklich lehrreich. Weshalb sie voller Vorfreude gewesen war, all das selbst zu erleben. Aber nachdem sie einige Männer geküsst und einigen wenigen ein paar nicht weiter nennenswerte Freiheiten erlaubt hatte, musste sie sagen, es war enttäuschend. Außer einem leisen Prickeln hatte sich nichts eingestellt – und das rührte auch mehr daher, dass sie wusste, etwas Verbotenes zu tun.

Doch dann war Lisle zurückgekommen, nun erwachsen und ein *Mann* – ein Mann, der die Kunst des Küssens wahrscheinlich bei orientalischen Expertinnen erlernt hatte. Das sähe ihm ähnlich, zu Expertinnen zu gehen. Und zu üben. Beharrlich. Ausdauernd. Bis zur Perfektion.

Nun verstand sie, weshalb die alten Damen von nichts anderem redeten und warum Urgroßmama ihren ersten und einzigen Gatten so sehr geliebt hatte und eine so fröhliche Witwe geworden war.

Kein leises Prickeln.

Leidenschaft.

Dazu braucht es keine Liebe, hatte Urgroßmama gemeint. Aber Liebe lässt es einem noch köstlicher munden.

Das war ja alles schön und gut, bloß hatte Leidenschaft die dumme Nebenwirkung, einen so rast- und ruhelos zu machen, dass man wegen des geringsten Anlasses in Rage geriet und die Fassung verlor. Da Olivia das Unglück vergönnt war, ihre erste derartige Erfahrung mit Lisle zu machen, hatte sie es zudem mit *unterdrückter* Leidenschaft zu tun, was hochgradig unerfreulich war.

Immer höher und höher stieg sie hinauf und fragte sich, wohin all die kalte Luft entschwunden war, die ansonsten durchs Gemäuer pfiff. Auch jetzt heulte der Wind im Treppenhaus, wirkte auf ihre Gefühle aber so abkühlend wie ein heißer Wüstenwind.

Sie trat hinaus aufs Dach, trat an die zinnenbewehrte Brüstung, legte die Hände darauf, schloss die Augen und atmete tief durch. Die Luft war kühl, herrlich kühl und erfrischend. Und wie ruhig es hier war, weit fort von dem ewigen Geschwätz.

Sie holte noch einmal tief Luft, atmete aus und öffnete die Augen.

Sterne, Sterne, überall Sterne.

Noch nie hatte sie so viele Sterne gesehen. Und dort der Mond. Hoch und hell stand er am Himmel, näherte sich seinem vollen Rund. Wie schön es hier doch war, an diesem wunderbaren, wundersamen Ort.

„Was für Kupferstiche?", fragte es leise hinter ihr.

Sie drehte sich nicht um. „Ach, du weißt schon", sagte sie betont beiläufig. „Unanständige Bilder, wie Drucker sie unter dem Ladentisch verkaufen. Vieles hat Urgroßmama von ihren Reisen mitgebracht. Sie hat alles, von Aretino bis zu den Illustrationen zu *Fanny Hill*. Die Harpyien gackern wie die Hühner, wenn sie mit Urgroßmama in ihrer Sammlung stöbern."

„Dachte ich mir, dass es so etwas war", sagte Lisle. Seine dünn besohlten Schuhe machten fast keinen Laut auf dem steinernen Boden, doch spürte sie ihn näher kommen.

Neben ihr blieb er stehen, fast einen Schritt entfernt, und legte die Hände auf die Brüstung. „Du hast mir nie davon erzählt. Einmal hattest du es in einem Brief erwähnt, es allerdings in dieser dir eigenen aufreizenden Manier durchgestrichen."

„Unglaublich, dass du dich daran noch erinnerst." Sie warf ihm einen verstohlenen Blick zu, was ein Fehler war. Mondschein und Sternenlicht ließen sein Haar silbrig und sein Profil wie kostbaren Marmor schimmern.

„Natürlich erinnere ich mich daran“, sagte er. „Damals fand ich es ganz besonders ärgerlich. Wie alt war ich da … vierzehn, fünfzehn? Ich brannte darauf, mir diese Bilder anzusehen, weshalb ich ziemlich wütend auf dich war, mich damit zu necken. ‚Ha, ha, ha‘“, sagte er mit hoher Mädchenstimme. „‚Ich habe schmutzige Bilder, und du hast keine, ätsch!‘“

„Du brauchtest keine schmutzigen Bilder. Du hattest Tänzerinnen.“

Er lehnte sich an die Brüstung und sah sie an. Lange betrachtete er ihr Gesicht.

Sie ließ ihn. Nicht umsonst war sie Meisterin im Kartenspiel. Aus ihr wurde so leicht niemand schlau.

„Die Tänzerinnen scheinen dir zuzusetzen“, bemerkte er.

„Natürlich tun sie das“, sagte sie. „Schau mich doch an.“ Sie deutete auf ihre ausladenden Röcke und die sich bauschenden Ärmel.

„Ich schaue“, sagte er.

„Da drin stecke *ich*. Rundum eingesäumt, korsettiert und unterberockt.“

„So scheint es Mode zu sein“, meinte er.

„Sie tanzen *auf der Straße*“, sagte sie.

Er neigte den Kopf zur Seite, sichtlich verwirrt.

„Was würde ich dafür geben, auf der Straße tanzen zu können“, fuhr sie fort. „Aber ich werde es nie tun. Wenn ich Glück habe, werde ich mich verlieben – und den armen Burschen heiraten, um meiner Familie keine Schande zu bereiten. Ich werde jemandes Frau werden und dann die Mutter seiner Kinder, und danach werde ich nie mehr etwas anderes sein. Es sei denn, er stirbt früh und hinterlässt mir ein Vermögen, damit ich eine fröhliche Witwe werden kann wie Urgroßmama – aber nein, das geht auch nicht, denn derlei ist Frauen mittlerweile unmöglich. Oder wenn doch, müssen sie unendlich diskret sein, und ich bin hoffnungslos indiskret.“

Er wusste nichts zu erwidern.

Und er begriff auch nichts. Welcher Mann könnte oder wollte

das auch begreifen? Selbst er sah an erster Stelle die Frau in ihr und an zweiter – oder zweiundvierzigster – Olivia. Wie sie wirklich war. Aber vielleicht machte er da auch gar keinen Unterschied.

„Was willst du denn?", fragte er leise. „Was willst du wirklich? Weißt du das?"

Ich will dich, du Dummkopf. Aber das sah ihr mal wieder ähnlich, auf den gefährlichen Klippen herumzuhüpfen, wo es doch genügend schöne, langweilige Wiesen gab, auf denen man gefahrlos spielen konnte.

Doch nicht einmal sie war so dreist, eine ohnehin schon komplizierte Situation weiter zu verkomplizieren, indem sie ihm sagte, dass sie ... ja, was? Verliebt war?

Sie starrte hinaus auf die Welt, die sich unter ihnen erstreckte.

Meilenweit war dies der höchste Punkt. In den Dörfern der umliegenden Täler konnte man die Umrisse der Häuser erkennen, aus deren Fenstern es wie Sterne in der Nacht funkelte. Auf einer Anhöhe, gar nicht weit, stand eine weitere Burg. Die Landschaft war in Mondschein und Sternenlicht getaucht. Der Wind fuhr ihr über die Haut und in ihre Locken, die onduliert ihr Gesicht rahmten, wie es gerade Mode war. Herrlich fühlte es sich an.

„Zunächst einmal möchte ich so etwas hier", sagte sie und umfasste mit weiter Geste die in silbriges Licht getauchte Landschaft. „Schönheit. Zauber. Romantik. So, wie ich mich gefühlt habe, als ich Gorewood Castle zum ersten Mal gesehen habe, als ich das erste Mal in den großen Saal getreten bin. Was fragst du überhaupt? Was glaubst du denn, was ich will? Du kennst mich doch. Wer, außer Mama, würde mich besser kennen als du? Du weißt, dass ich mir den Kopf verdrehen, mich hinreißen lassen will."

Er blickte auf die mondbeschienene Landschaft, dann hinauf zum blassen Mond, zu den funkelnden Sternen.

„Du törichtes Mädchen", sagte er.

Sie wandte sich von den Zinnen ab und hob lachend die

Hände. Er würde sich niemals ändern. Romantik ließ sich nicht greifen, war keine Tatsache, kein Faktum, das sich vermessen ließe. Ebenso gut hätte sie zum Mond, zu den Sternen sprechen können. Die verstanden sie besser, als er es je tun würde. Seinem Verständnis nach musste sie eine fremde Sprache sprechen – als käme sie vom Mond.

Er stieß sich von der Brüstung ab und reichte ihr seine Hand. „Komm, es ist kalt hier oben."

Praktisch wie immer. Aber so war er nun mal, und außerdem war er ihr bester Freund. Er konnte ja nichts für das, was er mit ihr anstellte. Zumindest war sie sich sicher, dass er es nicht mit Absicht machte.

Es war zudem sehr eigennützig und rücksichtslos von ihr, ihn so lange hier oben, in der Kälte, aufzuhalten. Ein so raues Klima war er nicht gewohnt. Wahrscheinlich war er bis auf die Knochen durchgefroren, weshalb er annehmen musste, dass auch sie fror. Er wollte nur ihr Bestes, sie wieder hinein ins Warme bringen.

Sie nahm seine Hand.

Er zog so kräftig, dass sie das Gleichgewicht verlor, dann schloss er sie in seine Arme. Ehe sie es sich versah, hatte er einen muskulösen Arm um ihre Taille gelegt, den anderen um ihre Schultern. Ganz wie von selbst hob sie die Arme, umschlang seinen Hals. Sie schaute in sein Gesicht. Er lächelte, sah ihr in die Augen. Die seinen schimmerten im Mondschein.

„Dich hinreißen lassen", sagte er mit leiser, betörend tiefer Stimme. „Meintest du so?"

12. KAPITEL

Es lag am Mondschein und am Sternenglanz, an seinen silbrigen Augen und dem Klang seiner Stimme. Er hatte sie in seine Arme gerissen, und sie war ... hingerissen.

„Ja", hauchte sie. *Genau* so.

„Was noch?", fragte er.

„Denk mal nach", sagte sie.

„Leidenschaftliche Küsse könnte ich mir vorstellen."

„Ja."

„Sehr gefährlich."

„Oh ja."

„Leichtsinniges Mädchen", sagte er. „Welch dreiste Torheit." Er beugte sich über sie und küsste sie.

Erst schien alles nur Theater. Aber das war es nicht, konnte es gar nicht sein. Da war kein Lachen in seiner Stimme oder in seinen Augen, nichts Leichtfertiges in der Berührung seiner Lippen. Zudem: *Lisle.* Lisle spielte doch kein Theater! Er meinte alles ernst und aufrichtig, machte einem nichts vor. Ihr fiel das ja leicht, war ihr praktisch zweite Natur. Lisle hingegen täuschte einen nicht. Niemals.

Sein Mund war nicht auf Täuschung aus. Fest drückten seine Lippen sich an ihre, bis sie ihm nachgab, und das tat sie sogleich. Sein leidenschaftlicher, inniger Kuss machte dort weiter, wo sie aufgehört hatten. Die Gefühle waren geblieben. Alles Reden und Räsonnieren der Welt käme niemals gegen sie an. Stunde um Stunde hatten sie im Geheimen gebrodelt, hatten nur darauf gewartet, abermals ausbrechen zu können.

Was man anfängt, sollte man beenden.

Auch wenn manches besser unvollendet blieb.

Aber es – was immer *es* war, das sie zueinander hinzog – ließ sich nicht bannen.

Und wenn sie ganz ehrlich war, wollte sie das auch gar nicht. Sie wollte nicht, dass es aufhörte.

Sie schmeckte den Wein, den er getrunken hatte, was ihr seinen Geschmack noch köstlicher erscheinen ließ. Ein Leben lang hatte sie darauf gewartet. Auf ihn.

Ja, sie war hingerissen. Es war, als würde sie den Mond, die Sterne und den Zauber dieser Nacht in sich aufsaugen. Es war, als würde man auf den Mond fliegen und zwischen den Sternen schweben.

Lass mich nicht los. Lass mich nie wieder los.

Sie schloss die Arme fester um seinen Hals, und er zog sie an sich, taumelte zurück an die Brüstung, ließ sich an die Zinnen sinken. Diesmal gingen seine Hände rascher und bestimmter zu Werke. Er schob ihr das Schultertuch beiseite und löste seinen Mund von ihrem, küsste ihre Wangen, ihr Kinn, ihren Hals. Jede Berührung seiner Lippen wärmte und verzückte sie, bis er ihr schließlich das Kleid von den Schultern streifte und zu ihren Brüsten gelangte.

Sie erschauerte wonnig und konnte nicht an sich halten. Ein erstickter Laut entfuhr ihr, ein leiser Schrei, ein tiefes Stöhnen. Wahrscheinlich würde sie es nie lernen, sich schicklich zu beherrschen. Es kam einfach über sie, ein Wirbelwind berauschender Empfindungen, als seine Lippen über ihre entblößte Brust glitten.

Und dann schloss er seine Hände um ihre Brüste. Doch gerade als sie aufschreien wollte, senkte sich sein Mund wieder auf ihren. Sein drängender Kuss ließ sie verstummen, und sie gab sich ihm hin, mit Freuden, tauchte ein in ein Meer der Gefühle und ließ sich glückselig darin versinken.

Begierig ließ sie die Hände über seine kräftigen Arme wandern, seine Schultern, seinen Rücken. Er war warm und stark, so lebendig, und sie konnte einfach nicht genug von ihm bekommen. Sie konnte nicht aufhören, ihn zu berühren, konnte ihm nicht nah genug sein.

Seine Hände schweiften immer weiter abwärts, und in der Stille der Nacht klang das Rascheln ihrer Röcke laut wie Donnergrollen. Vielleicht war es aber auch ihr Herz, das so laut schlug, ihr vor Furcht, Glück und Entzücken so heftig pochte, dass es schmerzte.

Diesmal raffte er ihre Röcke rascher, längst nicht so bedächtig wie zuvor. Seine Hand, seine wunderbar warme Hand glitt ihre Schenkel hinauf und fand flink in ihre Wäsche.

Die innige Berührung war ein Schock – aber hatte sie nicht ihr Lebtag darauf gewartet, dergestalt schockiert zu werden? Wie warm seine Hand sie dort umfing, wie vertraut und anmaßend, und wie es sich anfühlte, so köstlich frivol und verrückt zugleich. Es machte sie rasend. Sie bewegte sich an seiner Hand, denn sie konnte nicht anders. Etwas tief in ihr trieb sie an, ein stetiges Spannen und Schwellen in ihrem Bauch.

Hör nicht auf. Hör nicht auf. Hör nicht auf.

Sie brachte kein Wort heraus, doch sie konnte ihm zeigen, was sie nicht sagen konnte, stieß ihre Zunge in seinen Mund und schlang sie um seine, während sie sich fester an ihn drängte. Als er dann seinen Finger in sie schob, meinte sie zu vergehen. Hätte er sie nicht geküsst, würde sie geschrien haben.

Er streichelte sie *dort*, an jener Stelle, deren Geheimnisse nur sie kannte, doch er schien sie auch zu kennen, jedes einzelne, und noch ein paar mehr. Alles in ihr bebte und pulsierte. All ihre Gefühle schwangen sich auf, wie ein Schwarm Vögel, spreizten die Flügel und schossen himmelwärts, so wie die Krähen, die sie heute von ebendiesem Turm hatten auffliegen sehen. Und dann erschauerte sie so heftig, als hätte ihre Seele ihren Leib verlassen und würde hinauf zu den Sternen schweben.

Sie wusste, was zu tun war, was sein musste. Jede Zelle ihres Körpers wusste es.

Rastlos war sie mit den Händen über ihn gefahren, über seine muskulösen Arme, über seinen Rücken, über seinen Hintern. Nun fand sie seinen Hosenschlag und tastete nach den Knöpfen. Er wich ein wenig zurück, damit sie mehr Platz hatte, streichelte sie indes weiter, noch eindringlicher, bis sie von ihren Empfindungen übermannt wurde und schier hingesunken wäre. Aber ihre Hände fanden instinktiv, was sie suchten.

Gerade als sie den ersten Knopf durchs Knopfloch schob,

drang ein Laut in ihr berauschtes Bewusstsein. Erst dachte sie, er käme von ihr. Doch dann merkte sie, dass weder sie es war noch das Kreischen der Krähen.

Jemand schrie.

Ein Schrei, so laut und gellend, dass es einem durch Mark und Bein ging.

Lisles Kopf schnellte empor. Die Welt drehte sich um ihn. Eine Welt in Schwarz und Silber. Mit Sternen. Abermillionen von Sternen.

Und in seinen Armen eine Frau, so warm und weich.

Olivia. Ihr Gesicht strahlend im blassen Mondschein, ihre alabastern schimmernden Brüste, die sich keck emporreckten.

Der dichte rote Nebel, der seinen Verstand umfangen hatte, lichtete sich so jäh, als wäre ein kräftiger kalter Wind hindurchgefegt.

Seine Hände an ihrem warmen feuchten …

Nein. Nicht schon wieder.

Wie vom Blitz getroffen zog er seine Hand unter ihrem Kleid hervor, und ihre Röcke fielen laut raschelnd herab.

Er zog ihr das Oberteil hoch, verhüllte ihre Brüste. So. Was noch? Ihr Umhang … Wo war er? Da. Er schnappte ihn sich und legte ihn ihr um die Schultern.

All das tat er rasch und ohne zu zögern. Instinktiv. Er war es gewohnt zu handeln, wenn keine Zeit zum Nachdenken blieb. Aber was …?

Schreie. Immer lauter. Von wo?

Er beugte sich über die Brüstung und sah hinab. Im Hof rannten ein paar Gestalten umher.

Nachdenken.

Keine Toten lagen am Boden.

Gut. Das war gut.

Er lief los in Richtung Treppe.

„Lisle, deine Hose!“

Er sah an sich hinab. „Verdammt. Verdammt soll ich sein.“

Er schloss den Knopf. „Wie dumm. Wie dumm, dumm, *dumm*. Ich Idiot."

„Ganz ruhig", sagte sie. „Nicht so schlimm."

Dabei richtete sie sich die Kleider. Seinetwegen. Er hatte das getan. Sie derangiert. Schon wieder. Was war nur in ihn gefahren?

„Ich werde mich erst mal um das da kümmern", sagte er und zeigte in die Nacht hinaus. „Aber ..."

„Geh", sagte sie. „Ich komme gleich nach."

Es dauerte eine Weile, bis Lisle das im Hof herrschende Chaos durchdrungen und sich einen ungefähren Reim darauf gemacht hatte, was geschehen war. Manche brabbelten wirr von Meuchelmördern, andere jammerten und schluchzten, sie hätten Einbrecher gesehen, wieder andere berichteten mit gellender Stimme von Gespenstern, und einigen hatte es vor Schreck gleich ganz die Sprache verschlagen, was ein Segen war.

Schließlich schafften er und Olivia es, die Dienstboten zurück ins Haus zu scheuchen. Was nicht allzu schwer war, bot sich ihnen doch weit und breit keine andere Zuflucht. Manch Mutiger hatte sich bis in die Stallungen geflüchtet, aber Lisle wagte zu bezweifeln, dass sie es dort lange aushalten würden. Die Nächte waren kalt, und die baufälligen Gebäude schutzlos der Witterung ausgesetzt. Wer nur einen Funken Verstand hätte, würde rasch wieder Unterschlupf bei der Herde suchen.

Und tatsächlich: Als er und Olivia es sich mit großen Gläsern Whiskey bei den alten Damen am Kamin gemütlich gemacht hatten, hatten auch die Dienstboten sich wieder vollzählig im großen Saal eingefunden.

Hatte er es nicht gesagt? Herdentrieb.

Allerdings fiel ihm auf, dass sie sich nicht wie zuvor diskret unter der Empore versammelt hatten – dort, wo einst der Dienstbotengang gewesen war –, sondern dem anderen Ende des Saals, namentlich dem Kamin, entgegenstrebten, wo die Herrschaft saß.

Wie kaum anders zu erwarten, hatten die meisten nicht die

geringste Ahnung, was eigentlich geschehen war. Sobald sie die ersten Schreie vernommen hatten, waren sie in Panik geraten und davongelaufen.

Bei der Befragung hatte es Olivias Hilfe und viel Geduld bedurft. Schließlich hatte er zumindest herausgefunden, dass Lady Cooper zuerst geschrien haben sollte. Woraufhin alle anderen in das Geschrei eingestimmt hatten, ohne überhaupt zu wissen, weshalb sie schrien.

Nun gerade stritten sich die Damen Cooper und Withcote, was sie eigentlich gesehen hatten.

„Ein Gespenst“, sagte Lady Cooper im Brustton der Überzeugung. „Ganz deutlich habe ich es gesehen, als wäre es helllichter Tag gewesen. Dort oben.“ Mit ihrem Glas in der Hand deutete sie ans andere Ende des Saals. „Auf der Empore.“

Alle drehten die Köpfe und starrten dort hinauf. Es gab nichts zu sehen. Dunkel lag die Empore da.

„Wie sah es denn aus?“, fragte Lisle. „Das Gespenst.“

„Wie ein Gespenst eben“, sagte Lady Cooper. „Weiß und schemenhaft. Durchscheinend. Wie Nebel. So ist es über die Empore gehuscht.“

Einige der Dienstboten erschauderten.

„So ein Unsinn“, befand Lady Withcote. „Ich weiß schon, wie das war. Du bist eingeschlafen, wie so oft, und hast alles nur geträumt.“

„Ich weiß doch wohl noch, wann ich schlafe und wann ich wach bin“, entrüstete sich Lady Cooper. „Ich habe das nicht geträumt!“

„Da war nichts“, sagte Lady Withcote in einem Ton, der keine Widerrede duldete.

Lady Cooper funkelte ihre Freundin an. „Doch, da war was“, sagte sie. „Ein Gespenst. Die Dienstboten haben es auch gesehen. Was weiß ich, wie lange es sich da herumgetrieben hat. Vielleicht war es ja schon eine ganze Weile da und hat uns beobachtet.“

Abermaliges Erschaudern.

„Als ich vorhin dort hinaufgeschaut habe“, fuhr Lady Cooper

mit Blick auf die Empore fort, „war es zumindest da. Ich habe geschrien. Was hätte ich auch tun sollen? Man kennt derlei Geschichten ja, aber noch nie – wirklich noch nie – habe ich mit meinen eigenen Augen ein leibhaftiges Gespenst gesehen."

„Also wirklich, Agatha, ein Gespenst kann ja wohl kaum *leibhaftig* sein. Was für einen Unsinn du redest."

„Du hast auch geschrien, Millicent."

„Weil du mich zu Tode erschreckt hast. Ich dachte, eine Horde blutrünstiger Schotten sei im Anzug, um uns zu meucheln. Und dann bist du auf einmal aufgesprungen und aus der Halle hinaus in die Nacht gelaufen, und die halbe Dienerschar ist dir panisch hinterhergerannt. Was sollte ich denn da denken? Dass dein Unterrock Feuer gefangen hätte?"

Lisle warf Olivia einen verstohlenen Blick zu.

Oder vielmehr warf er der Stelle einen verstohlenen Blick zu, wo Olivia eben noch gewesen war. Sie war nämlich verschwunden.

Nun selbst ganz panisch, sah er sich um. Trotz der dutzendfach entzündeten Kerzen lauerten dunkle Schatten in den Ecken. Für einen Eindringling wäre es ein Leichtes gewesen, inmitten des allgemeinen Aufruhrs unbemerkt mit den Dienstboten hereinzuhuschen. Geradezu lächerlich einfach, sich lautlos anzupirschen und Olivia flugs so zu …

Aber nein. Was dachte er da nur? Wer Olivia zu entführen versuchte, dürfte sich auf etwas gefasst machen.

Kaum hatte er sich so weit wieder zur Räson gebracht, schien am nördlichen Ende des Saals ein Licht aus dem Dunkel auf.

Oliva stand auf der Empore, in der Hand einen Kerzenleuchter. Alle Blicke wandten sich ihr zu.

Niemand hatte ein solches Talent für dramatische Auftritte.

Außer vielleicht seine Eltern.

„Was immer auch hier gewesen sein mag", rief sie von oben herunter, „nun ist es nicht mehr hier."

Sie schritt zur Mitte der Empore, blieb vor dem hohen Fensterbogen stehen und stellte den Leuchter auf dem Gesims ab. In flackerndes Kerzenlicht getaucht, strahlte ihr Haar rotgolden, und sie stand da wie eine Königin: erhobenen Hauptes und mit gestrafften Schultern – *absolut furchtlos.* Ein fantasiebegabter Mann mochte sich bei diesem Anblick vielleicht vorstellen, wie eine seiner Ahninnen einst eine solche Pose eingenommen hatte, als sie ihre Vasallen einschwor, Gorewood mit Leib und Leben zu verteidigen.

„Hier ist nichts", verkündete Olivia abermals. „Keine nebelschweifenden Gespensterspuren. Keine irdischen schlammverkrusteten Fußabdrücke. Gar nichts."

Lady Coopers Stimme brach den Bann. „Aber ich habe es doch gesehen, mein Kind, so klar und deutlich wie am helllichten Tag."

„Ich zweifle nicht daran, dass Sie etwas gesehen haben", sagte Olivia. „Vielleicht ist ein Vogel durch eines der Fenster hereingeflogen. Auch könnte ein Possenreißer den Weg ins Schloss gefunden und hier sein Unwesen getrieben haben."

Sie legte eine Pause ein, um ihre Worte wirken zu lassen.

„Bailey", rief sie dann. „Bring mir einen Besen und ein großes Linnen."

Während die Dienerin der Erledigung ihres Auftrags nachging, wurde Lisle gewahr, dass die Stimmung sich veränderte, die schreckstarre Angst sich langsam löste. Das versteinerte Schweigen des Publikums wich einem leisen Murmeln und Raunen.

Binnen Minuten tauchte Bailey samt Besen und Linnen auf der Empore auf. Olivia reichte ihr den Kandelaber und schickte sie wieder hinunter. Abermals lag die Empore in Dunkelheit gehüllt.

Kurz darauf hörte Lisle leises Rascheln. Dann bauschte und blähte sich etwas Weißes über der Balustrade.

Reihum wurde nach Luft geschnappt.

„Man braucht nur hier an der Tür zu stehen, mit einem Stück Tuchs an einem langen Stock", drang Olivias Stimme aus dem Dunkel.

„Gütiger Gott!", schrie Lady Cooper.

Noch mehr Gemurmel unter den Dienstboten. Dann leises Lachen.

Schließlich meinte Lady Withcote, und ihr Triumph war kaum zu überhören: „Nun, das beweist mal wieder, wie leicht man sich doch ins Bockshorn jagen lässt."

„Aber wer tut denn so etwas?", fragte Lady Cooper entsetzt.

„Witzbolde", erwiderte Lady Withcote lakonisch. „Daran wird es der Welt niemals mangeln."

So plötzlich wie sie verschwunden war, tauchte Olivia wieder in ihrer Mitte auf. Sie trat einen Schritt vor und drehte sich dann um, sodass der warme Schein des Kaminfeuers sie von hinten anstrahlte.

Ein dramatischer Effekt, sagte Lisle sich nüchtern, der dennoch seine Wirkung nicht verfehlte. Ihm stockte der Atem. Wie ein überirdisches Wesen sah sie aus, wie sie da vor dem majestätischen Kamin stand und der Feuerschein über ihre roten Locken spielte, die milchig weiße Haut, den schweren Seidenbrokat ihres Kleides.

Lisle sah, dass sie weiter die Burgherrin zu geben gedachte, die Hände locker an der Taille verschränkt, den Rücken kerzengerade.

„Es war nur ein dummer Scherz", tat sie kund. „Wahrscheinlich wollten ein paar Jungen aus dem Dorf sich auf Kosten der Besucher aus London amüsieren. Es dürfte ihnen ausgenommen lustig erschienen sein, uns in Angst und Schrecken zu versetzen."

„Und wer kann es ihnen verdenken?" Lady Withcote lachte. „Selbst du wirst zugeben müssen, Agatha, dass es wirklich ausgesprochen komisch war. Hat mich ein bisschen an den Schabernack erinnert, den Lord Thorogood mit seiner Gattin getrieben hat. Weißt du noch?"

„Wie könnte ich das vergessen? Es hieß, ihr Liebhaber sah sich eine ganze Woche lang außerstande, so tief saß ihm der Schreck in den Knochen."

Während die alten Damen weiter in frivolen Erinnerungen schwelgten, schickte Olivia die Dienstboten zurück an die Arbeit. Nichols und Bailey nahm sie beiseite und trug ihnen auf, in allen Zimmern und Korridoren nachzusehen, was etwaige Befürchtungen, es könnten noch immer Eindringlinge im Haus sein, zerstreuen dürfte.

„Verfahrt mit ihnen, wie ihr wollt – nur sorgt dafür, dass hier heute Nacht Ruhe und Frieden herrschen“, beschied sie.

Bailey und Nichols machten sich an die Arbeit.

Bald darauf schwankten die alten Damen ihren Betten entgegen.

Was Olivia und Lisle allein im großen Saal zurückließ.

Sie stand noch immer vor dem Kamin und blickte ins Feuer. Der warme Schein ließ ihr Haar golden glänzen und ihre Wangen rosig glühen. Nur sie anzusehen, bereitete seinem Herzen Pein.

Was soll ich nur tun? dachte er. *Was soll ich nur tun?*

„Das war sehr geistesgegenwärtig von dir“, sagte er schmunzelnd. „Binnen Minuten hattest du alle wieder zur Vernunft gebracht.“

„Eine meiner leichteren Übungen“, winkte sie ab. „Geister habe ich schon häufig beschworen. Ich habe sogar Séancen durchgeführt. Das geht ganz einfach.“

„Will sagen, deine kleine Darbietung hätte mich nicht überraschen sollen“, schloss er. „Hat sie aber.“

„Du hast hoffentlich nicht gedacht, dass ich an Gespenster glaube.“

„Du bist romantisch.“

„Ja, aber nicht dumm.“

Nein, weder dumm noch naiv, noch unschuldig. Nichts davon war sie je gewesen. Auch nicht furchtsam oder schüchtern oder zimperlich. Oder überhaupt irgendetwas, das Frauen gemeinhin waren.

Und schon stürmte es wieder auf ihn ein, flutete seinen Verstand und sein Blut: ihre rasch zu entflammende Leidenschaft, ihre samtweiche Haut, ihr Duft, ihr Geschmack, ihre noch immer ungewohnten Rundungen – und schon pulsierte das Verlangen durch seine Adern, dass ihm schwindelte.

Sie war eine Naturgewalt, unbezähmbar, unwiderstehlich.

Was zum Teufel sollte er nur tun?

Auf sie war in dieser Hinsicht kein Verlass, und auch sich konnte er, so schien es, nicht trauen. Man sehe sich nur an, was er getan hatte, nur wenige Stunden nachdem sie übereingekommen waren, dass derlei nie wieder geschehen dürfe.

Weder will ich dein Leben ruinieren noch willst du das meine ruinieren.

„Apropos romantisch", meinte er.

„Wenn du dich jetzt für das entschuldigst, was auf dem Dach geschehen ist, drehe ich dir den Hals um", sagte sie.

„Wären wir nicht unterbrochen worden ..."

„Ja, ich weiß." Sie runzelte die Stirn. „Ich werde darüber nachdenken. Gewiss werde ich eine Lösung finden. Aber nicht jetzt. Es war ein langer Tag."

Ein Tag so lang wie ein Leben, dachte er.

Sein Leben. Es veränderte sich, unwiderruflich, unaufhaltsam. Es hatte in dem Augenblick angefangen sich zu verändern, da seine Lippen die ihren berührt hatten ... oder nein, noch eher. Von dem Moment an, da er sie an jenem Abend im Ballsaal gesehen hatte.

„Auf jeden Fall ereignisreich", fand er.

„Aber im Grunde ..." Wieder runzelte sie die Stirn. „Folgendes fällt mir ein: Wir brauchen unbedingt einen neuen Butler. Es ist ziemlich klar, dass Edwards, wo immer er stecken mag, nicht zurückkommt. Ebenso dringend sollten wir uns um schottische Dienstboten bemühen. Unsere Londoner Dienerschaft gehört nicht nach Gorewood. Es gefällt ihnen hier nicht, sie kommen nicht zurecht, sie passen einfach nicht hierher. Irgendjemand will uns bei unserer Arbeit Steine in den Weg legen – so viel ist auch klar. Wir müssen der Sache auf den Grund gehen. Außerdem brauchen wir verlässliche Stallburschen, Leute, die sich Gorewood verbunden fühlen."

Obwohl es ein langer Tag gewesen war, hielten sein Unbehagen und seine Wut auf sich selbst ihn hellwach. Er hätte stark bleiben müssen, doch er war schwach geworden. Er war ihr nachgestiegen, hatte die Sterne in ihren Augen funkeln sehen und genau das getan, was nie wieder zu tun er sich geschworen hatte.

Doch konnte er nicht so einfach abtun, was sie eben gesagt hatte. *Fakten*, sie hatte die Fakten dargelegt. Sie hatte ihre Lage so klar umrissen, wie er es auch getan hätte, wäre er nicht so von Gefühlen verblödet.

„Du hast recht", sagte er.

Mit großen Augen sah sie ihn an. „Wirklich?"

„Wir haben tatsächlich ein Problem, und zwar nicht nur eines", sagte er. „Wir sind hier, um die Burg instand zu setzen. Wir sind hier, um die Vorkommnisse auf Gorewood zu klären. Darauf sollten wir uns konzentrieren. Wenn wir das tun …"

„… bleibt uns keine Zeit, uns danebenzubenehmen", schloss sie belustigt.

„Müßiggang ist aller Laster Anfang", sagte er.

„Es war mir noch nie aufgefallen, dass ich dazu müßiggehen muss", meinte sie lachend und trat beiseite. „Nun, dann haben wir ja einen Plan. Den wir gleich morgen angehen können." Sie wünschte ihm gute Nacht und verschwand in den Südflügel.

Olivia wahrte ihre heitere Miene, bis sie die Tür hinter sich geschlossen und ein paar Stufen die Treppe hinaufgegangen war.

Dann blieb sie stehen und hielt sich die Stirn.

Was sollten sie nur tun?

Verlangen war ein fuchtbar Ding – so gar nicht das, was sie sich immer vorgestellt hatte. Es war schier *unerträglich*. Dort zu stehen, ihn anzusehen und dabei nur eines zu wollen: ihn zu berühren und von ihm berührt zu werden.

Was geschehen war, auf dem Dach, dieses wundersam wunderbare Gefühl …

Sie wusste, was das war. Immerhin hatte sie Urgroßmamas faszinierende Sammlung erotischer Literatur von vorn bis hinten durchgelesen und verstand durchaus, sich selbst zu beglücken.

Aber das war ja überhaupt kein Vergleich.

Denk an etwas anderes, hielt sie sich an. Und so dachte sie an Butler und wie sie einem abhandenkamen und man wie durch eine göttliche Fügung einen neuen fand. Sie dachte an Gespenster, die gar keine Gespenster waren. Während sie die Stufen zu ihrem Zimmer hinaufstieg, listete sie alles auf, was in Gorewood angegangen werden musste.

Als sie zu Bett ging, rechnete sie kaum damit, Schlaf zu finden, doch die Ereignisse des Tages hatten sie erschöpft. Kaum hatte sie den Kopf aufs Kissen gelegt, war sie auch schon eingeschlafen und wachte erst wieder auf, als das graue Licht des Morgens das Zimmer erfüllte und Bailey mit einer Tasse heißer Schokolade an ihrem Bett stand, deren Duft Olivia verführerisch in die Nase stieg.

Dienstag, 18. Oktober
im großen Saal von Gorewood Castle

Die Harpyien waren noch nicht aufgestanden und würden es wohl vor der Mittagsstunde auch nicht tun, wie es, so vermutete Lisle, ihre Gewohnheit war – falls nicht eine Naturgewalt sie aus den Federn scheuchte.

Obwohl er innerlich kaum zur Ruhe gekommen war, hatte er sein Frühstück daher in Ruhe und Frieden genießen können.

Was ihm erst bewusst gemacht hatte, wie unfriedlich die vorhergegangenen gewesen waren.

Er lauschte den leisen Schritten der Dienstboten, die unauffällig und beflissen ihrem Tagwerk nachgingen, dem Heulen des Windes, der durch die kaputten Fenster und das morsche Mauerwerk pfiff, dem Feuer, das – immerhin – anheimelnd im Kamin knisterte …

Die Gegebenheiten auf Gorewood Castle waren keineswegs ideal, zudem befand er sich himmelweit von jenem Ort entfernt, an dem er nun gern gewesen wäre, und den anstehenden Reparaturarbeiten sah er nicht gerade mit Begeisterung entgegen. Aber zumindest herrschte Ruhe. Und Frieden. *Und* Ordnung. Welch eine Ironie, dass Olivia all das bewirkt hatte.

Gerade als er seinen von Nichols höchstpersönlich bereiteten Kaffee ausgetrunken hatte, kam sie hereingerauscht.

Lisle stand auf.

Sie blieb neben ihm stehen und beäugte die winzige Tasse, die vor ihm auf dem Tisch stand. „Ist das *Mokka*?"

Er nickte stumm. Das Rascheln ihrer Kleider hallte ihm in den Ohren. Ihr Duft, dieser feine, blumige Hauch, stieg ihm in die Nase. Oder war es eher würzig als blumig? Auf jeden Fall sehr fein. Kein Duft aus der Flasche. Aller Wahrscheinlichkeit nach getrocknete Blumen oder Kräuter, mit denen sie ihre Kleider aufbewahrte.

„Ich trinke ihn jeden Morgen", meinte er. „So bin ich es gewohnt, wenngleich ich keine Religion daraus mache und auch etwas anderes trinken würde. Aber für Nichols ist es eine Frage der Ehre, ‚seinen Gentleman' zu umsorgen. Nicht im Traum fiele es ihm ein, mich etwas anderes trinken zu lassen, weshalb er immer, wohin es uns auch verschlägt, einen Vorrat Mokkabohnen bei sich trägt. Und jeden Morgen bereitet er mir daraus einen Kaffee. Möchtest du auch welchen?"

„Allerdings, sehr gern." Sie ging weiter und setzte sich. „Urgroßmama trinkt oft Kaffee, aber ihre Kammerdienerin wacht sehr eifersüchtig über ihr Wissen und weigert sich, Bailey zu zeigen, wie man welchen bereitet."

„Ich werde Nichols bitten, sie darin zu unterweisen", sagte Lisle und setzte sich wieder. „Nichols ist über derlei Kleinlichkeit erhaben." Und hätte gewiss nichts dagegen, eine hübsche junge Frau in allerlei mehr zu unterweisen. Er würde ihr alles zeigen, was sie wissen wollte, und dann noch ein paar Dinge, von denen sie nicht einmal ahnte, dass sie sie wissen wollte.

Obwohl Lisle nicht nach ihm geläutet hatte, erschien Nichols wie gerufen. „Sir?"

„Kaffee für Miss Carsington", sagte Lisle.

„Gewiss, Sir."

„Und wenn Miss Bailey einen Moment Zeit hat, bringen Sie ihr bitte bei, wie man ihn zubereitet."

„Gewiss, Sir." Seiner Stimme war nichts anzumerken, doch Lisle entging nicht, dass Nichols' Augen hoffnungsfroh aufblitzten.

Auch Olivia musste es bemerkt haben. Denn kaum war der Kammerdiener hinter der Tür zum Küchenkorridor verschwunden, meinte sie: „Er soll bloß nicht glauben, dass er mein Mädchen verführen könnte."

„Ich bin so sehr mit meiner eigenen moralischen Unzulänglichkeit beschäftigt", raunte er ihr über den Tisch zu, „dass du kaum von mir erwarten kannst, mich noch um anderer Leute Moral zu kümmern. Und ganz gewiss werde ich ihm nicht sagen, was er glauben soll. Er ist ein *Mann*."

„Ich wollte dich nur gewarnt haben", erwiderte sie. „Wenn er es bei Bailey versucht, kann ich für nichts garantieren. Sie hat keine gute Meinung vom anderen Geschlecht."

„Nichols kann schon selbst auf sich aufpassen", sagte Lisle. „Wie ich bereits gestern meinte, ist er hart im Nehmen. Einmal hat ihn ein Wüstensturm in die Luft geschleudert und mitten in einem Beduinenlager wieder abgesetzt. Ohne mit der Wimper zu zucken, hat Nichols geholfen, das Lager vom Sand zu befreien, und den Beduinen seinen köstlichen Kaffee gekocht. Zum Dank haben sie ihm ein Kamel geschenkt. Als er zurückkam, hat er sich als Erstes entschuldigt, ‚sich so plötzlich entfernt' zu haben."

Ungläubig und belustigt zugleich sah sie ihn an. „Das hast du dir gerade ausgedacht."

„Ich?", rief er. „Ich doch nicht. Dazu fehlt es mir an Fantasie."

Seine überhitzten Gedanken und noch hemmungsloseren Träume hatten nichts mit Fantasie zu tun, sagte er sich. Derlei gehörte zu eines Mannes Wirklichkeit.

„Ich wüsste zu gern, wer sich *das* ausgedacht hat", sagte sie.

Er folgte ihrem Blick hinauf zur Empore. „Du meinst die Geistererscheinung."

„Nachher werde ich mich dort oben noch mal genauer umsehen“, kündigte sie an. „Vielleicht hat Lady Cooper wirklich nur geträumt oder sich alles eingebildet. Was ich allerdings für wenig wahrscheinlich halte. Irgendjemand spielt hier seit Jahren das Schlossgespenst. Warum sollte er ausgerechnet jetzt aufhören, wo er ein neues Publikum hat?“

„Warum sollte er überhaupt damit angefangen haben?“, gab Lisle zu bedenken. „Warum will man uns von hier vertreiben?“

„Weil man Gorewood Castle für sich allein haben will“, erwiderte sie. „Weil es hier etwas gibt, wovon wir nichts wissen sollen.“

„Wer wollte Gorewood schon für sich allein haben?“, wollte Lisle wissen. „Mains sah sich jahrelang außerstande, einen Pächter zu finden.“

„Mains“, sagte sie. „Über den wollte ich schon längst mit dir gesprochen haben.“

Nichols kam mit dem Kaffee zurück. Er goss Olivia eine Tasse ein, schenkte auch Lisle nach und verschwand wieder.

Olivia wandte den Kopf und schaute ihm nach. „Das nenne ich wahres Talent“, meinte sie. „Ist dir schon mal aufgefallen, dass die wenigsten Männer die Kunst der Unaufdringlichkeit beherrschen? Für gewöhnlich verlangen sie in jeder nur erdenklichen Hinsicht nach Aufmerksamkeit.“ Ihr Blick kehrte zu Lisle zurück. „Außer dir, versteht sich. Was mich vermuten lässt, dass du dir diese Eigenschaft in Ägypten angeeignet hast.“

„Sich lautlos zu bewegen kann tatsächlich lebenswichtig sein“, sagte er.

„Ich würde das auch gern können“, meinte sie. „Aber in diesen Kleidern ist es unmöglich.“

Heute trug sie ein braunes Kleid. Für den frühen Tag gedacht, war es hochgeschlossen. Davon abgesehen, ähnelte es sehr dem Kleid, das sie gestern Abend getragen hatte: gewaltig sich blähende Ärmel und ein Bergmassiv ausladender Röcke, drapiert auf etlichen Lagen Unterröcken …

Er versuchte, an anderes zu denken.

„Man nimmt so viel Raum ein“, fuhr sie fort. „Und raschelt unentwegt.“

„Du hattest gerade von Mains gesprochen“, sagte er.

„Allerdings.“ Sie schnupperte an ihrem Kaffee und seufzte verzückt, ehe sie einen Schluck nahm. „Oh, wie köstlich! Viel besser als der von Urgroßmama.“

„Mains“, wiederholte er.

„Wie beharrlich du bist“, sagte sie.

„Einer von uns beiden muss es ja sein. Du schweifst in zehn Richtungen gleichzeitig ab.“

„Stimmt, ich war in Gedanken gerade beim Essen.“

„Ich werde dir etwas holen.“ Hastig sprang er auf und eilte mit ihrem Teller zur Anrichte. Hauptsache, er konnte irgendetwas tun, sich irgendwie ablenken. „Erzähl ruhig“, sagte er.

„Ja, gut ... Mains. Ehrlich gesagt war er mir ein Rätsel. Ich hatte damit gerechnet, dass er absolut unfähig ist. Oder ein Trinker. Oder beides. Immerhin suchen die Leute im Dorf händeringend nach Arbeit. Keinen Pächter zu finden ist das eine. In einem Gemäuer aus dem fünfzehnten Jahrhundert zu leben ist nicht jedermanns Sache, selbst wenn es renoviert und behaglich eingerichtet wäre. Aber ein Verwalter, der nicht imstande ist, Arbeiter für ein Anwesen zu finden, das in dieser Gegend seit Jahrhunderten der wichtigste Brotgeber ist – das mutete mir doch sehr seltsam an.“

Er kehrte an den Tisch zurück und stellte den Teller vor ihr ab.

Sie besah sich ihr Frühstück. „Kein Haggis“, stellte sie bedauernd fest.

„Unser Koch ist Franzose“, erinnerte Lisle sie.

„Auch kein Lachs“, sagte sie. „Aber welch Wunder, dass er in dem schändlichen Ofen ein perfektes Brioche hat backen können.“

„Verblüffend, nicht wahr?“ Lisle setzte sich wieder. „Und was meintest eben wegen Mains?“

Sie nahm ihr Besteck zur Hand. „Meine Güte, bist du stur.“

„Ich sitze wie auf heißen Kohlen. Etwas an der Art, wie du

den Bericht in die Länge ziehst, lässt mich vermuten, dass du mir etwas Wichtiges sagen willst."

„Einiges", sagte sie. „Zum einen trinkt dein Verwalter tatsächlich ein wenig, auch ist er etwas inkompetent und träge, aber all das ist nicht das eigentliche Problem. Er macht seine Arbeit hinreichend gut. Doch bis kurz vor seinem Tod hat dein Cousin Frederick Dalmay seine Arbeit überwacht. Danach hat dies dein Vater übernommen." Hier verstummte sie und widmete sich ihrem Frühstück.

Lisle fragte nicht weiter nach. Er brauchte es nicht. „Vater hat den Karren in den Dreck gefahren", sagte er.

„Zu diesem Schluss könnte man gelangen."

„Widersprüchliche Anweisungen", sagte Lisle. „Es sich ein Dutzend Mal anders überlegen."

„So scheint es."

„Ich kann mir schon denken, was geschehen ist", sagte er. „Dazu braucht es nicht mal Fantasie. Den Dorfbewohnern ergeht es wie mir."

„Es wurden Regeln aufgestellt, die entweder unangemessen streng waren oder widersprüchlich", sagte sie. „Auf diese Weise sind dir einige Kaufleute verloren gegangen. Noch leben zwar genügend Menschen im Dorf, doch ein paar Familien sind bereits weggezogen. Manche der Männer nehmen weite Wege auf sich, um Arbeit zu finden." Sie aß und sprach zwischendrin weiter. Lisle hörte geduldig zu. Es gab genügend, über das er nachdenken musste.

„Mein Stiefvater und meine Onkel haben mir gezeigt, wie man ein Anwesen führen sollte", sagte sie. „Du weißt ja, wie genau Lord Rathbourne es mit seinen Pflichten nimmt. Nach allem, was ich gehört habe, hatte dein Cousin Frederick dieselben hehren Prinzipien."

„Nicht so mein Vater", sagte er. „Er wüsste Prinzipien nicht mal zu folgen, wenn man sie ihm direkt vor die Nase halten würde."

„Die gute Nachricht ist, dass wir nun wissen, warum der

Sohn des Burgherrn nicht gerade mit offenen Armen empfangen worden bist."

„Argwohn", sagte er. „Sie wissen noch nicht, welch neuerliche Drangsal dank meiner über sie kommt. Doch sie ahnen Schlimmes."

„Wir müssen ihr Vertrauen zurückgewinnen", sagte sie. „Damit sollten wir anfangen. Danach können wir den Gespenstern den Garaus machen."

Noch ehe Lisle etwas erwidern konnte, tauchte Nichols wieder auf.

„Euer Lordschaft, Miss Carsington, ein Mann fragt eben wegen der vakanten Stelle an."

13. KAPITEL

Ein Mann namens Herrick, so Nichols, bewerbe sich um die Stelle des Butlers.

Olivia schaute Lisle an.

„Was ist passiert?“, fragte er. „Gestern hätten noch keine zehn Pferde jemanden auch nur in die Nähe von Gorewood Castle bekommen.“

„Gestern hatte auch noch kein junges Mädchen mit rotem Haar einem das Hackebeil schwingenden französischen Koch die Leviten gelesen“, sagte sie.

„So schnell kann sich das gar nicht herumgesprochen haben“, meinte er.

„Es war gestern“, beharrte sie. „Wenn ich in London etwas anstelle, hat es sich immer bis zum Frühstück des darauffolgenden Tages herumgesprochen. Und auf dem Lande verbreiten sich Neuigkeiten meiner Erfahrung nach noch schneller.“

„Aber wie? Wer sollte es im Dorf erzählt haben? Niemand aus dem Dorf arbeitet auf dem Schloss.“

„Die Stallungen“, sagte sie. „Gerüchte ziehen aus dem Haus zu den Stallungen, und es gibt immer jemanden, der sich dort herumtreibt in der Hoffnung, irgendetwas aufzuschnappen. In jedem Dorf gibt es mindestens eine Person, die es sich zur Aufgabe gemacht hat, über alles und jeden Bescheid zu wissen.“

Lisle sah Nichols an. „Wäre der Bursche in irgendeiner Weise dubios, gehe ich davon aus, dass Sie ihn fortgeschickt hätten.“

„Gewiss. Er hat ein Schreiben von Mr Mains, Euer Lordschaft, sowie eine Referenz von Lord Glaxton, seinem letzten Dienstherrn.“

Olivia musste an die Burg denken, die sie letzte Nacht vom Dach aus gesehen hatte, und vermutete, dass es der Sitz besagten Lords war. Leider fiel ihr auch alles andere wieder ein, was auf dem Dach geschehen war, und sie verdrängte es rasch. Wenn sie *ganz beharrlich* nicht daran dachte, würde es vielleicht einfach weggehen.

„Sowie Miss Carsington ihr Frühstück beendet hat, werden wir mit ihm sprechen“, sagte Lisle.

„Ich bin fertig“, rief Olivia.

Lisle schaute auf ihren Teller. „Nein, bist du nicht.“

„Ich kann später essen“, sagte sie. „Butler sind dieserorts spärlich gesät.“

„Dann nehme ich das Brioche“, sagte er. „Einen Moment noch, Nichols, dann können Sie ihn hereinbringen.“

Oivia und Lisle standen auf und gingen zum Kamin hinüber, um den Kandidaten zu erwarten – zum einen, weil es am Kamin angenehm warm war, zum anderen erhöhte sich so die Distanz zum Küchenkorridor und der lauschenden Dienerschaft.

Mit einem wundersamen Gespür für den rechten Augenblick – das vermutlich daher rührte, Lisle seit Jahren zu Diensten zu sein –, brachte Nichols Herrick just in dem Augenblick herein, als Olivia Lisle die letzten Briochekrümel von der Weste geklopft hatte. Lisle waren sie natürlich nicht aufgefallen, oder es kümmerte ihn nicht, aber Nichols wäre es nicht entgangen, und es hätte ihn sehr bekümmert. Olivia war sich sicher, dass er vor Scham im Boden versunken wäre, hätte sein Herr sich *so* vor einem künftigen Bedienten gezeigt.

Herrick sah zumindest schon mal aus wie ein Butler. Er war von imposanter Statur, ebenso hochgewachsen wie Aillier, aber von weitaus schlankerer Gestalt. Sein dunkles Haar war ordentlich frisiert, und der Blick seiner schwarzen Augen war wach und aufmerksam. Er strahlte die Ruhe und Gelassenheit eines Mannes aus, der wusste, was er wollte. Er erinnerte Olivia an Dudley, Urgroßmamas untadeligen, geradezu perfekten Butler.

Noch mehr erinnerte er sie allerdings an Nichols – weniger äußerlich, denn der Unterschied war offensichtlich, doch hatte er dieselbe unaufdringliche Art.

Obwohl er Schotte war, sprach er makelloses Englisch mit einem nur schwachen Akzent.

„Sie waren zuletzt auf Glaxton Castle“, meinte Lisle, nachdem er die beiden Empfehlungsschreiben gelesen hatte. „Weshalb wollen Sie denn eine so vorteilhafte Position aufgeben und sich in dieser Bruchbude hier verdingen?“

„Ehrgeiz, Euer Lordschaft“, sagte Herrick. „Mr Melvin war Oberbutler auf Glaxton Castle, ich war nur der Unterbutler. Wir waren nicht auf Augenhöhe. Da es recht unwahrscheinlich ist, dass sich an dieser Situation in naher Zukunft etwas ändern oder er in den Ruhestand treten würde, beschloss ich, mein Glück anderswo zu suchen, und habe vor zwei Wochen gekündigt. Beinahe hätte ich ein Angebot aus Edinburgh angenommen, da erfuhr ich, dass hier eine Stelle frei sei. Meine gestrige Unterredung mit Mr Mains ließ mich zu dem Schluss kommen, dass mir die Position auf Gorewood Castle eher zusagte.“

Lisle bemühte sich gar nicht, sein Erstaunen zu verbergen. Mit vager Geste deutete er um sich. „Diese Ruine sagt Ihnen eher zu?“

„Allerdings, Euer Lordschaft. Ich betrachte es als eine Herausforderung.“

„Das sehen wir genauso“, meinte Lisle seufzend. „Leider.“

Olivia fand es an der Zeit einzugreifen. „Meiner Erfahrung nach“, sagte sie, „bevorzugen die meisten Bedienten eine bequeme Anstellung. Herausforderungen sind nicht jedermanns Sache.“

„Das mag gewiss so sein, Miss Carsington“, sagte Herrick. „Doch mir erscheint eine solche Arbeit ausgesprochen langweilig und unbefriedigend.“

„Keine Sorge“, meinte Lisle. „Hier wird Ihnen nicht langweilig werden. Vielleicht haben Sie noch nicht davon gehört, dass unser letzter Butler unter mysteriösen Umständen verschwunden ist.“

„Es gibt nichts, was man in dieser Gegend nicht erfahren würde, Euer Lordschaft“, sagte er. „Selbst in Edinburgh ist die Dienerschaft über alles auf dem Laufenden, was sich im Umkreis von zwanzig Meilen zuträgt. Das gilt auch für Gorewood.“

„Und es beunruhigt Sie gar nicht, dass unser letzter Butler spurlos verschwunden ist?“, hakte Olivia nach.

„Würden Euer Lordschaft und Miss Carsington mir gestatten, ganz offen zu sprechen?“, fragte Herrick.

„Nur zu“, sagte Lisle.

„Ihr letzter Butler kam aus *London*“, sagte Herrick nachsichtig – oder gar mitleidig? „Ich nicht. Meine Familie lebt schon seit Generationen hier. Uns vertreibt man nicht so schnell. Eigentlich gar nicht. Wir harren aus.“

Olivia schaute Lisle vielsagend an.

„Gewiss möchten Euer Lordschaft und Miss Carsington die Sache unter vier Augen besprechen“, sagte Herrick. „Ich werde draußen warten.“

Er entfernte sich lautlos.

Olivia und Lisle sahen ihm nach.

„Ist das Nichols’ großer Bruder?“, fragte sie leise.

„Die beiden müssen einer eigenen Spezies angehören“, meinte er. „Und wenn er auch so ein Schürzenjäger wie Nichols ist … Aber man kann nicht alles haben. Immerhin ist er Schotte, wie du es wolltest, und scheint der Gegend verbunden. Seine Referenzen sind tadellos. Er macht einen guten Eindruck. Ruhig. Diskret. Und er spricht verständliches Englisch. Also, willst du ihn haben oder nicht?“

„Es ist deine Burg“, sagte sie.

„Aber nicht meine Zuständigkeit“, erwiderte er. „Er scheint in Ordnung, aber *du* wolltest dich um die häuslichen Belange kümmern. Ich sollte mich ganz den männlichen Aufgaben widmen. Zustand von Burghof und Schildmauer sind zu überprüfen. Auch das Sockelgeschoss wollte ich mir noch einmal genauer ansehen. Ich will wissen, wie unser Gespenst hineingelangt ist. Wenn ich mich darum kümmern darf, überlasse ich den Butler gerne dir.“

„Er ist Gold wert“, sagte sie.

„Wenn eine DeLucey das sagt, muss etwas dran sein“, meinte er.

„Er scheint nicht vor der ungeheuren Aufgabe zurückzuschrecken“, sagte sie. „Eine neue Dienerschaft anzuwerben – vorzugsweise Leute aus der Gegend –, alles am Laufen zu halten oder besser gesagt zum Laufen zu bringen, zuverlässige Lieferanten zu finden und so weiter und so fort.“

„Ganz im Gegenteil", fand Lisle. „Vielmehr erinnerte er mich an einen Hund, der ungeduldig an der Leine zerrt, es kaum noch erwarten kann, auf die Jagd zu gehen."

„Zudem ist er groß und sieht gut aus", sagte sie.

„Womit die Sache beschlossen wäre."

Nichols trat ein.

„Miss Carsington gefällt er", ließ Lisle ihn wissen. „Schicken Sie unseren neuen Butler herein."

Wenig später

„Nichols wird Sie nachher der Dienerschaft vorstellen und durch die Burg führen", erklärte Olivia Herrick. „Mit den Damen Cooper und Withcote dürfen wir frühestens gegen Mittag rechnen." Sie würden den neuen Butler ungeniert unter die Lupe nehmen und allerlei anzügliche Bemerkungen machen, aber daran würde er sich gewöhnen müssen. „Lord Lisle hat einen Plan von Gorewood Castle angefertigt, den Sie sich gewiss ansehen wollen. Ich fand ihn ausgesprochen hilfreich. Der Grundriss ist weitaus komplizierter, als es auf den ersten Blick den Anschein hat – aber vermutlich sind Sie Treppen gewohnt, die ein Geschoss gänzlich übergehen oder jäh vor einer Wand enden, und mit halben Geschossen, in denen sich Gemächer finden, die niemand dort vermutet hätte und die genau genommen gar nicht dort sein *können*."

„Meinen Sie die *Entresols*, Miss? Die hatten wir auf Glaxton auch, in der Tat."

„Ich habe sie längst noch nicht alle erkundet", sagte sie, „aber Nichols hat vorgeschlagen, das Zwischengeschoss über dem Küchenkorridor als Dokumentenkammer zu nutzen, weshalb ich die Haushaltsbücher fürs Erste dorthin habe bringen lassen."

Herrick wandte seinen Blick in besagte Richtung und musterte das Mauerwerk über der Tür zum Küchenkorridor.

Seine Art, rasch den Kopf zu wenden, der scharfe Blick und die leicht gekrümmte Nase ließen sie an einen Falken denken.

„Ihre Räumlichkeiten dürften sich ungefähr auf gleicher Höhe befinden, allerdings im Nordturm, direkt unter Lord Lisles Gemächern", erklärte sie ihm.

Er ließ seinen Blick ans nördliche Ende des Saals schweifen, wo in einer Ecke der Empore eine Tür und ein schmaler Korridor in seine Räumlichkeiten führten.

„Ich sollte Ihnen wohl besser gleich sagen, dass gestern am Abend ein Gespenst dort oben aufgetaucht ist", meinte sie. „Auf der Empore."

Die dunklen Falkenaugen nahmen sie ins Visier. Nicht die Spur von Verunsicherung war in seinem Blick. „Ein Gespenst, Miss?"

„Jemand, der Gespenst gespielt hat", stellte sie richtig. „Sehr ärgerlich. Seine Lordschaft begeht gerade das Gelände, um herauszufinden, wie diese Person ins Haus gelangen konnte."

„Mir waren draußen Spuren von Vandalismus aufgefallen, Miss. Sehr unerfreulich, doch hat die Burg viele Jahre leer gestanden, was von manchen geradezu als Einladung aufgefasst werden könnte."

„Eine wahre Verlockung, ich weiß", sagte Olivia. „Wenn ich mich recht entsinne, erwähnte auch Seine Lordschaft, dass bei manchen der Treppen die unteren Stufen ganz oder teilweise fehlten. Im Hof liegen zudem Trümmer herabgefallener Turmzinnen."

„Diese Verwüstungen schienen mir älteren Datums", meinte Herrick. „Wahrscheinlich haben die Vandalen es mittlerweile aufgegeben, das Schloss Stein um Stein abzutragen und zu verscherbeln. Aber der Hof ..." Er schüttelte den Kopf. „Eine Schande. Ich würde es nicht geglaubt haben, hätte ich es nicht mit eigenen Augen gesehen."

„Was ist mit dem Hof?", fragte Olivia. Sie versuchte sich an alles zu erinnern, was sie gestern gesehen hatte, als Lisle sie herumgeführt hatte. Das Fundament der Schildmauer war brüchig, einzelne Steine hatten sich gelöst und im Hof verstreut gelegen. Man hatte aufpassen müssen, wo man hintrat, da der Boden holperig und uneben war. Aber war ihr irgendetwas seltsam erschienen? Nicht, dass sie wüsste. Allerdings hatte sie auch viel zu sehr in romantischen Fantasien geschwelgt, als dass sie für derlei Banalitäten einen Blick gehabt hätte.

„Man hat dort gegraben", sagte Herrick. „Jemand hat wieder angefangen, nach dem Schatz zu suchen."

Kurz darauf

„Ein Schatz", sagte Lisle. „Wir haben es mit ein paar Trotteln zu tun, die glauben, hier läge ein Schatz vergraben?"

Diese Neuigkeit, die zu verkünden Olivia in höchster Hast auf den Hof geeilt war, hatte sie ihm natürlich viel umfassender und wortreicher mitgeteilt und mit großen Gesten begleitet, welche nicht nur ihre Arme und Hände in unkontrollierte Bewegung versetzt hatten.

Sie konnte wirklich strapaziös sein.

„Hätte ich nur *alle* Bücher und Papiere deines Cousins gesichtet", sagte sie. „Dann wäre ich selbst darauf gestoßen. Er hat *alles* über Gorewood Castle archiviert, alle Legenden, die man sich seit Jahrhunderten erzählt. Früher oder später wäre ich bestimmt auf die Geschichte vom vergrabenen Schatz gestoßen."

„Diesmal hoffentlich ohne Piraten", vergewisserte er sich. „Nach einem Piratenschatz haben wir nämlich schon mal gesucht."

Mit einem strahlenden Lächeln sah sie ihn an. Sie trug keinen Hut, einzelne Haarsträhnen hatten sich gelöst und wehten im Wind – eben jenem Wind, der auch in ihren sich bauschenden Röcken spielte. Wo doch schon ihr Lächeln genügte, ihm den Verstand zu erweichen.

Was sollte er tun? Was sollte er nur mit ihr tun?

„Keine Piraten", versicherte sie ihm. „Es war zur Zeit des Bürgerkriegs. Cromwell hat Gorewood Castle angegriffen. Die Familie musste mitsamt der Dienerschaft fliehen – bei Nacht und Nebel, weshalb sie nicht all ihre Preziosen mit sich nehmen konnten."

Sie *bebte* schier vor Aufregung. Es war schwer, nahezu unmöglich, sich nicht davon anstecken zu lassen.

Aber er wollte keine Aufregung. Er wollte Ruhe. Und Ordnung. Es gab ein Dutzend Probleme, die er angehen musste, und er bezweifelte, dass er sich klaren Kopfes an deren Lösung würde machen können, solange das Problem namens Olivia ungelöst war. Allerdings schien ihm das unlösbar, wenn sie direkt vor ihm stand. Dann konnte er nämlich keinen klaren Gedanken fassen. Eine ausweglose Situation.

„Und was sie nicht mitnehmen konnten, haben sie vergraben", schloss er.

Sie nickte eifrig.

„Es tut mir leid, deine schöne Fantasie zunichtemachen zu müssen, aber Geschichten wie diese gehören zum Standardrepertoire eines jeden Landsitzes", sagte er. „Willst du wissen, wie sie weitergeht? Cromwell hielt sich länger an der Macht als erwartet. Während des Bürgerkriegs verlor die Familie alles – auch ihre Erinnerung, wo sie den Schatz vergraben hatte. Ich versichere dir, *jede* königstreue Familie wollte irgendwo ihr Silber und ihre Juwelen vergraben haben, bevor sie bei Nacht und Nebel vor den Cromwell'schen Horden geflüchtet sind. Und eine jede dieser Familien konnte sich später partout nicht mehr erinnern, wo sie es vergraben hatten."

„Ich weiß selber, dass es nur Gerede ist, aber …"

„Niemand, und schon gar kein schlitzohriger Schotte, würde ernstlich glauben, dass es nach zweihundert Jahren noch irgendwo einen unentdeckten Schatz zu finden gäbe", sagte er. „Zumindest niemand, der älter als zwölf ist. Bitte sag mir, dass du nicht ernstlich daran glaubst."

„Ich muss gar nicht daran glauben", meinte sie, „um zu glauben, dass jemand danach sucht. Es gibt nämlich Beweise." Sie zeigte auf die vielen kleinen Erdhügel und Furchen, die den Hof durchzogen. „Da der Boden so nass und durchweicht ist, war es mir nicht gleich aufgefallen. Aber Herrick musste nur einen Blick darauf werfen, um zu wissen, dass jemand erst kürzlich hier gegraben hat."

„Vergrabene Schätze scheinen dein Steckenpferd zu sein“, sagte Lisle. „Grab ruhig. So viel du möchtest.“

„Als ob es nur darum ginge, Lisle. Wie kannst du nur so schwer von Begriff sein? Siehst du denn nicht …“

„Doch, ich sehe es sehr wohl, aber wir lassen uns schon wieder von Nebensächlichkeiten ablenken“, sagte er und straffte die Schultern. „Es gibt viel zu tun. Wir müssen Prioritäten setzen. Ich brauche Handwerker, und ich werde welche finden – koste es, was es wolle.“

„Natürlich wirst du das. Ich wollte auch nur …“

„Wir können so nicht weitermachen“, unterbrach er sie. „Mit kaputten Fenstern und Türen und Regen und Wind, die durchs Gemäuer pfeifen, und Witzbolden, die sich nachts hier einschleichen und ihren Schabernack mit uns treiben. Früher hätte niemand so einfach auf die Empore huschen und Gespenst spielen können. Gorewood Castle war eine Festung, die niemand unbewehrt stürmen konnte. Unser nächtlicher Besucher könnte durch die untere Tür hereingelangt sein, die ich dir gezeigt hatte. Diese Tür muss unbedingt repariert und mit einem neuen Schloss versehen werden.“

„Ich stimme dir voll und ganz zu, aber …“

„Ich gehe jetzt ins Dorf und werde ein paar Leute anheuern“, sagte er.

Olivia wandte sich ab und ließ sich auf einen der im Hof herumliegenden Gesteinsbrocken sinken. Würde sie Lisle noch hinterherschauen, käme sie sehr in Versuchung, mit einem der kleineren Steine nach ihm zu werfen.

Das wäre zwar außerordentlich befriedigend, würde aber wenig an den Umständen ändern. Geschweige denn ihn ändern.

Er hatte viel zu tun und wollte alles so rasch wie möglich erledigt bekommen. Der Spukgeschichte oder dem vergrabenen Schatz auf den Grund zu gehen hieße, „sich von Nebensächlichkeiten ablenken zu lassen“. Wann würde dieser Sturkopf endlich begreifen, dass beides keine Nebensächlichkeiten waren, sondern die Ursache des Problems?

Jemand hatte sich hier während der letzten Jahre mächtig angestrengt. Dafür musste es einen guten Grund geben. Beispielsweise den, dass jemand fest davon überzeugt war, einen vergrabenen Schatz zu finden.

Sie sah sich um. Eigentlich sah der Hof nur so aus, wie man es nach Jahren der Vernachlässigung erwarten würde. Frederick Dalmay war mehr an den inneren Werten seines Besitzes gelegen gewesen, so viel war offensichtlich.

Was nur hatte Herrick gesehen, das Lisle und ihr entgangen war? In den Tagen vor ihrer Ankunft hatte es ununterbrochen geregnet, hatte Lisle gesagt. Und dann die Pferde, Karren und Bedienten, die den Boden zertrampelt und zerfurcht hatten. Wie sollte man da noch erkennen, wann hier gegraben worden war? Wenn überhaupt gegraben worden war.

Sie ließ ihren Blick entlang des bröckelnden Gemäuers schweifen. Im Südwesten standen die Überreste eines alten Wachturms. Dort vielleicht? Sie lief hinüber. Tatsächlich zeigte der Boden hier gewisse Untiefen und Aufschüttungen.

War es das, was Herrick gemeint hatte?

Sie blieb eine Weile stehen und blickte nachdenklich zu Boden, doch der zerwühlte Grund wollte ihr seine Geheimnisse nicht preisgeben.

„Hoffnungslos“, sagte sie sich. „Weitaus vernünftiger wäre es, Herrick einfach zu fragen.“

Gorewood, einige Stunden später

Lisle stellte fest, dass die Stimmung im Dorf sich über Nacht gewandelt hatte.

Als er und sein Kammerdiener in den Läden Bestellungen aufgeben wollten, gab niemand mehr vor, sie nicht zu verstehen.

Olivia hatte ganz recht gehabt – die Geschichte von dem jungen rothaarigen Ding, dem furiosen französischen Koch und dem Hackebeil musste die Runde gemacht haben. Auch

Olivias Verwandlung in ein Gespenst dürfte sich herumgesprochen haben und der Schrecken erleichtertem Gelächter gewichen sein.

Sie konnte wirklich Wunder vollbringen, gar keine Frage.

Lisle und Nichols betraten den „Crooked Crook". In Anbetracht der Stunde fand Lisle die Dorfschenke außerordentlich gut besucht. Nirgendwo sonst im Dorf dürften sich Klatsch und Tratsch so rasch verbreiten.

Er trat an den Schanktisch und bestellte ein Bier. Der Wirt tat nicht einmal so, als spräche Lisle Griechisch oder Chinesisch. Anstandslos stellte er einen Krug vor Lisle auf den Tisch.

„Und eine Runde für alle", sagte Lisle.

Nun war ihm Aufmerksamkeit sicher. Er wartete, bis alle bedient waren. Dann erhob er das Wort. Er war es gewohnt, vor einer Menschenmenge zu sprechen. Auf diese Weise rekrutierte er seine Arbeiter in Ägypten. So hielt er sie auch bei Laune, wenn die Moral sank. Geld war den Ägyptern längst nicht so wichtig, wie man meinen sollte, und die wenigsten waren gewillt, ihr Leben für ein paar Fremde aufs Spiel zu setzen. Viele Europäer hielten sie deshalb für Feiglinge. Lisle hielt sie für vernünftig. Weshalb er auch an ihre Vernunft appellierte und ihnen allen Grund gab, ihm zu vertrauen.

Bei den Schotten war er sich da nicht so sicher. Was wusste er schon von Schotten? Doch meinte er zu wissen, dass sie tapfer bis in den Tod und ebenso treu seien – die Schlacht von Culloden kam einem sogleich in den Sinn. Da sie im „Crooked Crook" in der Überzahl waren – zwanzig zu zwei, wenn er recht gezählt hatte –, kam er ohne Umschweife zur Sache, was ihm schon immer mehr gelegen hatte, als schöne Worte zu drechseln.

„Ich brauche kräftige Männer für die Instandsetzung von Gorewood Castle", sagte er. „Ich suche Leute, die sich nicht von Geistern, Gespenstern und sonstigen Spukgestalten in die Flucht schlagen lassen. Dies wird das letzte Mal sein, dass ich mich in Gorewood nach Arbeitern umschaue. Nichols hier hat eine Liste zusammengestellt, was wir an Steinmetzen, Schreinern und so fort brauchen. Jene von euch, die Arbeit wollen, sollen ihren Namen auf die Liste setzen und sich morgen früh um Punkt acht Uhr auf Gorewood Castle zur Arbeit einfinden. Wenn Nichols nicht genügend Namen zusammenbekommt, werde ich mich in den Highlands umschauen, wo es, wie mir gesagt wurde, noch *richtige* Männer geben soll."

Er trank aus und ging.

Roy schaute ihm nach – ebenso wie alle anderen. Im Schankraum herrschte Totenstille, alle starrten auf die Tür, durch die eben der Sohn des Burgherrn verschwunden war.

Dann drehten sie sich um und besahen sich den schmächtigen Burschen, der mit Stift und Notizbuch am Tresen stand.

Plötzlich stieß Tam MacEvoy ein lautes Johlen aus, jemand stimmte ein, und schon schüttelten sie sich alle vor Lachen, als hätten sie ihr Lebtag nichts Lustigeres gehört.

„Habt ihr das gehört?", rief Tam, als er wieder Luft bekam.

„Erst die Rothaarige und jetzt er", grölte ein anderer.

„Hat man so was schon mal gehört?", fragte jemand Roy.

„Nö, hat man nicht", raunzte Roy. Und es stimmte. Es war geradezu unerhört, dass ein gutes Dutzend gestandener Schotten sich ohne Widerrede von einem *Engländer* abkanzeln ließ – ein Engländer, der zudem nicht der Burgherr war (welcher, wie allgemein bekannt, ein Idiot war), sondern lediglich dessen Sohn. Roy schaute Jock an, der noch verwirrter aus der Wäsche guckte als gewohnt.

„Das können wir ja wohl nicht auf uns sitzen lassen, was?", sagte Tam. „Wir werden Seiner Lordschaft schon zeigen, was richtige Männer sind!"

Er marschierte zu dem schmächtigen Kerlchen, diesem Nichols.

„He, du", sagte er.

Dieser Nichols verzog keine Miene, stand einfach nur da und schaute ihn in seiner herablassend-höflichen Engländer-Manier an. „Ja, Mr …?"

„Tam MacEvoy", sagte Tam und reckte das Kinn. „Kannst mich gleich draufsetzen. Tam MacEvoy, Glaser."

Und schon drängelte der Nächste nach vorn. „Mich auch! Craig Archbald, Maurer."

„Mich auch."

Ein großes Gedränge und Geschubse setzte ein, als könne keiner es erwarten, sich zur Arbeit zu verpflichten.

„Roy?", flüsterte Jock. „Was soll'n wir denn jetzt machen?"

„Uns nicht melden, was'n sonst?", sagte Roy. Ganz Gorewood wusste, dass sie ihr Lebtag noch keiner ehrlichen Arbeit nachgegangen waren. Wenn sie jetzt damit anfingen, würde man nur Verdacht schöpfen. „Wir benehmen uns so wie immer."

„Aber …"

„Überlass das mir. Ich hab 'ne Idee."

Bis zum Abend bekam Olivia Lisle kaum zu Gesicht. Nachdem er aus dem Dorf zurückgekommen war, hatte er bis zum Einbruch der Dunkelheit den Hof vermessen. Danach hatte er eine Stunde mit Herrick in der Dokumentenkammer zugebracht, ehe er sich auf sein Zimmer zurückgezogen hatte.

Obwohl sie es nicht selbst gesehen hatte, wusste sie, dass Lisle sich in seinem Schlafzimmer, welches das genaue Gegenstück des ihren war, eine Arbeitsecke am Erkerfenster eingerichtet hatte. Dort hatte er vermutlich gearbeitet, bis es Zeit war, sich zum Abendessen umzukleiden.

Lieber nicht an sein Schlafzimmer denken.

Als sie sich nach dem Essen an den Kamin begaben, gab Lisle die kurze Ansage zum Besten, die er im „Crooked Crook" gemacht hatte.

„Und niemand hat etwas nach dir geworfen?", fragte Olivia.

„Natürlich nicht", sagte er. „Laut Nichols haben sie sich, kaum dass ich zur Tür hinaus war, nicht mehr einbekommen vor Lachen. Danach haben sie sich praktisch darum geprügelt, sich auf die Liste setzen zu lassen. Ein paar hätten Nichols auch gleich die Namen sämtlicher Verwandten genannt, denn das wollte dann doch keiner auf sich sitzen lassen, dass die eigene Familie weniger mutig dasteht als die ungehobelten Highlander – oder ein junges rothaariges Ding. Denn wir wissen ja alle, dass du es warst, die sie umgestimmt hat."

„Aber du wusstest die Gunst der Stunde zu nutzen", sagte sie. Schade, dass sie nicht mit dabei gewesen war. Und danach hätte sie in der Dorfschenke gern Mäuschen gespielt und gelauscht. Das dürfte sehr amüsant gewesen sein.

„Gut gemacht", meinte Lady Cooper. „Ich kann es kaum noch erwarten, bis hier ein paar kräftige Schotten Leitern rauf- und runterklettern und beim Steineschleppen ihre Muskeln spielen lassen."

„Nicht, dass es hier sonst nichts zu sehen gäbe", sagte Lady Withcote und warf anerkennende Blicke zu Herrick, der gerade die abendlichen Drinks brachte.

Nachdem er sich wieder entfernt hatte, meinte Lady Cooper: „Wo hast du *den* nur aufgetrieben, Olivia?"

„Er ist uns einfach erschienen", sagte sie. „Wie der Geist aus der Wunderlampe in *Tausendundeiner Nacht*."

„Seine Lampe würde ich auch gern mal reiben", sagte Lady Withcote.

„Millicent, darauf sollten wir anstoßen. Auf Olivia, die uns ein so prächtiges Mannsbild besorgt hat."

„Auf Olivia!", rief Lady Withcote.

Lisle hob sein Glas. Sein Blick traf den ihren, und in seinen silbergrauen Augen sah sie Mond und Sterne schimmern, und schon war es um sie geschehen, stürmten all die Erinnerungen wieder auf sie ein.

„Auf Olivia", sagte er.

„Und auf Lisle", sagte Lady Cooper. „Weil er uns stattliche Schotten beschafft hat."

„Auf Lisle", sagte Lady Withcote.

„Auf Lisle", sagte Olivia und warf ihm über den Rand ihres Glases einen anzüglichen Blick zu, der es ihm vergelten sollte.

„Ich danke Ihnen, meine Damen", sagte er. „Doch leider müssen Sie mich nun entschuldigen. Morgen steht mir ein Ansturm von Arbeitswütigen ins Haus, wozu ich meine sieben Sinne beisammenhaben möchte. Weshalb ich mich jetzt zur Ruhe begeben werde." Er entschuldigte sich dafür, so langweilig und gediegen zu sein, wünschte eine gute Nacht und ging auf sein Zimmer.

In den letzten Jahren hatten sie Gorewood Castle bis in den letzten Winkel erforscht, nichts war ihnen entgangen. Sie kannten jeden Eingang und jeden Fluchtweg, jeden Korridor, jede noch so schmale Stiege. Zusammengekauert hockten sie im verfallenen Wachturm, fest die erhellten Fenster des Südturms im Blick, und warteten.

Im Südturm waren die Frauen einquartiert.

In Gorewood war man bestens darüber informiert, wer wo schlief (und mit wem) und welches Dienstmädchen wofür (und für wen) zuständig war, wo sie untergebracht waren, welches von ihnen nachts heimlich in die Stallungen huschte und welcher der Stallburschen am begehrtesten bei den Mädchen war. Schließlich gehörte die Burg zum Dorf, weshalb alles, was hinter ihren dicken, wenngleich morschen Mauern vor sich ging, von allgemeinem Interesse war.

Und so warteten Jock und Roy darauf, dass der Südturm dunkel werde. Dann pirschten sie sich im Schutz der Dunkelheit an die kaputte Kellertür heran, kletterten die kaputte Stiege hinunter und schlichen zu der Treppe, die hinauf ins Hauptgeschoss führte.

Uhuuuuuubuhuuuuuhuuuuuuuuuuuuuubuuhoooooooooobuuuhuuuuuuuuuubuuuuhooooooooooooohuuuuuuuuuuu.

Olivia setzte sich kerzengerade im Bett auf. „Gütiger Himmel!"

Leise Schritte waren zu vernehmen. „Miss? Was ist das für ein Geräusch?"

„Ich bin mir nicht sicher." Olivia kletterte aus dem Bett. Im schwachen Schein der Glut schimmerte der Schürhaken. Sie schnappte ihn sich. „Aber wer immer da herumspukt, dürfte es gleich bedauern."

Uhuuuuuuubuhuuuuuhuuuuuuuuuuuuuuubuuhoooooooo-oobuuuhuuuuuuuuuuubuuuuuhooooooooooooohuuuuuuuu-uuu.

Lisle schreckte aus dem Schlaf, war im selben Moment aus dem Bett gesprungen und hatte nach dem Messer gegriffen, das stets unter seinem Kissen lag.

„Sir? Was ist das?"

„Das Grauen. Das gräulichste Geräusch auf Erden. Der Klang von Mord und Totschlag und nie enden wollenden Höllenqualen", sagte Lisle. „Das sind *Dudelsäcke*!"

„Schnell", sagte Roy. „Sie kommen."

Er und Jock spurteten durch das Obergeschoss zur Treppe des Nordturms und rannten nach unten. Das Treppenhaus war stockfinster, aber sie waren hier gewiss schon hunderte Male hoch- und runtergelaufen, weshalb ihnen Tag und Nacht gleich waren.

Dann weiter durch den großen Saal zur nächsten Treppe, zurück in den Südturm und die ausgetretenen Stufen hinuntergewetzt. Unten blieb Roy stehen und meinte: „So, und jetzt noch ein Ständchen für die alten Damen."

Olivia und Bailey kamen just im selben Augenblick in den oberen Saal gestürmt wie Lisle und Nichols.

„Hast du sie gesehen?", fragte Lisle.

„Nur gehört", sagte Olivia. „Was war das für …"

„Dudelsäcke", sagte Lisle düster.

„Wirklich? Das klang ja schrecklich."

„Sie *sind* schrecklich."

Von der Treppe zur Südturm drangen erstickte Schreie. Olivia rannte los. Lisle setzte ihr nach und war vor ihr an der Tür.

„Du bleibst hier“, sagte er, schob sie beiseite und eilte die Treppe hinab.

Sie schubste Nichols aus dem Weg und rannte hinterher.

„Ich habe keine Angst vor Dudelsäcken“, rief Olivia.

„Wer arglose Menschen damit aus dem Schlaf reißt, schreckt vor *nichts* zurück“, sagte Lisle.

„Also wirklich, Lisle. So schlimm sind sie nun auch wieder nicht.“

„Doch, sind sie. Es ist das grässlichste Geräusch der Welt. Der Klang zehntausender Tode.“

Sie gelangten zur Tür von Lady Withcotes Zimmer, welche offen stand. Die alte Dame kam an die Tür, ihr Mädchen dicht auf den Fersen, das sich vergeblich mühte, seiner Herrin die Schnüre des Morgenmantels zuzubinden. „Tut mir leid, euch erschreckt zu haben, meine Lieben, aber dieser Krach raubt einem ja den letzten Nerv. So schnell bin ich lange nicht mehr aus dem Bett gesprungen, das könnt ihr mir glauben. Zuletzt, glaube ich, bei Lord Waycroft mit seinen kalten Füßen.“

Nachdem er sich vergewissert hatte, dass sie gesund und munter war, rannte Lisle einen Stock tiefer, Olivia ihm nach.

Sie trafen Lady Cooper vor ihrem Zimmer an, wie sie angestrengt lauschend ins Dunkel spähte. „Es kam von da.“ Sie zeigte die Treppe hinab. „Von einem dudelsackspielenden Geist hast du uns nichts erzählt, Olivia“, sagte sie vorwurfsvoll. „Hätte ich das gewusst, würde ich ihm aufgelauert haben. Habt ihr schon mal einen Mann den Dudelsack spielen sehen? Dazu braucht es kräftige Lungen, müsst ihr wissen, und kräftige Schultern und Beine und …“

„Wie schön, dass Ihnen nichts geschehen ist“, sagte Lisle.

Er lief weiter durch den schmalen Gang, der in den großen Saal führte, Olivia ihm dicht auf den Fersen.

„Lass mich vorgehen“, flüsterte er. „Und warte einen Moment. Ich will lauschen, und du ahnst ja gar nicht, wie laut dein Hemd beim Gehen raschelt.“

„Es ist kein Hemd. Es ist ein *Nacht*hemd.“

„Ganz gleich, was es ist – sag ihm, es soll leise sein. Und pass mit dem Schürhaken auf."

Die Finsternis im großen Saal war undurchdringlich. Da Lisle nichts sehen konnte, lauschte er. Doch außer Stille war nichts zu hören. Wer immer die Eindringlinge gewesen waren, sie schienen sich hier auszukennen und längst auf und davon zu sein.

Kurz darauf kam Olivia hereingehuscht. Sehen konnte er sie nicht, doch hören. Das leise Rascheln ihrer Nachtgewänder hallte in der Stille wider.

Als sie näher kam, konnte er sie auch riechen, diesen leichten, feinen Geruch ihrer Haut und ihres Haars und dieser schwache Duft von … von was auch immer. Zu schwach, um überhaupt ein Geruch zu sein … ein Hauch nur, ein Hauch von Schlaf und warmen Bettlinnen, der unerwünschte Bilder heraufbeschwor: ihre im Mondschein schimmernde Alabasterhaut, ihr leises, tiefes Lachen, ihr rasches Erschauern, wenn sie Erfüllung fand …

Er biss die Zähne zusammen und ballte die Hände – und stellte fest, dass er noch immer das Messer in der Hand hielt. Er versuchte sich zu entspannen.

Er versuchte, die Bilder aus seinen Gedanken zu verbannen.

„Sie sind weg", sagte er.

Auf der Empore schien ein flackerndes Licht auf. Herrick stand da oben, im Morgenmantel, eine Kerze in der Hand. „Ich habe die Dienerschaft beruhigen können, Euer Lordschaft", sagte er. „Zumindest jene, die das Geräusch überhaupt gehört haben. Ganz oben unter dem Dach hat man anscheinend nichts mitbekommen."

„Haben die Glück gehabt", murmelte Lisle.

„Soll ich eine Durchsuchung des Anwesens veranlassen, Euer Lordschaft?"

„Unsere schaurigen Musikanten dürften längst über alle Berge sein", meinte Lisle. „Schicken Sie die Leute zurück ins Bett."

Herrick entfernte sich lautlos.

Lisle wandte sich Olivia zu. Nun, da sich seine Augen an die Dunkelheit gewöhnt hatten, konnte er schemenhaft die Umrisse ihres reich berüschten, bebänderten, doch unübersehbar durchscheinenden Nachthemds ausmachen. Wacker richtete er den Blick über ihre Schulter auf eine der Wandnischen.

„Heute Nacht können wir die Verfolgung nicht mehr aufnehmen", sagte er.

„Nein, absolut unmöglich", pflichtete sie ihm bei. „Wahrscheinlich kennen unsere Musikanten die Gegend hier wie ihre Westentasche, und unsere armen Londoner Bedienten würden sich draußen im Dunkeln nur verlaufen oder sich gar das Genick brechen."

„Sie müssen dort oben gewesen sein, im oberen Saal", sagte er. Nur wenige Schritte von Olivias Schlafgemach. „Sie treiben ihren Schabernack mit uns." Er ballte die Fäuste. Wie gern würde er jetzt jemanden verprügeln!

„Zugegeben, es war ein wenig beunruhigend", meinte Olivia. „Man rechnet nicht damit, mitten in der Nacht einen Dudelsack zu hören – zumal wenn er so schlecht gespielt wird …"

„Woher willst du das wissen?"

„Na, so schaurig wie das geklungen hat …"

„Die klingen immer so", versicherte ihr Lisle. „Schade, dass wir sie nicht erwischt haben. Ich hätte zu gern gesehen, wie du mit dem Schürhaken auf den Blasebalg eingedroschen hättest. Nur Schotten können sich so was einfallen lassen. Dudelsäcke. *Golf.*"

Sie lachte.

Ein Laut, der ihm ebenfalls durch Mark und Bein ging. Aber anders.

„Olivia, geh jetzt wieder zu Bett", sagte er.

„Aber willst du denn nicht …"

Oh ja, und wie ich will.

„Wir können jetzt nicht reden", sagte er. „Denk doch mal nach. Sieh dir an, was du nicht anhast. Einer von uns beiden muss vernünftig sein, und wir wissen beide, dass du es nicht sein wirst. Geh ins Bett – und pass mit diesem Schürhaken auf."

14. KAPITEL

Mittwoch, 19. Oktober

Die Sonne versank hinter den Bergen. Roy und Jock standen im Schatten der Kirchenruine und beobachteten die Männer, die nach ihrem ersten Arbeitstag auf Gorewood Castle zurück ins Dorf marschierten. Manche trugen Werkzeug über der Schulter, andere zogen Leiterwagen hinter sich her, einige wenige fuhren mit dem Pferdegespann.

„Eine Woche noch, dann ist da oben alles dicht", sagte Jock finster.

„Nicht, wenn wir dem ein bisschen abhelfen", meinte Roy.

„Bist du blöd? Mehr als ein Dutzend Männer arbeiten da von Sonnenaufgang bis Sonnenuntergang. Was die alles in Ordnung bringen, kriegen wir so schnell doch gar nicht wieder kaputt."

„Nicht alles", sagt Roy. „Nur die Arbeiten am Sockelgeschoss, damit wir reinkommen. Was meinst du, wie lange die Londoner das aushalten, wenn wir sie jede Nacht aus dem Schlaf reißen?"

„Keine Ahnung, wie viel *ich* aushalte", sagte Jock. „Dieses ganze Trepprauf, Trepprunter und immer den verdammten Dudelsack mitschleppen. In der Zeit könnten wir auch buddeln."

„Im Dunkeln? Was soll'n das bringen?"

War ja schon schwer genug, tagsüber was zu finden. Diese alten Münzen blinkten einen ja nicht gerade an und riefen aus der Erde: „Guck hier, Geld!" Sie hatten mittlerweile dieselbe Farbe wie der Boden und waren kaum von kleinen Steinen und Erdklumpen zu unterscheiden.

Aber mit denen, die sie gefunden hatten, waren er und Jock gut gefahren. Ein paar hatten sie im Hof entdeckt, ein paar unten im Keller. Aber erst der Ohrring, den sie drüben beim alten Wachturm gefunden hatten, konnte Roy davon überzeugen, dass der alte Dalmay doch nicht nur Unsinn geredet hatte, wie jeder im Dorf zu glauben schien. Dieser Ohrring war der Beweis, dass es tatsächlich einen Schatz gab und dass er *hier* vergraben lag.

Unter dem Mauerwerk, hatte es beim alten Dalmay geheißen. Aber die Leute wollten ja nicht hören. Wenn nicht mal die Dalmays ihren eigenen Schatz hatten finden können, so meinten sie, dann wäre er eben weg. Cromwell hätte ihn sich unter den Nagel gerissen, so wie alles andere auch. Aber wenn diese Zweifler die Münzen sehen könnten und den alten Ohrring und wenn sie wüssten, was man in Edinburgh dafür bekam, dann würden sie anders reden. Dann kämen sie gleich morgen hier hinauf, mit Spaten und mit Hacken bewaffnet, und würden das Schloss auseinandernehmen, statt bei seiner Instandsetzung zu helfen.

„Der Sohn vom Gutsherrn lässt jetzt auch graben", sagte Roy. „Wenn der Schatz im Hof oder im Keller liegt, werden sie ihn finden. Da müssen wir was gegen tun."

Lisle versuchte, nicht über seinem Teller einzuschlafen. Es war ein langer, wenngleich sehr zufriedenstellender Tag gewesen, und nun war er an Körper und Geist erschöpft. Vor allem an Letzterem. So tat er sich auch nach wie vor schwer zu verstehen, was seine Familie mit diesem alten Schutthaufen überhaupt hatte anfangen wollen. Über die Generationen war das Anwesen entweder dem Verfall preisgegeben worden oder aber man hatte ein Vermögen darauf verschwendet, es wieder instand zu setzen. Doch egal, wie sehr man sich mühte, es würde immer kalt, feucht und finster bleiben.

Dennoch hatte er einen Anflug von Stolz verspürt, als er die Männer die Straße vom Dorf hatte hinaufmarschieren sehen. Obwohl der Burgherr, sein Vater, so viel hatte zu Schaden kommen lassen, waren sie doch bereit, ihm, dem Sohn, zu vertrauen. Jetzt konnte man die Sache endlich richtig anpacken. Es war eine gewaltige Aufgabe, die ihn vollauf beschäftigen und ihm keine Zeit für dumme Gedanken lassen würde.

Er warf einen kurzen Blick über den Tisch, wo das Problem saß, dessentwegen er so sehr auf Betriebsamkeit bedacht war. Olivia trug ein Kleid aus schwerer blauer Seide, bei dem Ellen von Stoff an den unmöglichsten Stellen drapiert waren, während Schultern und der satanische Busen sich unverhüllt präsentierten – so man von dem Saphircollier absah, das ihn aus dem Herzen der Verderbnis verführerisch anfunkelte.

Sie erhob sich von Tisch, um die Gesellschaft an den Kamin zu geleiten, wo man bei Konversation und Lektüre den Tee nehmen oder sich – im Falle der Damen – einen weiteren Whiskey genehmigen wollte, als aus den Tiefen der Erde das laute Klagen eines Dudelsacks ertönte.

Lisle sprang von seinem Stuhl auf. „Herrick, Nichols, mir nach. Und ihr …“, er scheuchte die Diener auf, die sich diskret an der Wand reihten, „… die Treppe des Südturms hinunter.“

Sie schnappten sich Kerzen und rannten nach unten.

Wo sie vor allem über Schutt und Geröll stolperten, als sie das große Kellergewölbe durchsuchten. Dann hörten sie einen der Diener rufen: „Hier, Euer Lordschaft!“

Lisle sprintete los und fand den Lakaien aufgeregt auf eine der Wände deuten.

In großen, ungelenken Kohlelettern hatte jemand dort hingekritzelt: PAST BLOS AUF!

Mehr fanden sie nicht.

Die ausgefuchsten Teufel waren abermals entkommen. Lisle schickte die Dienstboten wieder nach oben, damit während seiner Abwesenheit nicht noch die Damen Schaden nähmen. Dann wandte er sich wieder der wenig erbaulichen Botschaft zu und runzelte finster die Stirn. Wenn er diese Schurken in die Finger bekam …

Ein wohlvertrautes Rascheln ließ ihn aufhorchen. Er drehte sich um. Olivia nahte, eine Kerze in der Hand. Neben ihm blieb sie stehen und betrachtete die krummen und schiefen Buchstaben.

„Ich muss gestehen, dass es mich ein wenig beunruhigt, wie sie hier herumschleichen, während der ganze Haushalt auf den Beinen ist“, sagte sie. „Das ist ganz schön dreist.“

„Oder dumm“, sagte er. „Dummdreist.“

„Stiefpapa pflegt zu sagen, dass der gemeine Verbrecher oft ein Mann von minderer Intelligenz und großer Gerissenheit ist."

„Mir wäre es lieber, wenn sie klug wären. Dann ließen sich ihre Gedankengänge wenigstens nachvollziehen."

„Andererseits: Eigentlich sind Dudelsäcke ja harmlos", meinte sie.

„Das ist Ansichtssache."

„Was mir viel mehr Sorge bereitet, ist die *gefühlte* Bedrohung", fuhr sie fort. „Es setzt den Dienstboten zu."

Ihm auch. Denn ohne Dienstboten konnte ein Haushalt nicht funktionieren. Allerdings harrten auch Dienstboten nur dann unter widrigen Umständen aus, wenn ihnen gar keine andere Wahl blieb.

„Schade, dass wir uns kein Heer von Rittern halten können, das uns vor Angreifern bewahrt", meinte er. „So wie in der guten alten Zeit."

„Ich glaube nicht, dass sie uns tatsächlich angreifen werden", sagte sie. „Das würde nur die Behörden auf den Plan rufen. Sie scheinen eher darauf erpicht, uns von hier zu verjagen, um ungestört nach dem Schatz suchen zu können."

„Den Gefallen werde ich ihnen nicht tun", sagte er. „Was ich angefangen habe, bringe ich auch zu Ende. Erst werde ich diese gottverdammte Ruine instand setzen, dann kehre ich nach Ägypten zurück. Hier unten werde ich Fallen aufstellen lassen. Sollen diese Schwachköpfe doch sehen, ob sie dann noch hereinkommen."

„Wenn wir den Schatz vor ihnen fänden, würden sie von allein damit aufhören", sagte sie.

Er war müde, und es fiel ihm nicht gerade leicht, sie anzusehen und dabei vernünftig zu bleiben, wenn ihr Anblick ihm doch solche Pein bereitete. Und er war wütend, weil es ihm nicht gelingen wollte, diese Gefühle zu beherrschen, die allen nur Unglück bescheren würden. Es lag ihm schon auf der Zungenspitze, „Es gibt keinen Schatz" zu sagen, und dass sie nicht so romantischen

Unsinn reden solle – und ihm nicht so nah kommen solle, dass er sie sogar *riechen* konnte.

Gerade noch rechtzeitig meldete sich die Stimme der Vernunft.

Denk nach.

Ein Schatz. Es gab keinen, aber das würde sie ihm sowieso nicht glauben. *Sie will einen Schatz suchen. Warum lässt du sie dann nicht einen Schatz suchen?* Dann wäre sie beschäftigt, und wenn er die Sache schlau anging, würde sie keine Dummheiten mehr machen und ihm nicht länger in die Quere kommen.

„Gut", sagte er. „Betrachten wir die Sache doch mal ganz logisch. Selbst Männer von minderer Intelligenz würden sich nicht ohne Grund so viel Mühe machen."

„Genau", pflichtete sie ihm bei. „Wahrscheinlich suchen sie schon seit Jahren danach – seit dieser Spuk auf Gorewood Castle begonnen hat. Es *muss* also etwas dahinterstecken."

„Wenn wir wüssten, was, wüssten wir auch, was zu tun wäre", sagte er. „Vielleicht findet sich ja etwas in Cousin Fredericks Unterlagen. Vielleicht hat er irgendwann einmal eine Bemerkung fallen lassen. Das ganze Theater fing an, als er Gorewood Castle verlassen hat und nach Edinburgh gezogen ist."

So langsam begann es ihm geradezu Spaß zu machen, sie auf eine falsche Fährte zu locken, ohne ihr im eigentlichen Sinne Lügen aufzutischen.

„Doch, doch", fuhr er bedächtig fort. „Das klingt in der Tat interessant. Nur leider habe ich keine Zeit, seine Papiere und Bücher durchzusehen und Leute zu befragen, die ihm nahestanden. Ich habe alle Hände voll zu tun, dieser Ruine zu ‚altem Glanz zu verhelfen', um meine unberechenbaren Eltern zu besänftigen."

Als er ihre enttäuschte Miene sah, schämte er sich fast. Schlimmer noch: Jener Teil von ihm, der nicht ganz bei Verstand war – und den sie stets auf den Plan rief –, wollte alles stehen und liegen lassen und sich auf der Stelle an die Lösung des Rätsels machen. Dieser unvernünftige Teil von ihm lechzte geradezu danach, mit ihr auf Schatzsuche zu gehen, so wie früher. Oh, welche Versuchung! Mit leiser Wehmut dachte er daran, wie aufregend es gewesen war, mit Olivia alle Regeln zu brechen und sich nur mit ihrer Schlauheit gewappnet durchzuschlagen.

Er merkte, wie sein Widerstand brach. Er wusste, dass er dagegen angehen sollte, doch der unvernünftige Teil von ihm wollte das gar nicht.

Und dann sagte sie plötzlich: „Du hast recht", und strahlte ihn an. „Schatz hin, Schatz her, die Instandsetzung der Burg geht vor. Ich hatte dir versprochen, dass du im Frühling wieder in Ägypten wärst, was heißt, dass wir keine Zeit zu erübrigen haben. *Ich* werde das Rätsel lösen. Nun, da Herrick sich so vorbildlich um den Haushalt kümmert, bleibt mir kaum noch etwas zu tun – und ich könnte mir vorstellen, dass es den alten Damen eine Freude wäre, die Freunde deines Cousins auszuhorchen."

Sie trat näher und gab ihm einen Klaps auf die Brust. „Sei unbesorgt", sagte sie. „Dein treuer Knappe Sir Olivia wird sich um alles kümmern."

Wenn ich groß bin, will ich Ritter werden, hatte sie ihn an jenem Tag wissen lassen, da sie einander das erste Mal begegnet waren. *Ich wäre Sir Olivia, der tapferste aller Ritter, und würde mich mit noblen Ansinnen auf gefahrvolle Missionen begeben, edle Taten vollbringen und Unrecht wiedergutmachen.*

Und schon eilte sie davon, und er stand da und schaute ihr nach, bis sie verschwunden und das Rascheln ihrer Kleider verklungen war.

Dann wandte er sich wieder der Wand zu.

PAST BLOS AUF!

Natürlich glaubte er nicht an schlechte Omen und böse Vorzeichen. Er gab auch nichts auf zweifelhafte Warnungen von Dummköpfen, die des Schreibens kaum mächtig waren.

Kopfschüttelnd wandte er sich ab und ging wieder nach oben.

Getreu seinem Vorsatz war Herrick am Mittwoch nach Edinburgh geritten. Am Donnerstag hatten sie eine Haushälterin, Mrs Gow. Am Freitag hatten Herrick und Mrs Gow eine vollständige schottische Dienerschaft eingestellt, worauf Olivia ihren bisherigen Dienstboten – außer den Kammerdienern und Zofen – erlaubte, nach London zurückzukehren.

Nur Aillier bestand darauf, zu bleiben. Alle anderen packten in Windeseile ihre Sachen und waren am Nachmittag verschwunden.

Derweil hatte Olivia Stunden über Frederick Dalmays Büchern, Traktaten und Zeitschriften zugebracht. Wo immer sich eine Erwähnung von Gorewood Castle fand – beispielsweise in einem Artikel Sir Walter Scotts zur Altertumsforschung –, hatte Frederick ein Lesezeichen eingesteckt und mit spitzem Bleistift Anmerkungen an den Rand geschrieben, die allerdings kaum zu entziffern waren.

Aber in den gedruckten Unterlagen fand sich einstweilen genügend Material, so auch sämtliche Legenden von Geistern und Dämonen. Sie erfuhr, dass die Vorliebe für bestimmte Geister sich im Laufe der Jahrhunderte gewandelt hatte. Außerdem bekam sie allerhand über wunderliche Begebenheiten bei Banketten zu lesen und stolperte immer wieder über nur schwer verständliche rechtliche Verfügungen. Frederick hatte alles aufbewahrt, hatte über alle Besitzansprüche Buch geführt. Tagebuch hatte er ebenfalls geschrieben, und auch darin – soweit sie es entziffern konnte – ging es hauptsächlich um Gorewood Castle und dessen Geschichte. Hin und wieder schien er seinem Ärger wegen irgendeiner die Burg betreffenden Angelegenheit Luft zu machen. Aber sicher war sie sich nicht, denn was er dereinst in seiner winzigen, krakeligen Schrift geschrieben hatte, war kaum noch auszumachen.

Ihr kam der Gedanke, dass Lisle vielleicht weniger Schwierigkeiten damit hätte. Schließlich war er es gewohnt, kryptische Inschriften zu entziffern, an denen zudem noch der Zahn der Zeit und des Vandalismus genagt hatte. Vielleicht sollte sie ihn fragen, ob er nicht doch ein wenig Zeit dafür erübrigen könnte.

Und dann, am Montag, blätterte sie ganz arglos eine weitere Seite um, noch immer mit sich ringend, ob sie Lisle nun um Hilfe bitten sollte oder nicht, als ein Stück vergilbtes, leicht angesengtes Papier herausfiel.

„Sieh mal, ich bin auf *eine Spur* gestoßen!“, rief Olivia und wedelte mit einem zerknitterten und vergilbten Stück Papiers vor Lisles Gesicht herum.

Widerwillig nahm er es entgegen.

Sein Plan hatte so gut funktioniert. Er machte seine Arbeit und sie machte ihre. Bei den Mahlzeiten kreuzten sich ihre Wege, doch dann waren auch die alten Damen zugegen, die stets für ausreichend Ablenkung sorgten.

Heute jedoch hatte Olivia ihn im Brunnenraum gestellt, während die Arbeiter draußen Mittagspause machten. Da stand sie nun und hüpfte vor Aufregung praktisch auf und ab, weil sie eine *SPUR* gefunden hatte.

Sie sollte keine Spuren finden. Sie sollte suchen, suchen, suchen, bis er mit seiner Arbeit fertig und Olivia betreffend wieder zur Vernunft gekommen war oder – sollte sich das als unmöglich erweisen – zumindest wusste, wie er mit dem Problem verfahren wollte.

„Was steht da?“, fragte sie.

Er betrachtete die krummen Striche und Linien, hier und da ein schiefer Kringel, ein paar undefinierbare Zeichen. „Eigentlich gar nichts“, sagte er. „Sieht aus wie eine Kinderzeichnung. Vielleicht eines von Cousin Fredericks frühen Werken. Meine Mutter hat auch alles aufgehoben, was ich als Kind gemalt habe. Derlei Kritzeleien zu bewahren ist ganz offensichtlich kein Akt der Vernunft, sondern des Sentiments.“

„Bist du *ganz* sicher?“, beharrte sie.

„Es ist keine Schatzkarte“, sagte er und gab ihr den Zettel zurück.

„Vielleicht ist es ja eine verschlüsselte Botschaft.“

„Da gibt es nichts zu entschlüsseln“, winkte er ab.

„Aber hier“, sagte sie und zeigte auf die komischen Zeichen. „Hier, in den kleinen Kästchen!“

Schweigend schaute er den Zettel an, dann sie.

Auf dem Weg in den Brunnenraum musste sie mit ihrem ausladenden Kleid sämtliche Spinnweben von den Wänden gestreift haben. Anscheinend hatte sie sich beim Versuch, die geheime Botschaft zu entziffern, auch ziemlich das Haar gerauft, denn aufgeregt wippende Haarnadeln hingen aus ihren zerzausten Locken herab. Ihre blauen Augen funkelten, ihre Wangen waren gerötet.

Oh, er war es so leid! Er war dieses grässliche Gemäuer leid und das grässliche Wetter, und er war es leid, immer tiefere Löcher zu schaufeln, in denen er seine Gefühle vergraben konnte – nur um mit anzusehen, wie sie wieder hervorgekrochen kamen, sich herauswanden wie Schlangen und ihre Giftzähne in ihn gruben.

Warum war er überhaupt nach England zurückgekehrt?

Er wusste doch, dass es ihm nicht bekam, in ihrer Nähe zu sein.

Aber eigentlich war er ja wegen der Carsingtons gekommen. Weshalb sollte er sich von der einzigen Familie fernhalten müssen, die ihm jemals etwas bedeutet hatte, nur weil ein Mitglied dieser Familie ihn um Sinn und Verstand brachte? Das war wirklich nicht fair.

„Das hat nichts weiter zu bedeuten", sagte er. „Irgendein Zettel, wie alte Leute sie zuhauf herumliegen haben."

Die Röte ihrer Wangen vertiefte sich und kroch langsam ihren Hals hinab. Ein Warnsignal.

„Er war niemand, der einfach so Zettel herumliegen ließ", sagte sie. „Wenn du dir mal seine Tagebücher ansehen würdest, wüsstest du das. Er hält Ordnung bis ins kleinste Detail. Wenn er diesen alten Zettel aufbewahrt hat, dann aus gutem Grund."

„Gründe gibt es immer", meinte Lisle. „Senilität könnte einer sein."

Ihre blauen Augen blitzten. „Du hast gesagt, ich soll mich an die Lösung des Rätsels machen", sagte sie. „Also habe ich nach Spuren gesucht, um der Sache auf den Grund zu gehen. Ich habe dich tagelang nicht behelligt. Jetzt bitte ich dich einmal um deine Hilfe, und du tust es einfach so ab. Du weißt ganz genau, dass dieser Zettel etwas bedeutet."

„Er bedeutet nichts!“, fuhr er sie an. „Es gibt keinen Schatz. Vielleicht gab es mal einen, aber jeder vernünftige Mensch käme zu dem Schluss, dass er längst verschwunden sein dürfte. Selbst unsere Gespenster haben es aufgegeben. Ist dir das aufgefallen? Kein Dudelsackgeheule mehr zu nachtschlafender Stunde? Seit sie ihre kleine Drohung auf die Kellerwand gekritzelt haben, keine Spur mehr von ihnen.“

„Es hat geregnet“, sagte sie. „Sie wollen ihre Dudelsäcke und was auch immer sie noch für ihren Spuk brauchen, bestimmt nicht durch Wind und Wetter schleppen.“

„Ich habe Fallen im Keller aufstellen lassen und kein Geheimnis darum gemacht“, sagte er. „Wahrscheinlicher ist, dass sie das gehört haben. Hier spricht sich alles schnell herum.“

„Und du glaubst, davon würden sie sich abhalten lassen? Meinst du, sie geben so rasch auf, nachdem sie jahrelang gesucht haben?“

„Nun, bislang hat auch niemand versucht, sie davon abzuhalten.“

Ihre Wangen glühten. „Lisle, du bist wirklich …“

„Lassen wir diesen Unsinn“, unterbrach er sie. „Ich werde mich nicht mit dir über Gespenster streiten.“

Sie fuchtelte mit dem Zettel vor seiner Nase herum. „Du könntest wenigstens …“

„Nein“, sagte er. „Ich werde meine Zeit nicht mit sinnlosem Gekritzel verschwenden.“

„Das würdest du anders sehen, wenn du mal einen Blick in seine Tagebücher werfen würdest!“

„Das werde ich ganz gewiss nicht“, sagte er. Das hatte ihm gerade noch gefehlt – einen Blick in Cousin Fredericks Tagebücher werfen! Während sie ihm über die Schulter spähte. Ihr Duft. Dieses verdammte Rascheln ihrer Röcke. Das war *unfair*. Sie wusste doch, dass sie sich voneinander fernhalten mussten.

„Du hast gesagt, ich soll seine Unterlagen durchsehen!“, rief sie. „Stunde um Stunde habe ich mich durch Berge von Papier und Stapel von Büchern, Briefen und handschriftlichen Aufzeichnungen gewühlt. Stunde um Stunde habe ich mit dem Versuch zugebracht, seine winzige Handschrift zu entziffern. Du hast gesagt …"

„Damit du beschäftigt bist!", platzte er heraus. „Damit du mir nicht in die Quere kommst. Ich sitze an diesem schrecklichen Ort fest, an dem ich nie sein wollte, habe diese unsinnige, unnütze Aufgabe am Hals, die nichts als Zeit- und Geldverschwendung ist – und das habe ich *dir* zu verdanken!

„Ich wollte dir nur *helfen*!"

„Oh ja, sehr hilfreich. Wärst du nicht gewesen, hätte ich meinen Eltern gesagt, sie sollten sich zum Teufel scheren. Lieber sterbe ich in Ägypten hungers, als hier zu leben. Was kümmert mich ihr verdammtes Geld? Sollen sie es doch meinen Brüdern geben. Ich komme schon allein zurecht. Aber nein. Hier sitze ich nun, versuche zumindest, diese unselige Aufgabe zu bewältigen und die Arbeit, die ich überhaupt nicht machen wollte, gut zu machen, und dann kommst du wieder mit einem deiner Hirngespinste und gehst mir mit irgendeiner Nebensächlichkeit auf die Nerven."

„Hirngespinste? Nebensächlichkeit? Du hast selbst gesagt …"

„Das war doch nur ein *Ablenkungsmanöver*! Dass du das nicht gemerkt hast. Du machst doch andauernd welche. Ich habe dich nur mit deinen eigenen Waffen geschlagen. Und – was sagst du jetzt? Wie gefällt es dir, nach jemand anderes Pfeife zu tanzen?"

„Du … du …" Sie riss ihm seinen Hut vom Kopf und boxte ihn damit in die Brust. Dann warf sie ihn auf den Boden und trampelte darauf herum.

„Gut gemacht", sagte er. „Gar nicht kindisch."

„Wärst du ein Mann, würde ich dich zum Duell fordern", sagte sie.

„Wärst du ein Mann, würde ich dich mit Freuden erschießen."

„Ich hasse dich!", schrie sie. „Du bist *abscheulich*!" Sie trat ihm ans Schienbein.

Es war ein beherzter Tritt, doch er war zu wütend, als dass er etwas gespürt hätte. „Bravo“, sagte er. „Sehr damenhaft.“

Sie machte eine noch weniger damenhafte Geste und stürmte davon.

Dienstag, 25. Oktober, ein Uhr früh

Die Nacht war sternenklar, und der Mond, wenngleich abnehmend, bot genügend Licht für Unruhestifter, Schurken und all jene, die ihnen das Handwerk legen wollten.

„All jene“ beschränkte sich derzeit auf Olivia, die sich aus dem Südturm geschlichen hatte, nachdem alle zu Bett gegangen waren. Sie trug Männerhosen, darunter eine warme Flanellunterhose. Weste, Rock und ein dicker Kapuzenumhang boten weiteren Schutz gegen eine schottische Herbstnacht. Außerdem hatte sie eine Wolldecke mitgenommen.

Nicht, dass sie die gebraucht hätte. Ihr heißes DeLucey-Blut hielt sie warm.

Die Geister waren also verschwunden?

„Das werden wir ja sehen“, murmelte sie.

Sie hätte mit ihm wetten sollen. Das hätte sie nach ihrem in eisiger Höflichkeit durchgestandenen Dinner tun sollen.

Sie sind nicht verschwunden, und ich werde es dir beweisen. Das hätte sie sagen sollen.

Worauf er erwidert hätte: *Nichts wirst du beweisen.*

Worum wollen wir wetten?

Wie wäre es mit der Burg des Grauens? Die kannst du gerne haben.

Du kannst sie nicht verwetten, denn sie gehört dir nicht mal. Aber ich mache dir einen Vorschlag: Wenn ich beweisen kann, dass die Geister nicht verschwunden sind, hörst du auf, dich wie ein Dummkopf zu benehmen … oh nein, tut mir leid! Wie konnte ich das vergessen? Du kannst ja nicht anders.

„Und dann hätte er gesagt …“ Sie schaute zum Nordturm

hinauf. Alle Fenster waren dunkel, woraus sie schloss, dass er schlief – und hoffentlich von höllischen Alpträumen geplagt wurde. „Und dann hätte er gesagt … Was würde er wohl gesagt haben?"

Egal. Sie würde ihm schon zeigen, dass die Geister längst nicht aufgegeben hatten. Sie überdachten nur ihre Strategie. Das würde sie zumindest tun.

Aber eine solche Wette hätte ihn nur argwöhnisch werden lassen. Da war es schon besser, wenn er glaubte, sie schmollte. Hätte er von ihren Plänen geahnt, wäre er ihr nur wieder in die Quere gekommen. Und er konnte ja so lästig sein.

Nichts konnte sie jetzt weniger gebrauchen, als einen missgelaunten, uneinsichtigen Mann, der ihr alles verdarb.

Nicht einmal Bailey hatte sie in ihr nächtliches Unterfangen eingeweiht. Bailey würde nur gewacht haben, bis Olivia zurück wäre, doch war noch nicht absehbar, wann das sein würde. Wenn es sein musste, würde sie bis Tagesanbruch ausharren. Es wäre unverantwortlich, Bailey um ihren wohlverdienten Schlaf zu bringen.

Olivia hatte sich für eine lange Nacht eingerichtet und ihr Versteck mit Bedacht gewählt. Der im Südwesten des Burghofs gelegene Wachturm war einst genau für solche Zwecke erbaut worden. Wenngleich er nunmehr eine Ruine war und als Ausguck wenig taugte, hatte man von der Tür aus doch einen guten Blick über den Hof, ohne selbst gesehen zu werden.

Das Anstrengendste war das Warten. Einfach nur stillzusitzen, kein Kartenspiel und kein Buch zur Zerstreuung, das war nicht gerade unterhaltsam. Und auf einer blanken Steinstufe zu sitzen war auch nur kurze Zeit bequem. Olivia spürte die Kälte durch Wollstoff und Flanell kriechen. Der Wind heulte ums Gemäuer. Nach einer Weile schienen Mond und Sterne zu verblassen. Olivia spähte aus ihrem Versteck.

Wolken jagten über den Himmel, schoben sich vor den Mond und ließen die Sterne verschwinden. Olivia zog sich tiefer in ihr Versteck zurück und zog die Wolldecke fester um sich. Die Zeit verging, und es wurde immer kälter und kälter. Die Glieder wurden ihr steif. Sie streckte sich vorsichtig.

War das ein Regentropfen, der eben ihre Wange gestreift hatte? Oder war es nur der eisige Wind? Ihre Finger begannen taub zu werden. Draußen wurde es immer finsterer. Man konnte kaum noch die Umrisse der Burg erkennen.

Der Wind pfiff durchs Mauerwerk. Sie versuchte sich zu bewegen, doch es war zu eng. Mit den Füßen auf den Boden zu stampfen wagte sie nicht, aber ihre Zehen schmerzten vor Kälte. Ihren Po spürte sie schon gar nicht mehr.

Sie dachte an Lisle und die abscheulichen Dinge, die er gesagt hatte, und was sie ihm hätte erwidern sollen, doch nicht einmal ihre Wut konnte sie noch wärmen. Sie würde aufstehen und ein wenig umhergehen müssen, sonst würde ihr noch alles absterben. Olivia machte Anstalten aufzustehen.

Aus den Augenwinkeln nahm sie einen kurz aufblitzenden Lichtschein wahr. Oder hatte sie sich das nur eingebildet? Ein Licht, ganz kurz nur. Eine abgeblendete Laterne? Nun schien es ihr auf einmal noch dunkler als zuvor, und die Nacht legte sich wie eine kalte, feuchte Decke um sie.

Im nächsten Moment hörte sie Schritte.

„Pass mit der Laterne auf“, sagte jemand mit leiser Stimme.

Klock. Dong. Boing.

„Ich seh nix, verdammt. Und jetzt regnet’s auch noch. Ich hab dir gleich gesagt …“

„Ist nur Nebel.“

„Quatsch, Nebel. Das ist Regen. Ich hab dir gleich gesagt … Mist!“

Das Licht schien Olivia ins Gesicht, blendete sie.

Das zerknitterte und angesengte Stück Papier wollte Lisle nicht aus dem Sinn. Immer, wenn er gerade einschlafen wollte, flatterte es wieder in seine Gedanken.

Er sah die krummen und schiefen Linien vor sich, die winzigen Zeichen in den kleinen Kästchen.

Vielleicht war es ja doch eine Karte?

Oder eine Geheimschrift?

Sein rastloser Verstand fing an, die Zeichen und Linien zueinander in Beziehung zu setzen, und nun war es mit dem Schlafen endgültig vorbei, denn er *dachte nach*.

Lisle setzte sich auf, zündete eine Kerze an und fluchte leise.

Olivia hatte ihm nur einmal damit vor dem Gesicht herumgewedelt, und nun wollte dieser unselige Zettel ihm nicht mehr aus dem Sinn.

Er stand auf, zog seinen Morgenmantel über und schürte das Feuer. Dann nahm er seine Kerze und ging zu seinem Arbeitsplatz am großen Erkerfenster hinüber. Vor langer Zeit schon war hier ein Fenstersitz eingebaut worden, und Lisle hatte noch eine Sitzbank dazugestellt, die ihm als Tisch diente.

Bei Tage war das Licht hinreichend zum Arbeiten. Bei Nacht war es geradezu anheimelnd. Wenn es nicht regnete oder der Himmel wolkenverhangen war – was indes selten genug vorkam –, hatte er einen herrlichen Blick auf den Sternenhimmel. Kein Vergleich zwar zum Himmel über Ägypten, aber immerhin bekam man eine Ahnung davon, fern der Zivilisation und all ihren Regeln und Widrigkeiten zu sein.

Er blickte zum Fenster hinaus. Alles finster. Es regnete. Mal wieder.

„Elendiger Ort“, fluchte er.

Olivia brauchte einen Moment, ehe sie wieder etwas sehen konnte. Dann blitzte die Laterne noch einmal auf, schien jedoch nicht in ihre Richtung. Sie hörte es scheppern, hörte Stimmen. Etwas fiel laut zu Boden. Schließlich Schritte, die schnell davonrannten.

Da brauchte sie nicht lange nachzudenken.

Sie warf die Decke beiseite und rannte ihnen hinterher, immer dem Schein der Laterne nach, der irrlichternd durch den Hof hüpfte und durch einen breiten Mauerspalt hinaus auf die Straße verschwand.

Sie merkte, wie der Regen immer stärker wurde und die Kälte ihr bis zu den Knochen kroch, aber die Laterne blitzte im Dunkel auf wie ein Glühwürmchen und ihr Licht schien sie magisch anzuziehen, immer weiter die Straße hinab. Dann plötzlich war es verschwunden. Weit und breit kein Licht mehr.

Nichts. Nur Dunkelheit. Und Regen. Eisiger Regen, der ihr auf Kopf und Schultern prasselte, ihren Hals hinab und in den Kragen ihres Umhangs rann.

Sie schaute zurück. Die Burg war kaum noch zu erkennen. Ein dunkel verschwommener Umriss hinter einer dichten Regenwand, die ihr durch Wolle und Flanell drang und sie bis auf die Haut durchnässte.

Kein Licht in den Fenstern. Kein einziges.

Von dort war keine Hilfe zu erwarten.

Nichts, wo sie sich unterstellen könnte – und was würde es jetzt noch bringen? Ihre Handschuhe trieften vor Nässe, und ihre Finger schmerzten vor Kälte.

Sie versuchte zu rennen, doch ihre Füße waren wie Eisklötze und ihre Kleider schwer vom Regen, und wenn sie jetzt stolperte und hinfiele …

Nur keine Panik.

Nicht immer alles dramatisieren.

Beweg dich. Einen Fuß vor den anderen setzen.

Sie biss die Zähne zusammen, zog den Kopf zwischen die Schultern und machte sich auf den Weg.

Die Tür zu Lisles Gemächern im Nordturm war massiv und schwer. Wäre nicht der breite Spalt an der Angel gewesen – noch etwas, das es auf die Liste der Reparaturen zu setzen galt –, würde er das Geräusch nicht gehört haben. So meinte er, etwas gehört zu haben, war sich aber nicht sicher. Er ging zur Tür, öffnete sie einen Spalt und lauschte.

Er hörte leises Scharren, undeutliches Murmeln.

Dann ein Fluchen. Obwohl es kaum zu vernehmen war, wusste er sofort, wer da sein Unwesen trieb.

Er nahm seine Kerze, verließ sein Zimmer und betrat den oberen Saal – einen weitläufigen, völlig leeren Raum, der direkt über dem großen Saal gelegen und von denselben Ausmaßen war, wenngleich keine so hohe Gewölbedecke hatte. Allerdings gab es auch hier einen riesigen, mannshohen Kamin.

Vor dem Olivia nun kniete. Sie zitterte am ganzen Leib und mühte sich vergeblich, mit einer Zunderbüchse Funken zu schlagen.

Plötzlich schaute sie auf und starrte blinzelnd ins Licht seiner Kerze.

„Lisle?“, flüsterte sie.

Er sah sie sich an: tropfnasses Haar, triefnasse Kleider, um sie her auf dem Boden eine große Wasserlache.

„Was ist denn mit dir passiert?“, fragte er fassungslos. „Olivia, was hast du getan?“

„Oh, L…Lisle“, stammelte sie, schlotternd vor Kälte.

Er stellte die Kerze ab, beugte sich über Olivia und hob sie hoch. Sie war nass bis auf die Knochen und zitterte erbärmlich. Was hatte sie nur wieder angestellt? Er wollte sich Luft machen, wollte toben und schreien, und vielleicht hätte er genau das tun sollen. Jemand würde es gehört haben – ihr Mädchen oder sein Kammerdiener – und wäre herbeigeeilt, um ihnen behilflich zu sein.

Doch weder schrie noch tobte er. Nicht ein Wort kam ihm über die Lippen. Schweigend trug er sie auf sein Zimmer.

15. KAPITEL

Lisle setzte sie auf dem Teppich vor dem Kaminfeuer ab. Ihre Hände waren eiskalt, und sie zitterte so heftig, dass ihr die Zähne klapperten.

Das Herz raste ihm, als er an ihren nassen Kleidern zerrte. Der schwere Umhang war bis aufs Futter durchnässt. Vor lauter Angst, dass sie sich den Tod holen könne, stellte er sich furchtbar ungeschickt an und fummelte unbeholfen an dem Knopf herum. Er bekam ihn einfach nicht auf. Ungeduldig riss er ihn ab, zog ihr den Umhang von den Schultern und warf ihn beiseite.

Darunter trug sie Männerkleider. Die auch völlig durchnässt waren. Er mühte sich, sie aus dem Rock zu schälen, zog ihre Arme aus den Ärmeln, warf den Rock beiseite und fluchte. Anders als in York hatte sie diesmal auch eine Weste angezogen, die ebenfalls pitschnass war und eine lange Reihe Knöpfe hatte, die sich seinen Fingern beharrlich widersetzten.

Er rannte hinüber zu seiner Schreibbank, schnappte sich das Federmesser, eilte zurück und schnitt die Knöpfe kurzerhand ab. Nachdem auch die Weste geschafft war, machte er sich an die Hose aus schwerem Wolltuch. Dank der zahlreichen Schichten an Überkleidung war sie weniger nass als die anderen Sachen, und die Knopflöcher gaben leicht nach. Er streifte ihr die Hose ab – und fluchte abermals.

Darunter trug sie einst wohl wärmende Flanellwäsche, die ihr nun kalt und klamm am Körper klebte. So viel Kleidung und doch nass bis auf die Haut. Das Herz pochte ihm wild in der Brust, getrieben von Wut und Furcht. Wie lange hatte sie dort draußen im Regen zugebracht? Was war nur los mit ihr, dass sie solche Dummheiten machte? Sie würde sich erkälten, Fieber bekommen. Und das hier, in dieser Wildnis! Jenseits von Gut und Böse, meilenweit von einem Arzt entfernt, der diesen Namen verdient hätte.

Er versuchte gar nicht erst, ihre Unterhose aufzuschnüren,

sondern schnitt das Band beherzt durch und zerrte sie ihr von den Beinen.

„N…nicht“, sagte sie. „W…warte.“

„Das kann nicht warten.“

„Ich m…mache das schon.“

„Du zitterst am ganzen Leib.“

„M…mir ist k…kalt.“

Er warf die Unterhose beiseite, zog ihr auch die restliche Wäsche aus und verhüllte sie dabei mit einer Decke, wobei er sich vage eines guten Grundes bewusst war, sie zu verhüllen, sich seiner aber beim besten Willen nicht entsinnen konnte.

Sie schluchzte derweil leise und brabbelte Unsinn, stammelte Sätze, die sie nicht zu Ende brachte, wirres Zeug, das keinen Sinn ergab: von einer Wette und dass nie genügend Briefe kämen und warum sie das überhaupt aufhebe, aber Bailey würde sie schon verstehen, nicht wahr?

Sie delirierte.

Delirium könnte Fieber bedeuten. Fieber ließ auf eine Infektion der Lungen schließen.

Nur nicht dran denken.

Er holte noch eine zweite Decke und wickelte sie darin ein. Dann fachte er das Feuer kräftig an. Sie zitterte noch immer wie Espenlaub.

„Ich k…kann g…gar n…nicht d…damit aufhören“, sagte sie. „Mir ist s…so k…kalt.“

Er rieb mit der Decke über ihre Haut, um das Blut wieder in Fluss zu bringen, aber sie verzog nur das Gesicht, weil die Wolle zu sehr kratzte.

Also ließ er es sein und sah sich verzweifelt im Zimmer um. Er sprang auf und holte die Handtücher, die Nichols für die Morgentoilette bereitgelegt hatte. Lisle zog die Decke beiseite, entblößte einen ihrer Arme und rieb ihn warm. Dann den anderen. Ihre Hände waren noch immer eiskalt und zitterten in den seinen.

Als Nächstes massierte er ihr die Füße, die auch eiskalt waren.

Verzweifelt rieb er weiter, gestattete sich nicht einen Gedanken, versuchte nur, ihr Blut zu wärmen, sodass es ihr wieder gleichmäßig durch die Adern floss.

Er hätte nicht sagen können, wie lange er sich so mühte. Panik hatte ihm den Verstand vernebelt und jeden Gedanken ausgelöscht.

Er massierte ihr Schultern und Arme, Beine und Füße, immer wieder. Die Hände schmerzten ihm, doch er machte beharrlich weiter.

So fiebrig war er bei der Sache, dass ihm zunächst gar nicht auffiel, wie das Zucken und Zittern langsam nachließ. Sie brabbelte auch kein wirres Zeug mehr. Ihre Zähne hatten aufgehört, so schauderlich zu klappern.

Er hielt inne und sah sie an.

„Oh“, sagte sie. „Und ich dachte schon, mir würde niemals mehr warm werden. Oh, Lisle. Warum hast du mich nur so echauffiert? Du weißt doch, was passiert, wenn ich wütend werde und es mit mir durchgeht.“

„Ja, ich weiß.“

„Was habe ich mir nur dabei gedacht? Als ob ich allein etwas ausrichten könnte. Eigentlich wollte ich auch nur ein bisschen herumspionieren. Glaube ich. Es war so finster. Nirgends Licht in den Fenstern. Hätte ich dich nur mitkommen lassen. Wir ergänzen uns so gut.“

Was sie da redete, ergab zwar immer noch nur zur Hälfte Sinn, aber zur Hälfte war schon mal ziemlich gut. Sein Herzschlag beruhigte sich. Ihre Haut begann sich unter seinen Händen spürbar zu erwärmen. Das Frösteln ließ weiter nach.

In seinem Kopf kehrte Ruhe ein, sein Verstand klärte sich.

Und dann sah er es, ganz deutlich.

Olivia, die vor dem prasselnden Kaminfeuer lag, nur in eine Decke gehüllt. Zerstreut liegende Kleider, lose Knöpfe.

„Oh, Lisle“, sagte sie. „Deine Hände sind so warm. Deine wunderbaren, warmen Hände.“

Er blickte auf seine Hände hinab, die ihren Arm umfassten.

Genug. Das musste aufhören. Er würde sie auf der Stelle loslassen.

Nein, würde er nicht.

Stattdessen strich er langsam ihren Arm hinauf. Und hinab. Hinauf. Und hinab.

Sorgsam war er darauf bedacht gewesen, sie nicht zu entblößen, die Decke nur dort kurz zu lüften, wo er an ihre Arme, ihre Füße gelangen wollte. Auch jetzt deckte er den rechten Arm wieder zu, ehe er die Decke vom linken hob und ihn zu massieren begann. Ganz langsam und bedächtig. Und sehr beharrlich.

„Wie gut sich das anfühlt", seufzte sie benommen. „Ich weiß keine Worte dafür. Wunderbar. Wie machst du das bloß?"

Er schob die Decke ein Stück weit hoch, enthüllte ihre Füße. Lisle fuhr ihr mit der flachen Hand über die Fußsohle, und Olivia stöhnte.

Er schob ihr ein paar Kissen unter Kopf und Schultern und bettete sie darauf. Seufzend schloss sie die Augen. Öffnete sie indes gleich wieder, um ihn zu beobachten.

Er hatte sich abermals ihren Füßen zugewandt. Erst rieb er den einen warm, dann den anderen. Dann die Waden, wozu er die Decke noch höher schieben musste. Seine Hände umfassten beide Waden, strichen über die warme, samtweiche Haut. Olivia atmete ruhig und tief und hatte zu zittern aufgehört.

Reglos lag sie auf den Kissen und sah ihn an. Ihre blauen Augen spiegelten den Feuerschein, als würden Sterne darin tanzen. Das warme Licht ließ ihre Haut erglühen, hob die anmutigen Wangenknochen hervor, den geschwungenen Hals, das störrische Kinn. Die Decke war ihr von den weiß schimmernden Schultern gerutscht.

Er ließ das Handtuch fallen und strich mit dem Handrücken über ihre Wange. Ihre Haut war so glatt wie Seide – so glatt wie jene Seide, welche nur die reichsten Ägypterinnen sich leisten konnten und die so fein gesponnen war, dass man eine ganze Elle durch einen schmalen Ring ziehen konnte. Doch war dies keine Seide, sondern Haut. Warme, pulsierende Haut. *Ihre* Haut. Eben noch hatte er geglaubt, Olivia für immer verloren zu haben. Die Welt hatte aufgehört sich zu drehen, alles war ihm finster und leer erschienen.

Er drehte seine Hand um, damit er all diese weiche, warme Lebendigkeit an seiner Handfläche spüren konnte.

Sie wandte ihr Gesicht, um seine Handfläche mit den Lippen zu berühren.

Tu das nicht. Tu es nicht, nicht, nicht.

Aber nein. Das wäre gelogen. Das war nicht, was er wollte.

Es war so einfach. Nur der Hauch einer Berührung. Nur ihre Lippen an seiner Hand. Doch weil er eine Ewigkeit darauf gewartet hatte, fuhr die Berührung wie ein Schock durch ihn, als hätte er einen Schlag erhalten. Und noch einen. Und noch einen. Ihre Berührung schlug in seinem Herzen ein, ließ es dumpf und verstört stolpern. Dann raste sie abwärts, fuhr ihm heiß in die Lenden. Sein Körper spannte und straffte sich, sein Verstand umwölkte sich.

Er kniete zu ihren Füßen und sah nichts mehr außer ihr, wie sie da lag, im Feuerschein erglüht. Warme Haut nun, wo immer er sie berührte. Warm und lebendig. Ihr Busen hob und senkte sich unter der Decke.

Neben ihnen prasselte das Feuer, ansonsten war es still. In den Zimmerecken tanzten dunkle Schatten.

Mit einer Hand hielt sie die Decke vor ihrer Brust geschlossen. Er griff nach ihrer Hand und zog sie fort. Sie ließ die Decke los. Ohne einen Laut, ohne allen Widerstand. Sie sah ihn nur an, beobachtete ihn, ihr schönes Gesicht ernst und aufmerksam, als wäre er ein Rätsel, das es zu lösen galt.

Aber da gab es nichts zu rätseln.

Er war ein Mann, und sie hatte ihm gefehlt, und eben hatte er eine Ahnung davon bekommen, wie die Welt ohne sie wäre.

Lange hatte er ohne sie gelebt und sich ganz bewusst von ihr ferngehalten. Doch vermisst hatte er sie. Gäbe es nicht sie, zu der er zurückkehren könnte, wie würde sein Leben dann sein?

Gerade hatte er geglaubt, sie zu verlieren. Doch nun war sie da, warm und lebendig im Feuerschein. Eine Tatsache, ganz einfach. Sie war hier, und er wollte sie. Eine schlichte Tatsache, die alle Willensanstrengungen, guten Vorsätze, moralischen Bedenken und Verpflichtungen zunichtemachte.

Er schlug die Decke auseinander, schob sie ihr bis zur Taille hinab und sah sie nur an, sah sich satt, bis ihm Augen, Herz und Verstand übergingen.

„Mein Gott“, hauchte er. „Mein Gott, Olivia.“

Ihre Haut schimmerte wie der Mond, wenn er des Nachts hoch am Himmel stand. Auch ihre festen, runden Brüste – ihre teuflischen, infernalischen Brüste –, schimmerten wie zwei Monde, indes gekrönt mit rosigen Knospen, die geradezu nach seiner Berührung verlangten. Sie griff nach seiner Hand, und er ließ sie gewähren, wehrlos ließ er zu, wie sie seine Hand auf ihre Brust legte. Er spürte, wie die Knospe sich spannte, sich ebenso spannte wie seine Lenden.

Sein Verstand umwölkte sich weiter.

Nun sah er nur noch sie. Konnte nur noch an sie denken. Die Welt bestand nur noch aus Olivia, glühend im Feuerschein. Sie seufzte, als er ihre Brust umfing. Er hob auch die andere Hand, umfing beide Brüste und drückte sie sacht, und sie lachte, ihr leises, tiefes Lachen, und schloss die Augen.

„Ja“, sagte sie. „Genau das wollte ich.“

Schlichte Worte. Doch was er alles in ihnen hörte! Lust, Verlangen und was nicht noch alles, und das genügte ihm, denn er hätte es nicht besser sagen können.

Genau das wollte ich.

Er schob ihre Beine auseinander. Noch immer kein Widerstand, ihr Blick wieder unverwandt auf ihn gerichtet. Er beugte sich über sie und berührte eine der rosigen Knospen mit der Zungenspitze.

„Ja“, flüsterte sie.

Ja. Und damit war alles gesagt. *Ja* war der Geschmack ihrer Haut und der Klang ihrer Stimme und wie ihr Leib sich mit jeder Berührung seiner Zunge hob und senkte. Es war, wie sie die

Arme um seinen Hals schlang und ihn an sich zog. Es war, wie sie stöhnte, während er an ihr saugte und mit der Zunge über ihre perlig schimmernde Haut fuhr.

Ja, genau das wollte ich.

Dann schob er die Decke ganz beiseite, und sie küsste ihn. Ihr weicher Mund bot sich ihm in all seiner kirschensüßen Sündhaftigkeit dar. Nun war es ihr Kuss, der ihn mit sich riss, dieser tiefe, leidenschaftliche Kuss, der ihm wie hundert Küsse schien, über all die Jahre für diesen Moment aufgehoben, so endlos dauerte er und so endlos war auch das Gefühl zu fallen, in Olivia zu versinken und in sich selbst und in eine Welt, wo es nur noch sie beide gab.

Die Welt war nur noch ihr Geschmack, ihr Duft, ihre Haut ... alle Rundungen ihres Körpers unter seinen Händen. Die Welt war, wie sie sich unter seinen Berührungen wand und mit den Händen über ihn fuhr, bis sie den Saum seines Hemds gefunden hatte. Sie zog es ihm bis zum Hals, sodass er sich von ihrem Kuss lösen musste, damit sie es ihm über den Kopf ziehen und beiseitewerfen konnte. Nun war er ebenso nackt wie sie.

Ja, genau das wollte ich.

Sie strich ihm über Schultern und Arme, tastete über seine Brust. Schockwellen jagten über ihn und fuhren ihm unter die Haut, als ihre Finger seine Brustwarzen fanden.

„Ah“, sagte sie. Und schon schnellte sie empor, rasch und geschmeidig, und berührte die harten Spitzen mit ihrer Zunge. An seinen Schultern zog sie sich noch weiter hoch, schlang die Beine um seine Hüften und küsste ihn, stieß ihre Zunge in seinen Mund und spielte mit der seinen, stieß vor und zog sich zurück, derweil ihre Brüste sich an seiner Brust rieben und sein Glied hart und heiß an ihrem Bauch pulsierte.

Er hielt sie fest, fuhr mit den Händen ihren Rücken hinab und umfasste ihren Hintern.

Neben ihnen prasselte knisternd das Kaminfeuer, und auch in ihm schien ein Feuer zu brennen. Jede Berührung, jeder Kuss ließ Flammen lodern.

Ohne sich von ihrem Kuss zu lösen, drängte er sie zurück auf die Kissen, und sie folgte ihm, wohin er sie wortlos führte. Noch immer hielt sie die Beine um seine Hüften geschlungen. Er hob den Kopf und suchte ihren Blick, schob ihre Beine auseinander und setzte ihre Füße neben sich auf die Decke.

Langsam strich er über ihre Schenkel, fand ihren Schoß, ihren im Feuerschein feucht glänzenden Schoß mit dem feinen, rotgolden schimmernden Haar. Er schob seine Finger in den schmalen Spalt, streichelte sie dort. Sie bäumte sich auf und drängte sich an ihn.

Er verstand es, zu beglücken. Und nichts wünschte er sich sehnlicher, als sie glücklich zu machen – aber sie entflammte so rasch, ließ jeden Gedanken verglühen. Es blieben nur Instinkt und Verlangen. Ganz einfach eigentlich. Und so elementar: zwei junge Menschen, deren Körper nacheinander verlangten, in deren Blut die Leidenschaft so heftig und unaufhaltsam tobte wie ein Wüstensturm.

Sie streckte die Hand nach ihm aus und berührte ihn, strich mit glatten Fingern über seinen Schaft, schloss ihre Finger darum und fuhr hinauf und hinab, hinauf und hinab.

Stöhnend stieß er ihre Hand beiseite und drang in sie ein. Nun spürte er Widerstand, und mit einem überraschten Schrei fuhr sie auf und spannte sich am ganzen Leib. Er senkte seinen Mund auf ihren und küsste sie innig, so innig, dass ihm schien, als habe er seit einer Ewigkeit all sein Verlangen nur für diesen Augenblick bewahrt.

Sie umfasste seinen Nacken, dann sein Gesicht. Ihre Anspannung ließ nach, und sie erwiderte seinen Kuss mit stürmischer Leidenschaft. Und während sie sich küssten, während dieses langen, unendlich langen Kusses, stieß er noch einmal in sie, tiefer als zuvor. Sie erstarrte, wich jedoch weder zurück noch stieß sie ihn von sich.

Von fern drang eine warnende Stimme zu ihm.

Aufhören. Höchste Zeit aufzuhören.

Aber die Warnung schien weit fort, und er war längst jenseits von Gut und Böse, einzig auf seine ursprünglichsten Bedürfnisse gerichtet. Er war in ihr, und sie war sein, und er konnte nur immer und immer wieder in sie stoßen, als kenne er nur eine alte, primitive Sprache, deren einziges Wort *mein* war. Und *mein*. Und *mein*.

Inmitten seines Rauschs spürte er, wie ihre Anspannung sich löste, wie sie seine Bewegungen zu erwidern begann, sich ihm entgegendrängte. Ihre Finger gruben sich scharf in seinen Rücken. Sie bäumte sich auf, wieder und wieder, immer schneller und schneller.

Und dann geschah es, in einem jähen, wilden Ansturm: ein letzter, erhitzter Kampf und gleißendes Glück und Seligkeit. Ein Gefühl, als würde man in eine verkehrte Welt eintauchen, in der die Sterne gen Himmel schossen oder zischend im Meer verglühten.

Dann war es still, und außer dem heftigen Pochen ihrer Herzen war kein Laut zu hören.

Reglos verharrte sie unter ihm.

Urgroßmamas frivole Kupferstiche hatten ihr nicht einmal eine *Ahnung* dessen beschert, was sie gerade erlebt hatte.

Sie konnte es kaum fassen. Solch tiefe Verbundenheit, solch erhebende Gefühle.

Gütiger Gott.

Sie spürte, wie ihr Herzschlag langsamer wurde, sein Atem sich beruhigte. Sie spürte ihn aus sich herausrutschen, empfand ein leises Bedauern und war zugleich doch ungeheuer glücklich.

Dieser schreckliche Marsch durch den eisigen Regen, im Finstern diese endlose Straße hinan. Die schlimmste, dunkelste Stunde ihres Lebens.

Selbst als Papa gestorben und ihr das Herz gebrochen war, hatte sie immer noch Mama gehabt.

Heute Nacht hatte sie sich ganz allein und verloren gefühlt. Nichts hatte sie gesehen, als sie zu Gorewood Castle hinaufgeblickt hatte, diesem düsteren Koloss, kein Licht, keine Wärme, nicht ein Fenster, das beleuchtet gewesen wäre und sie willkommen geheißen hätte.

Und nun war alles so geendet. In einer Art Himmel, doch keineswegs jener brave, langweilige Himmel, von dem gemeinhin die Rede war. Nein, in seinen Armen war sie gelandet, was viel besser war.

Lisle hob sich von ihr, ließ sich neben sie sinken und zog sie an sich. Ihr Po lag an seinen Schoß geschmiegt, sein Kopf an ihrer Schulter. Mit einer Hand hielt er ihre Brust umfasst.

Diese innige, aneignende Berührung hätte sie schier sterben lassen vor Wonne. Ihr Herz schlug Purzelbäume. Sie wagte kein Wort zu sagen aus Angst, den Bann zu brechen. Sie klammerte sich an diesen Moment, der so aus Zeit und Raum gefallen schien, in dem endlich alles gut war, weil sie endlich zusammen waren und sich liebten, weil sie an Herz und Leib zusammengefunden hatten. Für einen kurzen, endlosen Augenblick waren die Welt und ihr weiteres Leben, all die schrecklichen kleinen Alltäglichkeiten, außer Kraft gesetzt.

Seine Stimme, tief und rau, brach den Bann. „Alles in Ordnung?"

Ja, endlich einmal. „Ja."

„Ich denke, dass …", setzte er an.

„Nicht denken", unterbrach sie ihn. „Lass uns einen Augenblick mal gar nicht denken." Sie legte ihre Hand über seine, die ihre Brust umfangen hielt. „Nicht denken, nicht bewegen, nichts tun. Lass uns einfach nur … sein."

Daraufhin ein langes, doch keineswegs friedfertiges Schweigen. Sie spürte, wie sich etwas in ihm zusammenbraute.

Denn er war ein Ehrenmann.

„Ich dachte, du würdest sterben", sagte er leise.

„Das hatte ich auch gedacht."

„Ich dachte, du würdest kälter, immer kälter werden und nie mehr aufhören zu zittern, bis du in meinen Armen sterben würdest."

Tatsächlich war ihr so kalt und elend gewesen, dass sie es einfach hätte geschehen lassen, was immer da käme, sie hätte es hingenommen. Nun erinnerte sie sich: seine Hände auf ihrem Körper, fest zupackend, wütend fast, der Schmerz, als er ihr Blut wieder in Fluss zu bringen versuchte … seine Hände, seine warmen Hände.

„Das dachte ich auch. Mir war, als würde mir nie wieder warm. Oder nein, wahrscheinlich habe ich überhaupt nichts mehr gedacht."

„Was hast du da eigentlich gemacht?", fragte er. „Da draußen?"

Sie erzählte es ihm, alles, einschließlich ihrer eingebildeten Auseinandersetzung mit ihm.

„Warum kannst du nicht einfach etwas nach mir werfen, wenn du wütend bist?", fragte er. „Es mir heimzahlen, ohne dir beinah den Tod zu holen?"

„Als ich losging, hat es nicht geregnet", sagte sie. „Nicht ein Wölkchen am Himmel. Nun ja, vielleicht hier und da ein wenig Dunst."

„Du warst *Stunden* da draußen", sagte er.

„Mir kam es wie Jahre vor", sagte sie.

„Was soll ich nur mit dir machen?", fragte er.

„Eine heimliche Affäre haben?", schlug sie vor.

„Ich meinte das ernst", sagte er.

Sie drehte sich in seinen Armen um. „Ich auch. Es ist doch, was wir beide wollen. All das Theater, dass wir uns voneinander fernhalten müssten. Gegen das Unvermeidliche ist man machtlos."

„Wir haben es nur nicht genügend versucht", sagte er. „Kaum wurde unsere Selbstbeherrschung auf die Probe gestellt, haben wir versagt."

„Lisle, ich versage stets, wenn meine Selbstbeherrschung auf die Probe gestellt wird."

„Ich nicht. Ich hätte dein Mädchen rufen können. Oder ich hätte den ganzen Haushalt aufwecken und umherscheuchen können, dir ein heißes Dies und Das, ein trockenes Dieses und

Jenes holen lassen, ein Riesentheater machen und mitten in der Nacht nach einem Arzt schicken können. Aber nein."

Sie streichelte seine Wange. „Könntest du dein Gewissen bitte einmal beiseitelegen? Können wir diesen Augenblick nicht einfach genießen?"

Er zog sie an sich und vergrub sein Gesicht in ihrem Haar. „Du machst mich wahnsinnig", murmelte er. „Aber mit dir wahnsinnig zu sein ist aufregend, und meistens amüsiere ich mich bestens. Wir mögen einander – wenn wir uns nicht gerade streiten –, und wir sind gute Freunde. Jetzt haben wir uns geliebt – und das ist auch gut gelaufen."

Sie lachte. „Oh, Lisle."

„Das ist keine schlechte Ausgangslage für eine Ehe", sagte er.

Aaaaah. Sie wich von ihm. „Ich wusste es. Ich *wusste* es."

Er zog sie zurück, drückte sie fest an sich. Er war so warm und so stark, und am liebsten wäre sie einfach dahingeschmolzen.

„Hör mir zu", sagte er, sein Mund betörend warm an ihrem Ohr. Der Duft seiner Haut stieg ihr in die Nase und zu Kopf, sodass es ihr schier den Verstand erweichte.

„Wir würden einander das Leben ruinieren", sagte sie rasch.

„Nicht ganz", erwiderte er.

„Oh, Lisle." Sie senkte den Kopf und ließ ihre Stirn an seiner Brust ruhen. „Ich mag dich. Ich habe dich schon immer gemocht. Und ich bewundere dich – wegen deines Ehrgefühls und deiner Prinzipien, deines Pflichtgefühls und deiner Moral und … und wegen all dieser schönen, guten Dinge. Aber es sind all diese löblichen Dinge, die dir den Blick auf die Realität verstellen. Du denkst: ‚Ich habe sie ruiniert.' Tatsache ist aber, und jetzt hör gut zu, eine *Tatsache*: Früher oder später würde ich mich sowieso ruiniert haben. Aber ich bin froh, dass du es warst. Man sollte sein Liebesleben auf spektakuläre Weise beginnen, und genau das hast du mir gegeben."

„*Beginnen?*", sagte er.

Sie spürte ihn erstarren.

Und dabei hatte sie gerade erst angefangen. Aber es half ja

nichts. Manches musste einfach gesagt werden. Zumal er so sehr darauf bedacht schien, den Ehrenmann zu spielen, und sie wusste ja, wie beharrlich er sein konnte.

„Ich mag dich wirklich sehr", sagte sie. „Das habe ich schon immer getan, und daran wird sich auch nichts ändern. Aber ich bin selbstsüchtig und romantisch noch dazu, weshalb ich in eines Mannes Leben stets an erster Stelle stehen will. Ich gebe mich nicht mit dem zufrieden, womit andere Frauen sich abfinden, gelangweilt und allein."

„*Sich abfinden?* Olivia, du weißt, dass ich dich mehr als alles …"

„Mehr als Ägypten?", fragte sie.

Ein kurzes, bezeichnendes Zögern. „Das ist lächerlich", sagte er dann. „Das sind zwei ganz verschiedene Dinge."

„Mag sein, aber eines davon hat in deinem Herzen Vorrang – hatte es schon immer und wird es immer haben. Ich gebe mich nicht mit dem zweiten Platz zufrieden."

Sie spürte ihn zusammenzucken.

Unwillkürlich wich sie zurück und setzte sich auf. „Ich sollte zurück auf mein Zimmer gehen."

Nun setzte auch er sich auf, und ihr wurde ganz weh ums Herz. Der Schein des Kaminfeuers spielte auf seiner gestählten Brust und ließ die Muskeln an seinen Armen noch deutlicher hervortreten. Es ließ sein Haar golden wie die Sonne schimmern. Er war ein Mann, wie man ihn sich erträumte, ein Mann, von dem Mythen erzählten. Träume und Mythen hatten die Menschen Statuen aus Bronze und Gold schaffen lassen, die man anbeten, denen man sich zu Füßen werfen konnte.

Oh, sie würde sich ihm mit Freuden weihen und ihn verehren! Romantisch genug wäre sie dazu – und zugleich zu romantisch und zu abgeklärt, um das einzig Vernünftige zu tun und ihn zu heiraten.

Er schnappte sich eine der Decken und hüllte sie darin ein. „Du bist keines klaren Gedankens fähig", sagte er. „Dir bleibt gar keine andere Wahl. Du könntest ein Kind erwarten. Und selbst wenn nicht – so sind nun mal die Regeln, Olivia, und ich weiß, dass du deiner Familie keine Schande bereiten willst."

„Dann müssen wir uns eben überlegen, wie wir die Regeln umgehen können", entgegnete sie. „Wir würden einander das Leben zur Hölle machen. Könntest du dein leidiges Gewissen nur einmal außer Acht lassen, würdest du das einsehen. Du bist viel zu vernünftig, um das nicht zu erkennen."

Das Schweigen zog sich hin. Das Feuer knackte und knisterte. Von fern hörte er leises Rauschen. Wahrscheinlich regnete es noch immer.

Regen. Keineswegs ungewöhnlich. Es regnete andauernd – zumindest hier. Und doch hatte der Regen sie zu ihm geführt, hatte sie zusammengebracht und sie tun lassen, was sie getan hatten. Das war ungewöhnlich.

Das Schreckliche war, dass sie – einmal, ausnahmsweise – vernünftig war. Sie hatte recht. Das Schreckliche war, dass Olivia die Sache mindestens so klar sah wie er. Er mochte sie. Sehr. Er war geradezu vernarrt in sie. Doch wie sollte er wissen, ob das genug war? Und ebenjenes Gewissen, dass ihn drängte, sie zu heiraten, sagte ihm auch, dass sie unglücklich würde, wenn sie es täte. Wenn er sich ein gemeinsames Leben mit ihr vorgestellt hatte, war es ihm immer darum gegangen, was sie aus seinem Leben machen, wie sie alles auf den Kopf stellen würde. Was er mit dem ihren machen würde, war ihm nicht einen Augenblick in den Sinn gekommen.

Nun blickte er zum ersten Mal nicht in die wüstensturmgepeitschte Zukunft, die er sich ausgemalt hatte, sondern in sein Herz. Er konnte ihr weder bieten, was sie wollte, noch was sie verdient hatte. Sie sollte in eines Mannes Leben an erster Stelle stehen, und erst jetzt begann ihm zu dämmern, dass in seinem vielleicht gar kein Platz mehr war.

„Heute Nacht werden wir das Problem nicht lösen", sagte er.

„Vermutlich nicht", sagte sie.

„Wir sollten zusehen, dass wir dich ins Bett bekommen", sagte er. „Dein Bett."

„Genau das meinte ich. Aber zuerst müssen wir eine falsche Fährte legen", sagte sie. „Am einfachsten wäre es, im oberen Saal ein Feuer zu machen und meine nassen Kleider vor dem Kamin auszubreiten. Dann sieht es so aus, als hätte ich genau das getan, was ich vorhin zu tun versucht hatte: ein Feuer zu machen und meine Kleider zu trocknen."

Im Fall der Fälle war auf sie Verlass. Er hatte durchaus einen scharfen Verstand, aber das Beseitigen von Spuren zählte nicht zu seinen Stärken. Der Gedanke wäre ihm nicht mal gekommen. Dazu bedurfte es eines durchtriebenen Verstands.

Lautlos stand sie auf und ließ die Decke zu Boden fallen.

Der Schein des Kaminfeuers spielte über ihre sinnlichen Rundungen, schimmerte rotgolden zwischen ihren Schenkeln. Er ließ seinen Blick über sie schweifen, hinauf und hinab, hinab und hinauf, bis ihm ganz weh ums Herz wurde. „Doch, du bist wirklich schön", stellte er schließlich mit erstickter Stimme fest.

Sie lächelte.

„Aber ich würde davon abraten, splitterfasernackt durch eine schottische Burg zu geistern", sagte er. „Du würdest meine Mühen zunichtemachen und dir den Tod holen." Während er sprach, wühlte er in seinen Sachen, bis er sein Hemd gefunden hatte. Er stand auf, zog es ihr über den Kopf und half ihr in die Ärmel. Die Manschetten reichten bis über die Hände, der Saum hing ihr an den Kniekehlen.

Sie sah an sich hinab. „Ich wage zu bezweifeln, ob sich das besser erklären ließe, als splitterfasernackt durch die Flure zu schleichen."

„Dir wird schon etwas einfallen."

Als er sie bei der Hand nahm und zur Tür brachte, musste er daran denken, wie verlangend sie ihn berührt, mit ihren Händen seine Haut in Flammen gesetzt hatte.

Was sollte er nur mit ihr tun?

Er öffnete die Tür einen Spaltbreit.

Der Saal lag still und dunkel da. Dennoch lauschte er so aufmerksam, wie er es vor dem Betreten einer Grabstätte oder eines Tempels täte, wenn er mit einem Hinterhalt rechnete und all seine Sinne geschärft waren, seinen Ohren kein Laut und kein Atemzug entging.

Doch nichts regte sich.

Er trat hinaus und zog sie mit sich. Außer dem schmalen Lichtspalt, der aus seinem Zimmer fiel, war es finster wie im Grab.

„Findest du allein zurück, ohne dir das Genick zu brechen?“, fragte er. „Vielleicht sollte ich doch besser mitkommen.“

„Ich komme schon zurecht“, flüsterte sie. „Es gibt hier oben ja kein Mobiliar, an dem ich mich stoßen könnte.“

Sie entzog ihm ihre Hand und wandte sich ab.

Er wollte noch etwas sagen, fand aber keine Worte. Weshalb er sie einfach bei den Schultern fasste und an sich zog. Er küsste sie, einmal nur, doch voller Leidenschaft. Sie schmiegte sich an ihn und schmolz dahin.

Er riss sich von ihr los. „Geh“, sagte er.

Und sie ging.

Er wartete und lauschte dem leisen Tapsen ihrer nackten Füße, als sie davonhuschte. Er wartete, bis sich fern die Tür ihres Zimmers leise hinter ihr schloss.

Dann kehrte er in sein Zimmer zurück.

Wo Nichols gerade dabei war, die verstreut umherliegenden Kleider aufzulesen.

Eine schier endlose Halle in stockfinsterer Nacht zu durchqueren war selbst unter günstigsten Umständen nicht ganz einfach. Doch Olivia war nicht in Bestform. Der Hals war ihr wie zugeschnürt, und ihre Augen brannten, und am liebsten hätte sie sich in irgendeiner Ecke verkrochen und eine Woche lang geweint.

Sie wusste, dass sie genau das Richtige gesagt hatte. Sie hatte gesagt, was gesagt werden musste. Aber sie hatte ihn damit verletzt.

Sie war nicht zimperlich. Ab und an konnte er eine kleine Abreibung ganz gut vertragen, und es machte ihr auch nichts aus, ihm gehörig die Meinung zu sagen, wenn er sich mal wieder ganz besonders begriffsstutzig und stur zeigte. Aber heute hatte er nichts weiter getan, als sich um sie zu sorgen, gut zu ihr zu sein, sie zu lieben … und ihr Herz gehörig in Aufruhr zu versetzen.

Und nun war alles anders als zuvor. Was immer sie auch zuvor empfunden hatte – ach, wahrscheinlich hatte sie ihn immer geliebt, irgendwie eben –, war nun anders. Und im Moment tat es ziemlich weh.

Hör auf zu jammern, schalt sie sich. *Immer schön der Reihe nach.*

Zunächst einmal musste sie unbemerkt ins Bett gelangen. Und ihr würde schon irgendeine aberwitzige Geschichte einfallen, mit der sich erklären ließe, wie ihre Kleider vor dem Kamin im oberen Saal gelandet waren.

Zum Glück war es typisch für sie, sich derlei impulsiv zu betragen und des Nachts bei strömendem Regen Verbrechern aufzulauern. Niemand würde auch nur mit der Wimper zucken, wenn sie eine solche Geschichte auftischte. Auch würde es niemanden wundern, dass sie Männerkleider getragen hatte. Sie brauchte einfach nur zu erzählen, was sich tatsächlich zugetragen hatte – wobei sie nur würde aussparen müssen, was sich ereignet hatte, nachdem Lisle sie vor dem Kamin entdeckt hatte.

Das Wichtigste, mit anderen Worten. Ein ganzes Leben.

Sie schlich in ihr Zimmer zurück.

Es war nicht dunkel.

Eine Kerze brannte auf dem kleinen Tisch am Kamin.

Bailey saß am Feuer, eine Näharbeit im Schoß, den Blick jedoch auf Olivia gerichtet.

„Ich kann das erklären“, sagte Olivia.

„Oh ja, Miss, das können Sie immer“, sagte Bailey.

Mr Nichols war gerade dabei, im oberen Saal Olivias nasse Kleider kunstvoll vor dem Kamin auszulegen, und erstarrte, als flackernder Kerzenschein im Dunkel aufschien und zu ihm hinüberschwebte. Er atmete unmerklich auf, als er Miss Baileys Gesicht im Schein der Kerze auszumachen meinte. Sie hatte einen wollenen Umhang um etwas gehüllt, das nur Nachtwäsche sein konnte, denn er bemerkte erstaunlich frivole Rüschen, die unter einem Morgenmantel hervorspitzten und ihre Knöchel umspielten. Ihre Pantoffeln schienen mit bunten Bändern verziert, doch konnte er im schwachen Licht deren genaue Farbe leider nicht erkennen.

„Miss Bailey“, flüsterte er.

„Mr Nichols“, flüsterte sie zurück.

„Ich will nicht hoffen, dass übernatürliche Wesen Sie um den Schlaf gebracht haben“, sagte er.

„Natürlich nicht“, sagte sie. „Ich bin wegen der Kleider gekommen. Wir können sie nicht hier liegen lassen. Meine Herrin und Ihr Herr müssen den Verstand verloren haben – und das sage ich bei allem Respekt vor der Intelligenz Ihres Herrn. Aber bisweilen lassen auch Gentlemen sich um den Verstand bringen, und meine Herrin hat ein ausgesprochenes Talent dafür, Ihren Herrn in diesen Zustand zu versetzen.“

Schweigend betrachtete Nichols die so sorgsam ausgelegten Kleider.

„Wozu dieses Theater, wenn außer uns beiden niemand von den ungewöhnlichen Vorkommnissen dieser Nacht weiß?“, fuhr Bailey fort. „Wobei man sagen muss, dass bei meiner Herrin eigentlich nichts ungewöhnlich ist. Doch könnte ich mir vorstellen, dass ihre Kleider der Reinigung bedürfen.“

Gewiss meinte sie Blutflecken.

Nichols hätte zu gern gewusst, ob sie dabei errötete oder nicht. Leider warf das Kaminfeuer einen ohnehin schon rötlichen Schein, weshalb es schwer zu sagen war.

Er räusperte sich leise. „Dieser Gedanke ist mir auch schon gekommen, doch schien es mir nicht schicklich, ihn Seiner Lordschaft gegenüber zu erwähnen.“

„Ich kümmere mich darum“, versicherte ihm Bailey mit einer Selbstverständlichkeit, die ahnen ließ, dass sie an derlei Manöver gewöhnt war.

Nichols las die nassen Kleider wieder auf. „Wenn Sie mir den Weg leuchten, bringe ich Ihnen die Kleider bis zur Tür“, sagte er.

Sie nickte und ging ihm mit der Kerze voraus. Er folgte ihr mit den Kleidern.

An der Tür angekommen, legte er ihr den nassen Stapel vorsichtig auf ihren freien Arm. Er streckte die Hand nach dem Türknauf aus, zögerte indes. „Miss Bailey“, hauchte er ihr ins Ohr.

„Nein“, sagte sie. „Nichts dergleichen.“

Mit einem verhaltenen Seufzer öffnete er die Tür.

Lautlos huschte sie ins Zimmer ihrer Herrin.

Er schloss die Tür hinter ihr und seufzte abermals.

Gleich darauf öffnete die Tür sich einen Spalt, und Miss Bailey raunte ihm zu: „Warten Sie.“

Nichols wartete hoffnungsfroh.

Ein weißes Hemd wurde ihm durch den Türspalt in die Hand gedrückt.

„Das können Sie mit zurücknehmen“, sagte sie.

Er nahm Seiner Lordschaft Hemd und ging.

16. KAPITEL

Derweil kauerten Roy und Jock in der abgebrannten Kirchenruine und klapperten mit den Zähnen.

„Wer war das denn?“, fragte Jock entgeistert.

„Ist doch egal“, meinte Roy. „Da hat uns wer aufgelauert.“

„Musste ja passieren, früher oder später. Hast ja gehört, was die gesagt haben: Der Sohn vom Burgherrn will sich Hunde zulegen.“

„Hunde kann man vergiften“, sagte Roy.

„Zum Teufel mit ihm, wer immer das war“, fluchte Jock. „Hätte mir fast in die Hose gepisst.“

Ehrlich gesagt hatte das blasse Gesicht, das aus dem Mauerturm gespäht hatte, Roy auch einen ziemlichen Schrecken eingejagt. Hätte er kurz nachgedacht, wäre er wohl zu dem Schluss gelangt, dass es nur ein menschliches Gesicht sein konnte. Aber wer denkt in so einer Situation schon nach? Sie hatten Schaufel und Hacke fallen lassen und waren losgerannt.

Zumindest hatte Jock in der Aufregung nicht die Laterne fallen lassen, aber er hatte vergessen, die Blende zu schließen. Und deshalb hatte dieses Ungeheuer – nein, kein Ungeheuer, es war eindeutig ein Mensch gewesen –, hatte diese Person sie die Straße fast bis ins Dorf runter verfolgt, ehe es Roy endlich gelungen war, seinem dämlichen Bruder die Laterne zu entreißen.

Jetzt hockten sie hier in der verdammten Kirche. Kein Feuer, um sich zu wärmen, und nix da, um eins zu machen.

Dafür hatten sie viel Zeit zum Nachdenken. Wie ein großes schwarzes Ungeheuer stand Gorewood Castle auf der Anhöhe, wo es sich kaum vom ebenso schwarzen Nachthimmel abhob. Roy starrte hinauf zur Burg und dachte nach.

Er wusste nicht, wie lange er so nachgedacht hatte, bis Jock auf einmal meinte: „Hört auf zu regnen.“

Doch es war lang genug gewesen. „Sie halten draußen nach uns Ausschau“, sagte Roy, als sie die Kirche verließen. „Also werden wir uns jemanden besorgen, der drinnen *für uns* Augen und Ohren aufsperrt.“

„Da wird sich keiner finden."

Niemand im Dorf mochte sie sonderlich. Man grüßte die Brüder, ging dann aber rasch weiter seines Weges.

Das sollte Roy nur recht sein. Er konnte auch niemanden sonderlich leiden.

„Vielleicht nicht *freiwillig*", sagte er. „Aber ich wüsste da jemanden, den wir schon dazu kriegen."

Mittwoch, 26. Oktober
Kurz nach Mittag

„Sie wissen, was zu tun ist?", vergewisserte sich Olivia.

Lady Cooper rückte ihren Hut zurecht. „Aber natürlich."

„Nichts einfacher als das", meinte Lady Withcote.

Die drei Frauen standen am Eingang zur großen Halle und warteten auf die Kutsche, die die Damen Cooper und Withcote nach Edinburgh bringen sollte.

Ihr Auftrag lautete, Frederick Dalmays Krankenpflegerin und ehemalige Dienstboten ausfindig zu machen und gründlich auszuhorchen.

„Ich hoffe, es macht Ihnen nicht zu viel Mühe", sagte Olivia. „Eine Nadel im Heuhaufen fände sich wohl leichter."

„Das wage ich zu bezweifeln, mein Kind", sagte Lady Cooper. „Wir haben doch die Namen, weshalb wir sie gewiss rasch ausfindig machen dürften."

„Und wenn wir sie gefunden haben, bekommen wir sie schon zum Reden", versprach Lady Withcote.

„Und wenn alle Stricke reißen, wirkt Bestechung Wunder", sagte Lady Cooper.

Ein Lakai kam von draußen herein. „Der Wagen steht bereit, Euer Ladyschaften."

Kurz nachdem die beiden alten Damen aufgebrochen waren, kam Lisle herein.

„Sie meinten, sie würden nach Edinburgh fahren", sagte er entsetzt. „Um nach Spuren zu suchen."

Olivia hatte ihn seit letzter Nacht nicht mehr gesehen. Weil sie noch lange wach gelegen hatte, war sie sehr spät zum Frühstück hinuntergekommen. Die Damen saßen noch bei Tisch, doch er nicht mehr. Er sei draußen bei den Arbeitern, teilte Herrick ihr mit.

Sie hielt es für das Beste, so zu tun, als sei nichts Außergewöhnliches geschehen. Und das war viel leichter als erwartet! Letztlich war er immer noch Lisle, und was sie vergangene Nacht getan hatten, schien bei Tage die natürlichste Sache der Welt.

Weil sie ihn liebte und wahrscheinlich schon immer geliebt hatte. Im Laufe der Jahre hatte die Liebe sich gewandelt, doch im Grunde hatte sich wenig geändert.

Und da stand er nun … mit einer Schaufel in der Hand.

Wie romantisch!

„Hast du die aus einem bestimmten Grund mitgebracht oder einfach nur vergessen?", fragte sie.

Er sah Olivia an und runzelte fragend die Stirn. „Was?"

„Die Schaufel."

„Ah, die. Ja." Er betrachtete die Schaufel. „Einer der Arbeiter hat sie heute früh gefunden. Eine Schaufel. Und eine Hacke."

„Beweismaterial", sagte sie.

„Ich brauchte keine Beweise", erwiderte er. „Ich habe dir auch so geglaubt. Aber ich konnte es mir noch nicht so recht vorstellen. Du musst sie zu Tode erschreckt haben." Er grinste. „Wie es aussieht, haben sie alles stehen und liegen lassen und sind um ihr Leben gerannt."

„Alles, bis auf die Laterne." Hätten sie auch die Laterne fallen lassen, hätte sie die beiden nicht verfolgen können … und was danach geschehen war, wäre nicht geschehen.

„Trotzdem wollte ich sie nicht mit hereinbringen", sagte er. „Eigentlich wollte ich dich nur kurz fragen, wohin die alten Damen wollen, und darüber habe ich ganz vergessen, dass ich noch die Schaufel in der Hand halte."

Er schaute sich um. Herrick war sogleich zur Stelle. „Sehr wohl, Euer Lordschaft. Joseph wird sich darum kümmern.“ Ein Diener kam herbeigeeilt, nahm Lisle die Schaufel ab und brachte sie nach draußen.

Herrick entfernte sich wieder.

„Ich bin heute nicht ganz bei mir“, sagte Lisle leise. „Weiß auch nicht, weshalb.“

Das Feuer prasselte im Kamin. Dienstboten huschten umher und gingen diskret ihrem Tagwerk nach. Graues Licht schien zu den schmalen Fensternischen herein, ließ den großen Raum nicht ganz so düster erscheinen, trug aber nur unwesentlich dazu bei, ihn zu erhellen. Auf dem Tisch stand ein Kandelaber. Der Tageszeit nach war es Mittag, doch dem schottischen Wetter nach Morgendämmerung.

Die Luft zwischen ihnen knisterte.

„Lebhaft geträumt“, vermutete sie.

„Ja, vielleicht.“ Sein Blick schweifte kurz umher, ehe er wieder sie ansah. „Also, eigentlich bin ich gekommen, um dir zu helfen.“

„Um mir wobei zu helfen?“

„Nach Spuren zu suchen“, sagte er.

Wie sie ihn angesehen hatte, als er hereingekommen war.

Genauso hatte sie ihn angeschaut, als er sie an jenem Abend im Ballsaal ausfindig gemacht hatte. Hatte er schon damals ganze Welten in diesen blauen Augen gesehen?

Irgendetwas musste er dort erblickt haben, denn es hatte ihn wie angewurzelt stehen bleiben lassen.

Und vergangene Nacht hatte sie gesagt … sie hatte gesagt …

Ich mag dich. Ich habe dich schon immer gemocht. Und ich bewundere dich …

Was sollte das bedeuten? Was sollte es nur bedeuten?

„Es war ein Fehler von mir, deine Spur nicht ernst zu nehmen“, sagte er. „Ich habe mich getäuscht, was unsere reizenden Hausgeister angeht. Hätte ich nur einen Augenblick nachgedacht … was ich nicht konnte, und der Grund dafür dürfte mittlerweile offensichtlich sein. Tatsache ist, dass ich falschlag. Tatsache ist, dass die Arbeiter nicht pausenlos von mir beaufsichtigt werden müssen. Tatsache ist, dass wir den Geistern das Handwerk legen müssen. Dein Plan scheint mir plausibel. Unsere Gespenster müssen einen wirklich guten Grund haben, wenn sie glauben, hier einen Schatz zu finden, den sonst niemand hier zu finden glaubt. Entweder sind sie völlig von Sinnen oder extrem dumm, oder sie täuschen sich ganz gewaltig – oder sie haben recht und es gibt diesen Schatz tatsächlich."

Sie verschränkte die Hände vor dem Bauch. Außer einem schlichten Armband trug sie keinen Schmuck. Nur noch einen Ring – diesen Ring …

„Danke", sagte sie.

Er wandte seinen Blick von dem Ring, sah sich um, doch kein Bedienter stand in Hörweite. „Deshalb war ich noch wach, als du gestern Nacht zurückgekehrt bist", sagte er leise. „Dieser Zettel, den du gefunden hattest, wollte mir nicht aus dem Sinn. Ich konnte einfach keinen Schlaf finden. Mir sind ein paar Ideen gekommen, doch musste ich auf meine Erinnerung vertrauen. Ich würde ihn mir gern noch einmal ansehen."

„Er befindet sich in der Dokumentenkammer", sagte sie.

Wie Lisle zu seiner Überraschung hatte feststellen müssen, verbarg sich hinter der schlichten Fassade der Burg ein sehr komplexes und unlogisches Inneres. Das Zwischengeschoss, welches Olivia zur Dokumentenkammer bestimmt hatte, lag zwischen dem Küchenkorridor des Hauptgeschosses und einem vom oberen Saal abgehenden Alkoven. Durch das Fenster konnte man auf die einst so verhängnisvolle Kluft zwischen Nord- und Südflügel blicken.

Der direkte Weg führte über die Treppe des Südturms. Man konnte jedoch auch über die Empore in den Nordturm steigen, wo man linker Hand in einen kurzen Gang gelangte, vorbei an Herricks Gemächern, und dann eine schmale Stiege erreichte, die ebenfalls in die Dokumentenkammer führte. Das schmale Gelass war heller und weniger beengt als der darunter liegende

Küchenkorridor, was daran liegen mochte, dass das Fenster nicht gar so tief im Mauerwerk lag, welches wiederum nicht gar so dick war wie im Geschoss darunter. Was indes nicht hieß, dass es an diesem tristen Tag dort licht und hell gewesen wäre.

„Und?", fragte sie erwartungsvoll.

Er schaute sich um. „Als ich zuletzt hier war, herrschte ein heilloses Durcheinander aus Kisten, Büchern und Papieren."

„Herrick hat wahre Wunder vollbracht", sagte sie. „Er hat Regale anbringen und ein Kabinett aufstellen lassen."

Jetzt war alles an seinem Ort und ordentlich beschriftet.

Was ihn nicht überraschen sollte. Er hatte selbst gesehen, wie gut Olivia die Dienerschaft zu unterweisen verstand. Dennoch kam er aus dem Staunen kaum heraus, war sie doch in so vielerlei Hinsicht das Chaos in Person.

Aber nein, er tat ihr unrecht. Sie konnte auch sehr bedacht handeln. Geradezu berechnend.

Was er für Chaos hielt, waren vielleicht einfach nur ihre eigenen Regeln.

„Das Mobiliar stammt aus dem Arbeitszimmer deines Cousins", erklärte sie ihm.

Viel war es nicht. In der Fensternische stand ein schlichter Schreibtisch mit einer einzigen Schublade. Auf dem Tisch befand sich ein altmodisches Schreibpult, davor ein sehr zweckmäßig aussehender Stuhl, der vermutlich einen Zentner wog.

„Sieht aus wie das Ungetüm, auf dem Dr. Johnson sein Wörterbuch verfasst hat", meinte er. „Hätte er es am Schreibtisch seines Großvaters verfasst."

„Frederick Dalmay schien wenig auf Moden zu geben", sagte Olivia. „Die meisten seiner Habseligkeiten waren so hässlich und antiquiert, dass ich sie gleich in Edinburgh gelassen habe. Du musst Mains noch wissen lassen, was damit geschehen soll. Aber ich fand, dass wir zumindest irgendetwas von deinem Cousin hier unterbringen sollten. Er hat lange auf Gorewood Castle gelebt und schien sehr an seinem Zuhause zu hängen. Ich finde, dass diese Sachen gut hierher passen."

„Ganz passabel“, fand er.

„Zumindest stören sie hier weniger als anderswo“, sagte sie. „Die Hauptbücher neueren Datums hat Herrick mit in sein Büro genommen. Da die Sammlung deines Cousins sich ausschließlich mit der Geschichte von Gorewood Castle befasst, schien es mir nur plausibel, seine Bücher und Aufzeichnungen bei den Dokumenten und Besitzurkunden zu verwahren.“

Sie zog ein Buch aus dem Regal. „Ich habe den geheimnisvollen Zettel zurück in das Buch gesteckt, in dem ich ihn gefunden hatte“, sagte sie. „Für den Fall, dass des Rätsels Lösung in dem Buch selbst zu finden ist. Ich sehe da zwar keine Verbindung, aber vielleicht entdeckst du ja eine. Zumindest dachte ich mir, dass der Zettel bestimmt nicht zufällig da gelandet ist.“

Sie schlug das Buch an besagter Stelle auf und reichte es ihm mitsamt dem Zettel.

Lisle nahm das angesengte Stück Papier heraus und überflog die Seiten, zwischen denen es gesteckt hatte.

„Eine der Geistergeschichten“, sagte sie. „Die mit dem im Burgverlies zu Tode gefolterten Gefangenen. Ich dachte mir, dass es vielleicht eine Verbindung gäbe.“

„Könnte sein.“

Sie trat näher und spähte über seine Schulter auf den Zettel in seiner Hand. Er konnte ihr Haar riechen und ihre Haut und einen Hauch dieses feinen, betörenden Duftes, der sie immer zu begleiten schien.

„Ich konnte mich doch noch ziemlich genau daran erinnern“, meinte er bei näherer Betrachtung. „Dieses seltsame Raster aus schiefen Linien, und diese winzigen Zeichen, die in manche der Kästchen gekritzelt sind.“

„Ich dachte mir gleich, dass es ein Rätsel ist“, sagte sie. „Oder ein Spiel. Aber ich werde das Gefühl nicht los, dass mehr dahintersteckt.“

„Genau das hat mich wach gehalten“, sagte er. „Dieses Gefühl, dass mehr dahintersteckt, als es den Anschein hat.“

„Nur leider bin ich in so etwas gar nicht gut“, meinte sie.

„Um ein Rätsel zu lösen, muss man logisch denken, aber ich bin so unlogisch.“

„Brauchst du auch nicht“, sagte er. „Ich bin logisch für zwei.“

„Es sieht aus, als hätte ein Kind versucht, die Burg zu malen“, fand sie. „Sieh nur, die fehlende Perspektive, die seltsamen Proportionen.“

„Im Grunde sind das die Prinzipien der ägyptischen Kunst“, sagte er. „Nehmen wir nur die Wandzeichnungen: die Größe richtet sich nicht nach den Proportionen, sondern nach der Bedeutung des Dargestellten. Das Gesicht wird im Profil dargestellt, doch ein Auge schaut direkt …“ Er verstummte, hob den Blick vom Papier und ließ ihn durch die Kammer schweifen. „Die Wand“, sagte er und deutete auf die Zeichnung. „Wir schauen auf eine Wand.“

Sie folgte seinem Blick. „Eine Wand? Aber das wäre doch viel zu einfach.“

„Die meisten Karten sind einfach“, sagte er und betrachtete angestrengt die winzigen Zeichen. „Ich hätte mein Vergrößerungsglas mitbringen sollen.“

Sie öffnete das Schreibpult und holte eine Lupe heraus. „Die brauchte ich, um Cousin Fredericks Schrift entziffern zu können.“

Die Schrift, bei deren Entzifferung er ihr nicht hatte helfen wollen.

Weil er ein Idiot war. So viel war ihm schon klar. Ihm war auch klar, dass er einiges wiedergutzumachen hatte und ihm nicht mehr allzu viel Zeit blieb.

Er trat näher ans Fenster und betrachtete die Zeichnung durch das Vergrößerungsglas. „Sieht aus, als wären es Zahlen“, meinte er schließlich.

Er reichte ihr Glas und Papier. „Was meinst du?“

„Zahlen“, sagte sie. „Aber nicht alle. Ich habe keine Ahnung, was die anderen bedeuten sollen. Blumen? Sonne? Sterne? Irgendwelche Symbole? Hast du bei deinen Vermessungen irgendwelche Zeichen an den Wänden entdeckt?“

„Nur die üblichen Ornamente“, sagte er. „Zierleisten an Türrahmen und derlei. Nichts, was auch nur entfernt daran erinnern würde.“ Er hielt die Zeichnung hoch und verglich sie mit den Wänden der Kammer. „Von den kleinen Zahlen und Symbolen mal angesehen, hat diese Zeichnung verblüffende Ähnlichkeit mit dieser Wand hier.“

Sie warf einen prüfenden Blick auf die Zeichnung. „Das könnte jede x-beliebige Wand sein“, meinte sie. „Wenn es überhaupt eine Wand ist. Aber es sieht schon so aus. Was meinst du – soll das da ein Fenster sein?“

„Schwer zu sagen. Hast du meine Pläne hier?“

„Die habe ich Herrick gegeben. Oder nein, warte … Er war ja fertig damit.“ Sie zog die Schublade des Schreibtischs auf und holte die Pläne heraus. „Wir dachten uns, wir bewahren sie dort auf, wo man sie schnell zur Hand hat.“

Als sie die Pläne auf den Schreibtisch legte, fiel Lisles Blick wieder auf den Ring.

Nicht daran denken. Er richtete seine Aufmerksamkeit auf die Pläne. So lange starrte er darauf, bis auch seine Gedanken sich auf die Pläne richteten. „Wenn diese Zahl die untere Wandlänge meint“, sagte er und deutete auf die Zeichnung, „müsste die Wand länger sein als die Kammer, in der wir uns gerade befinden. Die Kammer ist keine neun Fuß lang. Hier steht aber eine Zwölf. Vielleicht ist es nur ein ungefährer Wert. Wie viele der Zimmer messen zwölf Fuß an einer Seite? Die meisten im Südturm, würde ich schätzen. Auch Herricks Quartier.“

„Was ist mit der Höhe?“, fragte sie. „Wenn diese Zahl die Wandhöhe bezeichnet, müsste es sich doch eingrenzen lassen. Die meisten der Räume im Hauptgeschoss scheiden dann schon mal aus.“

„Herricks Zimmer passt dann auch nicht mehr.“

„Da“, sagte sie. „Neben der kaputten Treppe im Keller. Das Zwischengeschoss über dem Brunnenraum. *Das ist es!*“

Er wandte sich um und sah sie an.

Ihre Wangen hatten sich gerötet. Ihre blauen Augen glänzten. Sein Blick senkte sich auf ihren Mund, der so nah war, nur einen Atemzug entfernt.

„Das ist es“, sagte er. „Das *ist* es. Ich wusste es. Ich kann das einfach nicht.“

„Was?“, fragte sie leise. „Was kannst du nicht?“

„So tun, als ob nichts wäre“, sagte er. „Ich kann es einfach nicht.“

Kurzerhand hob er sie hoch und küsste sie.

Es war ein kompromissloser Kuss, so fest und entschlossen, wie er alles tat, das zu tun er sich entschlossen hatte. Sie erwiderte seinen Kuss voller Inbrunst, und ihre Beine schlangen sich ganz von selbst um seine Hüften. Seine Hände wanderten abwärts und packten ihren Hintern.

Er setzte sie auf dem Tisch ab, löste sich von ihrem Kuss, hob ihre Hände von seinem Nacken. Wenn du jetzt aufhörst, drehe ich dir den Hals um, dachte sie.

Er drehte sich um und ging zur Tür, die ins Treppenhaus führte. Du bist ein toter Mann, dachte sie.

Er schob den Riegel vor.

Dann schnappte er sich den schweren Stuhl, schleppte ihn zur anderen Tür und rammte ihn unter die Klinke.

Er kam zurück und blieb vor ihr stehen.

„Lass mich dir aus deinen nassen Kleidern helfen“, sagte er.

Sie sah an sich hinab. „Ich bin nicht nass.“

Worauf er erwiderte, ganz leise: „Dann *tu einfach so*.“

Seine Stimme jagte ihr wohlige Schauer über den Rücken. „Na schön“, meinte sie. „Von mir aus.“

Er zog ihr das Tuch von den Schultern und warf es beiseite. Dann tastete er sich zu ihrem Nacken vor und begann, die Hakenverschlüsse ihres Kleides zu öffnen. Erst einen. Dann noch einen. Und noch einen.

Es waren winzige Haken, doch er meisterte sie, einen nach dem anderen. Nicht einen Moment wandte er dabei den Blick von ihrem Gesicht, und sie konnte den ihren nicht von dem seinen wenden, war wie gebannt von seinem silbergrauen Blick.

Schließlich war er an der Taille angelangt, und sie spürte, wie ihr Kleid am Rücken auseinanderfiel. Er schob es ihr von den Schultern und schnürte dann die Bänder ihrer Trompetenärmel auf. Um die winzigen, perlmutternen Knöpfe an den Manschetten zu öffnen, musste er sich tief darüberbeugen. Rechte Hand. Linke Hand.

Fasziniert ließ sie ihren Blick auf seinem Scheitel ruhen, auf seinem goldblonden, seidigen Haar. Später würde sie es ihm ordentlich zerzausen, würde ihn überall erkunden. Vorerst aber wollte sie ihn gewähren lassen.

Er zog ihr das Oberteil bis zur Taille herab und hielt inne. Sie hob die Hüften, damit er ihr das Kleid ganz ausziehen konnte. Raschelnd fiel es zu Boden.

Ansonsten war es still. Wortlos ging er zu Werke.

Auch sie sagte nichts. Ihr Schweigen war einvernehmlich. Es brauchte keine Worte. Nichts war zu hören außer ihrer beider Atem und dem leisen Geräusch seiner Hände auf ihrer Haut und ihren raschelnden Kleidern.

Wie konzentriert er war! Wie methodisch er zu Werke ging! Er schnürte ihren Unterrock auf, zog und ließ auch ihn zu Boden gleiten, stieß ihn mit dem Fuß fort. Dann beugte er sich über ihre Schulter und löste die Schnüren ihres Korsetts.

Ihr Atem flog immer rascher dahin. Ebenso der seine. Es war nicht zu überhören. Aber nicht ein Wort. Es war perfekt ohne Worte, es brauchte keine, nicht jetzt.

Sowie er sie aus dem Korsett geschält hatte, glitt ihr die Chemise von den Schultern, gab den Blick frei auf eine Brust. Sie versuchte gar nicht erst, sich zu bedecken. Er versuchte es auch nicht. Er ließ das Hemd, wie es war, und widmete sich ihrer Unterhose.

Ihre Haut prickelte in wohligem Erschauern.

Er löste die Bänder, sie hob die Hüften, und er zog ihr die Hose hinab, wo sie auf dem Stapel der anderen Kleider landete. Als Nächstes verschwanden ihre Strumpfhalter. Dann ihre Strümpfe. Schließlich zog er ihr das Hemd über den Kopf.

Nun war sie nackt. Splitterfasernackt, am ganzen Leib bebend, saß sie vor ihm auf dem Tisch.

Er hatte noch alles an.

In ihrem Bauch hüpfte und tobte es. Äußerlich gab sie sich still und reglos.

Er sah sie an, ließ seinen silbrigen Blick wie eine Liebkosung über ihre Haut gleiten. Sein Blick fuhr ihr unter die Haut, schoss geradewegs hinab zwischen ihre Beine.

Dann beugte er sich über sie. Erst dachte sie, dass er sie küssen wollte, und reckte ihm ihren Mund entgegen. Doch er küsste sie auf die Wange. Dann leckte er sie zärtlich.

Sie erschauerte.

Indes nicht vor Kälte. Ihre Haut glühte. Innerlich brannte sie vor Ungeduld.

Er leckte weiter, leckte sie überall. Ein kurzer Zungenschlag, die Berührung seiner Lippen. An ihrem Ohr. Ihrem Hals. Ihren Brüsten. Ihren Armen, Ihren Händen. Er kniete vor ihr nieder und fuhr mit seinem Mund über ihre Beine. Er küsste ihre Füße, Zeh für Zeh. Methodisch. Hochkonzentriert.

Tief in ihrem Bauch war eine Unruhe, die sie wahnsinnig machte – wie eine juckende Stelle, an die man nicht herankam.

Und dann, o Gott, bei allen Göttern, bei Zeus und allen Heiligen und Märtyrern und ibisköpfigen Gottheiten, dann küsste er sich an ihrem Schenkel hinauf bis zu ihrem Schoß.

Sie stieß einen spitzen Schrei aus – oder zumindest kam es ihr vor, als würde ein gellender Schrei in der stillen Kammer widerhallen.

Er legte ihr seine Hand auf den Bauch und drängte sie zurück auf den Tisch, und sie sank dahin, wand sich unter seinen Liebkosungen und stieß unsinnige kleine Laute aus, Worte, die keinen Sinn ergaben und … o mein Gott.

Kleine Vulkane brachen aus ihr hervor und ließen sie erbeben, und schon geschah es, schon kam die erste, heiße Woge, die sie hoch hinauftrug, immer höher, die sie hoch in den Himmel schleuderte und sie ebenso tief mit sich hinabriss.

„O mein Gott o mein Gott o mein Gott."

Wie aus weiter Ferne vernahm sie seine Stimme, tief und

schwer. „Du zitterst am ganzen Leib. Ich werde dich *von innen* wärmen müssen."

„Herrgott noch mal, Lisle, komm schon!"

Sie hörte sein kurzes, ersticktes Lachen und das Rascheln von Kleidern. Dann stieß er in sie. Sie fuhr auf, packte seine Arme und sah ihn mit großen Augen an.

Er verharrte reglos und sah sie gleichfalls aus großen Augen an. „Tut es weh?"

„Nein. O nein. Ganz im Gegenteil. O Lisle. O mein Gott."

Letzte Nacht hatte es wehgetan, und sie hatte selbst dann noch ein leichtes Brennen gespürt, als es eigentlich schön gewesen war. Aber diesmal war es ganz anders. Er erfüllte sie so warm und … wunderbar. Sie griff nach seinen Schultern und bewegte die Hüften. „Oh … *ja*", seufzte sie. „So ist es gut."

Sie trug nicht einen Faden mehr am Leib, und das einzig Nackte an ihm war sein in ihr pulsierender Schaft, doch es war wunderbar. Es war wunderbar, nackt zu sein. Wunderbar, ihn in sich zu spüren.

„Wir machen einen großen Fehler", sagte sie.

„Ja", erwiderte er.

„Aber es ist wunderbar", sagte sie.

„O Olivia."

Damit war alles gesagt. Er küsste sie, ein inniger, nie enden wollender Kuss, während sie sich aneinander wiegten, sich immer schneller und heftiger bewegten. Und dann kam die erste Welle, trug sie hinauf, und noch einmal, noch höher, bis sie Sterne sah und lachte, und mit einem Lachen meinte sie: „Oh, wie ich dich liebe."

Und eine weitere Welle trug sie sanft wieder hinab. Sie küsste ihm die Wangen, den Hals, die Lippen. „Ich liebe dich", hauchte sie. „Ich liebe, liebe, liebe dich."

Dann schwanden ihr die Sinne.

17. KAPITEL

Lisle spürte sie in seinen Armen erschlaffen. Fassungslos blickte er auf sie hinab. Sie blinzelte, sah ihn dann aus großen blauen Augen verwundert an.

Ihm fiel ein riesiger Stein vom Herzen. „Ich will hoffen, dass du vor Ekstase in Ohnmacht gesunken bist“, brummelte er.

„Ja“, sagte sie benommen. „Du meine Güte.“

Sie hatte *Ich liebe dich* gesagt.

Er nahm ihre Hand – die, an der sie den Ring trug.

„Was ist das?“, wollte er wissen.

„Ein Ring“, sagte sie.

„Ich meinte den Stein.“

„Das ist ein Skarabäus“, sagte sie. „Du hast ihn mir geschickt. Wahrscheinlich erinnerst du dich nicht mehr daran.“

Und ob er sich daran erinnerte. Er hatte ihn vor Ewigkeiten mit einem seiner Briefe an sie geschickt.

„Ich habe einen Ring daraus machen lassen“, fuhr sie fort.

„Wann?“

„Gleich nachdem ich entschieden hatte, ihn nicht in eine Kette oder ein Armband fassen zu lassen“, meinte sie. „Einen Ring, so dachte ich mir, könnte ich immer tragen, jeden Tag.“

Er starrte auf den Ring.

Immer. Jeden Tag.

All die Jahre.

Dutzendweise gelöste Verlobungen und im Exil endende Episoden. Wie viele Briefe hatte sie ihm geschrieben, die mit *Ich bin* <u>wieder</u> in UNGNADE gefallen begonnen hatten oder mit *Man hat mich einmal mehr* <u>aufs Land</u> VERBANNT, bis der <u>Furor</u> sich gelegt hat.

Olivia, so sorglos und verwegen, die nur nach ihren eigenen Regeln lebte. Aber all die Zeit war sie ihm, in gewisser Weise – auf ihre Weise – treu gewesen.

„Hast du den auch beim Geburtstagsball deiner Urgroßmutter getragen?“, fragte er.

„Natürlich habe ich ihn getragen", erwiderte sie. „Ich trage ihn *immer*. Er gibt mir das Gefühl, dich stets … zur Hand zu haben." Sie lachte.

„Ich bin schockiert", sagte er. „Ein schlechtes Wortspiel, ausgerechnet jetzt. Sieh dich nur an, splitterfasernackt …"

„Ja, unglaublich, nicht wahr? Ich habe noch nie zuvor nackt am Fenster gesessen. Welch erquickende Erfahrung, in jeder Hinsicht. Wie einfallsreich du bist."

Nur sie konnte so dasitzen, nackt am Fenster einer kalten, kargen Kammer in einer düsteren, kalten Burg, und darüber lachen. Das war ein Anblick, den er bewahren und mitnehmen wollte … nach Ägypten.

Ein Anblick, den er aber nicht unbedingt mit aller Welt teilen wollte. Ein Glück, dass die Fenster der Burg in tiefen Mauerlaibungen lagen, und dieses hier war ganz besonders schmal. Ansonsten hätten die Arbeiter unten im Hof ordentlich was zu sehen bekommen.

Was ihr aber wahrscheinlich auch nichts ausgemacht hätte.

„Da es sich so ergeben hat, schien es mir das Naheliegendste", meinte er. „Das einzig Richtige, um genau zu sein. Das ist das Problem, wenn man einmal damit anfängt." Während er sprach, suchte er ihr Schultertuch aus den am Boden liegenden Kleidern heraus und hüllte sie darin ein. Dann steckte er sich das Hemd in die Hose und knöpfte sie zu.

Er hob auch ihre restlichen Kleider auf und beherrschte sich, nicht sein Gesicht darin zu vergraben. Er schüttelte ihre Chemise aus und zog sie ihr über. „Tu mir bitte den Gefallen, kein Lungenfieber zu bekommen", sagte er.

„Das wäre es mir wert gewesen", sagte sie. „Ziehst du mich jetzt wieder an?"

„Natürlich. Ich habe dich ausgezogen, also werde ich dich auch wieder anziehen."

Er nahm sich das Korsett vor. „Könntest du dich umdrehen? Es geht leichter, wenn ich diese vertrackten Haken und Ösen vor Augen habe."

„Selbst Bailey kann es nicht, ohne dass ich mich umdrehe", meinte sie. „Erstaunlich, wie du das eben geschafft hast."

„Ich habe mich ausführlich mit der Beschaffenheit deiner Garderobe vertraut gemacht", sagte er. „Seit ich dich zuletzt gesehen habe, hat sich viel verändert. Jedes Mal, wenn ich nach Hause komme, sind deine Kleider wieder etwas komplizierter geworden."

„Ein Rätsel, das du unbedingt lösen wolltest", sagte sie. „So wie dir eine Inschrift rätselhafter Hieroglyphen keine Ruhe lässt."

„Es hatte nicht nur einen rein intellektuellen Reiz", meinte er.

Er hob ihre Strümpfe und Strumpfhalter auf.

„Das kann ich selber machen", sagte sie.

„Ich habe sie ausgezogen", beharrte er. „Also ziehe ich sie dir auch wieder an." Nie zuvor hatte er Frauenkleidern solche Aufmerksamkeit gewidmet, und ganz ehrlich – er musste ihnen all seine Aufmerksamkeit widmen, so kompliziert waren die Mechanismen, die sich Schicht um Schicht enthüllten. Faszinierend eigentlich. Dabei war ihm gar nicht bewusst gewesen, *wie* aufmerksam er ihre Kleider die letzten Tage über begutachtet hatte.

Er zog einen der dünnen Seidenstrümpfe über ihren schmalen Fuß und den anmutigen Knöchel, streifte ihn über ihre wohlgeformte Wade und das absolut hinreißende Knie. Irgendwie wurde ihm dabei ganz weh ums Herz.

Er band das Strumpfband fest. Dann wiederholte er das ganze Prozedere am anderen Bein.

In gewisser Weise war es Folter – doch kein Vergleich zu der Lust, die es ihm bereitete, sie so an- und auszuziehen, als wäre sie sein.

„Du hast dich sehr gründlich mit meinen Kleidern befasst", stellte sie fest. „Bis ins letzte Detail."

„Ich habe ein Faible für Details", sagte er.

„Und dabei blieb dir noch genügend Geisteskraft, das Rätsel des mysteriösen Zettels zu lösen."

Gerade hatte er ihre Unterhose aufheben wollen, nun hielt er inne. Den Zettel hatte er ganz vergessen.

Aber ach, es war ja nur ein Stück Papier! Ein paar Kritzeleien, eine kleine Verstandesübung.

Sie hingegen – wie sie ihn ansah und wie sie roch und die Farbe ihre Augen und wie ihre Wangen sich rosig färbten und ihre blassen Sommersprossen, die wie feiner, goldener Wüstensand ihre Haut besprenkelten. Wäre er ein alter Ägypter, würde er sich ihr Bild an die Wände seiner Grabkammer malen lassen, damit er sie bis in alle Ewigkeit anschauen könnte.

Sie hatte den Skarabäus in einen Ring fassen lassen und ihn tagein, tagaus getragen.

Er hob sie vom Tisch und half ihr in die Unterhose, schnürte die Bänder zu und ließ sie in Unterrock und Kleid schlüpfen, schnürte, knöpfte und hakte auch hier alles zu, was er zuvor aufgeschnürt, aufgeknöpft und aufgehakt hatte.

„So“, sagte er. Fertig, alles wieder so, wie es sein sollte – abgesehen von ihrem Haar, das halb aufgelöst herabhing und sich in einem ihrer Ohrringe verfangen hatte.

Sie trat dicht vor ihn und legte ihm die Hand auf die Brust. Dann ließ sie ihre Hand abwärts wandern, immer weiter abwärts. „Lisle“, sagte sie. „Das war *so* aufregend.“

„Ich denke …“, sagte er. Aber er konnte nicht denken. Ihre Hand lag warm auf seinem Schaft, der sich hoffnungsfroh reckte und regte. Wie sie ihn ansah und wie sie roch und der Klang ihrer Stimme und ihr Lachen …

Er wartete nicht ab, was sein Gewissen ihm zu sagen hatte.

Er drängte sie gegen die Wand, hob ihre Röcke und fand den Schlitz in ihrer Unterhose. Diesmal zog er ihr nichts aus.

Später

Olivia zog sich den Strumpf hoch, der während ihrer fiebrigen Vereinigung abwärts gewandert war, und band sich das Strumpfband fest. Aus den Augenwinkeln sah sie Lisle zu, wie er seine Hose zuknöpfte.

„Wir sollten zusehen, dass wir hier rauskommen“, sagte er.

„Das sollten wir“, sagte sie. „Die Sache läuft etwas aus dem Ruder.“

Es mochte ihr an praktischer Erfahrung in leidenschaftlichen Belangen fehlen, aber sie wusste die Wahrscheinlichkeiten abzuschätzen. Je öfter sie es taten, desto größer die Wahrscheinlichkeit, dass sie dabei auch empfinge.

Wenngleich bei genauerer Betrachtung die Wahrscheinlichkeit bei jedem Mal gleich groß sein dürfte. Wenn er ihr nun also ein Kind …

Sie schaute ihn sich an, so groß, stark und strahlend – und immer auch ein bisschen unzivilisiert. Sollte sie empfangen, würde es sie nicht reuen. Ihr würde schon etwas einfallen. Darin war sie gut: sich etwas einfallen lassen.

Er zog den Stuhl unter der Klinke der zum Nordturm gelegenen Tür weg.

Sie sah zum Fenster hinaus. „Viel Zeit bleibt uns nicht mehr, das Zwischengeschoss bei Tageslicht zu erkunden“, meinte sie. „Die Sonne steht schon tief.“

Er hatte gerade die Tür zum Südturm entriegeln wollen, hielt nun inne und folgte ihrem Blick. „Wie lange waren wir hier drin?“

„Eine ganze Weile“, sagte sie. „All das Aufschnüren und Aufknöpfen und Aufhaken, dann das Zuschnüren und Zuknöpfen und Zuhaken. Das braucht seine Zeit. Dann das zweite Mal. Dabei haben wir zwar weniger Umschweife gemacht, aber mir schien, dass wir dafür länger …“

„Allerdings“, sagte er und machte die Tür auf. „Zeit zu gehen.“ Er winkte sie hinaus.

Ja, höchste Zeit.

Schon wieder fing sie an, sich Fragen zu stellen. Quälende Fragen.

Was wirst du tun, wenn er wieder fortgeht?

Ist es so schlimm, an zweiter Stelle zu stehen – oder an dritter oder vierter? Ist es schlimmer, als gar nichts zu haben, als über Kontinente voneinander getrennt zu sein und auf den unheilvol-

len Brief zu warten, in dem er dir mitteilt, dass er geheiratet hat und niemals zurückkommen wird?

Wäre es so schlimm – würde die Welt untergehen –, wenn du tun würdest, wovon alle Welt meint, es wäre das Richtige?

Für ihn wäre es schlimm, sagte sie sich.

Sie eilte zur Tür hinaus und die Treppe hinunter. Kurz darauf hörte sie seine Schritte hinter sich.

„Hoffentlich ist der Tee fertig", meinte er. „Ich habe vielleicht einen Hunger."

Sie auch, fiel ihr jetzt auf. Seit ihrem späten Frühstück hatte sie nichts mehr gegessen. „Wir könnten uns das Essen ins Entresol bringen lassen", sagte sie. „Es wäre schade, das verbleibende Tageslicht zu verschwenden."

„Wir können dort nicht suchen, solange die Arbeiter noch da sind", gab er zu bedenken. „Wenn sie uns die Wände abklopfen und mit einem alten Zettel herumfuchteln sehen, werden sie sich fragen, wonach wir suchen, und schnell eins und eins zusammenzählen. Dann sind es nicht mehr nur ein paar unverbesserliche Idioten, die nach dem Schatz suchen."

Das hatte sie gar nicht gedacht. Wie auch? Bei all der Aufregung. „Du hast recht", meinte sie. „Das ganze Dorf würde davon erfahren. Die Nachricht würde sich wie ein Lauffeuer verbreiten."

„Ehe wir es uns versehen, wüsste man auch in Edinburgh Bescheid. Das würde alles nur unnötig verkomplizieren."

„Dann warten wir und tun es in finsterer Nacht", sagte sie.

„Mein Gott, was geht nur in deinem verqueren Verstand vor sich?", seufzte er.

Sie drehte sich um und sah ihn fragend an.

„In finsterer Nacht?"

„Ja, wenn alles schläft", sagte sie. „Um keinen Verdacht zu erregen."

„Verstehe", sagte er. „Jetzt pass mal auf, du verrücktes Huhn, wir machen es so: Erst nehmen wir unseren Tee. Wenn wir uns etwas gestärkt haben, werden die Arbeiter Feierabend gemacht haben und wir können uns dort unten in Ruhe umsehen. Einverstanden?"

Sie drehte sich wieder um und ging die Treppe hinunter. „Natürlich bin ich einverstanden. Und ich bin kein verrücktes Huhn."

Zwei Stunden nachdem die Arbeiter Feierabend gemacht hatten, betrachtete Olivia düster die Wände des unteren Zwischengeschosses.

„Entweder wir schlagen hier einfach alles auf, oder wir müssen uns das doch noch mal bei Tageslicht anschauen", meinte sie. „Beide Seiten sind zwölf Fuß lang, beides sind schlichte, kahle Wände. Es ist mir ein Rätsel, wie du in fensterlosen Grabkammern arbeiten kannst. Ich kann hier praktisch nichts erkennen, geschweige denn, ob das hier Zeichen in den Steinen sind oder einfach irgendwelche zufällige Kerben."

„Die Wände einer Grabkammer sind sorgfältig bemeißelt und koloriert", klärte Lisle sie auf. „Da ist nichts zufällig. Und mit einer Fackel oder bei Kerzenlicht lässt es sich recht gut arbeiten." Er fuhr mit der Hand über einen Mauerstein. „Sieht so aus, als hätte hier schon jemand mit der Spitzhacke die Fugen traktiert, und es später wieder zugemörtelt. Oder aber das Mauerwerk ist einfach nur ausgebessert worden."

Olivia sah, was er meinte, wenngleich der Unterschied zwischen den beiden Ausfugungen minimal war und ihr niemals aufgefallen wäre. „Es scheint, als wären unsere Schatzsucher auch nicht schlauer als wir."

„Ich würde aber vorschlagen, dass wir nicht einfach wahllos die Wände einschlagen", sagte Lisle. „Dieser Raum befindet sich in vergleichsweise gutem Zustand." Er schaute sich um, wandte sich dann wieder ihr zu. „Du wirst deine Ungeduld ein wenig bezähmen müssen. Wir sollten noch einmal alles gründlich durchdenken und uns dann einen Plan zurechtlegen."

Auch Olivia schaute sich um. Laut Lisle war dieser Raum einst der Wachraum gewesen. Es gab einen Kamin und ein Klosett, das sich in einer Nische an der südwärtigen Wand befand und neben dem eine Garderobenleiste angebracht war. Ansonsten stand der Raum leer, wenngleich er während der letzten Tage gründlich aufgeräumt und instand gesetzt worden zu sein schien. Doch wie ärgerlich, nichts tun zu können! Sie brannte vor Ungeduld, wollte aber auch die Mühe der Arbeiter nicht zunichtemachen, indem sie das Mauerwerk mit der Spitzhacke traktierte.

„Sonntag", sagte er. „Dann sind die Handwerker nicht da, und die Dienstboten haben einen halben Tag frei. Wir können ungestört alles auf den Kopf stellen, ohne dass es deswegen Gerede gibt. Und das bei Tageslicht. Oder so etwas Ähnlichem. Vielleicht. Wenn wir Glück haben."

„Hoffentlich sind wir dann schon ein bisschen schlauer", sagte sie. „Die alten Damen werden zum Abendessen zurück sein. Ich rechne damit, dass die beiden etwas Licht ins Dunkel gebracht haben. Und dann wären da noch die gesammelten Unterlagen deines Cousins, die es durchzusehen gilt. Damit habe ich gerade erst angefangen." Sie winkte den aufreizend verschwiegenen Wänden zu. „Bis Sonntag dann, ihr rätselhaften Gemäuer."

„Wenn es nicht regnet", sagte Lisle.

Am selben Abend

„‚Die Wände haben Augen und Ohren. Und immer schön nach unten schauen'", wiederholte Lisle. „Das waren seine letzten Worte?"

Die beiden Damen nickten.

Spät waren sie aus Edinburgh zurückgekehrt, wo sie noch mit Freunden diniert hatten.

Bei einem leichten Nachtmahl erstatteten sie darüber Bericht, was sie von Frederick Dalmays Bedienten erfahren hatten.

Letztlich lief es auf diese beiden Sätze hinaus.

„Tut mir leid, meine Lieben", sagte Lady Withcote. „Unzusammenhängendes Gefasel, weiter nichts."

„Und kein Geheimnis“, sagte Lady Cooper. „Alle Welt weiß, was Frederick Dalmay auf dem Sterbebett gesagt hat. Jeder hat es für einen seiner Scherze gehalten.“

„Die während seiner letzten Monate kaum noch jemand verstand“, ergänzte Lady Withcote.

Alle Welt hatte auch von seiner langjährigen Affäre mit einer Witwe aus der Gegend gewusst. Überhaupt schien alle Welt über all seine Affären Bescheid zu wissen. Wie es aussah, war Lisles Cousin den Damen einst sehr zugetan gewesen, und sie ihm.

Allem Anschein nach hatte sein Faible für das Sammeln seinem Faible für Frauen und zweifelhafte Scherze in nichts nachgestanden. Wann immer er ein Buch, einen Brief oder irgendein Dokument aufstöberte, in dem Gorewood Castle erwähnt wurde, war er außer sich vor Freude. Allerdings hatte er keinen Hinweis hinterlassen – zumindest keinen offensichtlichen –, welche Unterlagen über den legendären Schatz Auskunft geben könnten.

Aber: „Die Wände“, sagte Lisle.

Er schaute zu Olivia hinüber, die ein Stück Kuchen auf ihrem Teller hin und her schob, wie sie es mit fast allem getan hatte, was ihnen zu so später Stunde aufgetischt worden war. Sie hatte ihr Essen gedreht und gewendet und sich nur gelegentlich daran erinnert, einen Happen zu nehmen.

„Ja“, sagte sie, in Gedanken sichtlich Anderswo weilend. „Die Wände.“

Freitagnacht, 28. Oktober

Die Gebrüder Rankin beobachteten Mary Millar, wie sie, mit tatkräftiger Unterstützung einiger seiner Kumpanen, ihren sturzbesoffenen Bruder aus der Schenke schleifte.

„Nützlicher Bursche, dieser Glaud“, sagte Roy.

„Wär mir neu“, meinte Jock.

Mary Millar war als Hausmädchen auf Gorewood Castle angestellt worden. Ihr Bruder Glaud arbeitete als Flickschuster im

Dorf, wenn er nicht gerade betrunken war. Die Rankins hatten Mary wissen lassen, dass sie sich Sorgen um Glaud machten. Könnte sein, dass er sich die Finger brechen würde, wenn Mary nicht netter zu ihnen wäre und sich ein bisschen mehr mit ihnen unterhalten würde – beispielsweise über alles, was auf der Burg so vor sich ging. Sie würden sich übrigens auch Sorgen um sie machen, von wegen was ihr so alles passieren könnte, wenn sie jemandem davon erzählen würde.

Wer Glaud einen ausgab, war sein Freund. So waren die Rankins seine allerbesten Freunde geworden. Jeden Abend, wenn Mary ihn holen kam, saß er nun mit seinen beiden besten Freunden in einer Ecke und scherte sich um niemanden sonst. Sie setzte sich dann dazu und sprach mit leiser, gehetzt klingender Stimme zu ihnen.

Heute Abend hatte sie ihnen von der Fahrt der beiden alten Damen nach Edinburgh berichtet.

„Jetzt wissen sie, was der Alte gesagt hat", stellte Jock fest. „Aber graben tun sie nicht."

„‚Wände haben Augen und Ohren, aber immer schön nach unten schau'n'", sinnierte Roy. „So 'n Blödsinn. Was soll denn unter der Wand sein außer halt der Boden?"

Jock schaute sich verstohlen um, aber niemand hörte ihnen zu. Selbst wenn es hoch herging in der Schenke, hielten die anderen stets einen gewissen Abstand zu den Rankins. Zufrieden beugte er sich wieder über seinen Bierkrug. „Ist doch klar: Wir haben Sachen *im* Boden gefunden", raunte er. „An der Mauer vom Wachturm. Mauer is' doch wie Wand."

Darüber musste Roy erstmal in Ruhe nachdenken.

Jock starrte derweil in sein Bier. „Sie graben nicht", murmelte er. „Warum graben sie nicht? Also, ich mein jetzt, so richtig graben." Er schüttelte den Kopf. „Und wir können nich' graben, solang die da sind."

Roy grübelte weiter.

„Ich werd noch wahnsinnig", jammerte Jock. „Die ganze Zeit könnten die …"

„Vielleicht bedeuten die Worte nicht das, was sie zu bedeuten scheinen", beendete Roy schließlich seine Überlegungen.

Das war Jock zu hoch. Kopfschüttelnd hob er seinen Krug und leerte ihn in einem Zug.

„Vielleicht kommen *die* ja dahinter, was es bedeuten soll", fuhr Roy fort. „Wär doch wahrscheinlich, oder? Der Alte war ziemlich gebildet. Der Sohn vom Burgherrn isses auch. Vielleicht ist das so was wie Griechisch, was er da gefaselt hat. Meint was ganz anderes. Und der Zettel ist die Auflösung. Aber an den Zettel kommen wir nicht ran. Wir können nix tun. Vielleicht sollten wir die einfach machen lassen, uns die Drecksarbeit abnehmen lassen."

„Damit die den Schatz finden?", empörte sich Jock. „Aufgeben? Einfach so?"

„Finden ist das eine", sagte Roy. „Behalten das andere."

„Hast du sie nicht mehr alle?", fragte Jock sein Bruder. „Glaubst du doch selber nicht, dass wir damit durchkommen. Das ganze Haus voll Dienstboten und dann noch dieser verdammte Herrick. Türen verrammelt, im Keller Fallen."

„Wir haben Mary", sagte Roy. „Sie wird tun, was wir ihr sagen."

Sonntag, 30. Oktober

„Verflixt, verflixt, verflixt!", rief Olivia. „Ihr verflixten, störrischen Steine! Ihr seid nicht die Sphinx, Teufel noch mal! Wir wissen doch beide, dass ihr da drin etwas versteckt habt, also her damit!" Sie hieb mit ihrem Holzhammer auf die Wand des Zwischengeschosses ein.

„Olivia, nicht …"

„Autsch!" Der Hammer fiel dumpf zu Boden.

„Nicht so fest draufhauen", brummelte Lisle, legte seinen Hammer beiseite und ging zu ihr. Sie rieb sich den Arm. Er schob ihre Hand beiseite und massierte ihr den Arm. „Du sollst *ganz sachte* klopfen", sagte er.

„Ich kann so etwas nicht", sagte sie. „Ich weiß ja nicht mal, wonach ich klopfe. Kannst du nicht einfach machen, was Belzoni da immer macht … gemacht hat?"

Er hielt inne, ließ seine Hand indes auf ihrem Arm ruhen. „Was Belzoni immer gemacht hat?"

„Du weißt schon. Du hast es mir mal erklärt. Wie er sich einfach in den Anblick eines Ortes versenkt und so Spuren im Sand oder im Geröll entdeckt hat. So hat er doch den Eingang zur zweiten Pyramide gefunden. Hat er in seinem Buch geschrieben." Fast anklagend zeigte sie auf die Wand. „Kannst du nicht einfach *schauen*?"

„Ich habe geschaut", sagte Lisle. „Aber das hier ist etwas völlig anderes. Hier sind weder Sand noch Geröll. Wonach soll ich denn schauen?"

Ihm wurde bewusst, dass er zwar aufgehört hatte, ihren Arm zu reiben, ihn aber immer noch hielt. Vorsichtig ließ er los und wich einen Schritt zurück.

Fünf Tage.

Das war eine lange Zeit. Sie hatten sich gut beschäftigt, waren Fredericks Bücher und Papiere durchgegangen. Natürlich nicht hinter verschlossenen Türen. Sie hatten sämtliche Unterlagen hinunter in den großen Saal getragen, wo er an einem Ende des Tisches gearbeitet hatte und sie am anderen.

Kein Wort hatten sie darüber verlauten lassen, und das war auch gar nicht nötig. Die ganze Sache war außer Kontrolle geraten – selbst sie gab das zu. Selbst ihr war klar geworden, dass sie dem Abgrund ganz nah gewesen waren, und selbst sie, sorglos und verwegen, wie sie war, war zurückgewichen.

Wir würden einander das Leben ruinieren … Ich werde mich nicht damit abfinden, in eines Mannes Leben an zweiter Stelle zu stehen.

„Wo ist unsere Spur geblieben?", fragte er.

„Die liegt irgendwo auf dem Boden", sagte sie. „Ich habe sie fallen lassen. Hätte ich sie nur nie gefunden."

„Bitte erinnere mich daran, dass ich dich niemals mit auf eine Expedition nehme", sagte er.

„Als ob du das jemals tun würdest", kam es von ihr.

„Würde ich wohl", erwiderte er. „Aber du würdest vor Langeweile umkommen. Oder vor Überdruss jemanden umbringen. Geduld ist nicht deine Stärke."

Mit raschelnden Röcken wirbelte sie herum und ließ sich auf eine der Arbeitsbänke sinken, die von den Handwerkern stehen gelassen worden waren.

Derweil hatte er den Zettel gefunden, den sie achtlos und enttäuscht beiseitegeworfen hatte, und widmete ihm all seine Aufmerksamkeit. Die Zeichen stimmten nicht mit denen an den Wänden überein. In die Mauersteine der Wände waren Initialen gekerbt und Steinmetzzeichen – jeder hatte sich dort verewigt, so wie die Besucher es beim Großen Bett von Ware getan hatten.

„Du hast darüber nachgedacht", sagte sie triumphierend. „Darüber, dass ich mit dir auf Expedition wäre."

Natürlich hatte er darüber nachgedacht – mehr als ihm lieb und bislang bewusst gewesen war. Als er die großen Pyramiden und die Sphinx das erste Mal erblickt hatte, war er in Gedanken bei Olivia gewesen und hatte sich vorgestellt, was sie wohl dazu sagen würde. Er hatte sich ihre Miene vorgestellt, wenn sie dieser Weltwunder ansichtig würde. Gemeinsam würden sie in eine der Grabkammern klettern und …

„Doch, ja", meinte er, „manchmal stelle ich mir vor, wie es wäre, wenn ich mich einfach umdrehen und zu dir sagen könnte: ‚Schau dir dies an, Olivia. Schau dir das an'. Ja, doch. Manchmal."

„Ah", sagte sie.

„Der Augenblick der Entdeckung, wenn man etwas zum ersten Mal zu Gesicht bekommt, ist furchtbar aufregend. Das würde dir gefallen", sagte er. „Aber davor und danach vergehen Stunden, Tage, Wochen, Monate mit eintöniger, stetiger Arbeit."

„Bei der du völlig vergessen würdest, dass es mich überhaupt noch gibt."

„Du könntest mir ab und an eine Tasse Tee bringen", schlug er vor. „Das würde meiner Erinnerung auf die Sprünge helfen."

„Dafür hast du Nichols“, sagte sie.

„Du könntest all deine Kleider ablegen“, sagte er.

„Und nackt in der Wüste tanzen?“

„Nackt. Und nachts“, sagte er. „Unter den Sternen. Einen solchen Sternenhimmel hast du noch nie gesehen.“

„Das klingt himmlisch“, seufzte sie. Dann sprang sie mit einem Satz von der Bank. „Aber ich habe dich durchschaut. Du willst mich mit schönen Versprechen ködern.“

„Unsinn.“

Oder doch? Vielleicht.

„Ich kenne dich, Lisle. Niemand kennt dich so gut wie ich. Du hast Gewissensbisse. Dein schlechtes Gewissen nagt an dir, jede Nacht. Und deshalb hast du dir einen Plan zurechtgelegt, um mich zu Fall zu bringen. ‚Ich werde ein paar Köder auswerfen‘, hast du dir gesagt. Und weil niemand außer Mama mich so gut kennt wie du, weißt du ganz genau, wie du vorgehen musst, um zum Ziel zu gelangen.“

Tat er das? Und wenn ja, funktionierte es?

Sie kam zu ihm herüber. „Ich habe mehr Geduld, als du je für möglich halten würdest, aber ich bin ein wenig verstimmt. Dieses tragische ‚Sie konnten zueinander nicht kommen‘ ist meine Sache nicht. Es verdirbt mir die Laune. Lass mich noch mal diesen verflixten Zettel sehen.“

Ägypten. In der Wüste tanzen. Nackt. Unter den Sternen.

Er sah so engelsgleich aus, mit seinem goldenen Haar und den silbergrauen Augen, aber er war ein ganz durchtriebener Verführer.

Sie nahm ihm den Zettel aus der Hand und zwang sich zur Konzentration.

Die Zeichnung zeigte zwei Wände, jeweils zwölf Fuß lang. In die kleinen Rechtecke, die das Mauerwerk darstellen sollten, waren winzige Zeichen und Zahlen gekritzelt.

Im unteren Viertel der rechten Wand befand sich ein Symbol.

„Das da“, sagte sie, „sieht ganz anders aus als die anderen.“

„Ein Steinmetzzeichen, wenn mich nicht alles täuscht. Sieht aus wie GL, von einem Pfeil durchkreuzt."

„Wenn es ein Pfeil ist, zeigt er nach rechts", sagte sie.

„Aber wo ist es?"

Sie gingen beide zur nach Osten gelegenen Wand und suchten nach dem Zeichen.

Nichts.

Sie wandten sich zur gegenüberliegenden Wand und musterten diese kritisch.

Wieder nichts.

„Es sollte auf einem der …" Sie hielt inne. „Es sei denn, wir suchen das Falsche."

Worte tauchten in ihren Gedanken auf. Bilder. Was die alten Damen gesagt hatten. Was Lisle gesagt hatte.

„Erinnerst du dich, als ich zu dir meinte, es wäre viel zu einfach, wenn diese Zeichnung lediglich die Wand darstellen würde, und du erwidert hast, Karten wären nun mal einfach?", fragte sie.

Er betrachtete das Zeichen, blickte dann wieder an die Wand.

„Du meinst einen Pfeil, der *auf die Stelle zeigt*?", fragte er.

„Wenn mit der Wand die Westseite gemeint ist, zeigt er vielleicht auf eines der Fenster."

„Aber was bedeutet GL?"

„Die Zeichnung ist doch von deinem Cousin", meinte sie. „Vielleicht ist das einer seiner berühmten Scherze."

„‚Die Wände haben Augen und Ohren'", sagte er nachdenklich. „‚Immer schön nach unten schauen.'"

Und da sah sie es auf einmal vor sich. Die Stadt, mit ihren engen, steilen Gassen. Die Stadt, in der Frederick Dalmay seinen Lebensabend verbracht hatte. „Edinburgh", sagte sie. „Natürlich. Er muss das unglaublich lustig gefunden haben."

„Was? Ich verstehe nicht …"

„Komm", sagte sie und nahm seine Hand.

Seine Hand, seine Hand. Wie konnte etwas so Simples wie seine Hand zu halten, so ganz und gar nicht simple Dinge in ihr auslösen?

Sie führte ihn hinüber zur Nische mit dem Klosett und öffnete die Tür. „*Gardyloo!*", rief sie.

„Das stille Örtchen", sagte er. „Und?"

„Und die *Garderobe*", sagte sie und zeigte triumphierend auf die Kleiderhaken an der Wand. „Ein Wortspiel! Ein Spiel mit Bedeutungen! Wenn sie in Edinburgh ihre Nachttöpfe aus den Fenstern leeren, rufen sie vorher immer ‚gardyloo': eine Verballhornung von *garde l'eau* – Achtung, Wasser. Eine Warnung, verstehst du? Immer schön nach unten schauen."

Es war eng im Klosett und dunkel. Das Abortloch ließ sich leicht mit einem Brett abdecken, und die Kerze, die Lisle mitgenommen hatte, schien hell in dem kleinen, schmalen Raum. Die Wände schmückten Initialen, Kritzeleien und schlüpfrige Reime, die im Laufe der Jahrhunderte in die Mauersteine geritzt worden waren.

Lisle zwängte sich neben Olivias ausladende Röcke. Ihre Ellenbogen stießen aneinander, als er die Kerze langsam hob und senkte, um jeden einzelnen Stein zu begutachten.

Obwohl sie die Tür weit offen gelassen hatten, damit so viel Licht wie möglich hereinfiele, war das Klosett doch nicht für zwei gemacht. Es begann stickig und warm zu werden, geradezu beklemmend. Ihr Haar kitzelte ihm unter der Nase, und der Hauch eines Duftes, der ihren Kleidern entstieg, hüllte ihn ein.

„Wir sollten zusehen, dass wir rasch etwas finden", sagte er. „Das wird hier langsam … langsam …"

„Ich weiß", sagte sie. „Ist es in den Grabkammern auch so?"

„Ich war noch nie mit dir in einer Grabkammer", erwiderte er und neigte sich ihr zu, bis ihre störrischen Locken seine Schläfen berührten.

„Pass mit der Kerze auf", wies sie ihn zurecht, und schon spürte er heißes Wachs auf seine Hand tropfen. Hastig hielt er die Kerze wieder gerade, und just in diesem Augenblick fiel ihr Schein auf einen sauber eingefugten Stein. Zu beiden Seiten hatte jemand ein kleines Kreuz in den Mörtel geritzt.

„Schau mal“, sagte sie. „Ist das nicht …?“

„Ja.“ Er hielt die Kerze näher an die Wand. „Das ist es.“

„Oh mein Gott.“ Sie packte seinen Arm. „Ich kann es kaum fassen. Und es sieht richtig alt aus, oder?“

„Es ist alt“, bestätigte er. „Und die Kreuze sind in den Mörtel geritzt, nicht ins Mauerwerk. Sie müssen ebenso alt sein wie die Ausfugung.“

Das Herz klopfte ihm bis zum Hals. Es musste nichts weiter bedeuten. Vielleicht war auch das nur einer der Scherze seines Cousins. Die Kreuze schienen alt zu sein, doch ließ sich schwer sagen, wie alt. Zehn Jahre, zwanzig Jahre, hundert Jahre?

„O Lisle“, sagte sie. „Wir haben es gefunden.“ Sie drehte sich zu ihm um. „Es ist mir ganz gleich, *was* es ist. Wir haben danach gesucht und es gefunden.“

Ihm war es auch ziemlich gleich, was es war.

Er stellte die Kerze am äußersten Rand des Aborts ab, dann schlang er seine Arme um Olivia und hob sie hoch, bis sie sich von Angesicht zu Angesicht in die Augen blicken konnten. „Du verrücktes Mädchen“, sagte er. „Du verrücktes, schlaues Mädchen.“

Sie schlang ihre Arme um seinen Hals. „Danke“, sagte sie. „Danke. Wenn wir sonst nichts finden, danke ich dir allein dafür.“

Er küsste sie. Dafür hatte er sie schließlich hochgehoben. Sie erwiderte seinen Kuss. Ein einziger Kuss, lang und leidenschaftlich, als würde sich eine solche Gelegenheit nie wieder finden.

Dann ließ er sie langsam wieder herab. Er griff nach der Kerze und tat, was er immer tat. Begutachten. Abwägen. Entscheiden. Prüfend betrachtete er den Mörtel. Erwog die Alternativen. Fand zu einem Entschluss.

„Wir brauchen Meißel“, sagte er.

Es dauerte ewig. Olivia hätte am liebsten gleich die Spitzhacke genommen, aber wie Lisle ganz richtig erkannt hatte, war das Klosett viel zu eng, um damit richtig ausholen zu können.

Weshalb sie das Mauerwerk mit Hammer und Meißel bearbeiteten. Das Beste daran war noch, dass sie so dicht beieinanderstanden, dass sie sich bei der Arbeit immer wieder wie zufällig berührten.

Stück für Stück schlugen sie den Mörtel heraus, bis sie den fraglichen Stein gelockert hatten.

„Der Mörtel war längst nicht so hart, wie ich vermutet hatte“, meinte er. „Ich hätte gedacht, wir würden Stunden damit zubringen.“ Er ruckelte an dem Stein. „Der scheint auch längst nicht so schwer, wie er aussieht. Sollen wir versuchen, ihn zusammen herauszubekommen, oder willst du nach ein paar Dienern schicken?“

„Das fragst du?“, lachte sie. „Nachdem wir so viel Zeit auf diesen tückischen Zettel und diese verschwiegenen Wände verwandt haben, soll ich den Augenblick des Triumphs den Dienstboten überlassen?“

„Wir wissen nicht, ob es ein Triumph wird“, wandte er ein.

„Es ist mir gleich, ob wir darin ein altes Paar von Cousin Fredericks Schuhen finden“, sagte sie. „Hauptsache, wir haben etwas gefunden.“

„Na gut“, meinte er. „Dann fass da an und halt den Stein gut fest, ich übernehme das Manövrieren.“

Sie folgte seinen Anweisungen, und ganz langsam, Stück für Stück schob sich der Stein aus der Wand.

Allerdings nicht gar so langsam wie erwartet. Das hintere Ende des Steins tauchte so plötzlich auf, dass sie ihn fast hätte fallen lassen, hätte Lisle nicht geistesgegenwärtig zugepackt. Vorsichtig zog er den Stein aus der Wand und stellte ihn auf das Brett über dem Abortloch. Von vorn sah er aus wie die anderen Mauersteine, doch hinten war er so behauen, dass er gerade mal eine Handbreit tief war.

Lisle hielt die Kerze hoch. Olivia reckte sich auf die Zehenspitzen und spähte in das Mauerloch.

Darin lag eine eisenbeschlagene Kiste.

18. KAPITEL

Zumindest sah es aus wie eine eisenbeschlagene Kiste. Olivia war sprachlos.

Sie hatte nicht damit gerechnet, tatsächlich eine richtige *Schatztruhe* zu finden!

Eigentlich wusste sie gar nicht, was zu finden sie gehofft hatte, aber das hier übertraf alle Erwartungen.

„Gütiger Gott", sagte sie. „Gütiger Gott."

„Sieht wie eine Kiste aus", meinte Lisle.

„Ist das Schmutz?", fragte sie. „Oder ist das Holz so verrottet?"

„Sieht aus, als wäre sie früher mal irgendwo vergraben gewesen", sagte er und streckte die Hände in das Mauerloch, um die Kiste herauszuziehen. Er fasste sie bei den Seiten und zog. Und zog. Nichts rührte sich. Er zog kräftiger. Sie rutschte ein Stückchen vor.

Er hatte Kraft, das wusste Olivia. Mühelos konnte er sie hochheben, und dabei war sie größer als die meisten Frauen und keineswegs ein Hungerhaken. Eben erst hatte er sie mit einer Leichtigkeit hochgehoben, als wäre sie eine Teekanne.

„Schwerer, als ich dachte", sagte er. „Dafür brauche ich Nichols."

Er ging hinaus.

Sie blieb und starrte weiter ungläubig auf die Kiste. Eine Schatztruhe! Sie glaubte ihren Augen noch immer nicht zu trauen, als Lisle mit Nichols und Werkzeug zurückkam.

Sie trat beiseite, während die Männer den gröbsten Dreck abkratzten.

So was machten sie wahrscheinlich auch in Ägypten, dachte sie. Den lieben langen Tag.

Ein Griff wurde sichtbar. Nichols fasste den Griff und zog, Lisle dirigierte die Kiste aus der engen Öffnung, und gemeinsam hievten die beiden sie mit sichtlicher Anstrengung auf den Boden.

„Erstaunlich schwer“, meinte Lisle. „Aber ein Gutteil des Gewichts mag von den jahrhundertealten Schmutzschichten kommen. Wir tragen sie am besten nach nebenan, wo wir mehr Licht haben.“

Nachdem Nichols auch den zweiten Griff freigelegt hatte, packten die beiden Männer an und trugen die Kiste hinüber in den Wachraum.

Nichols fuhr fort, ihren Fund zu säubern. Nach ein paar Minuten hielt er inne. Als er sich wieder ans Werk machte, ging er langsamer und behutsamer vor.

Es fiel Olivia schwer, einfach nur still dazustehen und zuzuschauen. Sie verging vor Ungeduld. Am liebsten wäre sie von einem Bein aufs andere gehüpft. „So handhabt man wahrscheinlich auch Antikenfunde“, mutmaßte sie. „Kein Wunder, dass du meintest, dazu brauche es Geduld. Dabei ist das hier doch bloß eine Kiste! Wie aufregend muss es erst sein, einen Tempel oder eine Grabkammer freizulegen? Nicht einmal *meine* Fantasie reicht aus, um mir das vorzustellen. Dauert es noch lange?“

„Sand lässt sich leichter entfernen“, sagte Lisle. „Und wir haben natürlich Arbeiter, die uns zur Hand gehen. Trotzdem ist es … Gibt es Probleme, Nichols?“

„Schwer zu sagen, Euer Lordschaft“, erwiderte Nichols. „Doch mir schien es ratsam, Vorsicht walten zu lassen.“

„Sie wird doch nicht explodieren, oder?“, fragte Olivia aufgeregt. „Cousin Frederick hatte einen recht speziellen Sinn für Humor.“

„Keine Sorge, Miss“, sagte Nichols. „Mir war nur eben aufgefallen, dass gewisse Stilelemente auf ein deutsches Fabrikat aus dem sechzehnten oder siebzehnten Jahrhundert schließen lassen.“

Nun meinte sie, auch ihren Ohren nicht mehr zu trauen. Nicht einfach nur eine Schatztruhe, sondern … „Deutsches Fabrikat“, wiederholte sie. „Sechzehntes oder siebzehntes Jahrhundert.“

„Was ist?“, fragte Lisle sie. „Warum schaust du so?“

„Wie?“

„Als ob *du* gleich explodieren würdest."

Sie trat neben Nichols. „Diese Kisten sind *berühmt*", raunte sie.

„Und kompliziert", kam es von Nichols.

„Teuflisch", pflichtete sie ihm bei. „Großonkel Hubert DeLucey, der noch jedes Schloss geknackt hat, meinte mal, er habe *Tage* mit einer solchen Kiste zugebracht. Und das, obwohl er die Schlüssel hatte."

„Allerdings, Miss", sagte Nichols, ohne sich von der Arbeit abhalten zu lassen. „Man sollte sich hüten, den Schließmechanismus aus Versehen zu beschädigen."

Es juckte ihr in den Fingern. Sie trat zurück und verschränkte die Hände auf dem Rücken. Während Nichols weiter mit großer Sorgfalt und unendlicher Geduld die dicke Kruste abtrug, schlich Olivia gemessenen Schrittes um die Kiste herum und nahm sie von allen Seiten in Augenschein.

Sie war etwa zwei Fuß lang, einen Fuß breit, einen Fuß tief und rundum mit schweren Eisenbeschlägen versehen.

Als Nichols endlich fertig war, ging bereits die Sonne unter.

Nachdem er den Boden aufgefegt hatte, kniete Olivia vor der Kiste nieder, und Lisle hockte sich neben sie. „Schau", sagte sie. „Falsche Schlüssellöcher, bloße Attrappen. Dahinter verborgene Schließmechanismen. Man muss sich von außen nach innen vorarbeiten. Ich würde hier beginnen." Sie zeigte auf eines der äußeren Schlösser.

„Das dürfte noch der leichtere Teil sein", vermutete er.

„Ich will es hoffen", sagte sie. „Ich habe so eine Kiste erst einmal gesehen und hatte leider nie Gelegenheit, selbst daran zu arbeiten. Die Schlösser müssen in einer ganz bestimmten Reihenfolge geöffnet und winzige Schrauben in die richtige Richtung gedreht werden. Selbst wenn man die Schlüssel hat, ist es eine ziemliche Herausforderung, aber wir haben ja keine Schlüssel."

Lisle sah zu seinem Kammerdiener auf. „Wir dürften Kerzen brauchen", sagte er. „Und ein Feuer im Kamin. Wahrscheinlich werden wir hier eine Weile zubringen."

Vier Stunden später saß Olivia noch immer vor der Kiste, das Kinn auf die Hände gestützt und die Stirn in tiefe Falten gelegt.

Es lief längst nicht so gut wie erhofft.

Nachdem sie und Lisle vorsichtig den Rost entfernt und die Schlösser geölt hatten, hatte sie sich an die Arbeit gemacht.

„Es ist Ewigkeiten her, dass ich ein anständiges Schloss geknackt habe", ließ sie Lisle wissen.

Als eine Stunde vergangen war, hatte er Nichols einen Tisch und einen Stuhl nach unten bringen lassen. Zusammen mit Nichols hatte er die Kiste auf den Tisch gehievt.

Nach der zweiten Stunde hatte Bailey ihnen Tee gebracht und einen warmen Umhang für ihre Herrin.

Während der dritten Stunde hatte Lisle gemeint: „Wir sollten langsam nach oben gehen und uns zum Abendessen umziehen."

„Geh nur", hatte Olivia erwidert. „Ich bleibe hier, bis ich das verdammte Ding geknackt habe."

Er war nach oben gegangen und hatte den Harpyien ausrichten lassen, sie sollten ruhig ohne sie anfangen. Dann war er mit einem Teller Sandwiches und einer Flasche Wein in den Wachraum zurückgekehrt.

Olivia probierte jeden Dietrich aus, den ihr Fundus an einbruchstauglichen Utensilien hergab – und das waren Dutzende. Lisle war schockiert, wenngleich nur wenig. Dann versuchte sie es mit Haarnadeln, mit Hut- und Kleidernadeln, mit Zahnstochern, Nähnadeln und mit Draht.

Nun, nachdem sie sich vier Stunden vergeblich gemüht hatte, sagte Lisle: „Manchmal muss man etwas eine Weile ruhen lassen, ehe man sich wieder daransetzt."

„Mir ist noch kein Schloss untergekommen, das ich nicht aufbekommen hätte", erwiderte sie.

„Dir ist eben noch nie ein solches untergekommen", meinte er. „Du hast selbst gesagt, es wäre nicht einfach nur ein Schloss oder eine Reihe von Schlössern. Es ist ein Puzzle. Weißt du noch, wie viele Jahre Tante Daphne dafür gebraucht hat, die Hieroglyphen für ‚Ramses' zu entziffern?"

„Aber das hier ist keine ausgestorbene Sprache! Es sind einfach nur Schlösser, *Metallstücke*. Schlösser sind einige der wenigen Sachen, mit denen ich mich wirklich auskenne!“ Sie neigte den Kopf zur Seite und spähte finsteren Blickes in das Schlüsselloch.

„Unsinn“, sagte er. „Du beherrschst viele Sachen. Das Problem ist, dass dein Verstand nicht für Puzzles dieser Art geschaffen ist. Dazu bedarf es eines ausdauernden, methodischen Verstandes. Deiner ist zu …“, er fuchtelte mit den Händen durch die Luft, „… reizbar. Zu emotional.“

Ihr Kopf schoss in die Höhe, und der Blick ihrer blauen Augen hätte Stahl schmelzen können.

„Willst du damit sagen, dass *du* das Puzzle lösen könnest?“, fragte sie.

„Es wäre an der Zeit, es auf einen Versuch ankommen zu lassen“, fand er.

„Nein“, sagte sie. „Ich schaffe das schon. Und zwar ohne Hilfe von *Amateuren*.“

Er machte Anstalten zu gehen. Doch nach ein paar Schritten sah er es wieder vor sich, ihr Gesicht, und hörte den verächtlichen Ton, in dem sie „*Amateure*“ gesagt hatte. Er blieb stehen, stützte sich mit einer Hand an der Wand ab und blickte zu Boden. Doch zu spät. Er konnte sich nicht beherrschen. Er lachte. Und lachte. Und konnte gar nicht mehr aufhören zu lachen.

Sie sprang auf. „Da gibt es überhaupt nichts zu lachen, du elender, eingebildeter Dickschädel!“ Mit zwei Schritten war er bei ihr, zog sie an sich und küsste sie. Sie wehrte sich, doch nur kurz. Dann schlang sie die Arme um seinen Hals und erwiderte seinen Kuss mit wütender Leidenschaft. Und gleich darauf begann sie am ganzen Leib zu beben, riss sich los und lachte nun auch, dieses tiefe, samtene Lachen, das den Raum ebenso erfüllte wie sein Herz und das sich wie ein Wasserfall der Glückseligkeit über ihn ergoss.

„Ich schaffe es nicht“, sagte sie lachend und stampfte mit dem Fuß auf. „Ich würde mir am liebsten das Haar raufen.“

Er zog sie wieder an sich und strich über ihre roten Locken. „Vielleicht liegt es gar nicht an dir“, meinte er. „Vielleicht hat der Schließmechanismus sich im Laufe der Jahre verzogen und funktioniert nicht mehr.“

„Was dann?“, fragte sie. „Einen Vorschlaghammer nehmen?“

„Damit könntest du dich abreagieren, würdest aber die Kiste zerstören und vielleicht auch das, was sich darin befindet“, sagte er. „Was wir brauchen, ist ein Schmied.“

Am selben Abend

„Du bist spät dran, Mary“, sagt Roy und ließ das Hausmädchen vor Schreck zusammenfahren, als es den Weg zur Kate hinaufgeeilt kam, die es sich mit seinem Bruder teilte.

„Es geht ihm doch gut, oder?“, fragte Mary besorgt. „Ihr habt nicht …“

„Jock passt schon auf. Wir wollen ja schließlich nicht, dass seinen Fingern was passiert, was? Wie sollte er dann arbeiten? Wo hast du so lange gesteckt?“

„Es ist Sonntag“, sagte sie. „Fast alle hatten den Nachmittag frei.“

„Aber du nicht. Glaud hat’s mir erzählt. Ich hätte es gern von *dir* gehört, Mary.“

„Sie zahlen extra, wenn man den halben Tag arbeitet“, sagte sie. „Du weißt, dass ich das Geld brauche.“

„Und du solltest wissen, dass du nicht einfach so nach Hause schleichen kannst, ohne mir Bericht zu erstatten“, sagte er. „Wenn ich du wär, würd ich anfangen zu reden.“

Sichtlich nervös schaute sie sich um.

„Da is’ keiner“, sagte er ungeduldig.

„Sie … sie haben was gefunden“, stammelte sie. „Die Miss und Seine Lordschaft. Außer ihren Leibdienern waren alle weg, und sie haben gar nicht gemerkt, dass ich noch da war. Ich … hab gelauscht, so wie du es wolltest.“

„Ich weiß, dass du gelauscht hast. Aber was hast du *gehört*?"
„Sie haben eine Kiste gefunden."
Roy schnaufte einmal tief ein und aus. „Eine Kiste, was du nicht sagst."
Mary schaute sich wieder um. Stumm rang sie die Hände.
„Los, erzähl es mir", sagte er. „Dann fühlst du dich gleich besser. Glaud wird sich auf jeden Fall besser fühlen." Er lachte.
„Sie haben in einem der alten Wachräume im Südturm eine eisenbeschlagene Kiste gefunden, kriegen sie aber nicht auf, und jetzt wollen sie morgen die Kiste zum Schmied bringen, und mehr weiß ich auch nicht", ratterte sie herunter. „Lass mich jetzt zu ihm, bitte. Glaud wartet auf sein Abendessen."
Sie versuchte, an ihm vorbeizukommen, aber er packte sie beim Arm. „Sie wollen also zum Schmied", sagte er. „Wann?"
„Früh", sagte sie. „Gleich morgens, bevor es sich herumgesprochen hat. Bevor die Arbeiter kommen. Damit sie schon beim Schmied sind, wenn er seine Werkstatt aufmacht, und zeitig zurück sind, ohne großes Aufsehen zu erregen."
Er ließ sie los. „Los, geh schon rein", sagte er. „Und sag Jock, er soll rauskommen."
Sie huschte hinein. Kurz darauf kam Jock heraus. Roy teilte ihm die Neuigkeiten mit.

Montag, 31. Oktober

Von der Burg bis zum Dorf war es keine Meile. Ein kurzer Weg, selbst wenn man ihn im Schritttempo zurücklegte. Lisle führte ein Pferd am Zügel, das einen Lastkarren zog. Darauf lag die hartnäckig verschlossene Kiste, eingehüllt in eine alte Pferdedecke. Olivia lief neben dem Karren her. Es war ein kalter, regnerischer Morgen, und die meisten der Arbeiter hatten sich noch nicht mal auf den Weg nach Gorewood Castle gemacht. Die wenigen, denen sie unterwegs begegneten, hatten wegen der Kälte die Köpfe tief zwischen die Schultern gezogen und nickten ihnen nur kurz zu.

An einem wärmeren Tag oder zu späterer Stunde wären sie wohl stehen geblieben und hätten gegafft. Aber Lisle und Olivia war auch mehr an Wärme als an Eleganz gelegen gewesen. Also trug sie den schweren Kapuzenumhang, der sie in jener Nacht, da sie den Gespenstern aufgelauert hatte, hätte wärmen sollen, und Lisle hatte seinen ältesten Rock an, ein Kleidungsstück, das Nichols schon verschiedentlich zu beseitigen versucht hatte, doch vergebens. Es war dem Earl of Lisle alles andere als angemessen, aber es war der wärmste Rock, den er hatte. Sein Körper hatte sich noch immer nicht an das widrige Klima gewöhnt. Und würde es wahrscheinlich auch nie tun.

Zudem hatte seine Aufmachung den Vorteil, keine Aufmerksamkeit anzuziehen.

Nicht, dass es zu dieser frühen Stunde viel Aufmerksamkeit gegeben hätte, die man auf sich hätte ziehen können. Die Sonne kam gerade mal hinter dem Horizont hervorgekrochen, zumindest theoretisch. Tatsächlich verbargen schwere Wolken ihren Aufgang, und es brauchte schon einiges an Fantasie um zu erkennen, wo der Himmel sich bereits ein wenig gelichtet hatte. Fantasie, an der es ihm bekanntlich fehlte.

„Alles in Ordnung?“, rief er zu Olivia hinüber.

„Oh ja, alles bestens“, versicherte sie ihm. „Bailey hat mich richtig gut eingepackt. Unterrock und Beinkleider aus Flanell, ein gestepptes Korsett und ein wollenes Kleid.“

„Danke für die anschaulichen Details“, sagte er trocken.

„Da muss man sein Handwerk schon verstehen, um mich da wieder herauszubekommen“, erwiderte sie.

„Willst du mich auf die Probe stellen?“, fragte er.

„Der Gedanke wäre mir nie gekommen“, sagte sie. „Aber welch vortreffliche Idee.“

„Dazu ist jetzt keine Zeit“, sagte er.

„Wir haben nie Zeit“, meinte sie.

„Wir dürfen keine Zeit haben“, erwiderte er.

„Ich bin es so leid, gut zu sein“, sagte sie. „Es ist widernatürlich. Ganz zu schweigen davon, dass die ganze Sache hochgradig unfair ist. Da entdeckt man seine Große Leidenschaft und darf doch nichts weiter tun."

„Eigentlich sollte man sie in der Hochzeichtsnacht entdecken", sagte er.

„Du meinst, eine *Frau* sollte sie dann entdecken", sagte sie. „Männer dürfen ihre Leidenschaften entdecken, wann immer es ihnen beliebt, und tun, was immer sie wollen. Aber wir Frauen ..."

„Nein, dürfen wir nicht", sagte er. „Nicht, wann immer es uns beliebt. Wäre dem so, würde ich jetzt kaum in dieser Zwickmühle stecken. Warum musstest es nur ausgerechnet du ..."

„Wie romantisch du bist", sagte sie.

„Du musstest es sein", sagte er. „Und natürlich willst du Sonne, Mond und Sterne und die Liebe deines Lebens in Großbuchstaben und dreimal unterstrichen. Ich würde übrigens einen perfekten Ehemann abgeben, das nur nebenbei."

„Einer Mumie vielleicht."

Sie waren beide missgestimmt. Fehlender Schlaf und unerfüllte Lust gaben keine gute Kombination ab.

„Ich werde den Titel eines Marquess erben und Morgen um Morgen prächtigen Grundbesitzes, etliche Häuser und Unmengen an Geld", zählte er auf. „Vorausgesetzt, meine Eltern bringen das Vermögen nicht vorher durch, vergraulen die Pächter und stürzen uns in den Ruin."

„Du lässt es so verlockend klingen", meinte sie. „Ich kann kaum widerstehen."

„Mein Gott, Sarkasmus! Genau das, was man um sieben Uhr früh braucht."

„Es ist fast acht."

„Woher willst du das wissen? Weit und breit kein Sonnenstrahl an diesem verdammten Ort."

„Du solltest endlich aufhören, an Schottland Ansprüche zu stellen, die es niemals wird erfüllen können", sagte sie. „Du solltest es so nehmen, wie es ist. Auf seine Weise ist es ganz wunderbar. Natürlich ohne den Sand, stinkende Kamele und noch stinkendere Mumien ..."

„Nicht einmal Zerfall bekommen sie hier ordentlich hin“, unterbrach er sie. „Die Dinge versanden hier nicht anmutig, wie sie es in Ägypten tun. Sieh dir nur diese Kirche an.“ Er deutete auf das halb zerfallene Gebäude linker Hand. „Moos und Schimmel, und die Steine schon ganz schwarz. Hier und da steht noch eine Wand, ein Fensterbogen, Unkraut sprießt zwischen den Steinen hervor. Liegen nicht sogar Tote unter dem Fundament begraben? Begraben von Barbaren und längst vergessen. Selbst der Friedhof …“

Da sah er sie, ließ das Pferd anhalten und drehte sich nach Olivia um. „Los, *lauf*!“

Kaum hatte er es gesagt, stürzten zwei maskierte Männer durch das Friedhofstor.

Sie lief nicht weg. Vielmehr rannte sie zum Friedhof hinüber, als sie die Männer daraus hervor auf die Straße springen sah.

Das Pferd bäumte sich auf vor Schreck, und die Kiste rutschte auf dem Karren abwärts, durchbrach die Planke und landete auf der Straße. Einer der Männer kam gerannt und stürzte sich darauf. Lisle schnappte ihn sich und warf ihn gegen den Karren. Der Angreifer stieß sich mit beiden Händen ab und stürzte sich auf ihn. Lisle packte ihn erneut, verpasste ihm einen Fausthieb und brachte ihn zu Fall. Diesmal rappelte der Mann sich nicht wieder auf.

Da stieß Olivia einen spitzen Schrei aus. Lisle fuhr herum. Der andere Schurke hatte sie am Wickel, hielt sie bei der Schulter gepackt und drückte sie auf Armeslänge von sich weg, während sie mit einer Hand versuchte, ihm die Maske vom Gesicht zu reißen, mit der anderen Hiebe austeilte und dabei noch nach seinen Schienbeinen trat.

Wutschnaubend stürzte Lisle sich auf ihn.

„Pass auf!“, kreischte Olivia.

Etwas traf ihn am Hinterkopf.

Er spürte Schmerz, doch noch schmerzlicher war Olivias Gesicht: die blauen Augen schreckensstarr geweitet, der Mund stumm aufgerissen.

Dann schlug ein Meer aus Dunkelheit über ihm zusammen.

„Neeeeiiiiin! Neeeeiiiiin!“, schrie Olivia und wehrte sich wie wild gegen den Angreifer. Sie musste zu Lisle.

„Lass sie!“, schrie jemand. „Los, komm her! Pack mal mit an. Das Ding ist sauschwer.“

Der Mann ließ sie los. Olivia rannte zu Lisle und kniete neben ihm nieder. Er lag auf dem Boden, alle viere von sich gestreckt, reglos. Auf seinem Krawattentuch war ein roter Fleck.

„Du darfst nicht tot sein!“, rief sie. „Wehe, du bist tot!“

Sie presste ihm zwei Finger an den Hals und suchte seinen Puls. Ha! Da war er. Erleichtert atmete sie auf. „Lisle?“

Sie sah sich um. Die Männer waren samt Pferd, Karren und Kiste verschwunden. Die Straße machte hier eine scharfe Kurve und verschwand dann in einer Senke. Bäume standen zu beiden Seiten. Die perfekte Stelle für einen Hinterhalt, von der Burg und den umliegenden Feldern nicht einzusehen. Nicht, dass auf den Feldern jemand gewesen wäre, der etwas hätte sehen können. Aber gleich würden die Arbeiter hier entlangkommen. Das hoffte sie zumindest.

Wie spät war es? Von der Anhöhe hatten sie ein paar Männer des Weges kommen sehen, aber kurz vor der scharfen Kurve hatten sie und Lisle zu streiten begonnen, weshalb sie nicht mehr darauf geachtet hatte, ob noch mehr Leute auf dem Weg zur Burg waren.

„Hilfe“, schrie sie. „Zu Hilfe!“

Dann wandte sie sich wieder Lisle zu. „Aufwachen“, sagte sie mit fester Stimme. „Du musst jetzt aufwachen.“

Vorsichtig, ganz vorsichtig schob sie ihre Hand unter seinen Kopf. Oh, sein armer, armer Kopf. Er fühlte sich warm und klebrig an.

Sie hatte den Mann hinter ihm kommen sehen, einen Stein in der erhobenen Pranke. Zwar hatte sie Lisle noch zu warnen versucht, aber der Mann war zu schnell gewesen, und Lisle, der nur an sie gedacht hatte, zu langsam.

Entsetzlich langsam sah sie alles noch einmal an sich vorbeiziehen … die Hand mit dem Stein … sie, die schrie, um ihn zu warnen … Lisle, wie er zusammensackte und zu Boden fiel.

„Du *musst* aufwachen“, sagte sie. Mit Schlägen auf den Hinterkopf kannte sie sich aus. Je länger man nicht bei Bewusstsein war, desto schwerer die Verletzung. „Aufwachen!“ Sie gab ihm einen Klaps auf die Wange. Und noch einen. Etwas fester.

Er wandte den Kopf hin und her. Dann schlug er die Augen auf. „Was zum Teufel …“, brummelte er.

„Oh, L…Lisle“, stammelte sie und warf sich an seine Brust.

Er legte die Arme um sie. „Ja“, sagte er. „Schon gut.“

„Du darfst niemals nie sterben!“, schluchzte sie. „Ich kann nicht ohne dich leben!“

„Wird auch Zeit, dass du das merkst“, meinte er.

Gorewood Castle, im großen Saal

„Woher wussten die Bescheid?“, fragte Lisle. Er saß in einem Sessel am Feuer. Nichols, der die Wunde soeben gereinigt hatte, brachte ein Pflaster auf. Olivia und die alten Damen sahen schweigend zu.

Olivia hätte ihn ebenso gut selbst zusammenflicken können, doch wusste sie, dass man gut daran tat, sich nicht zwischen einen Mann und seinen Kammerdiener zu stellen. Allerdings war sie nicht von Lisles Seite gewichen und hatte das ganze Prozedere aufmerksam verfolgt, um sich zu vergewissern, dass die Wunde nicht schlimmer war als von den Männern behauptet. Zunächst hatte es schlimm ausgesehen. Als die Arbeiter endlich aufgetaucht waren, hatten sie ihn auf einen ihrer Karren verfrachtet. Lisle hatte sich lautlos dagegen verwahrt, aber seine Arbeiter duldeten keine Widerrede. Allein die Vorstellung, er könne laufen, schien sie persönlich zu beleidigen. Sie war dem Wagen hinterhergelaufen, und den ganzen Weg hinauf zur Burg war ihr die Kehle wie zugeschnürt gewesen.

Obwohl er sich stur gab und ganz der Alte schien, wurde sie doch die schrecklichen Bilder nicht los, sah den Mann wieder vor sich, wie er sich mit dem Stein auf ihn gestürzt hatte, durchlebte wieder jene schrecklichen Minuten, da sie gemeint hatte, Lisle wäre tot.

Nun, da die Wunde gereinigt war, verstand sie, warum die Männer sie so auf die leichte Schulter nahmen.

Lisle hatte einen Hut getragen, und er hatte dichtes Haar. Der Stein hatte ihm eine Schürfwunde beigebracht, die zwar geblutet hatte, doch harmlos war.

Trotzdem saß ihr der Schrecken noch immer in den Gliedern.

„Ich weiß, dass Neuigkeiten sich wie ein Lauffeuer verbreiten“, fuhr er fort. „Aber wir haben das erst gestern, spätabends geplant. Wer außer Nichols, Bailey und Herrick kann gewusst haben, dass wir heute früh auf dem Weg ins Dorf sein würden?“

„Die Frage ist weniger, wer es wusste, sondern wie unsere Angreifer davon erfahren haben“, sagte Olivia.

Herrick trat ein. „Euer Lordschaft, die Männer sind von der Suche zurückgekehrt. Ich bedauere Ihnen mitteilen zu müssen, dass sie weder die Räuber noch die Kiste ausfindig gemacht haben.“

„Das hatte ich auch nicht erwartet“, sagte Lisle. „Hätte da nicht dieser Mann mitten auf der Straße gelegen …“

„Glaud Millar, Euer Lordschaft. Der Flickschuster. Jeden Abend sturzbetrunken, aber jeden Morgen nüchtern an der Werkbank.“

Olivia horchte auf und sah den Butler an. „Sie meinen, jemand könnte ihm behilflich gewesen sein, zu dieser Stunde sturztrunken auf der Straße zu liegen?“

„Gewiss, der Vorfall scheint mir doch verdächtig, Miss.“

„Mir auch“, stimmte Lisle ihm zu. „Die Ankunft unserer Arbeiter hat sich deswegen verzögert, was den Angreifern genügend Zeit gab, zu entkommen. Mittlerweile dürften sie längst in Edinburgh sein.“

„Da wäre ich mir nicht so sicher, Euer Lordschaft“, sagte Herrick.

„Sie haben uns die Kiste, den Karren *und* das Pferd gestohlen", sagte Lisle. „Warum sollten sie damit nicht nach Edinburgh fahren?"

„Euer Lordschaft, die Verbrecher dieserorts sind jämmerliche Gestalten. Nicht die Hellsten, wenn ich das so sagen darf. Trotzdem wären nicht einmal sie so dumm, die Hauptstraße zu nehmen und dorthin zu fahren, wo jeder sie vermutet. Zudem bliebe es im Dorf nicht lange unbemerkt, wenn zwei Nachbarn plötzlich verschwunden wären. Wenn ich mir die Bemerkung erlauben dürfte, Euer Lordschaft, würde ich in der näheren, wenn nicht gar in der nächsten Umgebung suchen."

Derweil, in einem Hain nah der Kirchenruine, betrachtete Jock wehmütig das gestohlene Pferd.

„So, die Kiste ist in Sicherheit", sagte Roy. „Jetzt müssen wir nur noch darauf warten, bis die Aufregung sich wieder legt."

„Wir hätten auch nach Edinburgh fahren können", sagte Jock. „Einer von uns auf dem Gaul, der andere mit der Kiste auf dem Karren."

„Am selben Tag, wo der Sohn vom Burgherrn eins über den Schädel bekommt und ihm Pferd, Karren und Kiste geklaut werden? Wo überall nach dem Pferd, dem Karren und der Kiste gesucht wird? Und was glaubst du wohl, wer uns in Edinburgh was von dem Kram abnimmt, wenn alle Welt danach sucht?"

„Wenn Mary nich' dichthält, weiß sowieso jeder, dass wir's waren."

„Siehst du, noch ein Grund", trumpfte Roy auf. „Wär'n wir jetzt in Edinburgh, würd' sie glauben, sie wär sicher, und anfangen zu reden. Aber wenn sie uns heut Abend im Crooked Crook sieht, wenn wir da wie üblich mit Glaud zusammenhocken, hält sie den Mund."

„Aber was, wenn sie bis da schon gequatscht hat? Dieser verdammte Herrick …"

„Blut ist dicker als Wasser", beschied Roy. „Du weißt, wie sie sich um ihren Bruder sorgt. Die will nicht, dass dem was passiert. Weshalb sie den Mund halten wird, solang wir hier sind. Wenn dann Gras über die Sache gewachsen ist, besorgen wir uns ein Pferd und einen Wagen, packen unsere Siebensachen, schnappen uns die Kiste und hau'n ab nach Edinburgh. Oder nach Glasgow." Er überlegte kurz. „Ich kenn da noch 'n paar Leute. Kann gut sein, dass es sich nicht bis da rumspricht." Er klopfte seinem Bruder auf die Schulter. „Genau, so machen wir's, Jock. Wir gehen nach Glasgow."

„Wie ... jetzt gleich?", fragte Jock.

Roy betrachtete das friedlich grasende Pferd und seufzte tief.

„Nee, natürlich nicht. Zu riskant", meinte er. „Aber bald. Sobald wir ein anderes Pferd und einen anderen Wagen aufgetrieben haben. Das lassen wir hier. Soll es nach Hause marschier'n, wenn es lustig ist."

19. KAPITEL

Am selben Abend

Die Tür des Crooked Crook ging auf und herein kamen vier Leute.

Jock hatte gerade den Bierkrug ansetzen wollen und erstarrte.

„Roy“, raunte er seinem Bruder zu.

„Schon gesehen“, sagte Roy.

Es waren der Sohn des Burgherrn, die Rothaarige, die Jock ihr Knie in die Weichteile gerammt hatte, der Kammerdiener Nichols, diese halbe Portion, und Herrick, der eingebildete Mistkerl.

„Was wollen die hier?“, fragte Jock.

„Was glaubst du wohl?“

„Wir sollten lieber abhauen.“

„Die kommen rein, wir rennen raus? Wie sieht das denn aus?“

„Weiß nich’“, meinte Jock.

„Als hätten wir was auf dem Kerbholz, so sieht das aus“, sagte Roy. „Bleib, wo du bist, und benimm dich so wie immer.“

„Was, wenn Mary uns verpfiffen hat?“, flüsterte Jock.

Roy schaute zu Marys Bruder Glaud hinüber, der wie immer trunken über seinem Tisch hing.

„Was hat die schon groß zu erzählen?“, meinte Roy. „Wir wollten nur von ihr wissen, was auf der Burg so vor sich geht. Das wüsst hier doch jeder gern.“

Der Sohn des Burgherrn und die Rothaarige gingen an den Tresen und sagten was zu Mullcraik, der ihnen zwei Krüge füllte.

Herrick war bei der Tür stehen geblieben, die Arme vor der Brust verschränkt. Tam MacEvoy stand auf und ging zur Tür. Herrick hob schweigend die Hand. Tam blieb, wo er war.

Der Sohn des Burgherrn wandte sich vom Tresen ab und hob seinen Krug. „Ich gebe einen aus, Mr Mullcraik“, sagte er.

Da kam Leben in die Bude. Tam ging zurück und setzte sich wieder. Jemand rief: „Danke, Euer Lordschaft!" Andere stimmten ein.

Der Sohn des Burgherrn und die Rothaarige lächelten nur.

„Da, siehst du?", sagte Roy. „Die wollen jetzt von jedem wissen, was er weiß. Weiß aber keiner was. Wir wissen auch nix, kapiert? Und wir lassen uns von Seiner Lordschaft einen ausgeben, so wie alle andern auch, klar?"

Nachdem jeder versorgt war, sprach irgendein Schleimscheißer einen Toast auf Seine Lordschaft aus. Nachdem das überstanden war, sagte Seine Lordschaft, nicht laut, aber klar und deutlich: „Die meisten von euch müssten mich mittlerweile kennen. Und ihr könnt euch bestimmt denken, dass ich nicht hier wäre und euch einen ausgeben würde, wenn ich nicht etwas von euch wollte."

Ein paar Leute lachten.

Er fuhr fort: „Wie ihr gewiss gehört habt, wurden Miss Carsington und ich heute früh auf dem Weg ins Dorf überfallen, wobei uns ein Pferd, ein Karren, eine alte, zerschlissene Decke und eine noch ältere eisenbeschlagene Kiste gestohlen wurde. Am späten Nachmittag kam dann das Pferd samt Karren zurück – leider ohne die Decke. Auch die Kiste bleibt verschwunden. Uns ist vor allem an der Kiste gelegen, doch sind wir auch über Hinweise zum Verbleib der Decke dankbar. Wir sind heute Abend hier, um ..." Lächelnd wandte er sich der Rothaarigen zu. „Um nach *Spuren* zu suchen."

Eine Stunde später

„Die waren es", sagte Olivia. „Die beiden in der Ecke."

„Die Rankins", bemerkte Herrick, ohne zu ihnen hinüberzuschauen.

Die Brüder standen auf Herricks Liste der Verdächtigen ganz weit oben.

„Auf einmal sehr gut Freund mit Glaud und Mary Millar“, meinte Lisle.

„Und Mary ist eines unserer Hausmädchen“, sagte Herrick. „Sie ist gestern Abend länger geblieben.“ Er runzelte die Stirn. „Ich hatte heute schon mit ihr gesprochen, doch sie meinte, sie wäre nach der Arbeit geradewegs nach Hause gegangen. Unerfreuliche Geschichte, Sir. Ein gutes Mädchen. Aber ihr Bruder ist alles, was sie hat, und der scheint von den Rankins als Druckmittel benutzt zu werden.“

„Verdammt ärgerlich, dass wir keine Beweise haben“, sagte Lisle. „Alles nur Gerüchte und Vermutungen. Die beiden werden ja so mancher Dinge verdächtigt, aber …“ Er schüttelte den Kopf. Sein Vater hatte wirklich so einiges auf dem Gewissen. Kleinkriminelle, die das Dorf terrorisierten. Dorfbewohner, deren Mühen im Keim erstickt wurden. Der Pastor, dem Lord Atherton die Pfarre übertragen hatte, zog es vor, in Edinburgh zu leben, und bequemte sich nur selten aufs Land, um für das Seelenheil seiner Schäfchen zu sorgen.

„Stimmt. Wir haben keine Beweise, und das wissen die beiden“, sagte Olivia. „Sie brauchen nichts weiter zu tun, als dichtzuhalten und abzuwarten.“

Lisle sah sie an. „Ich könnte es aus ihnen herausprügeln …“

„Wie brutal“, sagte sie. „So fantasielos.“

Nach all den schlechten Neuigkeiten des Tages gab es nun doch noch etwas zu lachen. „Tja, dann“, meinte er belustigt. „Dann lasse ich dir den Vortritt.“

Die Brüder hockten dicht beisammen, hielten die Köpfe über ihre Bierkrüge gebeugt und unterhielten sich mit gedämpften Stimmen. Glaud Millar saß neben Jock und schlief, den Kopf auf den verschränkten Armen. Jock gegenüber war noch ein Stuhl frei, aber Lisle meinte, dort würde es ziehen und sie sollten aufrücken, um der Dame Platz zu machen. Die Männer kamen der Bitte widerwillig nach, machten auf der einen Seite für Lisle Platz, zwischen Jock – der nun ganz in die Ecke gezwängt saß – und Roy, und auf der anderen für Olivia, die sich zwischen Jock und Glaud wiederfand.

Sie wandte sich an Glaud. „Glaud Millar?“, sagte sie. „Glaud, wir würden gern mit dir reden.“

Glaud schnarchte weiter.

„Zwecklos, Miss“, ließ Jock sie wissen. „Der rührt sich erst wieder, wenn seine Schwester kommt.“

„Nun, er hatte auch einen harten Tag“, sagte Lisle. „Erst bei Tagesanbruch schlafend auf der Straße herumgelegen, dann nach Hause getragen worden, und nun ist er hier, sturztrunken, und schläft. Das zehrt an den Kräften.“

„Eins muss man denen ja lassen – das haben sie ziemlich schlau eingefädelt“, sagte Olivia zu ihm. „So kurzfristig einen so schlauen Plan auszuhecken.“

„Was ist daran schlau, einen betrunkenen Mann auf die Straße zu schleifen und ihn dort liegen zu lassen?“, gab Lisle sich schwer von Begriff.

„Aber es ist eine brillante Verzögerungstaktik!“, rief sie. „Wären die Arbeiter nicht mit Mr Millar beschäftigt gewesen, wären sie den Räubern bei ihrem Überfall in die Quere gekommen. Nein, ganz ehrlich, ich finde das *verdammt* schlau.“

Jock strahlte übers ganze Gesicht.

Roy warf ihm einen vernichtenden Blick zu, woraufhin Jock sich mit finsterer Miene in die Betrachtung seines Bierkrugs versenkte.

„Und wie verwegen“, fuhr sie fort. „Fast muss man ihren Mut bewundern.“

„Was ist daran mutig, eine wehrlose Frau anzugreifen?“, fragte Lisle.

„Wehrlos?“, kam es von Jock. „Also, die war …“

„Wenn Sie mir die Bemerkung verzeihen, Miss“, fiel Roy ihm ins Wort. „Aber niemand hier würde Sie für wehrlos halten. Wir haben alle die Geschichte mit Ihrem Koch gehört.“

Olivia lächelte. „Dann muss man den Mut meines Angreifers ja noch mehr bewundern.“

„Ja, nich' wahr?", meinte Jock. „Da gehört schon Mut dazu, sein bestes Stück aufs Spiel zu setzen, wenn ich das mal so sagen darf."

„Jock …", sagte sein Bruder warnend, doch Olivia bedachte Jock mit ihrem betörendsten Lächeln, und Lisle sah, wie dieser gewisse Ausdruck in Jocks Gesicht trat – diese entrückte Miene, die allen Männern eigen war, wenn sie von Olivias strahlender Schönheit geblendet wurden.

„Aber du hast dich wacker zur Wehr gesetzt", sagte sie.

„Ich …"

„Ihr Halunken!", schrie da eine Frau. „Ihr lügenden, betrügenden Schweine! Lasst meinen Bruder in Ruhe!"

Alle drehten sich nach ihr um.

Mary Millar stand an der Tür, ihre Haube hing ihr den Rücken hinab, das Haar stand ihr wild um den Kopf, ihr Gesicht war rot angelaufen. Herrick streckte seinen Arm aus und verstellte ihr den Weg.

„Lassen Sie mich durch", sagte sie. „Sie lassen mich sofort durch, Mr Herrick. Mir reicht es – die beiden kriegen was von mir zu hören."

Lisle nickte ihm zu. Herrick ließ seinen Arm sinken, und Mary kam anmarschiert.

Jock wollte aufstehen, aber Lisle stieß ihn zurück auf seinen Stuhl.

„Genau, du rührst dich nicht vom Fleck", rief sie. „Du bleibst hier und hörst mir zu, wie du es ja so gern tust. Und alle anderen hören auch zu." Drohend blickte sie sich um. „Ich will, dass alle hören, was ich zu sagen habe."

„Los, spuck's aus, Mary!", rief jemand.

„Und Sie auch, Euer Lordschaft", sagte sie. „Ich hab wirklich genug."

„Ich höre, Mary", sagte Lisle.

Sie wandte sich wieder den Rankins zu. „Als ob das nicht schon schlimm genug gewesen wär, wie ihr Glaud jeden Abend betrunken gemacht habt. Als ob es nicht schon schlimm genug gewesen wär, dass ihr mich über Sachen ausgefragt habt, die ich mal besser für mich behalten hätte. Ich wusste, dass es ein Fehler war, euch von der Kiste zu erzählen. Ich wusste, dass ihr die Kiste klauen würdet. Aber ich hab mir gesagt, damit kommt ihr niemals durch, so blöd, wie ihr seid. Ich hab mir gesagt, das wird schon nicht so schlimm werden. Aber dann habt ihr Glaud wieder betrunken gemacht und ihn einfach auf die Straße geworfen – wie einen Sack Lumpen! Ihr seid über Seine Lordschaft hergefallen, der uns doch nur Gutes wollte. Und dann habt ihr *eine Frau* angegriffen, ihr feigen Schweine!" Sie schnappte sich ihre Haube und schlug Roy damit ins Gesicht. „Ihr seid Abschaum!"

Und dann, zu Lisles größtem Erstaunen – und den Blicken der anderen nach zu urteilen, schien er damit nicht allein zu sein –, schlug sie auch ihren besinnungslosen Bruder. „Du auch, Glaud! Ich hab genug davon, mich um dich zu kümmern. Sieh selber zu, wo du bleibst. Deinetwegen hab ich meine Anstellung verloren – und eine gute war es noch dazu! Nichts hab ich jetzt, nicht mal eine Referenz. Das war's dann wohl, ich geh hier weg. Und du, du und deine nichtsnutzigen, falschen Freunde, ihr könnt euch alle zum Teufel scheren!"

Sie griff nach einem Bierkrug und leerte ihn über dem Brummschädel ihres Bruders aus. Benommen schüttelte er den Kopf und blickte verstört auf. „Mary?"

„Scher dich zum Teufel!", schrie sie. „Mit dir bin ich fertig!"

Und damit marschierte sie zurück zur Tür.

Fragend sah Herrick seinen Herrn an.

Lisle nickte.

Herrick öffnete die Tür und ließ Mary hinaus.

In der Dorfschenke herrschte Totenstille.

Lisle schaute Olivia an. Abwechselnd bedachte sie die beiden Rankins mit ihrem betörenden Lächeln.

„Hoppla", meinte sie munter. „Das war ja gerade richtig aufregend."

Lisle lächelte nicht. „Wo ist sie?", fragte er.

Roy erwiderte seinen Blick, ohne mit der Wimper zu zucken. „Keine Ahnung, was Sie meinen“, sagte er. „Das Mädel hat sie nicht mehr alle.“

Lisle stand auf, packte Roy beim Rock, hob ihn hoch und warf ihn gegen die Wand.

„Lisle“, sagte Olivia. „Ich finde nicht …“

„Wir haben es auf deine Weise versucht“, sagte er. „Jetzt machen wir es auf meine Weise.“

Rasch stand Olivia auf und brachte sich in Sicherheit.

Jock versuchte, sich hinterherzudrängeln, aber Lisle warf den Tisch um und klemmte Jock ein. Glaud fiel von seinem Stuhl.

Lisle packte Jock, befreite ihn aus seiner Zwangslage und schleuderte ihn quer durch den Raum. Jock schlug gegen einen Tisch, Stühle gingen zu Bruch. Mittlerweile waren alle Gäste auf den Beinen.

„Jetzt rede ich mit euch beiden mal ein paar deutliche Worte“, sagte Lisle. „Ich zähle bis drei, und wenn ihr mir bis dahin nicht erzählt habt, wo die Kiste ist, lasse ich euch in Ketten legen, hinauf zur Burg schleifen und von den Zinnen werfen – den einen vom Südturm, den anderen vom Nordturm.“

„Ha, ha“, lachte Roy und rieb sich den Nacken. „Das könnte Ihnen so passen. Aber diese Zeiten sind vorbei. So was dürfen Sie gar nicht.“

„Eins“, sagte Lisle.

„Das macht er nie“, versicherte Roy seinem Bruder. „Der tut bloß so. Kann er gar nicht, ist nämlich gegen das Gesetz. Das wär Mord. Ihr habt das alle gehört, oder?“ Er sah sich in der Schenke um. „He du – Tam MacEvoy. Du hast doch gerade gehört, wie er uns mit Mord gedroht hat.“

„Ich hab gar nichts gehört“, sagte Tam MacEvoy.

„Ich auch nicht“, schloss sich Craig Archbald an.

„Eine Schande“, fand ein anderer. „Glauds Schwäche auszunutzen und ihn gegen seine Schwester auszuspielen. Und das ist längst noch nicht alles, was die beiden auf dem Kerbholz haben, Euer Lordschaft.“

„Brauchen Sie Hilfe, Euer Lordschaft?“, fragte jemand quer durch den Raum.

„Find ich nicht fair, dass Sie hier allein den ganzen Spaß haben“, rief ein anderer, was allgemeine Erheiterung auslöste.

„Mullcraik, hol doch mal dein Seil!“, tönte es durch den „Crooked Crook“.

„Zwei“, sagte Lisle.

„Wenn Sie uns umbringen, finden Sie die Kiste nie!“, schrie Jock. „Niemals!“

„Stimmt“, sagte Lisle. „Aber ihr habt dann auch nichts mehr davon. Drei.“

Roy warf Jock einen kurzen Blick zu. Plötzlich stürzten beide sich auf die Männer, die ihnen am nächsten standen, schlugen sie zu Boden, drehten sich um und rannten zum Hinterausgang. Ein Bierkrug flog durch die Luft und traf Roy am Hinterkopf. Er ging zu Fall.

Ein paar Männer stürzten sich auf ihn.

„Guter Wurf“, sagte Lisle zu Olivia und steuerte auf das Handgemenge zu.

„Nein!“, schrie Jock. „Aufhören! Die reißen uns noch in Stücke. Sagen Sie denen, dass sie aufhören sollen, Euer Lordschaft.“

„Erst wenn du ihnen sagst, wo die Kiste steckt!“, brüllte einer der Männer.

Die Menge tat sich auf, und zwei Männer schleiften Jock mit sich. Zwei weitere brachten den bewusstlosen Roy herbei.

„Wo ist sie?“, fragte Lisle leise.

Jock blickte auf seinen Bruder hinab.

Jemand gab Jock einen kräftigen Schubs. „Los, sag’s ihm schon, du Idiot.“

„In der Kirche“, stieß Jock hervor.

Es war schon spät, aber sie hatten das ganze Dorf hinter sich. Die Stimmung war ausgelassen, es wurde gescherzt und gelacht, Fackeln und Laternen erhellten die Nacht.

Sie hatten Lisle geholfen, die Diebe zu fangen, und sie hatten ihm geholfen, die Antwort zu bekommen, die er hatte haben wollen. Bei Tage wäre es wohl einfacher gewesen, aber die Dorfbewohner brannten vor Tatendrang und hatten es sich zudem redlich verdient, den Verlorenen Schatz zu bergen, wie Olivia es ausdrückte.

„Vielleicht war deine Methode ja doch nicht so schlecht", meinte sie, als sie bei der Kirchenruine angelangt waren.

„Der Trick bestand darin zusammenzuarbeiten", sagte er. „Du hast sie weichgekocht – vor allem Jock. Ich habe dann den Rest erledigt."

„Nicht zu vergessen dein Talent, Männer in die Schlacht zu führen", sagte sie.

„Ganz gleich, welche Kombination zum Erfolg geführt hat, es hat funktioniert", sagte er. „Hätte Jock das Geheimnis nicht ausgeplaudert, hätten wir ewig nach der Kiste suchen können."

„Selbst wenn wir gewusst hätten, dass wir sie *hier* suchen müssen", sagte sie und schaute sich um, „wäre es nicht gerade leicht gewesen, etwas zu finden."

Wohl wahr. Lisle war geübt darin, auch kleinste Veränderungen eines Ortes zu bemerken, die auf ein Versteck hindeuten konnten. Aber das hier war etwas anderes. Erstens mal war es dunkel und würde bei Tage nicht viel heller sein. Alles schien von dichtem dunklem Moos bewachsen, sodass man einen Stein kaum vom anderen unterscheiden konnte.

Jock, an den Händen gefesselt, wurde nach vorn geschubst, damit er den Mund aufmachte. „Hier", sagte er und trat gegen eine Steinplatte. „Da drunter."

Die Steinplatten, die er und Roy über das Loch geschichtet hatten, sahen aus, als hätten sie schon immer da gelegen. Selbst Lisle, der sich Belzonis Methode erfolgreich zunutze machte, wären die dezenten Schleifspuren entgangen, die sich bei genauerer Betrachtung zeigten und das einzige Anzeichen dafür waren, dass hier in letzter Zeit etwas bewegt worden war. Doch was wollte man in dieser Umgebung erwarten? Er war Wüstensand gewohnt. Und gleißendes Sonnenlicht.

Da so viele mit anpackten, war das Loch schnell freigelegt. Mit Seilen bargen die Männer dann die Kiste.

Lisle ließ sie noch ein wenig mit dem Transport warten, damit alle sie sich mal anschauen konnten.

Und sie war wirklich ein prächtiger Anblick, mit ihren schweren Eisenbeschlägen, den zahlreichen Schlössern und trickreichen Schlüssellöchern.

„Wenn alle genug gesehen haben, könnt ihr sie auf den Karren laden", wies er Tam MacEvoy an. „Über Nacht bringen wir sie zurück zur Burg. Aber morgen Mittag will ich euch alle beim Schmied sehen, damit ihr bei der Öffnung dabei seid."

„Bitte vielmals um Verzeihung, Euer Lordschaft", meldete ein stämmiger Mann sich zu Wort. „Ich bin John Larmour, der Schmied. Meinetwegen müssen Sie nicht bis morgen warten. Wenn Sie wollen, mach ich das jetzt schnell. Wenn's sein muss, ist das Feuer schnell wieder angefacht. Aber wenn ich mir die Kiste so anschaue, brauch ich wahrscheinlich eh kein Feuer, sondern bloß Geschick."

Sein Angebot wurde mit einhelligem Jubel bedacht.

Unglaublich, dachte Lisle. *Was seid ihr doch für bemerkenswerte Menschen.*

Seine Rührung war ihm anzuhören, als er sagte: „Danke, Larmour. Ein ausgesprochen großzügiges Angebot." Er räusperte sich. „MacEvoy, sorgen Sie dafür, dass die Kiste auf den Karren und in Larmours Schmiede geschafft wird. Herrick, Sie schicken jemanden hoch zur Burg und lassen ausrichten, dass die Damen Cooper und Withcote herzlich eingeladen sind, sich zu uns zu gesellen."

„Samt der Dienerschaft", sagte Olivia.

Er sah sie an. „Samt der Dienerschaft", wiederholte er dann. „Und unsere Gefangenen kommen auch mit. Es wäre schade, wenn die beiden das verpassen würden."

Männer, Frauen und Kinder kamen aus den Häusern und Katen herbei. Eine wahre Menschenmenge hatte sich vor der Schmiede eingefunden. Wer irgend konnte, drängelte sich durch das große Tor und versuchte, einen der vorderen Plätze zu ergattern. Väter nahmen ihre Kinder kurzerhand auf die Schultern.

Der flackernde Kerzenschein ließ tanzende Schatten über die Wände, die Decke, die gespannten Gesichter der Zuschauer huschen.

Die Damen Cooper und Withcote hatten ganz vorn Platz genommen, auf zwei gepolsterten Schemeln, die einer der Lakaien ihnen zur Annehmlichkeit mitgebracht hatte.

Jock und Roy standen an Händen und Füßen gefesselt bei der Tür, zu beiden Seiten von Männern aus dem Dorf bewacht.

John Larmour besah sich die Truhe eine Weile, ehe er etwas sagte.

Herrick übersetzte, denn Larmour sprach mit ausgesprochen schottischem Akzent. Schon in der Kirche hatte Lisle kaum ein Wort dessen verstanden, was er gesagt hatte, und da hatte er noch langsam gesprochen. Nun aber, da Larmour vor Aufregung kaum an sich halten konnte, war kein Wort mehr zu verstehen.

„Ganz vorzüglich gearbeitet, sagt er", kam es von Herrick. „Es betrübt ihn zutiefst, ihr Gewalt antun zu müssen, aber er würde die äußeren Schlösser gern mit einer Säge zerteilen."

Lisle nickte, und der Schmied machte sich an die Arbeit.

Lang brauchte er nicht. Sowie die äußeren Schlösser entfernt waren, konnte sich Olivia abermals mit ihren diversen Utensilien dem im Innern verborgenen Schließmechanismus widmen. Sie brauchte eine Weile, die richtige Reihenfolge herauszufinden, aber nach reiflicher Überlegung begann sie einen der Beschläge zu lockern und das dahinterliegende Loch freizulegen. Sowie das geschafft war, experimentierte sie ein wenig mit verschiedenen Schlüsseln herum, die der Schmied ihr gern zur Verfügung stellte und auf ihre Anweisung hin hier und da noch ein wenig zurechtfeilte, bis schließlich einer passte und das erste Schloss geknackt war. Dann ging es daran, ein paar Schrauben gekonnt zu drehen und gleichzeitig die entsprechenden Haken herauszuziehen. Dabei musste Lisle ihr zur Hand gehen, denn allein war es nicht zu schaffen. Wie sich herausstellte, gab es noch einen weiteren Mechanismus, doch nun, da sie das System kannte, war das eine ihrer leichteren Übungen.

Lisle entging nicht, dass sie sich so über die Truhe beugte, dass niemand der Umstehenden ihr auf die Finger schauen konnte – was gewiss von alter Gewohnheit herrührte.

Als sie fertig war, trat sie beiseite.

Das gespannte Publikum jubelte und klatschte Beifall. Glückwünsche schallten Olivia entgegen, meist war nur ein herzliches „Gut gemacht, Mädel" herauszuhören.

„Und nun dein großer Auftritt", sagte sie zu Lisle.

Er trat vor und hob den schweren Deckel an.

Auf der Innenseite verbarg eine kunstvoll ziselierte Metallplatte den Schließmechanismus. In der Kiste selbst lag obenauf eine weitere solche Platte.

In der Menge wurden sogleich Wetten darüber abgeschlossen, was sich wohl darunter befinden könnte. Münzen, meinten manche. Juwelen, kam es von anderen. Bücher. Tafelsilber. Schmutzwäsche, riefen ein paar Witzbolde.

„Schmutzige Bilder", krähte Lady Cooper. „Ich wette mit dir, Millicent. Um fünf Pfund."

„Unsinn", fand Lady Withcote. „Papier ist nicht so schwer. Messingfiguren sind da drin. Du weißt schon, Satyrn und Faune. Früher mal sehr beliebt gewesen, so etwas."

„Einen Satyrn hätte ich auch nicht von der Bettkante geschubst", meinte Lady Cooper.

„Hast du ja auch nicht, wenn du Lord Squeevers meinst."

„Schielauge Squeevers? Ganz gewiss nicht. Der war ein Zyklop."

„Aber er hatte so haarige Beine …"

„Du hättest mal sein Gemächt sehen sollen."

„Oh, das habe ich."

„Dann erinnerst du dich bestimmt noch …"

„So", übertönte Olivia die beiden, „alle Wetten abgegeben?

Gut. Lord Lisle, bitte machen Sie unser aller Spannung ein Ende."

Er hob das ziselierte Tablett an.

Weder Münzen noch Juwelen funkelten ihnen entgegen – was Lisle auch keineswegs erwartet hatte.

In der Kiste lag ein ordentlich zusammengefalteter schwerer Brokatstoff.

„Oje", sagte Olivia. „Ein alter Morgenrock, wenn meine Augen mich nicht trügen."

„Das kann nicht alles sein", meinte Lisle und fuhr mit der Hand unter den Stoff. „Wer würde so viel Mühe darauf verwenden, alte Kleider zu verstecken? Die Truhe ist seit Ewigkeiten nicht geöffnet worden, die Schlösser waren eingerostet und … Moment." Er war mit der Hand gegen etwas Hartes gestoßen.

Vorsichtig nahm er den Brokatstoff heraus. Darunter lag ein weiteres Tuch, doch schien dies um einen festen Gegenstand gewickelt zu sein.

Er hob den ganzen Packen heraus und legte ihn auf der Werkbank ab. „Was immer es sein mag, leicht ist es nicht", stellte er fest.

Geraune drang aus der Menge, in den hinteren Reihen wollte man wissen, was es jetzt sei, und die aus den vorderen Mengen raunten zurück, dass sie es auch nicht wüssten.

Lisle zog das Tuch beiseite und enthüllte eine rechteckige Bleikapsel – die glücklicherweise nur ein einziges einfaches Schloss hatte.

Olivia hantierte ein wenig mit diversen Gerätschaften aus ihrem Fundus, doch Lisle ahnte, dass sie es nur tat, um die Spannung ein wenig zu erhöhen. Wahrscheinlich hätte sie das Schloss im Nu knacken können. Was sie letztlich auch tat.

In der Schmiede hätte man eine Stecknadel fallen hören können, als Olivia den Deckel schließlich lüftete.

„Oh", rief sie. „Oh, du meine Güte."

Selbst Lisle hatte den Atem angehalten. „Ist es, was ich glaube, dass es ist?“, fragte er.

„Was isses denn, verdammt noch mal?“, knurrte Jock. „Wie lang dauert das denn noch?“

„Das machen die absichtlich, um uns zu ärgern“, sagte Roy.

Es war eine Urkunde auf schwerem Pergament – die Tinte zu einem blassen Braun verblichen, die Kanzleischrift jedoch noch gut zu lesen. Die Urkunde war im Querformat abgefasst und mit einem großen, schweren Siegel versehen.

„Alte Papiere“, rief jemand aus den vorderen Reihen nach hinten.

Jock stöhnte vernehmlich. „All die Arbeit! Über Jahre! Für alten Papierkram.“

„Red kein Quatsch“, raunzte Roy. „Spinner wie der alte Dalmay zahlen für Papierkram ein hübsches Sümmchen.“

„Aber der ist doch tot! Wer kauft denn sonst so was? Du hast Juwelen gesagt. Gold und Silber. Jahrelang haben wir wie die Blöden auf der Burg rumgebuddelt.“

„Und sind damit nicht schlecht gefahren.“

„Die paar lumpigen Münzen! Ein Becher. Ein Löffel. Dann der eine Ohrring. Hat den Kohl auch nicht fett gemacht.“

„Es ist ein Wappenbrief“, verkündete Lisle.

Die Brüder wollten wissen, was das denn wäre. Ein paar Stimmen erhoben sich, die Roy und Jock ernsthafte Schwierigkeiten versprachen, wenn sie nicht endlich den Mund hielten. Murrend gaben die Rankins sich geschlagen.

Lisle nahm die Schriftstücke heraus und überflog den lateinischen Text. Allzu sehr nur war er sich Olivias bewusst, die dicht neben ihm stand und mitlas – wenngleich ihr die Lektüre wohl schwerer fallen dürfte, hatte sie im Gegensatz zu Lisle doch keine Daphne Carsington gehabt, die ihr Latein, Griechisch und sechs weitere Sprachen beigebracht hätte. Das Wesentliche musste sie trotzdem verstanden haben, denn sie wischte sich mit dem Handrücken ergriffene Tränen von der Wange.

Ihn sollte das eigentlich nicht rühren, hatte er doch weitaus ältere Objekte als diese in den Händen gehalten. Aber nichts davon war so persönlich gewesen. Nun schnürte es ihm doch die Kehle zu.

„Was ist es, Euer Lordschaft?“, fragte jemand.

Lisle fasste sich rasch wieder. „Es dürfte kaum dem entsprechen, was man sich gemeinhin unter einem Schatz vorstellt. Vielmehr ist es ein Familienschatz“, sagte er. „Diese Urkunde, datiert auf den 21. Juni 1433, trägt die Unterschrift von König James I. von Schottland.“

Die ehrfürchtigen *Aaaaahs*, die sich aus der Menge erhoben, zeigten ihm, dass auch sein Publikum die Bedeutung des Funds begriffen hatte.

Inmitten des Stimmengewirrs hörte Lisle die Gebrüder Rankin darüber streiten, ob das nun wertloser Kram wäre oder nicht, bis jemand damit drohte, ihnen die Kehle umzudrehen, wenn sie nicht endlich den Mund hielten, woraufhin sie verstummten.

Lisle fuhr fort: „In diesem Patent erteilt der König meinem Vorfahren Sir William Dalmay das Recht, Gorewood Castle zu erbauen. ‚Eine Burg oder Festung‘ steht hier, ‚umgeben von Wällen und Gräben, geschützt durch Gatter aus Messing oder Eisen‘. Auch sollen die Türme mit Zinnen bewehrt werden.“

„Könnten wir das mal vollständig hören, Euer Lordschaft?“, fragte Tam MacEvoy.

Lisle las es erst auf Lateinisch vor, weil es so herrlich erhebend klang. Dann übersetzte er. Auch auf Englisch klang es recht beeindruckend.

Als er fertig war, meinte MacEvoy: „Das heißt dann wohl, dass Gorewood Castle tatsächlich Ihnen gehört, Euer Lordschaft.“

„Ob Sie wollen oder nicht“, rief jemand.

Die Menge brach in Gelächter aus.

„Und uns, Euer Lordschaft“, fügte Tam hinzu. „Wir hier im Dorf gehören zur Burg, und mit uns all unsere Sorgen und Nöte.“

Seine Worte wurden mit einhelliger Zustimmung und weiterem Gelächter begrüßt.

Lisle schaute sich um. Sie lachten, doch sie meinten es ernst. Kein Wunder eigentlich, wenn man bedachte, was er letzte Nacht so alles gehört hatte.

Dann spürte er, wie Olivia ihn am Arm berührte. Er sah sie an.

„Jetzt hast du diesen ganz gewissen Blick", sagte sie.

„Was für einen Blick?"

„Deinen von Gewissensbissen geplagten Blick."

„Sieh sie dir an, diese Leute", meinte er. „Und dann mein Vater. Was er ihnen angetan hat."

„Ja, ich weiß." Sie drückte seinen Arm. „Darüber werden wir reden müssen. Später."

Sorgsam legte sie das Dokument zurück in die Schatulle. Sie wollte den Deckel schließen, hielt inne und klappte ihn wieder hoch.

„Was ist?", fragte Lisle.

„Da ist noch etwas, in der Ecke", sagte sie. „Eine Münze, glaube ich. Oder ..." Lächelnd schloss sie ihre Finger um den Gegenstand und nahm ihn heraus.

Es war ein Ring, dem Anschein nach ein Damenring: ein Goldreif, besetzt mit Rubinen und Granaten – Edelsteine von der Farbe ihres Haars.

Sie hielt ihn hoch, damit zumindest jene in den vorderen Reihen ihn sehen könnten. Andächtiges *Ooooh* und *Aaaah*, aufgeregtes Getuschel. Rasch wusste man auch weiter hinten Bescheid. Vereinzelt erhob sich ein Jubelruf.

Aus der Ecke der Rankins war ein Stöhnen zu vernehmen.

Olivia sah Lisle an. „Siehst du?", meinte sie. „Dies ist ein schöner, erhebender Moment des Glücks – für alle, außer den beiden Schurken. Genau, wie es sein soll. Freu dich daran."

Einige Stunden später

Lisle stand am Fenster und blickte hinaus in die Nacht. Zwischen dunklen Wolken waren einige wenige Sterne zu sehen.

Als schließlich alle den Schatz genügend bestaunt hatten und sie die Kiste wieder auf den Karren geladen und in einer wahren Prozession – während derer er noch mehr Geschichten von der Sorte erfahren hatte, wie man sie sich im „Crooked Crook“ erzählte – zurück zur Burg gebracht hatten, war es sehr spät geworden. Selbst die alten Damen waren reif fürs Bett gewesen.

Roy und Jock hatte er ins Verlies sperren lassen. Um die beiden würde er sich später kümmern.

Noch etwas, worum er sich kümmern musste.

In Ägypten hatte er ständig mit derlei Ärgernissen zu tun: unzufriedene Arbeiter, uneinsichtige Dorfbewohner, Betrügereien, Diebstahl, Übergriffe. Ausgrabungen konnten schiefgehen, Boote im Nil versinken, Ratten einfallen, Krankheiten zuschlagen. Aber das war sein Leben. Er fand es interessant, manchmal geradezu beglückend.

Nun jedoch …

Leises Klopfen an der Tür ließ ihn zusammenfahren.

Er wandte sich vom Fenster ab und öffnete die Tür.

Olivia stand vor ihm, ganz in Weiß gekleidet, in einen Morgenmantel mit allerlei Tand: Bänder, Rüschen, Spitze. Ihre roten Locken hingen ihr in prachtvoller Unordnung um die Schultern.

Er zog sie hinein und schloss die Tür.

Dann überlegte er es sich anders, riss die Tür wieder auf und versuchte, Olivia hinauszudrängen.

„Entscheide dich“, sagte sie.

„Du tauchst zu nachtschlafender Stunde in eines Mannes Schlafgemach auf – in deinem Nachthemd – und erwartest auch noch, dass ich einen klaren Gedanken fassen könnte?“

Wie lange war es nun her?

Tage. Viele Tage. Eine halbe Ewigkeit.

„Wir müssen reden“, sagte sie.

Er zog sie wieder ins Zimmer und schloss die Tür. „Lass uns eines klarstellen“, sagte er. „Eine Frau, die praktisch unbekleidet das Zimmer eines Mannes aufsucht, hat eindeutige Absichten.“

„Ja", bestätigte sie.
„Gut, dann wäre das ja geklärt", meinte er und entledigte sich seines Morgenrocks.
Womit auch schon alles abgelegt war, was er am Leibe trug.
„Oh", sagte sie.
Im warmen Schein des Kaminfeuers schimmerten ihre zerzausten Locken wie Rubine und Granate. Ihre Haut glühte rosig wie ein Sommermond. Ihr feiner Hauch eines Duftes hing in der Luft.
Er hob sie auf seine Arme und trug sie hinüber zum Bett. Mit einer Hand schlug er die Decken zurück, dann ließ er Olivia auf der Bettkante herab.
„Schön", sagte sie. „Wir können auch später reden."
„Oh ja, wir haben einiges zu besprechen", pflichtete er ihr bei. Ihr ganzes Leben hinge davon ab.
Sie legte ihm die Hand auf die Brust. „Du hast dich sehr erfreulich entwickelt", sagte sie.
„Du nicht minder", meinte er.
Dann schob er sein Knie zwischen ihre Beine, und sie rutschte zurück, bis sie ihre Füße aufs Bett stellen konnte.
„Ich kann dir gar nicht sagen, wie aufregend ich das alles finde", sagte sie.
„Du könntest mir einen Brief schreiben", erwiderte er. „Später."
Er raffte ihr Nachthemd und Morgenmantel hoch und betrachtete ihre Beine.
„Meine Beine gefallen dir", stellte sie fest.
„In beunruhigendem Maße", gab er zu, beugte sich über sie, küsste ihr Spann und Schienbein, wie er es schon im „White Swan" in Alnwick getan hatte. Huldigte ihr.
„Oh", seufzte sie. „Du durchtriebener Mann. Du grausamer, herzloser …"
„Frevlerischer", murmelte er. „Vergiss nicht *frevlerisch*."
Er streichelte die Innenseite ihrer Schenkel, strich langsam hinauf und hinab. Sie ließ den Kopf zurückfallen.

Er schob ihre Nachtkleider höher, tastete sich weiter vor, berührte sachte ihren Schoß.

„Oh“, seufzte sie. „Deine Hände, deine wunderbaren Hände.“ Sie legte ihre Hand auf seine und drückte sie fester an sich. „Ach herrje, was soll ich nur tun?“

Sie setzte sich auf, zerrte an den Bändern ihres Morgenmantels und warf ihn beiseite. Dann zog sie sich das Nachthemd über den Kopf und warf es hinterher.

Wilde rote Locken fielen ihr um die Schultern. Rotgolden schimmerte das Delta ihrer Schenkel. Nichts trug sie mehr am Leib als rot schimmerndes Haar und alabasterweiße Haut.

Es brauchte gar nicht viel Fantasie, um sich vorzustellen, wie sie nackt unter dem nächtlichen Wüstenhimmel tanzte.

„Genug“, sagte sie. „Genug von diesem Unsinn. Ich werde niemals ein gutes Mädchen sein. Das kannst du nicht von mir verlangen.“

„Das war auch das Letzte, was ich …“

„Komm her“, sagte sie, strich sich mit den Händen über den Bauch und hinab über den seidigen Hügel ihres Schoßes. „Komm *hier* her.“

Er kam zu ihr ins Bett und kniete vor ihr nieder. Sie packte seine Hände und drückte sie an ihre Brüste.

Er beugte sich über sie und küsste sie, ein langer, zärtlicher Kuss. Sie schlang die Arme um seinen Hals und ließ den Kopf zurückfallen, damit er sie überall dort berühren konnte, wo er es wollte und wo sie es wollte.

Auch sie berührte ihn, ließ ihre Hände über seine Arme und seinen Rücken wandern und packte seinen Hintern. Sie zog ihn an sich, drängte sich an ihn. Verlangend pulsierte er an ihrem Bauch.

Sie ließ ihre Hand nach vorn wandern, umfasste ihn, fuhr langsam hinauf und hinab, hielt dann inne und strich kurz über den rot schimmernden Kopf. Lisle stieß einen erstickten Laut aus.

Fragend sah sie ihn an.

„Genug gespielt?“, stieß er hervor.

„Noch lange nicht.“ Sie gab ihm einen leichten Schubs. Er verstand den Wink und ließ sich auf den Rücken fallen. Sie kletterte auf ihn.

„Ich weiß, dass man es so machen kann“, sagte sie. „Ich habe Bilder gesehen.“

Er lachte.

Dann packte er sie bei den Hüften, hob sie hoch und ließ sie auf sich sinken. „Oh“, seufzte sie und erschauerte. „Oh Lisle.“ Als sie sich vorbeugte, eine winzig kleine Bewegung nur, keuchte er vor Wonne. Sie küsste ihn. Es war ein tiefer, leidenschaftlicher Kuss, der ihn hinabriss in unendliches, alles durchdringendes Dunkel. Er hielt sie fest, und sie fing an sich zu bewegen, glitt auf und ab, gab das Tempo vor.

Ein rasantes, rastloses Tempo, als ob es wieder das erste Mal wäre, als ob sie Ewigkeiten darauf hätten warten müssen und dies ihre erste und einzige Chance wäre.

Er betrachtete sie, wie sie sich über ihn beugte, ihre blauen Augen, dunkel wie die Nacht, und ihr wildes rotes Haar, golden schimmernd, das ihr Gesicht wie einen Heiligenschein umfing.

„Ich liebe dich“, sagte er. „Ich liebe dich so sehr.“

Er zog sie zu sich hinab, küsste sie und hielt sie in den Armen, während sie sich gemeinsam hoben und senkten, immer schneller und unerbittlicher, bis ihnen nichts mehr blieb, als den Ansturm reinsten Entzückens heranrollen und sich von ihm davontragen zu lassen. Und dann, plötzlich, ward die Welt ganz still.

Eine lange, lange Weile verging.

Schließlich ließ sie sich neben ihn sinken. Er lag auf dem Rücken, lauschte ihrem Atem, hörte, wie er sich langsam beruhigte, und starrte hinauf zum Betthimmel.

Sie legte ihm die Hand auf die Brust, die sich noch immer schwer hob und senkte. Noch hatte er nicht gänzlich zur Ruhe gefunden, doch es gab etwas, dessen er sich schon jetzt gewiss war, absolut gewiss.

Er legte seine Hand auf ihre. „Ich liebe dich“, sagte er.

20. KAPITEL

Olivia saugte die Worte in sich auf, ließ sie tief einsinken, bis in ihr Herz, und dort wollte sie sie bewahren, zusammen mit all ihren anderen Geheimnissen.

Sie sog auch die Stille in sich auf. Die dicken Mauern der Burg hielten die Welt fern und erstickten jeden Laut, der von draußen dringen mochte. Nichts war zu hören außer dem Prasseln des Feuers, dem leisen, rauen Klang seiner Stimme und dem raschen Schlagen seines Herzens.

Sie stützte sich auf den Ellenbogen, um ihn ansehen zu können. Ihre Hand ließ sie auf seiner Brust ruhen, über seinem kräftig schlagenden Herzen, unter seiner starken, warmen Hand.

„So etwas dachte ich mir schon", meinte sie.

„Dir müsste es eigentlich genauso ergehen", fand er. „Ich wüsste nicht, wie es anders sein sollte. Wir sind füreinander bestimmt. Das dürfte doch offensichtlich sein."

Sie atmete tief durch.

„Bleib, wo du bist", sagte sie, kletterte aus dem Bett, griff sich ihr Nachthemd und zog es sich über.

Jäh fuhr er hoch. Im Feuerschein schimmerte seine Haut golden, das warme Licht tanzte auf seinen Muskeln. Mit großen, silbergrauen Augen sah er sie bestürzt an. „Olivia!"

„Ich will dir etwas zeigen", sagte sie. „Bin gleich zurück."

Als sie mit einer Schachtel unter dem Arm zurückkam, war er längst aufgestanden, hatte sich seinen Morgenrock übergeworfen und begonnen, unruhig auf und ab zu gehen.

„Tut mir leid", sagte sie. „Bailey war mal wieder wach, wo sie doch eigentlich schlafen sollte. Immer liegt sie auf der Lauer, wachsam wie Argus mit seinen hunderttausend Augen. Sie musste mich erst in einen besonders warmen Morgenmantel kleiden und mich schelten, dass ich mir noch den Tod holen würde. Komm wieder ins Bett." Sie stellte die Schachtel auf dem Bett ab und kletterte hinterher. „Komm", wiederholte sie und klopfte neben sich aufs Linnen. „Ich will dir meine Schätze zeigen.“ Sie schlug die Beine unter und machte es sich im Schneidersitz bequem.

„Ich dachte, das hättest du schon“, meinte er und setzte sich neben sie. Er küsste sie auf die Schläfe. „Du solltest nicht zwei Minuten, nachdem ein Mann dir seine Liebe gestanden hat, einfach aus dem Bett springen“, sagte er. „Weißt du denn gar nicht, was sich gehört?“

„Ich wollte dir das zeigen, damit du mich *verstehst*“, erwiderte sie.

Dann öffnete sie die Schachtel und begann ihre Schätze vor ihm auszubreiten: das Bündel mit allen Briefen, die er ihr je geschrieben hatte, die kleine bemalte Holzfigur – das erste Geschenk, das er ihr jemals geschickt hatte –, das Armband mit den blauen Schmucksteinen, das unbehauene Stück Alabaster … und so ging es fort. Die Ausbeute von zehn Jahren. Lauter kleine Schätze, die sie von ihm bekommen hatte. Nicht zu vergessen das Taschentuch mit seinen Initialen, welches sie ihm kürzlich erst entwendet hatte.

Tränen brannten ihr in den Augen, als sie ihn ansah, und der Hals war ihr wie zugeschnürt. „Ich liebe dich auch“, sagte sie. „Begreifst du es jetzt?“

Er nickte bedächtig. „Doch, ich denke schon. Es ist offensichtlich.“

Sie hätte es ihm auch einfach sagen können.

Doch andererseits verstand niemand so gut mit Worten zu täuschen wie sie.

Dessen war sie sich bewusst. Und ihr war klar, dass auch er es wusste.

In dieser Schachtel verwahrte sie ihre Geheimnisse – das, was ihr wirklich etwas bedeutete, was sie aus tiefstem Herzen meinte.

Er schluckte. Nach einem Moment des angespannten Schweigens sagte er: „Du musst mich heiraten.“

Eine Weile betrachtete sie stumm ihre gesammelten Geheimnisse. „Ich glaube, dass muss ich wirklich“, meinte sie dann. „Ich wollte tapfer und gut sein und ein Opfer bringen, aber Selbstlosigkeit liegt mir einfach nicht.“

Ungläubig starrte er sie an, derweil sie ihre kleinen Schätze einen nach dem anderen zurück in die Schachtel legte. Zuoberst kamen die Briefe.

„Wirklich?“, fragte er.

„Ja, wirklich“, erwiderte sie. „Ich hatte gehofft, ich könnte es ohne dich aushalten, nur leider vergebens.“

„Sehr witzig.“

Doch ihm fiel ein Stein vom Herzen. Und was für ein Stein! Ihm war nicht bewusst gewesen, wie schwer die Ungewissheit auf ihm gelastet hatte – bis jetzt, da sie von ihm genommen war.

„Wir ergänzen uns prima“, sagte sie. „Wir lieben uns. Wir sind die besten Freunde. Und in der Liebe verstehen wir uns auch recht gut.“

„Recht gut?“

„Kein Vergleich zu Lady Coopers ersten Erfahrungen auf diesem Gebiet.“ Sie erzählte ihm, was die beiden alten Damen ihr diesbezüglich zu berichten gehabt hatten.

Er lachte. „Fabelhaft, ich habe Lady Coopers ersten Gatten übertroffen – und ich habe sogar einen Ring für dich“, fügte er triumphierend hinzu.

„Den aus der Schatztruhe“, vermutete sie. „Wunderbar, dann wäre ja alles geklärt.“

Er zog sie in seine Arme und küsste sie. „Wenn wir nun zwei Trauzeugen weckten, können wir uns als verheiratet erklären und wären es sogar – dem schottischen Recht sei Dank“, sagte er. „Dann könntest du die ganze Nacht bleiben.“

Sie wich ein wenig zurück und streichelte ihm die Wange. „Das ist sehr verlockend, aber ich glaube, dass Mama bei meiner Hochzeit gern zugegen wäre.“

„Stimmt, deine Mutter“, sagte er und schüttelte den Kopf. „Wie konnte ich das nur vergessen. *Eltern.* Verdammt. Der Teufel soll sie holen.“

„Ich hätte da eine Idee", meinte sie. „Lass uns ein paar Decken mitnehmen, etwas zu essen aus der Küche holen und uns ein Picknick vor dem großen Kamin machen. Dann schmieden wir einen Plan gegen deine Eltern."

Eine halbe Stunde später

Sie saßen im Schneidersitz vor dem Feuer, das Lisle gekonnt entfacht hatte. In der Küche hatten sie einen halben Laib Brot und einen ausgezeichneten Käse erbeutet, den Lisle soeben aufschnitt, sowie einen Krug Wein, aus dem sie auch tranken, da sie nicht noch Gläser hatten holen wollen.

„Meine Eltern", sagte er. „Meine vermaledeiten Eltern. Hier sitze ich, es ist der vielleicht glücklichste Moment meines Lebens – oder zumindest einer meiner glücklichsten Momente –, und da müssen sie auf einmal auftauchen wie … wie …"

„Gespenster", schloss sie.

Er legte ein Stück Käse auf eine Scheibe Brot und reichte sie ihr. „Mein Vater", sagte er grimmig. „Was er den Menschen hier angetan hat. Hundert Mal am Tag ändert er seine Meinung, wirft alles über den Haufen. Stellt willkürlich Regeln auf, bricht sie sogleich wieder. Erhöht einfach die Pacht, wenn er meint, nicht genügend Profit daraus zu schlagen. Jedes Mal, wenn er sich Gorewoods wieder erinnert, sorgt er für Unruhe. Die Rankins können hier tun und lassen, was ihnen beliebt, können vandalisieren, stehlen, ihre Nachbarn terrorisieren. Niemand konnte ihnen bislang etwas nachweisen, und niemand war da, der das Gesetz in die Hand genommen und für Ordnung gesorgt hätte. Lord Glaxton hält sich aus allem heraus. Früher hat er noch versucht einzugreifen, aber mein Vater hat ihm stets mit einer Klage gedroht – verständlich, dass Glaxton sich solchen Ärger fortan sparen wollte. Die Dorfbewohner sind entmutigt und viel zu sehr mit ihrem eigenen Überleben beschäftigt, als dass sie aufbegehren könnten. Und ich denke die ganze Zeit, dass ich zwar Gorewood Castle instand setzen und den Menschen Arbeit geben kann, aber ich kann meinen Vater nicht davon abhalten, alles wieder zunichtezumachen. Sowie ich hier weg bin, wird wieder willkürliches Unwesen walten. Aber ich *kann* nicht hier bleiben."

Da war er wieder, dieser von Gewissensbissen geplagte Blick.

„Nein, das kannst du nicht", sagte sie. „Du hast Ägypten zehn Jahre deines Lebens geschenkt. Du wusstest schon als kleiner Junge, was du einmal machen willst, und hast dein Ziel mit großer Ausdauer und Beharrlichkeit verfolgt. Du hast eine Berufung. Dich zu bitten, sie aufzugeben, wäre, als würde man einen Dichter bitten mit dem Schreiben aufzuhören oder einen Maler mit dem Malen. Oder Stiefpapa zu bitten, es mit der Politik sein zu lassen. Du kannst das nicht aufgeben."

„Und doch ist mir, als müsste ich es", sagte er.

„Oh, ich wusste, dass du das sagen würdest", meinte sie und streichelte seine Wange. „Natürlich würdest du das, du schrecklich guter Mensch, du."

Sie ließ ihre Hand sinken und gab ihm einen Klaps auf die Brust. „Ein Glück für dich, dass deine künftige Braut frei von derlei Bedenken ist." Sie zog ihre Hand zurück, nahm den Krug und trank.

„Ich liebe dich", sagte er.

„Ich bin ganz trunken vor Liebe", sagte sie. „Ich will dich glücklich machen – und wenn ich dafür über Leichen gehen muss. Aber das wird nicht nötig sein." Versonnen blickte sie ins Feuer, dachte hin und dachte her. Und mit einmal wusste sie, was zu tun war. Im Grunde war es ganz einfach. „O Lisle, mir kommt da eine Idee."

Gorewood Castle, großer Saal
Zehn Tage später

„Das darf doch wohl nicht wahr sein!", schrie Vater. „Sie sind zu nachsichtig mit ihr, Rathbourne. Sie geben jeder ihrer Launen nach. Hier ist mein Sohn, willens – ach, was sage ich, *begierig* darauf, sie zu ehelichen, und dann …"

„Sie hat ihm das Herz gebrochen", schluchzte Mutter. „Sehen Sie sich den armen Jungen doch nur an."

Lisle blickte drein, wie er es immer tat, wenn seine Eltern sich mal wieder in Raserei steigerten. Bislang hatten sie dabei stets sein Tun auf ihre Weise gedeutet und ihm jedes seiner Worte im Mund herumgedreht. Warum sie nun davon abhalten?

Er hatte seinen Eltern den Brief geschrieben, den Olivia ihm diktiert hatte – abzüglich der Großbuchstaben und Unterstreichungen. Auch die dramatischen Andeutungen hatte er etwas abgeschwächt. Eben erst waren Mutter und Vater eingetroffen, kurz nach Lord und Lady Rathbourne. Alle vier waren sie gleichsam darauf bedacht – wenngleich aus je sehr eigenen Gründen –, die Heirat zuwege zu bringen.

Doch dann hatte Olivia verkündet, sie habe es sich anders überlegt.

Die so genannten Anstandsdamen weilten auf Glaxton Castle. Eine reine Vorsichtsmaßnahme, da kein Verlass darauf war, dass die beiden nicht alles ausplaudern würden. Sie meinten es meist nur gut, waren angetrunken jedoch unberechenbar.

Selbst Lisle, der nüchterner nicht hätte sein können, hoffte, nicht aus Versehen das Falsche zu sagen. Sich zu verstellen war seine Stärke nicht.

„Schon gut, Mutter", sagte er. „Ich bin etwas enttäuscht, das wohl, aber ich werde darüber hinwegkommen."

„Ich kann Olivia nicht zur Heirat zwingen", sagte Lord Rathbourne.

„Aber sie hat doch gesagt, dass sie ihn liebt", rief Mutter verzweifelt. „Und er liebt sie. Er hat mir geschrieben, sie würden heiraten. Alle Welt weiß schon davon!"

„Nun, da hat Olivia es sich eben anders überlegt", bemerkte Lady Rathbourne. „Sie neigt dazu, es sich anders zu überlegen."

„Aber warum nur?", schrie Mutter und rang die Hände. „Warum, Olivia?"

„Wenn Sie es genau wissen wollen, und ich würde es Ihnen nicht sagen, wenn Sie mich nicht so bedrängen würden, denn um nichts in der Welt wollte ich Ihre Gefühle verletzen", begann Olivia, „aber leider verhält es sich so, dass mir nicht bewusst war, dass Ihr Sohn mittellos ist. Ich bedauere es sehr, aber damit kommt er einfach nicht infrage."

Lord und Lady Rathbourne sahen sich an.

Mutter und Vater merkten nichts. Außer sich selbst bemerkten sie nie etwas. Und im Augenblick begriffen sie nur eins: dass eine der vermögendsten jungen Damen Englands ihrem Sohn den Laufpass gab.

„Aber er wird doch erben!", sagte Vater. „Er ist mein ältester Sohn und Erbe. Er bekommt *alles*."

„Aber, so Gott will, dürfte das noch eine Weile hin sein", entgegnete Olivia. „Denn selbstverständlich wünsche ich Ihnen ein langes, glückliches Leben."

„Olivia, Sie haben beteuert, Sie würden unseren Sohn lieben", sagte Mutter vorwurfsvoll. „Vor Ihrer Abreise nach Gorewood Castle haben Sie uns zu verstehen gegeben, dass Sie nicht abgeneigt wären, würde er Ihnen den Hof machen."

So sehr seine Eltern ihn auch echauffierten, fiel es ihm doch zunehmend schwer, eine ernste Miene zu wahren. Lisle sah den Köder, den Olivia ausgeworfen hatte, sah, wie seine Eltern ihr ins Netz gingen, sah, wie sie ihren Fang langsam, aber sicher einholte.

„Nun, das war, ehe ich über seine misslichen Verhältnisse aufgeklärt worden bin", sagte sie bedauernd. „Würde ich ihn heiraten, machte ich mich zum Gespött der Leute und würde an Ansehen einbüßen. Es hieße, dass ich so händeringend auf einen Ehemann aus gewesen wäre, dass ich sogar mit einem Mitgiftjäger vorliebgenommen hätte."

„Einem Mitgiftjäger!", empörte sich Mutter.

„Was *ich* natürlich niemals sagen würden", stellte Olivia klar. „Ich weiß, dass Lisle sich nicht um derlei Banalitäten schert. Ich weiß, dass er mich auch nur in meinem Hemd nehmen würde."

Ihr blauer Blick huschte kurz zu ihm herüber. „Aber Sie wissen ja, wie die Leute reden, was für schreckliche Gerüchte sie in die Welt setzen. Es wäre mir unerträglich, meinetwegen als auch seinetwegen, seinen guten Namen so beschmutzt zu sehen. Es betrübt mich zutiefst, denn mir schien, wir passten so vortrefflich zueinander, doch fürchte ich, es soll nicht sein."

Als sie sich wieder Lisle zuwandte, standen ihr Tränen in den Augen. Er wusste, dass sie Tränen nach Belieben zurückhalten oder vergießen konnte. „Lisle, es dünkt mich, als sei unsere Liebe dem Untergang geweiht."

„Schade", sagte er. „Wirklich schade. Zumal ich schon den Ring und alles beisammenhatte."

„Hanebüchener Unsinn!", ereiferte sich Vater. „Er ist doch gar nicht mittellos."

„Er verfügt über keine eigenen Mittel, hat keinen eigenen Besitz", sagte Olivia. „Nichts, das ihm, und nur ihm allein, gehörte. Er hat kein geregeltes Einkommen, nur seinen Unterhalt ..."

„Der nicht zu knapp bemessen ist", stellte Vater klar. „Den ich sogar noch großzügig aufstocken wollte, nachdem er hier so fabelhafte Arbeit geleistet hat."

„Es sind Zahlungen, die Sie ihm nach Gutdünken gewähren oder verwehren können", sagte Olivia. „Es ist nicht *sein* Geld."

Nun endlich schien Vater begriffen zu haben, denn er hörte jäh auf, durch die Halle zu pirschen, und sah nachdenklich drein. „Ist das die einzige Hürde?", fragte er. „Geld?"

„Geld", bestätigte Olivia. „Aber nicht nur. Selbst einer großen Summe mangelt es an ... Substanz. Viel lieber wäre mir Grundbesitz. Wäre Lisle begütert, könnte niemand ihn mehr einen Mitgiftjäger nennen." Sie ließ ihren Blick durch den großen Saal schweifen, dessen hohe Wände nun mit Gemälden und Tapisserien behängt waren. „Wie wäre es denn mit Gorewood Castle?", überlegte sie laut. „Ja, doch, warum eigentlich nicht? Jetzt, wo ich darüber nachdenke ... Das würde vollauf genügen. Überschreiben Sie ihm Gorewood Castle, und ich werde ihn heiraten, sobald Sie wünschen."

Am selben Abend

In einem Monat würde es eine große Hochzeit geben. Damit Olivia ihnen bis dahin nicht doch noch entwischte, hatten Lord und Lady Atherton prompt einen Diener nach Edinburgh geschickt und einen Anwalt herbeizitieren lassen, der die entsprechenden Papiere aufsetzte sowie Gorewood Castle mit all seinen Liegenschaften, Einkünften und so weiter und so fort auf den Earl of Lisle überschrieb.

Bei Sonnenuntergang war alles geregelt.

Kurz darauf legten Olivia und Lisle vor ihren Eltern, den Damen Cooper und Withcote, Lord Glaxton samt Anhang und der versammelten Dienerschaft das Eheversprechen ab.

Aillier bereitete ein fabulöses Abendessen, gefolgt von köstlichem Backwerk, das er seinem schändlichen Ofen abgerungen hatte.

Lange saßen sie im großen Saal beisammen und feierten.

Dass Lisle und Olivia sich schließlich davonstahlen, wurde mit einem Lächeln hingenommen.

Je eher die Ehe vollzogen wurde, desto besser, sagten sich die Eltern.

Lisle führte Olivia hinauf aufs Dach.

Sorgsam verriegelte er die Türen hinter ihnen.

Er hatte warme Felle und Decken mit hochgebracht, denn mittlerweile war November, schottischer November, und es war verdammt kalt. Heute jedoch meinten Schottlands wankelmütige Wettergötter es gut mit ihnen und hatten alle dunklen Wolken vom Himmel geblasen.

Olivia lehnte sich in seine Umarmung und blickte zum Nachthimmel hinauf. „Ein funkelnder Sternenteppich", meinte sie. „Noch nie habe ich so viele Sterne gesehen."

„Gorewood hat durchaus seine Reize", sagte er. „Es hat eine bessere Behandlung verdient, als mein Vater es ihm hat angedeihen lassen." Er zog sie an sich und küsste sie. „Das war brillant. *Du* warst brillant."

„Skrupellos und bar aller Prinzipien, eine brillante Lügnerin und Betrügerin", sagte sie. „Stimmt, ich war in Bestform."

„Es war eine brillante Idee."

„Es schien die naheliegendste Idee. Wer könnte Gorewood ein besserer Burgherr sein als du?"

„Und wer könnte besser vollbringen, was niemandem sonst je gelingt: meinen Vater dazu zu bewegen, etwas aufzugeben, das er weder will noch etwas damit anzufangen weiß, von dem er sich aber trotzdem nicht trennen mag?"

„Wenn wir es geschickt anstellen, bekommen wir auch noch deine Brüder."

„Wenn sie etwas älter sind, will ich, dass sie auf eine gute Schule gehen", sagte er. „Mir hat es im Internat nie sonderlich gefallen, aber sie sind anders als ich. Ich glaube, sie wären dort glücklich."

„Wirst *du* denn hier glücklich sein?", fragte sie.

„Natürlich", erwiderte er. „Hin und wieder. Doch du weißt, dass ich mich hier nie werde heimisch fühlen."

„Das brauchst du auch nicht. Das verlange ich gar nicht von dir. Dafür haben wir ja Herrick."

Er lachte. „Meine erste Tat als Burgherr von Gorewood Castle wird darin bestehen, ihn zum Hausverwalter zu befördern. Ach, Olivia, es ist herrlich, freie Hand zu haben. Fast wie in Ägypten. Wie wunderbar, all das tun zu können, was ich für gut und richtig halte. Meine Gewissensbisse hätten mich verzehrt, würde ich die Menschen hier meinem Vater überlassen haben. Nun muss ich ihm nicht mal von Jock und Roy erzählen. Wenn er davon erfährt, kann er doch nichts tun. Er kann nichts gegen Mary Millar unternehmen, kann niemanden entlassen, niemanden mehr einstellen. Endlich ein Ort, der vor ihm sicher ist. An dem kein Chaos mehr herrschen wird."

Er hatte die Rankins vor die Wahl gestellt, die nächsten fünf Jahre über bei der Instandsetzung der Straßen, Läden und Häuser zu helfen – oder aber vor Gericht gestellt zu werden. Sie hatten sich dafür entschieden, zu arbeiten.

„Fünf Jahre harte, ehrliche Arbeit könnte selbst bei den Rankins Wunder wirken“, meinte er. „Wenn nicht … nun, dann sehen wir weiter. Und ich wüsste wahrlich nicht, weshalb ich Mary hätte entlassen sollen.“

„Sie befand sich in einer ausweglosen Situation“, pflichtete Olivia ihm bei. „Aber letztlich hat sie sich richtig verhalten.“

Die warme Decke rutschte herab, als sie sich zu ihm umwandte. Er zog sie ihr wieder über die Schultern. Nachher würde er sie ganz ausziehen, langsam und genüsslich. Vielleicht aber auch rasch und begierig. Doch die Nacht war zu kalt, um sich auf dem Dach zu verlustieren.

„Du hast auch vorbildlich gehandelt“, fuhr sie fort. „Unter erschwerten Bedingungen, an einem Ort, an dem du nie hast sein wollen.“

„Ich habe einiges gelernt.“ Er zog sie wieder an sich. „Und noch viel mehr gewonnen. Aber ist es nicht entsetzlich? Im Grunde habe ich meinem Vater dafür zu danken, der das alles erst in Gang gebracht hat.“

„Und mir“, fügte sie hinzu. „Die ich es so schön zum Abschluss gebracht habe.“

„Ist unser Abenteuer also schon vorbei?“, wollte er wissen.

„Noch nicht ganz“, erwiderte sie. „Aber bis zu unserer großen Feier sollten wir alles geregelt haben. Und dann können wir auf Hochzeitsreise gehen.“

„Oje, die hatte ich ganz vergessen. Nun denn, ein Mann muss auch mal Opfer bringen. Wahrscheinlich hast du etwas furchtbar Romantisches im Sinn. Nach Paris reisen. Oder nach Venedig.“

„Aber nein“, sagte sie. „Sei nicht dumm. Da fährt doch jeder hin.“ Sie wandte sich wieder zu ihm um. „Ich will die Sphinx und die Pyramiden sehen, will Gräber mit stinkenden Mumien erkunden.“ Ihre Lippen streiften sein Ohr, als sie flüsterte: „Nimm mich mit nach Ägypten, mein Freund.“

– ENDE –

Loretta Chase
Die Königin der Kurtisanen
Band-Nr. 25622
7,99 € (D)
ISBN: 978-3-86278-464-6
352 Seiten

Elizabeth Hoyt
Das Geheimnis des Viscounts
Band-Nr. 25684
7,99 € (D)
ISBN: 978-3-86278-746-3
368 Seiten

Courtney Milan
Im Visier des Verlangens
Band-Nr. 25677
7,99 € (D)
ISBN: 978-3-86278-738-8
320 Seiten

Christine Feehan
Im Palazzo der Leidenschaft
Band-Nr. 25672
7,99 € (D)
ISBN: 978-3-86278-728-9
416 Seiten

Candace Camp
Maskenball um Mitternacht
Band-Nr. 25665
7,99 € (D)
ISBN: 978-3-86278-721-0
320 Seiten

Jillian Hunter
Geliebt von einem sündhaften Lord
Band-Nr. 25660
7,99 € (D)
ISBN: 978-3-86278-710-4
336 Seiten

CORA Verlag
» Die Zeit vergeht. Die Liebe bleibt! «
Jetzt Probe lesen unter www.historical.de
Pure Leidenschaft und verbotene Gefühle aus vergangenen Epochen – die schönsten historischen Geschichten gibt es nur in den CORA HISTORICAL-Romanen:
HISTORICAL – die Nr.1 in der Geschichte der Liebe.
Bestseller Autoren auf 320 Seiten.
Extra langes Lesevergnügen auf 400 Seiten.
Mutige Männer. Schöne Frauen. Entflammte Herzen. Der günstige Sammelband.
Adelige Herzen. Große Gefühle. Einzigartig in Deutschland.
Zwei Romane aus der Welt des Adels.
Jeden Monat in großer Vielfalt im Zeitschriftenhandel erhältlich!
CORA Romane online Probe lesen, bequem bestellen, als eBook downloaden und vieles mehr
www.historical.de